Trayéndolo todo de regreso a casa

Patricio Pron

Trayéndolo todo de regreso a casa

Papel certificado por el Forest Stewardship Council®

Penguin
Random House
Grupo Editorial

Primera edición: abril de 2021

© 2021, Patricio Pron
© 2021, Penguin Random House Grupo Editorial, S.A.U.
Travessera de Gràcia, 47-49. 08021 Barcelona

© Diseño: Penguin Random House Grupo Editorial, inspirado en un diseño original de Enric Satué

Penguin Random House Grupo Editorial apoya la protección del *copyright*.
El *copyright* estimula la creatividad, defiende la diversidad en el ámbito de las ideas y el conocimiento,
promueve la libre expresión y favorece una cultura viva. Gracias por comprar una edición autorizada
de este libro y por respetar las leyes del *copyright* al no reproducir, escanear ni distribuir ninguna
parte de esta obra por ningún medio sin permiso. Al hacerlo está respaldando a los autores
y permitiendo que PRHGE continúe publicando libros para todos los lectores.
Diríjase a CEDRO (Centro Español de Derechos Reprográficos, http://www.cedro.org)
si necesita fotocopiar o escanear algún fragmento de esta obra.

Printed in Spain – Impreso en España

ISBN: 978-84-204-5562-4
Depósito legal: B-821-2021

Compuesto en MT Color & Diseño, S.L.
Impreso en Unigraf, S.L., Móstoles (Madrid)

AL5562A

You can always come back
But you can't come back all the way.
BOB DYLAN, «Mississippi»

Índice

Nota

Escribí los relatos reunidos en este libro entre los años 1990 y 2020, un período que parece haber sido excepcionalmente productivo y que, sin embargo, no estuvo exento de dificultades. «Brüder Karamazov» y «Mitad del caballo en el parqué» fueron publicados por primera vez en *Rosario/12* (Argentina). «Incomprensión de la máquina», «Gombrowicz» y «Mineros» aparecieron en otros sitios antes de integrar *hombres infames* (Rosario: Bajo la luna, 1999). «El relato de la peste» y «Alemania, provincia de Salta», por su parte, eran inéditos hasta su inclusión en esta selección; el último es el producto de una breve sesión de escritura en un taller de dramaturgia a cargo de José Sanchis Sinisterra. «El perfecto adiós» fue premiado en la quinta edición del Concurso Nacional de Jóvenes Narradores Haroldo Conti (1999) y publicado en el volumen que reunía los relatos ganadores, así como en la antología de ese premio coeditada por el gobierno de la Provincia de Buenos Aires, la Universidad de Quilmes y *Página/12;* pese a ello, no formó parte de *El vuelo magnífico de la noche* (Buenos Aires: Colihue, 2001), donde sí fueron publicados el relato homónimo, «La ahogada», «Las lenguas que hablaban» —con el título de «Los huérfanos»— y «Los peces más grandes». «La ahogada» apareció también en *Cuentos argentinos (una antología),* de Eduardo Hojman (Madrid: Siruela, 2004).

«El cerco» fue publicado inicialmente en la revista *Madriz* y en el suplemento *Verano/12* de *Página/12,* y más tarde en la edición argentina de *El mundo sin las personas que lo afean y lo arruinan* (Buenos Aires: Literatura Mondadori, 2011), al igual que «Tu madre bajo la nevada sin mirar atrás», «Exploradores del abismo» y «Las ideas», que también formaban parte de la edición española de ese libro. «Exploradores del abismo» fue antologado por Juan Terranova en *Hablar de mí* (Madrid: Lengua de Trapo, 2009) y «Tu madre bajo la nevada sin mirar atrás» apareció en la antología de Gloria Lenardón y Marta Ortiz *Mi madre sobre todo* (Rosario: Editorial Fundación Ross, 2010); también fue publicado por *Etiqueta Negra* (2009) y por *The Atlantic* (2011), en este último caso en traducción de Mara Faye Lethem. «Es el realismo» obtuvo por su parte el Premio Juan Rulfo de Relato (2004), que otorgaban Radio Francia Internacional, Instituto Cervantes, Casa de América Latina, Instituto de México y Unión Latina, y también fue incluido en la edición española de *El mundo sin las personas que lo afean y lo arruinan*. «La cosecha» fue publicado inicialmente en la revista *Eñe* (2008) y más tarde en *Zoetrope-All Story* (2009) en traducción de Janet Hendrickson. «Las ideas» también fue traducido y apareció primeramente en *The Paris Review* (2009) y después en *The Best American Nonrequired Reading* editado por Dave Eggers (Nueva York: Houghton Mifflin Harcourt, 2010) en traducción de Mara Faye Lethem; antes lo había hecho en *Letras Libres* (2008). «Un jodido día perfecto sobre la Tierra» fue publicado en la edición española de la revista *Granta* (2009) y después en *La vida interior de las plantas de interior* (Barcelona. Literatura Mondadori, 2013) al igual que «Como una cabeza enloquecida vaciada de su contenido», «Diez mil hombres» y «Algunas palabras sobre el ciclo vital de las ranas»; este último, también publicado en *Granta* (2010). «Diez mil hombres» vio la luz en *Letras Libres* (2012), así como una primera versión de «El peso de la noche» (2015) y «Decir que entendemos algo sería una exageración por nuestra parte» (2019), incluidos en la tercera parte de este libro. (Varios de esos relatos aparecieron también en revistas y periódicos como *The Guardian, Conjunctions, The Michigan Literary Review, Guernica Asymptote;* en la mayor parte de los casos, en traducción de Kathleen Heil.) «*Salon des refusés*», «Un divorcio de 1974», «La bondad de los extraños», «La repetición» y «Éste es el futuro que tanto temías en el pasado» pertenecieron a *Lo que está y no se usa nos fulminará* (Barcelona: Literatura Random House, 2018). (Quizá sea pertinente recordar aquí que las vacilaciones del narrador de «*Salon des refusés*» están inspiradas en los relatos de Stephen Dixon. El título del relato «Éste es el futuro que tanto temías en el pasado» es una paráfrasis de un pasaje decididamente mejor de *El fondo del cielo,* la novela de Rodrigo Fresán, y la frase en torno a las cosas que están tan mal es traducción de una del escritor argentino Osvaldo Soriano; el relato en el que se incluye, «La repetición», abreva de las fuentes de la *nouvelle* de Mercedes Cebrián «Qué inmortal he sido» y, por supuesto, de la novela de Adolfo Bioy Casares *El sueño de los héroes.*)

«Índice de primeras líneas ordenadas alfabéticamente», publicado por *El Malpensante* (Colombia), «Decir que entendemos algo sería una exageración por nuestra parte», «El peso de la noche» —con sus deudas más que evidentes con Javier Marías, Enrique Vila-Matas, Wolfgang Koeppen y Martin Rowson, que me alegra mucho poder saldar aquí— y «Un reino siempre demasiado breve» —este último, escrito a pedido de *El País Semanal*— eran inéditos en libro hasta este momento, y tres nuevos cuentos —«Una forma de retorno», «*Das Verschwinden des Andrea Robbis*» y «El accidente»—, que son un intento personal de responder a la pregunta de qué y cómo escribir acerca de la pandemia y la situación actual sin resultar redundante, nunca habían aparecido hasta este momento. «Trae sangre, es rojo/El decálogo», algo parecido a un cuento que no lo es —cuyo título es una cita de un poema de Carlos Ríos y cuya intención es apuntar a un cierto tipo de literatura que se enfrente a la convención, que sea, si no abiertamente experimental, poco convencional, y que no se centre en lo que algunos consideran que debe hacerse sino en lo que todavía es posible hacer—, también permanecía inédito.

*

Todos los relatos han sido reescritos o al menos rigurosamente corregidos con la finalidad de ofrecer al lector las que hoy creo que son sus mejores versiones, y aparecen aquí en orden cronológico para que el lector determine —si lo desea— si se ha producido algún tipo de progresión en mi trabajo durante este período, y para poner de manifiesto las continuidades que los caracterizan pese a los cortes en mi biografía; en ese sentido, parece posible organizarlos en torno a tres ejes: (1a) el período de la existencia como escritor inédito («Brüder Karamazov», «Mitad del caballo en el parqué», «Incomprensión de la máquina», «Gombrowicz», «Mineros»), (1b) los esfuerzos en relación con un segundo libro («El relato de la peste», «Alemania, provincia de Salta», «El perfecto adiós», «El vuelo magnífico de la noche», «La ahogada», «Los peces más grandes» y «Las lenguas que hablaban»), (2a) la estancia alemana («Es el realismo», «Las ideas», «Tu madre bajo la nevada sin mirar atrás», «Exploradores del abismo» y «La cosecha») y (2b) los primeros diez años en España («Un jodido día perfecto sobre la Tierra», «Como una cabeza enloquecida vaciada de su contenido», «Diez mil hombres», «El cerco», «Algunas palabras sobre el ciclo vital de las ranas», «La bondad de los extraños», «Un divorcio de 1974», *Salon des refusés*, «La repetición» y «Éste es el futuro que tanto temías en el pasado»). «Trae sangre, es rojo/El decálogo» *(ex nunc)* sería el momento de la comprensión de algo hasta entonces sólo intuido, así como un intento —más honesto de lo que parece, aunque también inspirado en una belicosidad que tiene como único objeto la convención literaria— de responder a los pedidos habituales de prescripción y socorro. «Decir que entendemos algo sería una exageración por nuestra parte», «El peso de la noche», «Una forma de retorno», *«Das Verschwinden des Andrea Robbis»* y «El accidente» y los otros relatos publicados por primera vez aquí en un libro son el resultado de ese momento de comprensión y señalan un *giro conceptual* y unas direcciones posibles, a recorrer más adelante (3); hacerlo dependerá, como siempre, de cerrar algunas puertas para abrir otras, y eso es lo que hacemos con esta cuarta edición de *Trayéndolo todo de regreso a casa* tras las de El Cuervo (La Paz, 2011), Puntocero (Caracas, 2013) y Los Tres Editores (San José de Costa Rica, 2019). De a ratos, la experiencia de devolverles a estos relatos un carácter provisional que la publicación en libro podría parecer haberles quitado, trayéndolas de regreso al ámbito de lo incierto y de lo indefinido del que surgieron y en el que tal vez encuentren mejor acomodo que en el de lo definitivo y clausurado, adquirió la forma de un acto violento perpetrado a oscuras, como intentar corregir los textos de un escritor cuyos intereses y motivaciones —y, por lo tanto, su idea de qué es un buen relato y cómo escribirlo— fuesen desconocidos para mí; como esto me resultó especialmente claro en los relatos más antiguos —es decir, los escritos entre 1990 y 1999—, no he introducido prácticamente ningún cambio en ellos: pertenecen a alguien que ya no soy yo, y quizá el lector decida que ese escritor era mejor que el que soy ahora: en reconocimiento de aquel escritor, prometo no quejarme si eso sucede.

*

Al publicar estos relatos aquí me propongo hacer accesible un material disperso y en algunos casos inconseguible, pero también satisfacer mi deseo de corregir el pasado. Naturalmente, no sólo los relatos que he escrito en él requerirían una corrección sino también el pasado mismo, pero desconozco cómo hacer esto último. Muchas gracias a todos aquellos que contribuyeron a la publicación de estos cuentos allí y entonces y en esta ocasión, especialmente a Guillermo Lanfranco, Horacio Vargas, Elvio E. Gandolfo, Rodolfo Enrique Fogwill (†), Andrés Moguillanes, Rodrigo Fresán, Daniel Abba, Marcelo Panozzo, Melanie Josch, Glenda Vieites, Juan Ignacio Boido, Andrés Ramírez, Vicente Undurraga, Ángels Balaguer, John Freeman, Camino Brasa, Raffaella De Angelis, Karim Ganem Maloof y Harold Muñoz, Amelia Castilla, Juan Terranova, Burkhard Pohl, Eduardo Hojman, Fernando Barrientos, Ulises Milla, Jochen Vivallo, Alberto Calvo, Luis y G. A. Chaves, Dave Eggers, Mónica Carmona, Claudio López Lamadrid (†), Mara Faye Lethem, Kathleen Heil, Marco Avilés, Julio Trujillo, Ramón González Férriz, Daniel Gascón, Juan Cruz Ruiz, Iker Seisdedos, Javier Rodríguez Marcos, Miguel Aguilar, Eva Cuenca, Alfonso Monteserín, Melca Pérez, Carlota del Amo, Blanca Establés, Juan Villoro, Alan Pauls, Graciela Speranza, Victoria Torres, Wolfram Nitsch, Elena Abós, Henriette Terpe, Dunia Gras, Fabio de la Flor, Raúl Zurita, Félix de Azúa, Álvaro Ceballos Viro, Valentín Roma, Vicente Verdú (†), Carolina Reoyo, Pilar Álvarez, Pilar Reyes, Claudia Ballard, Laura Bonner y todo el equipo de William Morris Endeavor Entertainment. Este libro también es para Giselle Etcheverry Walker (*«Ah, but I was so much older then / I'm younger than that now»*).

1

Brüder Karamazov

Una vez más, la actuación del Circo de los Hermanos Karamazov en la ciudad ha culminado de una horrible y trágica manera. / Quienes no estén familiarizados con él deben saber que el Circo no sólo es el más antiguo y el más ostentoso del país, cosa que salta a la vista cada vez que sus carromatos, pintados con estilizadas letras doradas, atraviesan las calles de cualquier localidad cegando a los curiosos y a los descuidados —que abandonan el mundo de los que pueden ver con una imagen al tiempo bella y aterradora—, sino, a la vez, el mejor, y quizá el último de una larga tradición de espectáculos itinerantes. Sus artistas son los descendientes de quienes fundaron el Circo hace casi ciento treinta años con el nombre de Zirkus der Brüder Karamazov y crearon el escudo que lo identifica, una mano de mortero sobre un fondo de franjas horizontales de cerúleo y blanco; pero existe una diferencia sustancial entre ellos y sus predecesores, y es que son, por así decirlo, inferiores en casi todos los aspectos. Las proezas llevadas a cabo por Dmitri e Iván, por Alekséi y por Pável, recordadas aún por los más viejos con una memoria estremecida, no han podido ser superadas por sus modestos sucesores; con ellos, un arte perfecto y antiguo se extinguió con toda seguridad: ya nadie asciende a la silla con los ojos cerrados, ya nadie resuelve una ecuación propuesta por el público, ya no hay quien pueda desplumar una gallina en apenas un minuto, ya nadie interpreta el aplauso de una sola mano. Estas pruebas, que tanto contribuyeron al éxito de los hermanos Karamazov en el pasado, han sido reemplazadas por otras a la altura del talento de los artistas actuales, sin que, curiosamente, el entusiasmo de los espectadores haya disminuido siquiera un poco: por contra, cada exhibición del Circo suele dejar un tendal de niños muertos, caídos imitándolos. / Sobre la supuesta responsabilidad de los artistas en estas muertes, acerca de la que tanto se ha discutido en los círculos de especialistas, quizá debieran decirse dos cosas llegado este punto: por una parte, que los niños poseen un deseo simiesco de imitarlo todo que está en el origen de estas catástrofes y de otras similares y que no puede ser combatido; por otra, que muchos son incentivados a imitar a los artistas por sus propios padres, quienes suponen fáciles las pruebas o desean desprenderse de ellos. La culpabilidad de los integrantes del Circo de los Hermanos Karamazov debería ser, por lo tanto, desmentida: no son ellos los culpables de la mortandad infantil que dejan a su paso, sino sus víctimas, de la imitación y, en realidad, de una falta de talento innata e irreversible, que rodea a todas sus pruebas del aire de torpeza que estimula la imitación y, con ella, las muertes y el escándalo. / Cuando un niño revive una de las pruebas que ha visto en el Circo, asimila y reproduce también las condiciones materiales que llevaron a la concepción de esa prueba, y el tiempo y el esfuerzo que contribuyeron a su realización, de manera que, cuando muere —y esto está dicho para quienes califican esas muertes de «prematuras»—, lo hace tras la adquisición de unos conocimientos que son los de toda una vida, en una forma singularísima de aceleración del tiempo y de apropiación de la experiencia de una vida; que esa vida no haya sido vivida precisamente por el niño, sino por quienes lo precedieron y concibieron la prueba, aporta poco o nada a una discusión tal vez fútil y ya anticuada, puesto que la última actuación del Circo en la ciudad no ha dejado víctimas entre los niños sino entre los propios artistas. / Los tristes hechos que culminaron en la que ha sido —y préstese atención al adjetivo— la última función del Circo de los Hermanos Karamazov tuvieron lugar pocos minutos antes de la hora prevista para el inicio de su espectáculo, cuando un cuidador cuyo nombre no ha sido revelado se apresuró a advertir a las autoridades de que los animales habían amanecido muertos por causas desconocidas; obligados a prescindir de su actuación, que era uno de los principales atractivos del espectáculo, y forzados por un público impaciente, y culpable en buena medida de los hechos posteriores, que batía palmas y golpeaba con los pies el suelo de las tribunas de madera para exigir el comienzo de la función, los artistas resolvieron representar ellos mismos el papel de los animales en la esperanza de que «hacer de ellos» reemplazara el exhibirlos. A esta decisión, desde todo punto de vista errónea, le sucedió la lógica partición de los papeles, que fue ardua y generó gritos y amagos de abandonar el Circo por parte de los artistas que consideraban que interpretar a un cerdo era menos honorable que actuar de león, aquellos a los que el animal asignado les producía temor —como sucedía con los que tenían que interpretar a las serpientes, de pésima reputación en las artes escénicas— y los que —como en el caso de los intérpretes de jirafas y peces, que no emiten sonidos— se quejaron de que no se les había dado ningún parlamento. / Los gritos de los espectadores y los reclamos airados de que se devolviera el dinero acabaron con las últimas objeciones, sin embargo; la falta de tiempo para confeccionar los disfraces hizo el resto: los artistas decidieron actuar completamente desnudos, dejando la caracterización de cada animal librada a sus dotes histriónicas; como éstas eran nulas, el público asistió a una puesta en escena sin sentido: dos hombres desnudos saltaban enormes aros y se esforzaban por mover colas inexistentes; otro corría a cuatro patas y relinchaba destrozándose la garganta; un hombre y una mujer enorme copulaban bajo la atenta mirada de los niños más informados y la de aquellos con los que aún se tenía una conversación pendiente; un actor minúsculo subía y bajaba de un banco redondo y caía de bruces cuando saltaba sobre una pelota; otro exhibía un cuerpo cosido a cicatrices pero sin ninguna raya. La reacción de los espectadores, en su perplejidad, resultaba difícil de comprender para los artistas, quienes, movidos tal vez por la necesidad de impresionar a un público al que, erróneamente, consideraban frío —o llevados por una entrega que los honraría de poder atribuírseles con seguridad—, comenzaron a matarse entre sí. El orden de las muertes fue, aunque precipitado, riguroso, y tuvo la lógica de un sueño: Januario Karamazov mató a Isolda Karamazov durante la cópula; Ingenio Karamazov desistió de fingir ser un tigre y mató a Astor Karamazov antes de ser aplastado por Dumbo Karamazov; los payasos, que hasta entonces habían permanecido a un costado moviendo colas que, lo hemos dicho, no existían, estaban repartiéndose el cuerpo de Isolda Karamazov cuando fueron muertos por Januario y por Dumbo Karamazov; Liberto e Ícaro Karamazov se lanzaron a continuación sobre Januario Karamazov, pero éste dio cuenta de ellos un momento antes de caer bajo Dumbo Karamazov; Dumbo, herido, tuvo tiempo aún de matar a su hijo y a Liberto Karamazov antes de morir. / Ninguno de los artistas pudo cobrar el premio de los aplausos del público, que caía desde todos los rincones de la carpa como no sucedía —sostienen algunos— desde los tiempos de los primeros Hermanos, pero puede que alguno de ellos haya llegado a percibir —por decirlo así, en el último suspiro— que entre los espectadores reinaba un sentimiento de temor y de maravilla que no iba a disiparse cuando abandonaran el Circo y volvieran a sus tareas. Quizá alguno de ellos haya visto, también, que los niños pedían a sus padres ser golpeados para no olvidar jamás ese día.

Mitad del caballo en el parqué

Ningún idiota puede mirar de esa manera.
Sólo un ángel o un santo.

HENRY MILLER, *Primavera negra*

Se sorprendió preguntándose de quién era la sangre que le manchaba las manos, si de ella o de aquel hombre. Muy lentamente, como si lo viera todo a través de un vidrio esmerilado —aunque, desde luego, pensó de inmediato, los vidrios esmerilados no demoran la visión de un objeto, sino sólo su comprensión—, la mujer comenzaba a recordar. Una escena en un taxi, que había tomado en un punto lejano de la ciudad sin reparar en que no llevaba dinero. Un taxista, en el interior del taxi y luego fuera de él, gritando. Su amigo, de pie, a punto de entrar en el restaurante en el que se habían citado. Un deseo de llorar o de romper algo. Un gesto del amigo, que había levantado los brazos en dirección a ella como si quisiera atraparla en ellos. Un vidrio que estallaba. Más gritos y una mano que la había tomado de atrás y había comenzado a tirar de ella, y la voz del taxista, que tronaba: «¿Es tuya? ¿Es tu mujer? ¡Llévatela! Oíste, llévatela. No la quiero ver más en mi vida». / Mientras corrían por las calles escapando del taxista, después, ella había pensado, ¿Qué diría Kandinsky de todo esto?, pero era una pregunta tonta, apenas algo con que distraerse un poco para dejar de tener miedo, porque el pintor no estaba allí para responderle. Un momento después, ella pensó en Henry Miller, y se preguntó, ¿Qué diría Miller, Henry, de todo esto? Que es mejor que leer a Virgilio. La frase, supuso, estaba cargada de un significado que al propio Miller —que además de un místico era un vitalista— le sonaría ridículo, y entonces se preguntó si Henry Miller rompía taxis y se respondió que podía ser, y que tal vez ésa fuese la razón por la que el escritor estadounidense había vivido ochenta y nueve años, y luego imaginó su vida como una delgada línea roja que iba de un punto a otro, como suele pasar con todas las vidas, y vio que ella misma, sin saberlo, había trazado ya esa línea con sangre sobre el parqué; supuso que el parqué era el del apartamento de su amigo y se dijo que tenía que marcharse. / «Me voy», dijo en voz alta, y se quedó quieta. Recordó entonces a Henry Miller, sentado en una habitación parisina dibujando un caballo etrusco, y casi sin querer comenzó ella misma a dibujar uno. Empezó por las patas y siguió con los cuartos traseros, de manera que el caballo estuviera en parte quieto y en parte en movimiento: su parte trasera estaría galopando; la otra, que aún no había dibujado, seguiría inmóvil, como si el caballo fuera dos caballos o tuviera, como ella, una naturaleza dual compuesta de introspección y euforia, violencia y serenidad. Entonces pensó en el caballo lituano del barón de Münchhausen, el triste caballo del barón que, en un ataque a los turcos, fue cortado por la mitad; su parte delantera permaneció del lado de, o bajo, el barón, y la otra trotó hasta un campo cercano donde comenzó a copular con las hembras. A los nazis les hubiera gustado esta historia, pensó ella; sobre todo porque la descendencia del medio caballo del barón de Münchhausen resultó finalmente estar compuesta de medios caballos como su padre: quizá ella también y todo lo que ella era y todo lo que podía llamar su «identidad» —mujer, periodista, judía, lectora de los alemanes y experta en arte— estaban, por su parte, incompletos, con un tipo de carencia que podía atribuir a alguno de esos aspectos o quizá a su combinación o tal vez a algo más concreto y, al mismo tiempo, sencillo: la vida en una ciudad que no comprendía, en la ciudad capital de un país que era el suyo pero que no le importaba. / La mitad del caballo sobre el parqué había comenzado a adquirir forma, aunque no de caballo: sin pensar en ello, sin darse cuenta, le había dibujado un miembro excesivo que lo volvía irreal. No sabía cómo quitar la sangre, cómo borrarlo; se dijo que la mancha no saldría más, y se avergonzó y pensó que tendría que explicárselo a su amigo cuando regresara: ella sólo había querido dibujar el caballo que Henry Miller había pintado en una habitación parisina para no estar sola y como obsequio al amigo que siempre solía ayudarla cuando las cosas se torcían; pero, en cambio, había creado un monstruo incompleto o una aberración, a medias entre lo animal y lo humano. Si lo hubiera completado, no habría tenido manera de sacarle del belfo la sonrisa de escolar ni los ojos llenos de angustia que, inevitablemente, habría acabado dándole, ni —se sonrió— una crin que habría sido igual a su cabello, desgreñada y roja. Soy el caballo, pensó; después dijo, en voz alta: «Soy el caballo, yo soy el caballo», y estuvo repitiéndolo como un mantra absurdo hasta que la puerta de la habitación se abrió y entró su amigo con una bolsa con desinfectante y vendas; sonreía estúpidamente, como si quisiera fingir que no había sucedido nada en absoluto. «No ha sucedido nada en absoluto», le dijo ella. Él asintió; se sentó a su lado y le pidió que extendiera las manos. «¿De quién es esta sangre? ¿Es mía o de aquel hombre?», le preguntó ella, pero su amigo no respondió nada y comenzó a limpiarle las muñecas. Ella miró la mitad del caballo en el parqué y se dijo que tenía que marcharse y que su amigo limpiaría la mancha del suelo un minuto después y se acabarían así el caballo etrusco que había pintado Henry Miller y el caballo incompleto de Münchhausen. Entonces dijo: «Déjalos un momento más, que sus hijos, su descendencia, van a ser también incompletos, como nosotros, y sufrirán y se sentirán quebrados, como nosotros, pero al menos no estarán solos». Su amigo había salido ya de la habitación, sin embargo, y no podía escucharla.

Incomprensión de la máquina

Ahora, a bordo, sólo vive la campana.
MAX AUB, «Geografía»

1. Cuando se detuvo frente a la casa, el sol brillaba sobre la superficie del mar como una moneda que alguien hubiese arrojado a él pidiendo fortuna y, sin embargo, nunca hubiera acabado de caer y tal vez sólo hubiese traído desgracia. El motor del Chevy parecía estar a punto de fundirse en cualquier instante, pero había superado sin inconvenientes el largo viaje a Madryn; un viaje que, pensó Aguirre, quizá no tuviera ningún sentido. Las conversaciones con la mujer que lo había llamado varias veces al periódico en las últimas semanas y decía llamarse «María» —sólo porque, según decía, María era un nombre corriente y que él podría recordar, a diferencia de su nombre verdadero— y le contaba la historia del Inventor que había aparecido durante una tormenta y la de la Máquina nunca le habían dado la impresión de poder ofrecerle una excusa para el combustible empleado ni la reparación del motor del Chevy ni el artículo —sin interés, inevitablemente— que tendría que escribir para el periódico cuando regresara, a manera de justificación. Aguirre observó el mar frente a él y el sol y luego bajó del coche y caminó hasta la casa y golpeó la puerta con la palma de la mano abierta.

2. La puerta se entreabrió después de unos minutos y a través de ella se asomó una mujer que lo contempló con una mirada exenta de curiosidad; en la oscuridad a su

espalda Aguirre consiguió ver los primeros muebles de la casa, inidentificables y dispuestos de acuerdo con una lógica incomprensible: cuando la mujer finalmente habló, su voz sonó diferente a la que él creía recordar de las llamadas al periódico, más distante, como si fuese en ese momento que él hablaba por primera vez con la mujer, y no antes, y todavía tuviera que hacerse a ella.

3. «Yo soy María», dijo la mujer, y ordenó: «Pase». Aguirre entró a la casa y pensó que parecía detenida en mitad de unas reformas. «Usted vino a ver la Máquina», lo interrumpió la mujer. «Yo se la voy a mostrar. Usted la va a ver pero no lo va a poder contar en su periódico. Ya va a ver que no lo va a poder escribir, y no porque yo se lo impida», agregó, «sino porque no la va a poder entender, o porque, entendiéndola, no va a conseguir que otros lo hagan también». / Aguirre no le respondió. La mujer comenzó a caminar por un pasillo estrecho y sin ventanas, y le hizo una seña para que la siguiera; la casa estaba conformada por habitaciones circulares que se comunicaban entre sí y anunciaban una estructura general también circular, o por lo menos eso es lo que le pareció a Aguirre, que la siguió pensando que la mujer pretendía desorientarlo para que él no supiese nunca en cuál de las habitaciones estaba la Máquina, para que no se atreviera a regresar alguna vez por su cuenta o para que supiera que no podría salir de la casa sin su ayuda. La mujer quitaba a su paso sin voltearse unos trozos sucios e irregulares de tela que ocultaban los aparatos; al ser revelada, cada máquina daba la impresión de ser una continuación de la anterior y, al mismo tiempo, un adelanto de la que la seguía, como si cada una de ellas hubiera sido el borrador de un artefacto mayor o más complejo que aún esperaba por ellos en alguna de las habitaciones.

4. «Él llegó durante una tormenta», comenzó a contar María. «Unos que estaban pescando lo vieron braceando entre las olas, altas, lejos de la costa. Pensaron que debía de haberse caído de un barco. Lo rescataron. Y como no sabían qué hacer con él, que ni siquiera hablaba el idioma, se lo trajeron a mi padre, que era maestro. Hacían apuestas sobre si era turco o qué, pero nadie pudo cobrar esas apuestas nunca porque jamás conseguimos averiguarlo.»

5. Mientras la mujer hablaba, Aguirre se detuvo frente a uno de los modelos de la Máquina; pese a estar completamente destruido, el aparato exhibía una complejidad que lo llevó a pensar que se trataba de la última de las versiones de ella, de su ejemplar más logrado, y se lo señaló a María. «¿Es ésta?», preguntó. María sonrió, pero se corrigió de inmediato, como si temiera que su sonrisa fuera a ofenderlo. «No. Ésa es una de las primeras que hizo, por el veintidós más o menos», le respondió. Aguirre no dijo nada. La mujer continuó su historia: «Con el tiempo pudo entenderse con los pescadores con gestos y con unos sonidos que eran como los chillidos de las gaviotas. Al final sólo hablaba con dibujos, pero esos dibujos no los entendía nadie. Sólo yo, que entonces era una adolescente; cuando dibujaba un barco, no parecía un barco, más bien un sombrero o un gato acostado. Pero era un barco. No había explicación. Para mí y para él era un barco. Por eso íbamos juntos a todas partes: cuando quería decir algo, lo dibujaba en una libreta y yo lo traducía. Lo raro es que no había relación entre lo que dibujaba y lo que quería, pero aun así nos entendíamos. Él dibujaba, por ejemplo, el sol, y yo le preparaba algo de comer, porque para él y para mí el sol era la comida, de la misma forma que el sombrero era el dolor y la enfermedad, el teléfono».

6. Mientras atravesaban sus habitaciones, la casa parecía iluminarse como si en su interior estuviera produciéndose un segundo amanecer; al ser contempladas bajo esa nueva luz, que daba la impresión de provenir de todas partes al tiempo que de ninguna, las máquinas podían inducir a pensar que, de hecho, eran pasmosamente simples: algunas de las últimas parecían tenedores y cucharas de uso diario, pero, cada vez que Aguirre quería confirmar que se encontraba ante simples objetos cotidianos, al extender una mano y tocarlas, descubría que todas tenían una pequeña puerta lateral detrás de la cual había un nudo de pequeños engranajes, cables y manivelas. Cuando esto sucedía, Aguirre retiraba la mano de inmediato, como si las máquinas estuvieran al rojo vivo y pudieran quemarlo, y la mujer sonreía de una manera que hacía que Aguirre la observara esforzándose por imaginarla hermosa, por imaginarla joven y hermosa, sin conseguirlo. / «Muy pronto empezó a construir cosas», continuó María. «Pero eran cosas sin sentido. Primero hizo esa máquina que usted vio al comienzo del pasillo y después hizo las otras. Él tenía ese don, que le había dado Dios, a falta de tantos otros, de entenderse con las máquinas. Se pasaba las horas manipulando resortes y cosas así que sacaba de los coches y de los otros aparatos que encontraba y que a veces, cuando ya no se podían reparar, le regalaban. Mientras, pasaban los años. La casa iba siendo ocupada por máquinas. Nosotros nos acostumbrábamos a movernos por ella siempre esquivándolas, respetando su lugar y su posición como si ellas fueran en realidad las que mandaran en la casa, y no nosotros. Quizá las máquinas tuvieran alguna utilidad o cumplieran una función que yo no recuerdo, en el pasado. Pero tal vez no la tuvieron nunca. Yo creo recordar que en algún momento funcio-

naban, que hubo una vida en que las máquinas no estaban rotas y funcionaban y nosotros las esquivábamos o nos movíamos a su alrededor, a veces de pie y abrazados, como las parejas de las cajas de música que se obsequian en las bodas, en las que dos novios giran sobre sí mismos al ritmo del vals que interpreta una pianola hasta que el aparato pierde fuelle o se estropea el mecanismo. Pero las máquinas, hoy, son sólo estas ruinas.»

7. Aguirre miró hacia atrás, en dirección a los aparatos que se extendían a ambos lados del pasillo como en la exhibición descuidada de un museo de provincias, y entendió —aunque *entendió* no sea aquí la palabra más adecuada— que las máquinas que veía, o los ensayos para la construcción de *la* Máquina, imaginaria o real, que todas ellas parecían ser, permanecían detenidas en el tiempo junto con la casa como monumentos a un hombre que no había podido hacerse entender siquiera por su mujer. Al mirar por una ventana, vio cómo la silueta de la ciudad comenzaba a fundirse con el mar bajo una luz tenue, y pensó en el Inventor y en su intento de lenguaje y su inevitable pérdida.

8. «No se acordaba de nada», dijo de repente la mujer, arrancándolo de sus pensamientos. «Tenía un signo para nombrar el recuerdo, al comienzo. Pero poco a poco fue dejando de dibujarlo. Quizá también se haya olvidado de él. En las libretas de sus últimos años lo único que hay son dibujos de engranajes y dispositivos, dibujos de dientes y de poleas y bisagras. Yo nunca entendí nada de esos asuntos, y es una pena: si hubiera aprendido, podría hacer funcionar la Máquina. Pero nunca lo hice y la Máquina ya no funciona. Es la que tiene frente a usted.»

9. La Máquina estaba montada sobre una de las paredes del pasillo, sostenida por unos alambres rojos y oxidados; al observarla, Aguirre creyó comprender que era igual al primer aparato que había visto, como si todo se hubiera detenido en su mismo inicio o como si el Inventor hubiera girado deliberadamente en círculos, como había dicho la mujer. / Bajo la luz del pasillo era imposible encontrarle una utilidad al artefacto, y era posible, pensó Aguirre, que nunca la hubiera tenido y que la mujer y él estuviesen tan sólo contemplando un cardumen de engranajes muertos desde el principio. Aguirre extendió una mano para rozar el aparato, como había hecho las veces anteriores, y volvió a encontrar la pequeña puerta lateral que mostraba el interior de la Máquina: al observar a través de ella, pensó que hacerlo era como intentar mirar el vuelo de un pájaro con las manos sobre los ojos.

10. La mujer sacó una libreta de abajo del colchón de una cama y se la tendió. «Esto es para usted», le dijo. «Él murió lentamente, y, mientras lo hacía, completó esta libreta. Tenía un interés especial en que la leyera alguien que supiera su idioma o que entendiera de mecánica, y ahora la libreta es suya.» «Yo no sé de ninguna de esas cosas», le advirtió Aguirre. «Lo sé», respondió la mujer, «pero usted es el primero que ha venido a escuchar la historia, y quizá sea el último. Y, en cualquier caso, yo ya soy una anciana y estoy cansada». / Aguirre tomó la libreta y comenzó a hojearla: estaba cubierta con garabatos, cuya disposición en las hojas permitía pensar que se trataba de poemas, aunque Aguirre prefirió creer que eran simples rayas, puesto que no era capaz de desentrañarlas. Un lenguaje inexistente no puede seleccionar

unidades también inexistentes, pensó. Cada cierta cantidad de páginas, las rayas se interrumpían y aparecían gráficos de engranajes que daban la impresión de haber sido dibujados por un niño. En los diseños de la Máquina la lógica parecía haberse trastocado irremediablemente, y el espacio era representado en ellos como en la casa: de una manera incomprensible y ajena. Aguirre pensó por un momento que el Inventor era inferior a su creación; sus esbozos de la Máquina estaban allí, tal como él los había imaginado, hechos con engranajes y piezas minúsculas dispuestas en un orden difícil de descifrar, como una forma de comunicación con la mujer que durante años había creído entenderlo; pero las máquinas no funcionaban y la mujer no había comprendido. ¿Qué soledad era esa que había llevado a un hombre a aceptar la comida que le daban cuando él garabateaba el sol? ¿Qué tipo de frustración podía subyacer a la frustración de dibujar un teléfono y que se creyera que estaba enfermo? Un día la mujer ya habría muerto y las máquinas terminarían de oxidarse, y del hombre no iba a quedar nada, pensó Aguirre; nada más que las libretas y una historia que no podría ser contada jamás en un periódico, que su director nunca admitiría publicar, que —la mujer se lo había advertido— él no iba a poder escribir porque no la comprendía, y que, sin embargo, María deseaba que no muriera allí y en esa tarde. Una historia de amor, tal vez, de alguna forma.

11. «Quisiera poder contarle más, pero apenas entiendo lo que sé, y no sé mucho», murmuró María cuando llegaron a la puerta. Aguirre se esforzó por sonreírle, pero no lo consiguió; al salir, creyó ver que el día se había detenido sobre el Chevy, que brillaba pese a estar cubierto de polvo. Una última vez, sin embargo, se dio la vuelta y preguntó: «¿Cómo era aquel signo? El que uti-

lizaba para referirse al recuerdo». La mujer dudó un instante; después se adelantó, extendió un brazo y dibujó en el aire algo que a Aguirre le pareció un pez o quizá un círculo, pero que más posiblemente no fuera ninguna cosa, y volvió a entrar a la casa.

Gombrowicz

Predicamos el término «hombre» de un hombre. / Igualmente, predicamos el término «hombre» del término «animal». / Luego, en consecuencia, podemos predicar también el término «animal» de éste o aquel hombre. / Porque un hombre es ambas cosas: hombre y animal.

ARISTÓTELES, *Categorías*

1. Un hombre viajó en tren con un caballo. El viaje sólo fue posible gracias a que las ordenanzas —urdidas por funcionarios ingleses encerrados en altas torres inglesas colmadas de papeles ingleses— contemplaban la posibilidad —real, aunque mínima— de que un caballo viajara en tren si disimulaba eficazmente su condición equina. / En todo caso, y para entonces, nada había en él que recordase al animal que se rebelaba bajo el golpe de fusta y trotaba por el campo misionero para llenarle los ojos de crines y sudor a una señorita que ahora vivía en Buenos Aires. Sólo los cascos, que ocultaban las botamangas ensanchadas de los pantalones, los brazos caídos a los costados del cuerpo, inútiles para otra labor que no fuera correr, y los pelos, renegridos y brillantes y que le caían sobre el belfo, lo asemejaban a los caballos que habían sido su padre y su abuelo, y de los que él ya no parecía guardar memoria. Como un caballo, no podía —y ésta era la mayor de sus incapacidades— nombrar las cosas. Su acompañante, un campesino que se había maravillado ya ante las formas inmensas y cambiantes de la capital misionera, una vez, al ir también a entregar un caballo, solucionaba al menos en parte esa

incapacidad anticipándose a los deseos de su protegido. Pero éstos eran más bien escasos, y se limitaban a avena, terrones de azúcar y agua, que le servían en el vagón comedor en platos de porcelana a una orden de su acompañante, de modo que la adivinación no era dificultosa ni suponía un gran esfuerzo. Al hundir el belfo en el agua o en el plato de avena, se reflejaba en sus ojos, notablemente separados, el placer que les brindan a los caballos las pequeñas cosas a las que éstos pueden acceder, sean todavía caballos o hayan sido convertidos ya en otra cosa.

1. Los esfuerzos por que aquel caballo se pareciera a un hombre se habían iniciado un año atrás; al principio, el animal se había negado a adoptar los gestos que iban a asemejarlo a un hombre: una angustia profunda, en la que mucho tenía que ver lo absurdo de la idea, así como la violencia con la que trataban de imponérsela, le enturbiaba los ojos hasta que ya no podía ver el campo sino como una extensión acuosa e intransitable, y ni siquiera al final de su adiestramiento podía nombrar las cosas que lo rodeaban. El Creador —o la ilusión de él— podía tolerar que aquel caballo se asemejase gradualmente a un muchacho por el capricho de unos hombres, pero no que hablara.

1. El viaje en tren operó, sin embargo, cambios notables en el animal: aunque al comienzo lo acometía el deseo irrefrenable de correr por los vagones y de escapar hacia el verdor que se extendía más allá de las ventanillas, tentándolo, pudo contenerse, y aquel deseo dio paso a otros, como el de probar la carne y el de hacer una reverencia ante las mujeres con quienes se cruzaba; al final, ebrio de tantos paisajes que se habían desplegado ante

sus ojos —a menudo poblados por caballos como él, y que, sin embargo, le parecían ya lejanos y repulsivos en su animalidad sin remedio— quiso ser llamado por un nombre. Él mismo eligió uno, que distaba una enormidad de los nombres oídos en el campo donde había crecido, bajo el peso informe de la montura y del jinete: «Witold Gombrowicz». Los motivos de esa elección permanecieron en la oscuridad hasta el final de su vida, y aun después. Cuando el tren detuvo su marcha por fin en los andenes de la estación de Retiro, y los campos y los pueblos que se habían entreverado en los ojos de los viajantes con las primeras calles de la ciudad estaban ya lejos, el campesino creyó que era inútil continuar con la simulación y que la humanización del animal para su transporte ya había cumplido su propósito e intentó ensillar a Gombrowicz; pero Gombrowicz se opuso, y sus ojos se llenaron una vez más de la angustia de aquello que excede el sentido, equino o humano, y resulta incomprensible. Fueron igualmente indescifrables para él las imágenes de automóviles, edificios y personas que se le mezclaban al pisar el andén con la de una señorita, a la que él conocía, frente a un tren inglés, con el rostro desencajado.

Mineros

¿Cuándo habremos de vernos, con el
[trueno, otra vez,
con el rayo o la lluvia reunidas las tres?
WILLIAM SHAKESPEARE, *Macbeth*

Pertenecían tanto a la vigilia como al sueño; pero tenían una manera tan particular de sentarse, de apoyar sus pequeñas caderas en los asientos, que las delataba: llevaban mucho tiempo esperando.

Eran tres ancianas pero habían sido tres mujeres o tres niñas. Daba lo mismo, porque la memoria se les había enflaquecido en su constante rondar alrededor de un solo hecho: la memoria era un animal que, en sus cabezas, se había comido ya a sus crías después de que una sequía prolongada lo dejara sin presas; había devorado todos los acontecimientos anteriores al hecho, incluso sus nombres, para volver periódicamente, y con mayor facilidad, sobre la historia. El tiempo se había detenido para ellas. Cuando alguna de las tres volvía la cabeza en dirección a la entrada de la mina, las otras dos le miraban las arrugas del cuello y asentían con un gesto de disgusto, y era ese único movimiento, ese giro imperceptible en otras circunstancias, el que les recordaba que el tiempo pasaba, tan desalentador como antes.

Nunca llegaban juntas: la primera en hacerlo apoyaba en el piso rocoso las patas delgadas de su silla y se sentaba a esperar, y después llegaban las otras dos. La silla de la tercera de las mujeres se había roto hacía años, una de las patas se había salido de cuajo, y la mujer debía reemplazarla con un ejercicio, primero calculado y después inconsciente, de equilibrio. También se había desgarrado el forro rojo del asiento, y sus jirones flotaban hacia delante o hacia atrás, sometidos al arbitrio del viento, como si fueran las banderas de una nación imaginaria y de inusitada pobreza.

Cuando las tres ya estaban sentadas, contaban historias de sus maridos. Decían: «Hablemos de ellos, sólo hasta que regresen de la mina». Entonces la primera se echaba hacia atrás el cabello ralo y blanco en un gesto mecánico y contaba la historia de su marido, un hachero que dormía sentado y que había cambiado la oscuridad de los bosques por la del interior de la tierra. «Quería irse a otra parte», decía la mujer, que aseguraba recordarlo planeando durante meses la fuga del interior vegetal en el que se encontraban por aquella época. «Se quedaba dormido frente a la mesa, pero completamente recto, como si estuviera atento a seguir los dictados de sus sueños», decía. «A veces conseguía hacerlo acostarse en la cama, pero por la mañana me lo encontraba una vez más sentado a la mesa, durmiendo en su silla, erguido como si olfateara el aire de sus sueños, y a veces también despierto, repitiendo que se iba a ir a otro sitio, mejor, y que iba a llevarme con él, que era también un sueño», decía antes de callarse.

La segunda mujer empezaba entonces a contar la historia de su marido: el marido había sido capataz en otras minas, «había andado lo suficiente bajo la tierra para saber que cada mina tiene su carácter», decía. «Abajo de la tierra uno es como un náufrago», decía la mujer recordando las palabras de su marido, «está solo en su isla, rodeado de

38

la muerte». Cuando al hombre lo mandaron a esa mina, supo desde un principio que todo terminaría mal. «Ésta es muy difícil», había dicho mientras calculaba cuánta vida les podría sacar a sus operarios antes de que la tierra se los arrebatara definitivamente. Por eso la obligaba cada mañana a augurar con cartas, con conchas de caracol o con granos de arroz, las cosas que ella hacía antes de casarse y a través de las cuales lo había conocido. Porque estaba jugando una partida como la de sus náufragos solitarios, cuyas vidas había leído en libros amarillentos de veinticinco centavos que pasaban de mano en mano entre los mineros. «Hoy hubo un buen augurio», le había dicho ella la última mañana, poco antes de que su marido se dirigiera a la mina: en la mano derecha llevaba una caja con medicamentos y una bolsa con comida para cuatro días; en la mano izquierda, la jaula en la que solían dormir los pájaros.

La historia del tercer marido era la más extraña de todas porque el hombre era o había sido el contador de la mina: preocupado por la aparente falta de legislación sobre los aspectos más técnicos y específicos del trabajo en ella, el hombre se había hecho traer libros de la capital y había comenzado a estudiar los archivos de la empresa. «Así empezó su preocupación por esos papeles», decía la tercera mujer, con los ojos cerrados. El marido había revisado incontables veces aquellos archivos hasta que las legislaciones se le habían empezado a enredar en la cabeza, como una pesadilla. «Empezó a creer que había una legislación principal, un papel que había que buscar porque estaba en el origen de toda la legislación futura», decía la mujer: «Si tuviera ese papel, podría legislar sobre la mina», decía, «anticiparse a lo que pudiera suceder, incluso impedirlo». El marido había quedado atrapado en la maraña de órdenes contradictorias que constituían los signos exteriores de la legislación, porque los signos interiores sólo eran visibles lejos de los papeles, decía, en el interior de la tierra.

Cuando terminaban de contar sus historias, las mujeres permanecían en silencio, como cazadoras a la espera de sus primeras presas, de sus maridos ausentes. En ocasiones, alguna de ellas creía escuchar los sonidos del retorno, los pasos de los hombres, que subían entre gritos y risas, ascendiendo desde la oscuridad hacia la luz, y el canto de los canarios, los pájaros que llevaban bajo la tierra para recordarles que había un «sobre» y un «afuera» de ella y para no morir asfixiados. Pero siempre las señales eran falsas, eran el producto de la espera y al mismo tiempo la prolongaban.

Al anochecer, las tres mujeres se iban en el orden en que habían llegado, con sus esperanzas y sus sillas, que podrían haber sido cargas demasiado pesadas de llevar para cualquiera, excepto para ellas. Sólo a veces alguna traía unos mendrugos de pan; lo partía en tres trozos iguales y les entregaba dos a las otras mujeres poco antes de irse, pero las otras los tenían en sus manos durante largos instantes porque ya habían olvidado cómo comerlos: abstraídas como estaban de todo lo anterior a la historia de la mina y la desaparición de sus maridos, las mujeres miraban los trozos e intentaban inútilmente recordar la textura del pan en sus bocas escuálidas, el sabor en sus gargantas inútiles. Pero no podían, y acababan guardando el pan en los bolsillos raídos de sus vestidos: eran unos vestidos pintados con flores imprecisas, dibujos hechos hacía años por manos todavía firmes pero que en ese momento desdibujaban más aún las formas casi inexistentes de las tres mujeres frente a la entrada de la mina.

El relato de la peste

—¿Está seguro de que no sufre la soledad?
—¡Al contrario! Salí a comprar un poco
de leche y entonces sí que me crucé con
un individuo que estaba verdaderamente
abatido.

JUAN RODOLFO WILCOCK
y FRANCESCO FANTASIA,
La boda de Hitler
y María Antonieta en el infierno

1. No tenía más de nueve años, pero andaba por el mundo diciéndoles a las personas que tenía la peste y que debían cuidarse de ella; cuando lo hacía, miraba fijamente a sus interlocutores y después daba un paso hacia atrás y se marchaba sacudiendo los enormes zapatos. En su graciosa seriedad, era ya la mujer que sería en el futuro, dispuesta a rehusar la compañía del mundo para no afearlo o no deslucirlo, a apartarse de él si ésa era la condición para que el mundo continuara siendo bello o tolerable para los otros.

2. Ya hacía unas semanas que insistía en que tenía la peste cuando escapó el gato. Era negro y tenía un rostro sereno y grave como el de ella, y se parecían bastante, o eso decía la niña, aunque siempre aclaraba que el gato no tenía pecas ni usaba anteojos: era un gato digno del cariño desconfiado de una niña que se había contagiado de la peste mucho tiempo antes que el resto de las mujeres a las que conocía o a las que conocería, todas ellas contaminadas sin remedio con una enfermedad creada por otros y sin

solución a la vista, y ambos tenían una serie de actividades en común. Esas actividades eran las siguientes: dormir, comer, mirar de forma arrogante, comer, dormir, observar el vacío, dormir, comer, preparar emboscadas, comer, dormir, comer. Y también dormir. Y comer.

3. El gato había desaparecido. Ella lo buscaba por todas partes y no se resignaba a su ausencia; puesto que el mundo de los adultos le parecía enorme y extraño, y creía que al gato sólo podía parecerle así también, ella persistía en una rutina que lo hacía pequeño y predecible, y que era la misma rutina del gato: servía la leche en su cuenco, lo llamaba con una voz frágil y esperanzada y luego se sentaba a esperarlo, con las rodillas blancas chocándose entre sí apenas unos centímetros por encima de los zapatos negros y enormes, y la mirada puesta en el patio, esperando a que el gato regresara o el mundo se acabase, lo que sucediera primero.

4. No hay nada peor que contemplar a una niña que tiene la peste y lo sabe, así que sus padres, cuando estaban en la casa, la echaban al jardín. Entre los árboles grises que habían arraigado de alguna forma en la pendiente rocosa de atrás de la casa, la niña caminaba llamando al gato. Cuando se cansaba, y sólo por hacer algo, repetía para sí los cuidados que debía seguir la gente para evitar contagiarse de la peste que ella tenía, que recitaba sólo para sí misma: no comer frutas rojas ni amarillas, no pisar el bordillo de la acera, no decir la palabra *alacena*, no ir jamás a la escuela, nunca decir el número *catorce millones ciento sesenta y un mil*; claro que esto último era lo más fácil. A veces inventaba otras reglas y, cuando también se cansaba de esto, volvía a llamar al gato, en todas las lenguas y de todas las formas que conocía.

5. Un atardecer, mientras patrullaba por la parte trasera de la casa, murmurando, volvió a verlo. El gato ponía a prueba su supuesta invisibilidad y su equilibrio en lo alto del pequeño muro que separaba el jardín de la casa vecina; de lejos parecía cualquier gato pero, de cerca, quedaba claro que era su gato, que fingía ignorar, como suelen hacer estos animales —en cuya cabeza, se dijo en una ocasión, anida el diablo—, cualquier circunstancia que fuera exterior a su deseo o al asunto que lo ocupaba. / Cuando comenzó a correr hacia él, sin embargo, el gato saltó de la pared, entró en el terreno anterior de la casa vecina y se escabulló por una puerta abierta. La niña se quedó observándolo descorazonada, con los ojos abiertos detrás de las gafas enormes y sucias que convertían su rostro en una excusa formidable para los bromistas de la escuela. Estuvo un rato más observando la puerta, expectante; pero el gato no volvió a salir, el sol cayó definitivamente por ese día y ella tuvo que regresar a su casa.

6. El día siguiente, y los que le siguieron, ella no volvió a llamar al gato, pero comenzó a observar por encima del pequeño muro que separaba las propiedades la puerta abierta de la casa vecina, esperando que su gato saliera. El gato no salía nunca, sin embargo, y, cada noche, ella volvía a su casa bajando la pendiente rocosa, que terminaba provocándole la vaga sensación de que descendía a una fosa profunda y oscura. Dormir y comer eran actividades que podía realizar sola, pero mirar de forma arrogante y preparar emboscadas eran cosas que una niña sólo puede hacer con un gato.

7. No había pasado una semana del momento en que vio al gato entrar a la casa vecina cuando decidió enfrentarse a la situación. Se calzó unos guantes que había

robado a su madre para evitar contaminar la casa, saltó
el pequeño muro entre las propiedades, tocó con suavidad la puerta. Una mujer con la boca excesivamente
pintada que parecía haber estado un instante antes limpiando algo muy polvoriento le abrió y le echó una mirada que juzgaba y al mismo tiempo no juzgaba en absoluto la intromisión de la pequeña visita; a su espalda, la
casa daba la impresión de haber sido sometida a una
violencia increíble, como si por ella hubiera pasado un
huracán o un funcionario de la oficina de impuestos;
pero entre los muebles, sobre un sillón, estaba el gato.

8. Antes de comenzar a hablar, la niña notó que la mujer
de la boca pintada ya había perdido la paciencia, y le dijo:
«Ese gato que está allí es mío, y vengo a llevármelo». La
mujer miró al gato como si nunca antes lo hubiera visto,
y por fin respondió: «Ese gato es mío. Hace unas semanas
que le doy de comer, así que es mío». ¡No es suyo sino
mío!, hubiera querido gritarle en ese momento la niña,
pero se contuvo. «El gato es mío», insistió. «Mientras yo
le dé de comer me pertenece», respondió la mujer de la
boca pintada; el sudor le dibujaba un brillo vulgar sobre
el labio superior, y toda su cara tenía una expresión bur-
lona que a la niña la irritaba profundamente. Pero no fue
esa expresión sino más bien el descubrimiento de que le
habían robado su gato, que la serie enorme de privaciones que el mundo había previsto para ella al darle unas
piernas blancas y débiles de rodillas que chocaban apenas
arriba de unos zapatos enormes, que ponían orden en
unos pies torcidos, unos brazos cortos y un rostro feo que
era ampliado en beneficio de la curiosidad pública por
unos anteojos enormes que siempre estaban sucios, en
suma, que todas esas privaciones la habían desterrado del
mundo más que como espectáculo o fenómeno y que
además le habían robado el gato la hicieron sentirse de-

masiado indignada para darse la vuelta y marcharse. «No sabe lo que está haciendo», amenazó por fin a la mujer con voz profunda. «No sabe cuánta desgracia puede traer a esta casa. Le advierto que tengo la peste» —la vecina abrió los ojos— «y que basta con que me quite estos guantes, estos mismísimos guantes, y la toque con la mano, con esta mismísima mano, para que a usted también se la contagie. Mire», insistió —la mujer dio un paso hacia atrás al ver que la niña se quitaba un guante—, «tengo la marca de la peste», la niña agitó rápidamente la mano y luego la escondió detrás de su espalda. «No hace falta que le cuente los suplicios terribles que padezco. Si no me devuelve mi gato, voy a soplarle mi aliento y usted se va a pudrir y va a morir de golpe.»

9. La mujer se apartó horrorizada cuando la niña estaba a punto de rozarla con un dedo. En su mirada detrás de los anteojos sucios había un desafío que —quizá haya comprendido la vecina— no era contra ella sino contra toda la injusticia en el mundo y contra el saberse una mujer fea y no poder evitarlo. Más allá, el gato parecía observarla con una expresión divertida en el rostro, como si toda la escena que contemplaban sus ojos hubiera sido montada para su exclusiva diversión: acerca de los padecimientos que una niña debe atravesar para convertirse en una mujer, y los que enfrenta cuando ya es una, el animal no parecía tener ninguna opinión. En cierto modo —pensó la niña al tomar al gato, que se acomodó entre sus brazos y comenzó a ronronear mientras abandonaban la casa, desprovisto de voluntad y de juicio—, los gatos se creen reyes y a menudo actúan como tales.

Alemania, provincia de Salta

[B. entra. Lleva una gran maleta de la que no parece desear desprenderse. A. lo observa un momento y luego habla.] «¿Quiere seguir de pie o va a sentarse? No hay mucho más que lo que ve, y lo que ve ya lo conoce. Una mesa, un par de sillas, pilas de libros, unas estanterías, decenas de recibos, estas cajas. ¿Qué hay en ellas? Ya lo sabe: libros que han llegado hace unos días y que nadie ha tenido interés en comprar. (...) Posiblemente, si todavía hay compradores de libros, que son tan distintos a los lectores, ya lo sabe, ni siquiera se hayan enterado de su existencia, porque los libros duran poco, en las mesas de una librería como ésta y en casi cualquier otro sitio. ¿Quién es el peor enemigo de los libros? Quien los hace, por supuesto. (...) ¿Va a sentarse o va a seguir de pie? (Si consigue hacer las dos cosas al mismo tiempo avíseme, se lo ruego.) *[B. no se mueve.]* ¿Le molesta si intento poner orden en esto mientras hablamos? Deje su valija allí, aquí no hay ladrones. (Bueno, admito que no es un buen chiste.) (...) Mejor siéntese. (...) C. me lo ha contado todo. No tiene que decir nada. Dedíqueme unos momentos de su atención y después podrá decir lo que quiera. La luz no es muy buena aquí, como, de hecho, no lo es en ninguna otra parte de esta librería, y voy a pedirle que se acerque. ¿Quiere café? Se lo prepararé con placer, aunque le advierto que mi café suele estar un poco fuerte. Claro que usted ya lo sabe de sobra, perdone: ha trabajado aquí durante once años. Más exactamente *[A. se fija en un cuaderno sobre la mesa]*, durante once años, once meses y ocho días. (...) En me-

46

nos de un mes cumpliría usted doce años trabajando con nosotros. De no haber mediado ciertas circunstancias. Lo he calculado todo mientras lo esperaba. (...) ¿De verdad no va a sentarse? *[B. sigue de pie.]* (...) He hecho un par de cuentas, pese a que no soy muy bueno para las matemáticas. Eso usted también lo sabe, por supuesto: durante años ha hecho la caja del local cada noche. Usted ha estado con nosotros *[A. lee de su cuaderno mientras B. deambula por la trastienda sin prestarle demasiada atención]* durante once años, once meses y ocho días: eso suma unos dos mil ochocientos ochenta y ocho días, descontados feriados y vacaciones, un total de veinte mil doscientas dieciséis horas de trabajo. Muchas de ellas fueron agotadoras, imagino. Naturalmente, las ventas han disminuido bastante en los últimos años, pero en las buenas épocas, usted las recordará, solíamos trabajar de las catorce a las dieciocho sin tener apenas tiempo para sentarnos. Por esos años usted trajo a C. *[A. señala hacia el interior de la librería]* para que nos ayudara, pero de él hablaremos más tarde. Ahora hagamos otra cuenta. Supongamos que durante los últimos once años, once meses y ocho días usted no ha tenido respiro entre las catorce y las dieciocho; ha estado completamente ocupado durante, digamos, unas dos mil ochocientas veintiocho horas. El resultado de una simple resta nos indica que ha gozado de unas catorce mil ciento cuarenta horas relativamente holgadas, algo así como quinientos ochenta y nueve días, más de año y medio. ¿Estoy en lo cierto? *[B. no responde. Mira su reloj y avanza hacia la maleta.]* ¡No! ¡No se vaya todavía! C. me lo ha contado todo. (...) Me ha dicho que regresa a Alemania, provincia de Salta. Siéntese, por favor. *[B. no se sienta, pero se aleja de su equipaje.]* Me ha dicho que un amigo le ha conseguido un puesto de empleado de comercio en Alemania, provincia de Salta. Y lo felicito. Pero si me permite, si después de todo lo que ha pasado me permite que yo le dé mi opinión, que es sólo una opinión, ya sabe, creo que un hombre con su talento no puede regresar a su pueblo a ocupar un puesto como ése. Naturalmente, usted me hablará del dinero y todo eso. Bueno, he pensado un par de cosas al respecto. (...) La luz, insisto, no es muy buena en esta trastienda. (...) Quiero que vuelva a trabajar aquí. *[B. aparta la vista de una hilera de libros y lo observa.]* No me mire de ese modo. (...) Las sillas no son cómodas, pero aun así, ¿no preferiría sentarse? *[B. niega con un gesto.]* Le ruego que acepte mi propuesta. La primera. (Quizá la aclaración no fuera necesaria, lo sé.) Quisiera que me disculpe por haberlo despedido hace unos días. (...) No es fácil para mí decir esto. (...) Ha sido un error y quisiera subsanarlo. (...) No quiero que regrese a Alemania, provincia de Salta, a trabajar de dependiente. Y le diré por qué. Vea *[A. señala en dirección al exterior de la trastienda]*, allí está C. Observe cómo organiza el estante de la literatura norteamericana. Nadie que entrase en este momento podría pensar que sólo es un librero; si lo viese en este momento diría, por el contrario, que es el dueño de una soberbia biblioteca y que los libros que ordena con tanto mimo le pertenecen. Mire cómo pone *El gran Gatsby* junto a los *Cuentos completos* de O. Henry. A su lado coloca un libro de Ring Lardner. Ahora un tomo de obras reunidas de O'Neill. Puede parecerle una sucesión arbitraria pero todo el conjunto tiene su lógica, naturalmente. C. es un experto en literatura norteamericana. (...) ¿Dónde estábamos? (...) ¡Ah, sí! Hablábamos de esas horas libres en el trabajo que usted ha tenido. En total son unas dieciséis mil trescientas cincuenta y dos horas. Ahora imaginemos que usted se hubiese dedicado a memorizar una palabra de un idioma extranjero de su elección por hora durante ese período. Sólo una por hora, pero de manera continuada. En este momento tendría un vocabulario de unas dieciséis mil trescientas cincuenta y dos palabras, lo suficiente para leer el periódico o para comprender cualquier obra de Friedrich Dürrenmatt si ese idioma hubiera sido el alemán. En dieciséis mil trescientas cincuenta y dos horas usted podría haber aprendido de memoria la *Carta al padre* de Kafka a razón de doscientas ochenta horas por párrafo. Podría incluso, aunque esto es apenas una conjetura, haber leído completo el *Fausto* de Goethe. ¡El *Fausto* de Goethe! ¡La gente pierde el tiempo en tantas cosas! Observe a C. *[A. señala, pero B. no se gira para mirar fuera.]* Hojea un libro de Tennessee Williams, bosteza. ¿Sabe qué dijo? Dijo: «Desde su juventud, Tennessee Williams siempre fue una anciana aburrida». ¿Qué le parece? ¡Una anciana! ¡Y aburrida! *[A. ríe exageradamente. B. repasa una hilera de libros con el dedo y no le responde. A. vuelve a ponerse serio.]* Fue un error haberlo despedido. (...) Es lo que quería decirle. (...) Para comprender cómo pude cometer ese error tiene usted que pensar que al principio sólo noté que faltaban libros, sin reparar qué relaciones existían entre ellos y qué conclusiones podían sacarse. (...) Al principio sólo eran detalles, simples acontecimientos inconexos que se producían a lo largo de las muchas horas que permanezco en esta trastienda, donde la luz es tan mala. Buscaba un libro de Isherwood y no lo encontraba. Uno de Stephen Spender había desaparecido también y perdíamos un cliente. Después eran los poemas de Auden, pero las conexiones entre los tres, que tan evidentes son para algunos, a mí me pasaban inadvertidas. Una línea completa de libros sobre los poetas provenzales desapareció en poco menos de un mes mientras yo pensaba en estas cosas o no pensaba en nada en absoluto. Nunca pude comprobar quién se llevaba los libros, jamás tuve ninguna prueba, pero comencé a sospechar de usted. *[B., que ha subido a una escalera para revisar un estante ubicado en las alturas, se da la vuelta y observa a A. desde arri-*

ba.] ¿Cómo llegué a la conclusión de que era usted el que robaba los libros? Usted es el experto en literatura europea, ¿no es cierto? Sólo usted podía tener interés en esos libros, o conocer todo lo que unía a Spender, a Isherwood y a Auden. (...) Es muy difícil de admitir, pero lo admito. Me sentí traicionado. (...) El robo de los libros no me importaba: con técnicas más o menos anticuadas, que la mayor parte de las veces disculpamos en nombre del vínculo que tenemos con ellos, muchos de nuestros clientes roban. (Y además la relación entre literatura y robo no es nueva.) Lo que me dolía era que fuera precisamente usted quien me robara, traicionando la confianza que yo había depositado en usted durante, se lo recuerdo, once años, once meses y ocho días. (...) Esta librería habría echado el cierre hace tiempo sin su trabajo. (...) Sin su habilidad para los números hubiéramos cerrado hace años, en alguna de las pequeñas crisis que se suceden unas a otras en un negocio que es una crisis y una catástrofe en sí mismo. (...) Sin su capacidad hubiéramos perdido a la mitad de nuestros clientes. (...) Sin sus conocimientos, la literatura europea hubiera ocupado apenas un par de estantes en el fondo de la librería, olvidada por unos clientes que por lo general prefieren estímulos más intensos aunque más transitorios. (...) Usted es responsable de que sigamos aquí, de que aún vendamos libros. Por eso le ruego que vuelva. (...) Si lo desea, márchese a Alemania, provincia de Salta, durante una semana. O dos, si lo prefiere. Pero regrese. Mientras tanto, me quedaré con C. Mire cómo toma un libro y lo abre en una página cualquiera. Acérquese. *[A. le hace una seña y B. comienza a bajar la escalera.]* Mire bien. ¿Reconoce el libro por su portada? Es *Las nieves del Kilimanjaro*. C. lee una línea, cierra el libro y acaba la cita de memoria. Nada le gusta más que Hemingway, ¿lo sabía? (...) ¿De qué le estaba hablando? (...) Eso es. De las dieciséis mil trescientas cincuenta y dos horas muertas de sus dos mil ochocientos ochenta y ocho días de trabajo en esta librería. Tan sólo se me ocurre una persona que haya tenido tanto tiempo a su disposición: Amet. (...) Usted me contó la historia. ¿No la recuerda? *[B. lo mira y no responde. Pasa un dedo sobre la mesa y luego lo inspecciona. A. comienza a caminar en círculos.]* Un relojero francés llamado Absalón Amet inventa en sus horas de ocio una máquina capaz de escribir sentencias filosóficas y poéticas a la que llama «El Filósofo Mecánico Universal». El artefacto está compuesto por cinco grandes cilindros; cuando se lo acciona, unas etiquetas que llevan adheridos los cilindros forman una frase, siempre distinta. Las etiquetas del primer cilindro contienen un número de sustantivos precedidos de su respectivo artículo. El segundo está destinado a los verbos. El tercero, a las preposiciones. El cuarto cilindro contiene adjetivos. El quinto tiene sustantivos, otra vez. Negaciones, conjunciones y adverbios pertenecen a otro período, posterior, en el que el relojero perfecciona la máquina. Antes publica su primera antología, que lleva el título de *Pensamientos y otras cosas del Filósofo Mecánico Universal,* que demuestra que la literatura sólo es combinatoria. (...) Usted me dijo que la máquina y su creador desvariaban, pero me leyó un puñado de sus pensamientos y yo tuve mis dudas. Recuerdo algunos. «El amor es un ladrón silencioso», «Todo lo real es racional», «El infierno son los demás». Todos me parecen ciertos ahora. *[A. y B. se quedan en silencio por un instante. Luego A. continúa, mirando hacia el extremo opuesto al lugar en el que se encuentra B.]* ¿Sabe cómo me di cuenta de que no era usted quien había robado esos libros? Fue difícil. En su mayoría eran libros de autores europeos, es cierto. Pero también es cierto que todos ellos podían ser considerados antecedentes y/o sucesores de la obra de Hemingway. Todos lo habían influenciado o habían sido influenciados por él y Hemingway había hablado de ellos en muchos sitios, levantando excepcional y brevemente por ellos el veto que dedicaba a los escritores que pudieran empequeñecer sus logros. (...) Quien robara los libros no estaba haciéndolo porque tuviera interés en la literatura medieval en lengua vulgar, porque se interesase por el Berlín de entreguerras o por la poesía moderna. (...) Los robaba porque explicaban y ampliaban la obra de Hemingway. Me costó algo de tiempo comprenderlo, pero poco después de despedirlo lo hice, atando esos cabos que las personas dicen que atan y desatan a su antojo y que, sin embargo, muy pocas veces son visibles y casi nunca explican nada. (...) Había una clave y por fin la descifré. Pero si la luz no fuera tan mala aquí, en esta trastienda pero también en el resto de la librería, que mantenemos en penumbras porque a nuestros clientes les gustan la nocturnidad y la alevosía, o por el prestigio infundado que tiene la oscuridad en relación con los libros, me hubiera dado cuenta de todo mucho antes, cualquier día antes de su despido, que de ese modo no se hubiera producido. Un día como éste, una tarde como la de ahora, simplemente observando a C. con detenimiento. (...) Mire cómo lo hace. *[A. y B. se quedan en silencio con la vista puesta en la librería.]* ¿Lo ha visto? ¿Ha leído el título en la portada? ¿No diría usted que eran los *Cuentos de las colinas* de Rudyard Kipling? *[B. no responde. Larga pausa. Se acerca a su maleta. Está por levantarla cuando A. se cuelga de su brazo como si fuera un niño.]* Le ruego que no se vaya. O le ruego que lo piense. Lo necesito en la librería. No tengo derecho a dudar de su honestidad. Este lugar también le pertenece. *[B. no responde. Levanta su maleta y se gira para abandonar la trastienda cuando la maleta se abre. De su interior cae un montón de libros que se desparrama a los pies de A. Las luces se apagan repentinamente.]*

El perfecto adiós

1

El sol se colaba dentro del coche y hacía brillar la cabellera roja de la mujer del asiento delantero, que se dispersaba en el viento en finas hebras; si el niño se tapaba un ojo y miraba con el otro el paisaje, que resultaba salvaje y misterioso en el resplandor de la tarde, parecía estar en llamas, como si el aire transparente pudiera incendiarse también, desgarrarse en cortes que abrieran su carne y lo incendiasen todo: las extensiones de trigo amarillas o verdes que se sucedían a intervalos, las casas blanqueadas con cal, los niños que caminaban al costado de la carretera, los perros.

El niño pestañeaba porque el cabello de la mujer del asiento delantero le entraba en el único ojo que no había cubierto, pero no apartaba el cabello ni dejaba de mirar, con una expresión severa, la tierra en llamas a través de la cual pasaban en ese instante. La mujer del cabello rojo se dio la vuelta y le sonrió y le dijo unas palabras, pero entonces el padre, volviéndose, le ordenó que dejara de taparse un ojo; el niño cayó sobre el asiento trasero y se refugió bajo el brazo sólido de la mujer llamada Ethel.

2

Ethel no tenía el cabello rojo sino negro, casi tan oscuro como algunas de las noches que habían pasado viajando; siempre hablaba con la boca torcida y, cuando el niño le preguntó por qué lo hacía, la mujer le contó que en una ocasión se le había paralizado la mitad del rostro. El niño no entendió a qué se refería y no insistió, pero le gustó su manera de hablar, la mitad de ella en la conversación y la otra mitad en silencio: era como si Ethel fuera dos mujeres en una, pensó, y desde entonces comenzó a pasar todo el tiempo con ella, curioso de su duplicidad y convencido de que dos mujeres lo protegerían mejor que una.

Las dos hablaban poco; en ocasiones soltaban frases que nunca acababan y que no parecían estar dirigidas a nadie: si el niño no estaba dormido se quedaba escuchando lo que decían y después trataba de memorizarlo. Ethel decía: «Acá estaba la otra vez cuando...» y se quedaba callada. «Sí», respondía la otra mujer, y miraba un instante más el lugar que dejaban atrás. Entonces el niño comenzaba a repetirse la frase: «Acá estaba la otra vez cuando... Sí... Acá estaba la otra vez cuando... Sí...», pero ni siquiera de ese modo la frase revelaba su sentido; por el contrario, lo perdía del todo al enredarse por la repetición y transformarse en sonidos sibilantes e incomprensibles, que el niño escuchaba en su cabeza hasta que volvía a quedarse dormido. A él las palabras se le confundían siempre; siempre, al menos, desde que su padre le había dicho que las palabras eran cosas engañosas en las que no hay que creer, artefactos sutiles que el Diablo usa para manifestarse y engañar a los hombres. En una ocasión el padre le había dicho: «Sólo hay una palabra, la Palabra», y el niño se había quedado, como cada vez que su padre le hablaba, envuelto en un miedo profundo y reverente, en el entendimiento de que cualquier cosa que dijera, cualquier palabra que usara para explicar lo que le pasaba, el miedo que tenía dentro desde la muerte de la madre, hubiese sido una demostración de que el Diablo ya lo había capturado en sus redes.

Claro que el padre tampoco hablaba mucho. El niño solía echarle miradas furtivas, pero el padre nunca apartaba la vista de la ruta para observarlo; en las raras ocasiones en que le hablaba, antes de comenzar a viajar, el padre siempre parecía mirar algo que estaba unos centímetros atrás y sobre la cabeza del niño, como si éste fuera demasiado pequeño y él no pudiera enfocar la mirada en su figura minúscula, una hormiga bajo la pata del elefante dispuesto a dar un paso, o como si el padre no quisiera mirar al hijo para no herirlo, para no lastimarlo con una mirada que, como había comprobado el niño en una ocasión, era tan fuerte como esos eclipses que sólo pueden ser vistos a través de muchas protecciones porque, de lo contrario, desgarran la vista.

Si el padre no miraba al niño, si eludía su mirada por alguna razón —quizá por temor a dañarlo—, el niño lo observaba todo el tiempo: sólo desviaba la vista en ocasiones para mirar el paisaje incendiándose en la cabellera de la mujer del asiento delantero o para contemplar a las dos mujeres que había en Ethel, con ambos ojos o, más a menudo, sólo con uno; el resto del tiempo permanecía con la vista fija en el padre con la vocación de un entomólogo o de un cazador de tesoros. Para el hijo, el padre era enorme, aunque quizá la realidad fuera que el padre no era enorme sino que el hijo era demasiado pequeño; para el hijo, el padre era una excepción, una criatura extraña y a la vez familiar en su reducida vida de niño: lo idolatraba como si supiera desde un principio que todos los hombres que conocería a lo largo de su vida, los que irían y vendrían a lo largo de los años posteriores, no podrían comparársele ni estar a la altura de la más banal de sus habilidades. Cuando el niño pensaba en su padre, pensaba en cosas calientes, en mantas, en la brasa de un cigarrillo, en el sol, en fotografías quemándose, en una hoguera más alta que un hombre en una noche muy oscura, unos días atrás.

3

Las mujeres habían aparecido al segundo día de viaje, por la tarde, cuando su padre aún seguía en silencio, mirando la carretera que se abría frente a ellos sin decir palabra, y el hijo seguía preguntándose adónde iban. El niño estaba tan lleno de preguntas acerca de ese viaje inmotivado que, mientras atravesaban campos inundados y vacíos, campos habitados por pájaros de patas excesivamente delgadas y vacas indiferentes, había empezado a recordar una y otra vez y otra el momento en que el padre lo había sacado de la casa y el viaje había comenzado.

Dos noches atrás, el padre había vuelto del astillero en el que trabajaba con los ojos enrojecidos, puestos como ascuas por la pintura que usaban para pintar los barcos, según le había contado en una oportunidad. Su madre lo había llevado a conocerlo hacía tiempo: aunque el recuerdo se empezaba a desdibujar en su cabeza, el niño todavía podía recordar al padre, que reía mientras los ojos del niño enrojecían a causa de la pintura que flotaba en el aire, volviendo los suyos y los del niño del mismo color. Lo que había pasado el día anterior al viaje él no podía saberlo ni recordarlo, sin embargo: el padre había vuelto a la casa y había preparado algo de comer para él y para su hijo, que había puesto con destreza los platos sobre el mantel sucio. El mantel había sido blanco en otros tiempos, pero para entonces ya era casi completamente amarillo, pintado una y otra vez por las gotas de la sopa que el padre cocinaba casi todas las noches, que en ocasiones caían fuera del plato; era, así lo creía el niño, como la carta de un restaurante en donde está escrita la totalidad de la oferta, pero la única comida que podía degustarse en el restaurante imaginario de su casa era la sopa amarilla con fideos, de manera que el mantel amarillo parecía informar a los comensales —que eran apenas el padre y el hijo, y, por lo demás, conocían bien esa carta— que el menú era exiguo, e inútil esperar sorpresas.

Una vez más, como todas las anteriores, esa noche el niño puso dos platos, dos cucharas y dos vasos de agua sobre el mantel. Puso también un trozo de pan del día anterior que había sobrevivido a su voracidad y a las hormigas; así dispuesta, la mesa parecía tristemente incompleta, desoladora. Quizá fuera por eso —pensaba en ese momento el niño— que el padre sólo había servido el líquido en su plato y se había quedado restregándose los ojos en la cabecera de la mesa, esperando que el niño terminara de comer. Después de lavar el plato y de recoger la vajilla limpia, el padre se encerró en su cuarto; el niño, que se había quedado despierto en su cama, observando callado el dibujo de las vigas en el techo, pudo escucharlo ir y venir durante horas, como un animal encerrado: parecía murmurar para sí y girar violentamente en redondo, haciendo resonar el cuarto con toda la dimensión de su furia o de su tristeza. El calor de la estufa, que el padre había apagado al pasar una última vez por la habitación del niño, había empezado a disolverse en el aire y el niño se obligó a dormirse para no sentir frío.

El padre entró en su cuarto antes de que amaneciera; el niño parpadeó, desacostumbrado aún a la presencia del padre, y sólo vio, con la mirada todavía borroneada por el sueño, los ojos rojos del padre brillando en la oscuridad, como si fuera un demonio: sintió sobre la cama el peso de la ropa que se había quitado la noche anterior y comenzó a vestirse con torpeza y prisa cuando el otro le hizo una seña; comprendió que se marchaban y no quiso quedarse solo. Cuando acabó de vestirse escuchó que su padre le decía: «Ya está, vamos» y salió de la casa detrás de él y se sentó en el coche.

El interior del automóvil estaba helado y el niño resbalaba entre los asientos, que eran pegajosos y fríos como el vientre de un pez. El padre cerró la puerta. Entonces el niño recordó que había olvidado en la casa su cuaderno de clases, que siempre llevaba consigo porque en una de las solapas había pegado una fotografía de su madre que el padre le había permitido quedarse en una ocasión; era una vieja instantánea tomada hacía años con una cámara Polaroid. Los colores habían comenzado a diluirse y su ausencia le daba a la imagen un aspecto desvaído, como si se la contemplara a través de los velos del sueño o se la observase bajo el agua, pero todavía podía distinguirse el rostro de la madre, sorprendentemente seria aunque aún con vida. El niño le pidió al padre un momento e intentó regresar a la casa, pero el padre ya había entrado al coche y lo había puesto en marcha. La voz del niño, siempre débil —como ahogada, se sorprendía el niño en ocasiones— se disolvió en el interior del automóvil y después quedó atrás, con la casa y el rostro de la madre.

4

Durante el viaje, en algún momento de la noche anterior, el padre había detenido el automóvil a un costado de la ruta y se había quedado viendo la noche caer sobre el paisaje; después había tomado del asiento trasero un libro de tapas oscuras, había encendido la luz del interior del vehículo y había leído en voz alta, para el niño y para sí mismo, unas palabras que éste ya conocía, unas palabras pesarosas de reproche sobre las que flotaba, sin embargo, la esperanza de una reconciliación. Mientras observaba la noche oscura al otro lado del vidrio y escuchaba las palabras que su padre leía, el niño se preguntó una vez más —como había hecho ya antes, en otra oportunidad— si esas palabras, que el padre decía que eran de Dios, no pertenecían más bien, como casi todas las otras, al Demonio, que las empleaba a menudo para confundir a los hombres, según el padre. Pero pronto pensó que no era así, porque las palabras que el padre leía —«He soportado cosas terribles de tu parte y ya no puedo más», repetía— parecían surgidas de su padre y de su historia, y no del Diablo.

5

Durmieron en el coche después de compartir un sándwich que el padre sacó de su bolsa, iluminados por la luz del interior del automóvil, que el niño le había pedido al padre que dejara encendida y que el padre mantuvo hasta que el niño perdió la conciencia. A la mañana siguiente, éste creía haber entendido algo y le pidió al padre el libro del que había leído el día anterior, pero el padre le respondió que se lo daría después. Entonces aparecieron las mujeres.

Fue en un local junto a la carretera en el que su padre se detuvo a media mañana para cargar combustible y para que el niño comiera algo. El local estaba prácticamente vacío, pero el padre escogió el reservado que estaba más cerca de la puerta de entrada y el niño se sentó a su lado; visto a través de los ventanales sucios, fijado en la memoria al observarlo con un ojo tapado en un momento en que el padre había ido al baño, el automóvil parecía un objeto extraño, de otro tiempo y de otro lugar, más lejos de lo que el niño, que temía que su padre pudiera acabar marchándose sin él, hubiese preferido. Cuando el padre regresó del baño y el niño apartó rápidamente una mano del rostro, éste vio que el mantel estaba manchado de pequeños círculos grises; iba a preguntarle al padre qué cosa eran esas manchas, qué comida se servía en ese sitio que dejaba en el mantel una estela gris, y no una amarilla, como en su casa, cuando llegó un empleado y lo distrajo: el padre pidió algo para comer sin consultarlo, y rechazó con un gesto la carta; cuando el empleado se retiró, con una imitación aburrida de una reverencia, el niño escuchó por primera vez las voces de las dos mujeres: iba a señalárselas a su padre cuando notó que éste ya había reparado en ellas y les dedicaba miradas que el hijo nunca le había visto antes. El empleado dejó sobre su mesa una jarra de agua y dos vasos, pero el padre le hizo un gesto al hijo para que no se sirviera todavía; cuando el empleado les trajo la comida, el niño apartó la mirada de las mujeres y del padre, que le ordenó que primero bebiera; quedó impresionado al ver la enormidad del plato que habían puesto delante de él y perplejo al probar el sabor de la carne: le pareció extraño, y pensó, mientras comía las papas —que flotaban en su grasa en los márgenes— a pequeños bocados, desdeñando el centro del plato, que lo que hubiera preferido, lo que realmente le hubiera gustado comer en ese momento, era la sopa que su padre preparaba todas las noches.

Mientras el niño aún comía, éste le dijo, poniéndose de pie: «Quedate acá hasta que vuelva». El niño quiso objetar algo, pero la mirada del padre lo disuadió y se quedó en silencio. El padre se dirigió a una de las mujeres y después ésta se levantó, intercambió unas palabras con la del cabello negro y se marchó con él. El niño notó que la mujer era más alta de lo que había creído al verla por primera vez; pensó que sus piernas eran largas y flexibles como las de un pájaro que había visto hacía tiempo en un zoológico pero cuyo nombre ya no recordaba, y que era considerablemente más alta que el padre. Estaba a punto de correr tras ellos cuando la otra mujer se sentó frente a él y le dijo «Hola» con la mitad de su boca. «Hola», respondió el niño, asustado. La mujer le preguntó su nombre y luego dijo: «Yo soy Ethel, y la otra se llama Nai». El niño se quedó en silencio. «Tu papá va a volver en un rato», agregó la mujer. El niño asintió; observaba como hipnotizado las dos mitades del rostro de la mujer que decía llamarse Ethel: la primera le sonreía, y era la que lo interrogaba; la otra, con su párpado caído sobre un ojo entreabierto, permanecía inmóvil como si su propietaria estuviese dormida.

La mujer dijo, al reparar en su asombro: «Una vez se me paralizó la cara, todo este lado», señaló. El niño asintió, sin comprender realmente. «Eso fue después de vivir en un campo lleno de vacas. En ese campo había un molino y una casa baja con un parral en la entrada y en el parral había siempre abejas. Las vacas vivían afuera, y parecían inofensivas y aburridas, pero...», el rostro de la mujer se acercó al suyo, «las vacas no son inofensivas, son animales malditos, tienen entre los ojos la marca de que son animales del Diablo, tienen todas las señales del demonio pintadas en la piel. Me di cuenta de eso el día en que todas se murieron. Pasó así: una noche soñé que las vacas entraban a mi casa y daban cornadas a todas las cosas, las sillas, los retratos de los muertos y los espejos; al día siguiente, por la mañana, salí de la casa y vi todo el campo sembrado de vacas muertas. Me acerqué a estudiarlas. No tenían heridas ni nada, simplemente una mancha oscura de sangre que les brotaba de la boca abierta; con esa boca abierta parecían reírse de mí y decirme que yo iba a ser la próxima, así que me fui del campo y viajé e hice cosas, pero no pude escapar, y esas cosas me dejaron estas marcas en la cara. Los doctores me dijeron que me iba a quedar así para siempre, ellos siempre dicen esas cosas, pero yo sé que Jesús va a curarme». Ethel sacó una estampa religiosa del bolsillo de su camisa, la besó y obligó a su vez a besarla al niño, que depositó los labios un segundo sobre la superficie del cartón y sintió el penetrante aroma de la mujer y la grasa de su pintalabios. Ethel agregó: «Él va a librarme del Mal. Él es todopoderoso. Él alivia el dolor de los pecadores como yo e intercede por ellos ante el Padre Eterno».

El niño siguió callado, sin comprender. Entonces, la mujer, que había comenzado a llorar lentamente y sin un sonido, hizo una seña al empleado del local y le pidió unos caramelos. El niño y la mujer se quedaron en silencio, masticando los caramelos, cuyo envoltorio Ethel alisaba sobre la superficie de la mesa y después colocaba entre el niño y ella; cuando tuvo suficientes, los barajó y se los repartió con el niño como si fueran naipes, guiñándole el único ojo sobre el que aún tenía algún control.

Un rato después regresó el padre con la mujer pelirroja, que se acercó al niño, le acarició el cabello, le preguntó cómo se llamaba. El niño no respondió porque pensó que no debía decir su nombre dos veces en el mismo día, algo que había oído decir en algún sitio, hacía algún tiempo: pero Ethel le dijo a la otra cuál era su nombre y la mujer le sonrió con unos ojos opacos y duros, los ojos de un muerto o de una persona que ha pasado años sin dormir, y le preguntó: «¿Querés que viajemos con ustedes? ¿Querés que vayamos juntos a La Ceremonia?». El niño negó con la cabeza y echó una mirada al padre; pero el padre estaba ocupado pagando al empleado y le hizo una seña para que se dirigiera al automóvil. Así fue como Ethel y Nai comenzaron a viajar con ellos.

6

Ninguno de los adultos parecía dispuesto a hablar mucho; pero, en un momento en que el niño fingía estar dormido, las mujeres le preguntaron al padre por qué hacía ese viaje y éste se lo contó; a continuación, las mujeres se quedaron calladas un largo rato, mirando al niño con una mezcla de respeto y miedo que él no hubiese comprendido. El padre contó que el hijo había intentado ahorcarse, que la soga se había roto y él lo había encontrado inconsciente al regresar del astillero. El hijo recordaba esos hechos, aunque de manera distinta y en otro orden: cuando el padre le había preguntado por qué lo había hecho, él no había respondido nada, pero para el padre las cosas estaban claras. «El Diablo se ha apoderado de su corazón y guía su mano», les dijo a las mujeres con un hilo de voz y después se quedó en silencio. Cuando una de ellas vio que estaba despierto, le preguntó: «¿Extrañás a tu mamá?». Pero el niño fingió seguir durmiendo. Entonces el padre le dijo que era mejor que se durmiera de verdad, pero el niño

63

no tenía sueño y continuó con los ojos cerrados escuchando, a falta de otros sonidos, el ronronear del motor del automóvil.

7

Después abrió los ojos, cuando el sol comenzaba a caer; se incorporó en el asiento intentando librarse del abrazo de la mujer llamada Ethel, que se había deslizado sobre él mientras dormía, y se encaramó entre los dos asientos delanteros. «¿Adónde vamos?», preguntó al padre procurando no mirarlo. Mientras él fingía dormir, la mujer llamada Nai se había recogido el cabello rojo en un rodete en lo alto de la cabeza; el nuevo arreglo le daba un aire de distinción que resaltaba su distancia, la manera que tenía de alejarse de un lugar aun permaneciendo inmóvil, casi sin darse cuenta. La mujer miró un segundo al padre como solicitando su autorización y luego le respondió: «Vamos al bautismo». «¿Qué es eso?», preguntó el niño. «Es una ceremonia donde las personas se reúnen con Dios», dijo Nai. «Vas a encontrarte con Dios y ya no vas a querer morir», agregó, pero el niño la miró y después miró a su padre y preguntó: «¿Por qué yo debo reunirme con Dios? ¿Por qué yo?», insistió. La mujer llamada Nai no respondió nada. «¿Por qué viajamos para encontrarnos con Dios?», preguntó.

Entonces se produjo una sacudida brusca y el coche se detuvo. El niño se lanzó bajo el brazo protector de Ethel, que había despertado con un sobresalto, como si él hubiera provocado el accidente. El padre intentó darle marcha al coche otra vez pero éste no arrancaba; el hombre insistió un par de veces más y luego salió del vehículo y abrió el capó: el interior del automóvil quedó a oscuras repentinamente y el niño ya no pudo ver lo que hacía el padre, sólo oírlo. La mujer llamada Nai abrió su puerta y salió también, pero la mujer llamada Ethel se quedó dentro del coche, observando por la ventanilla. Entonces el niño miró también hacia fuera y vio que el campo ya no se incendiaba y que en los mismos lugares donde antes había crecido el fuego rojo del cabello de la mujer llamada Nai en ese momento había vacas. Las vacas eran blancas y negras y lanzaban un mugido aterrador que, le pareció al niño, iba dirigido exclusivamente a él. El mugido crecía en el aire y era respondido por los otros animales, como si todos fueran a colarse en sus sueños de ahorcado para siempre. Las vacas muertas de la historia de Ethel, el paisaje inmóvil en el que su padre y la mujer llamada Nai miraban un coche que ya no funcionaba, impresos en la piel quemada del paisaje como las palabras que el Diablo imprimía en las vacas, y los colores desvaídos de la fotografía de la madre eran —por fin lo comprendía en ese momento— el perfecto adiós a toda ilusión infantil.

El vuelo magnífico de la noche

El mundo no era más que una incógnita, una suma de caminos que parecían intercambiables cuando alguno de los hombres que bebían en el bar abandonaba el mostrador con torpeza y se perdía en la noche violenta de Sarajevo. Yo sólo encontraba explicaciones para esa violencia en *Cordero negro, halcón gris,* de Rebecca West; el libro era todo lo que llevaba, y me pareció un equipaje insuficiente hasta que conocí a un alemán llamado Fischer, y entonces, al terminar de escuchar su historia, comprendí que el libro de West era, en realidad, todo lo que necesitaba para comprender la geografía imposible de Sarajevo; que el libro contenía en sus páginas toda la ciudad y todo el país y a los hombres que bebían y se perdían en la noche. Entendí que la historia de Fischer estaba, de alguna forma, contenida también en *Cordero negro, halcón gris,* pero no le dije nada porque imaginé que no deseaba saberse un personaje de una historia escrita en un libro que él no conocía y no el protagonista o el autor de su propia vida. Ésta es la historia de Fischer, antes imaginada por West.

*

«No tuve la fortuna de estar aquí durante la guerra; llegué más tarde, cuando las organizaciones de ayuda humanitaria comenzaron a mandar a gente como yo a ver qué había quedado y qué se podía hacer. En esa época yo era joven y creía que todo a mi alrededor era un caos y carecía de forma, pero ahora sé que no era así: ninguna situación de caos es igual a otra; y sin embargo, créame, cuando todo se repita —quizá en unos momentos, en cuanto salgamos a la calle— las cosas sucederán de la misma manera que la primera vez sin que nadie sea capaz de darse cuenta de ello; como en la ocasión anterior, no llegaremos a tiempo, no tendremos el equipamiento necesario ni podremos hacer nada. Pero ésa no es la historia que quería contarle.

»A las pocas semanas de estar aquí me avisaron de que en un hospital montado en un campamento para refugiados en las afueras de la ciudad había un hombre que se negaba a hablar serbocroata y había declarado que deseaba aprender alemán. Al principio su caso no me interesó. Era un tipo de unos cincuenta años que debía, imaginé al ver sus manos, de haber tenido una profesión intelectual —quizá algún puesto en la universidad— y, como tantos, lo había perdido todo en la guerra. Si había sido así, él no lo recordaba; de hecho, no parecía recordar nada en absoluto. Nunca habló de su familia, de modo que yo no podía saber si la tuvo o la tenía, ni supe jamás por él su dirección anterior o su profesión. Lo que me asombró al comenzar a hablarle, al tratar de razonar con él los primeros conceptos del idioma, fue descubrir que él ya hablaba alemán. Lo hablaba con un indudable acento del norte, el graznido áspero de la zona rural de Lübeck de donde era mi padre, al que yo me había habituado durante la infancia. Y, sin embargo, el hombre había declarado que no lo hablaba, que quería aprenderlo. Cuando lo conocí, le pregunté qué deseaba aprender; yo se lo pregunté en alemán y él me respondió en ese mismo idioma. Me dijo que creía conocer la forma de funcionamiento del lenguaje pero no el significado de las palabras; recordaba, por ejemplo, la palabra *Apfel,* pero había olvidado la textura de una manzana, su color. No tenía recuerdos asociados a manzanas, excepto ése, una palabra solitaria entre otras.

»El caso me interesó, tal vez no de inmediato, pero sí poco después. El tipo era el antialumno, un traductor que pasaba con facilidad de un lenguaje a otro pero no podía reconocer, experimentar, lo que decía; como si su vínculo afectivo con lo real fuera el del idioma serbocroata y él hubiera abandonado ese idioma en un salto hacia el vacío en el que sólo había podido agarrarse del alemán, y esto a costa de hablar pero no sentir, de pensar pero no recordar absolutamente nada.

»En las semanas siguientes, volví casi a diario al hospital; cuando no estaba con él tenía que darles clases de alemán a otras personas, generalmente refugiados que pensaban pedir asilo en Alemania porque tenían allí parientes. Era triste verlos: muchachitos de quince años que apenas hablaban el serbocroata y se esforzaban por aprender este idioma imposible en el que todo se declina. Me contaban que vendrían a Alemania y trabajarían con sus familiares en las construcciones, y en ocasiones me mostraban fotos de sus parientes, subidos a andamios de algún sitio. Me daba pena verlos jactarse de cuán fuertes eran y de cuánto dinero ganarían junto a sus parientes, y luego quedarse sonriéndome en sus sillas, con los miembros artificiales colgándoles al final de las rodillas como si fueran marionetas rotas. Yo los odiaba, en cierto modo. Lo único que deseaba era que se marcharan rápidamente para poder visitar a mi otro alumno. No tenía material de trabajo, pero había conseguido un pequeño diccionario Langenscheidt y un libro de poemas de Novalis que le di y que contenía los

Himnos a la noche. Leyó el diccionario de comienzo a fin en cuatro días pero no pudo pasar del tercer poema. Una tarde me dijo: "Entiendo las palabras del verso '¿Qué brota repentinamente tan lleno de castigo de nuestras caricias?' pero no comprendo su significado. Sé que *Herzen* es equivalente a 'caricias', pero no puedo captar el sentido. ¿Qué expresan esas caricias? ¿De quién habla el poeta?".

»Escuchaba sus preguntas durante horas sin poder responderlas. A pesar de la guerra, que, en realidad, no había terminado, no podía terminar, pese a sus atrocidades, para las que no había explicación ni consuelo, yo me sentía feliz. Me hacía feliz escuchar en un sitio perdido en los Balcanes ese alemán perfecto, tan perfecto que carecía de estilo, ya que cualquier clase de ejercicio hubiera equivalido a elegir y eso era lo único que mi alumno no podía hacer: elegir significaba una valoración afectiva de las palabras y aquello le estaba vedado. En cuestión de minutos, pasaba de un tono íntimo a otro completamente formal o intercalaba expresiones soeces para referirse a asuntos que no lo eran, como las personas que elevan la voz cuando desean hacer una confidencia. Nunca parecía exaltarse, aunque a veces su tono se encrespaba sin motivo y bajaba la voz cuando citaba los versos de Novalis: por alguna razón, estaba convencido de que se debía recitar en una media voz, y eso me hizo pensar durante algunas semanas que había establecido cierta clase de criterio, que había comprendido que los versos de Novalis exigían una lectura íntima así como los de Walt Whitman necesitan ser aullados desde lo alto de una silla. Luego descubrí que, sencillamente, emulaba al sacerdote que pasaba todas las mañanas por el pabellón, rezando por los enfermos. Mi alumno creía que el cura recitaba poesía o infería que el texto de

Novalis era sagrado, no lo sabré nunca. Era —aunque esto ya se lo he dicho— el antialumno: mientras aprendemos un idioma, todos nos sentimos como niños idiotas que balbucean, desconocemos la estructura del lenguaje pero no sus implicaciones afectivas, y reconocemos la vergüenza de no poder expresarnos con corrección. No nos cuesta percibir en la palabra *Stolz* el orgullo, pero debemos establecer un vínculo entre la satisfacción que nos provoca el orgullo y la palabra *Stolz,* sin el cual no podemos hablar ningún idioma. Mi alumno, en cambio, no podía hacerlo porque carecía de memoria afectiva. Era como un aparato roto, como un jugador de ajedrez artificial que dominara a la perfección las reglas del juego pero que no llegase al fondo del asunto, que no supiera por qué ganar ni para qué hacerlo. Mejor: era como un inventor que produjese máquinas cuyo funcionamiento él mismo desconociera, que fuesen un discurso vacío. ¿Me entiende? Mi alumno tenía una memoria vastísima pero no podía hablar de nada porque en el fondo no tenía idea de lo que estaba diciendo. Me elogiaba, repitiendo a Novalis, cuando lo corregía. Me decía: "Con inteligencia audaz y alto sentido / embellece el hombre la horrorosa larva", pero otras veces necesitaba una explicación de cuatro horas para acercarse a la misma idea, una jornada exhaustiva en la que rondaba lo que quería decir repitiendo todo lo que podía recordar sobre su tema, agotando un campo semántico. Para decir "bastón" anunciaba "es rígido, da apoyo, es recto, apoya para andar, su empuñadura, una vara, recta"; si quería referirse a una de las enfermeras decía que "una mano que alzaba con otra mano que cuidaba a los costados de un torso, un rostro" había desfilado por sus ojos un momento atrás. En ocasiones, al encontrarlo por la mañana tras haber pasado una noche terrible, me decía, sin mirarme: "¿Siempre debe retornar la mañana? / No termina la autoridad de la tierra? / Funesta actividad consume el vuelo magnífico de la noche. / ¿No será la vida un secreto sacrificio eternamente consumado?".

»Su vida debía de ser atroz, por supuesto: era la de un intelectual que se tenía que expresar como un niño no por su falta de conocimiento del lenguaje sino por su exceso de memoria y por la pérdida de los vínculos subjetivos con la palabra. En serbocroata era peor. En el hospital me dijeron que ya no podía hablarlo, que se limitaba al alemán. Era lo que la guerra le había quitado, era su aporte involuntario a esa guerra sin sentido que nos había sustraído algo a todos, incluso a quienes habíamos llegado recientemente, después de una rendición que no dirimía ni ponía punto final a nada, mucho menos a nuestra obligación de dejar que nos lo quitaran todo.

»La última vez que nos vimos, creo, me dijo que en los primeros días de la guerra había visto cómo unos soldados golpeaban a una mujer en la calle. La mujer había quedado tendida en el suelo, llorando; la fruta que cargaba se había desperdigado por el suelo y él, que había visto toda la escena sin atreverse a intervenir, quiso ayudarla. Se acercó y la mujer le pidió que recogiera una naranja que había rodado casi hasta sus pies, pero mi alumno se quedó inmóvil porque ya no entendía qué era una naranja. Es decir: conocía la palabra pero no sabía a qué aludía. Se agachó y le alcanzó a la mujer una piedra. La mujer comenzó a llorar a los gritos, a acusarlo de no haber hecho nada, de haber aceptado que los soldados la golpearan ante sus propios ojos. Mi alumno no volvió a salir de su casa hasta que lo recogieron de entre los escombros, con los pulmones quemados.

»Fue difícil para mí comprender la historia. Mi alumno estuvo horas hablando, sin reparar en el hecho de que, afuera, la luz se apagaba, horas desesperantes para los dos en las que citaba líneas completas de Novalis; decía: *"dieses sonnige Obst"* para decir "naranja". El hombre había olvidado por completo el serbocroata para decirse a sí mismo que no entendía las palabras con que se habían perpetrado los crímenes. Todas ellas eran para él parte de un idioma extranjero, lo que le permitía negar su pertenencia, y por tanto su participación, en la tragedia colectiva y ocultarse de esa manera a sí mismo que estaba quebrado por dentro, que hablar sería en adelante como jugar un juego cuyas reglas aborrecía y cuyo sentido último, el significar algo, era, para él, un misterio. En adelante todo le estaba vedado, porque el lenguaje lo impregna todo, y la sorpresa de que la palabra *Pflaume* le allanara el camino a una ciruela al pronunciarla ante una enfermera le parecía una maravilla superior a su dulce jugo disolviéndose en la boca.

»Comprender la historia de mi alumno fue tan agotador que no volví al hospital en tres días. Cuando por fin lo hice, me informaron de que había muerto dos noches atrás. No recuerdo por qué quise ir al pabellón donde estaba su cama. Quizá los enfermeros me pidieron que recogiera mis libros, aunque no es seguro; más probablemente, lo hice porque necesitaba convencerme de que estaba muerto. Junto a su cama, que habían desocupado ya para traer a otro enfermo, había una mujer joven. Estaba tan demacrada como sólo una europea del Este puede estarlo. El cabello pajizo y quebrado le flotaba electrificado alrededor de un rostro que parecía haber envejecido antes de tiempo. Nos saludamos en silencio. Me dijo que era la hija de mi estudiante. En una maleta sin asa había recogido todo lo que había dejado su padre.

Me dio los libros con indiferencia y le pregunté por qué no la había visto antes. Me respondió que ya no podía hablar con mi alumno, que ya no podían entenderse. Miraba con unos ojos duros que no repararon en mí sino hasta que le pregunté cuándo su padre había dejado de hablar. Me respondió que fue cuando los soldados entraron en su casa y la violaron ante él. Ella recordaba seis rostros, pero debieron de haber sido más porque ella se desmayó cuando había llegado a esa cifra. Estaba aún internada cuando la casa fue destruida, y al salir buscó durante semanas al padre. Ninguna organización tenía información sobre él y sólo lo encontró dos días antes de morir. Entonces descubrió que no podían comunicarse. En su desesperación, lo acusó de no haber hecho nada para salvarla de los soldados, pero él pareció no entenderla; trabajaba frente a ella con agitación en unas hojas, pero ella no pudo saber de qué se trataba ni volvió a encontrarlas cuando guardó sus cosas en la maleta. Lo que sea que él hubiera deseado decirle, y lo que ella misma hubiese preferido decirle a él, a modo de última conversación y de despedida, permanecería sin ser dicho.

»Miré por la ventana. Recuerdo que unos hombres fumaban frente al hospital. Unos niños habían improvisado un partido de fútbol. Pensé en la actitud impasible de la mujer al contarme su historia y de pronto tuve miedo porque supe que todo volvería a repetirse, que en breve las víctimas oficiarían de victimarios y que el campamento se llenaría de otros rostros. Le pregunté si podía hacer algo por ella y me dijo que no, que se marchaba a casa de una amiga en Vukovar. No supe si creerle o no, pero le di todo el dinero que llevaba conmigo. No me lo agradeció ni se volteó a observarme. Miraba la cama de su padre como si todavía pudiera verlo allí. Nos dimos la mano y se marchó.

»Yo también salí; me puse a revisar los libros bajo el sol. En el diccionario no encontré nada, pero en el interior del ejemplar de Novalis había unas hojas cuidadosamente plegadas. Caminé aturdido unos metros más sin notar que entraba dentro del improvisado campo de juego de los niños. "¡Fuera!", me gritó un muchachito y con su muleta me dio un empujón que hizo reír a los hombres que los observaban fumando. Me aparté y miré las hojas: eran variaciones de un verso de Novalis; unas sesenta líneas que mi alumno había completado con mano temblorosa. Tuve la impresión de que eran borradores de una traducción al serbocroata, pero, al estudiarlas con más detalle, noté que eran variaciones en alemán de esa línea, algunas torpemente ejecutadas, como si mi alumno hubiera querido traducir pero no hubiera podido pasar de un lenguaje al otro, como si hubiese quedado atrapado en el alemán, un idioma de horrores que no le recordaba el horror que él había tenido que presenciar.

»Ya he perdido todo, pero todavía conservo el diccionario y el libro de Novalis que yo le había dado. La línea que mi alumno quiso traducir, quizá para comprenderla, decía: "Tu regreso en el tiempo de tu alejamiento. Magnífico como esas relampagueantes / estrellas oscureciéndonos la visión interminable de que la noche en / nosotros estaba abierta". No estoy seguro de que la haya entendido nunca. El olvido de los vínculos afectivos con las palabras engrandecía su memoria lingüística, y ahora soy yo quien lo recuerda. Míreme, qué absurdo, qué enorme pesar sin otro consuelo que la repetición: ahora soy yo el memorioso».

La ahogada

Nuestra heroína comprendió que todas las sugerencias amorosas y las turbias miradas de los hombres escondían una promesa sexual que en nada se parecía al amor como ella lo conocía o lo sospechaba. Lo comprendió casi por azar poco después de las cuatro de la mañana de un verano riguroso, cuando todavía era joven y la idea de lo que el amor era resultaba en sí misma un ideal demasiado alto e inalcanzable, pero, aun así, el único que ella creía merecerse. Fue esa convicción la que le hizo abandonar las incipientes tareas amorosas a las que se había dedicado hasta ese momento por otras menos heroicas o menos peligrosas, por ejemplo, el piano: pasaba tarde tras tarde sin salir de la casa, sentada al instrumento, con los dedos revoloteando sobre el teclado como esas mariposas mal disecadas que se deshacen ante la vista en los museos de provincias. No es necesario decir que había probado todas las formas de acercarse a un hombre, y que ninguna de ellas le era ajena. Ni la abierta sugerencia ni el pudor fingido; a cambio de practicarlas, había comprobado, creía, que los hombres trataban con liviandad el asunto y llamaban amor a lo que era apenas la aparición urgente del deseo, que abría en la oscuridad una callejuela oscura y triste como un eclipse o un día de invierno que ella no quería transitar. Muchas cosas puede permitirse una señorita, pensaba ella, excepto dejar de ser una. Ante la evidencia de sus manos escuálidas y avejentadas y su gusto fuera de moda, y con la convicción de que el escarceo amoroso no era de su incumbencia, nuestra heroína se internó un día en el agua de un río hasta perderse, cansada de los trabajos del amor que durante años había practicado sin fortuna; se extravió bajo el agua, yendo siempre más allá y más allá, sin saber qué era ese más allá y sin siquiera intuirlo, con una cantidad desmesurada de piedras en los bolsillos.

Quiso creer que por fin estaba muerta, pero no lo estaba. No más, por lo menos, que cuando tocaba lánguidamente el piano por las tardes y esperaba al hombre oportuno, aquel cuyo deseo no la violentara.

El agua volvía todo irreal. Mientras descendía sujeta a su voluntad y a la de sus corrientes, ella comenzó a encontrar agradable el ejercicio: esta vez, sólo tenía que dejarse arrastrar. Las algas se enredaban en su cuerpo en múltiples abrazos castos, pero la corriente hacía que su vestido describiera vueltas tan raras que ella pensó que estaba perdiendo el recato que una señorita debe conservar aun estando muerta. La tibieza del agua era tan tranquilizadora, sin embargo, y su cuerpo rodaba y se adaptaba tan bien a posturas grotescas, imposibles antes, que ella decidió permitírselo todo, como si fuera a la vez una niña y su muñeca.

Al bajar por el río se le adherían al cuerpo largos hilos de algas verdes y marrones que estiraban corriente atrás su rala cabellera de mujer madura. La seguían, revoloteando a su alrededor, como mariposas, peces pequeños y de dientes afilados que hurgaban entre su ropa para comprobar que su piel todavía estaba firme y tersa y era impenetrable para ellos. En ocasiones se acercaban demasiado, pero le bastaba a ella una voltereta, volverse boca abajo con las piernas flexionadas hacia delante y las manos flácidas a los costados del cuerpo, por ejemplo, para que se alejaran.

Cuando descubrió que el río tiraba de ella con una fuerza inusitada, nuestra heroína pensó que podía llegar hasta el mar; fue tanto un descubrimiento como una decisión impostergable: llegaría al mar, que nunca había conocido, y allí se entregaría a una forma de la muerte que le parecía, a la vez, distante y próxima. Ese acto de fe, esa momentánea resolución, enérgica como ninguna otra anterior, introdujo, sin embargo, un nuevo problema que empezó a mortificarla.

Nuestra heroína notó que, a medida que el tiempo pasaba, su cuerpo comenzaba a subir a la superficie, como si le hubieran quedado asuntos pendientes en el mundo de los que ella nada supiera. De pronto, la ahogada no sabía qué hacer. En los momentos de mayor angustia intentaba bracear para sumergirse, pero los movimientos que ensayaba con sus brazos sin fuerza no hacían sino subirla más. Le angustiaba sobre todo saber con exactitud qué harían con ella, puesto que lo había oído cientos de veces, repetido en innumerables ocasiones por las mujeres en el mercado con un placer para ella extraño; y, una vez, única pero significativa, contado por su nana en sus primeros años, aquellos en los que el mundo aún podía estar poblado por ahogados y caballos que se volvieran hombres. En la superficie, lo sabía, la recogerían con un largo palo rematado en un gancho de metal. La pescarían por error dos niños o, lo que era más probable, dos hombres, dos profesionales del oficio de sacar cuerpos del agua, alertados por los pescadores de las orillas. De ocurrir de esa manera sería peor, porque entonces estarían allí, cuando la sacaran a la luz, la policía y la prensa: los periodistas la mirarían a los ojos muertos y abiertos con ojos también carentes de vida buscando algún signo que les permitiera reconocer en ella las motivaciones típicas del que se ahoga —precisamente a ella, una mujer conocida en los salones de té y en las sociedades de beneficencia, aunque no en las bodas—, y tomarían notas en sus libretas entre chistes. Mientras rodaba río abajo, anticipaba qué dirían al otro día los periódicos: «Lamentable muerte de la señorita F.», escribirían algunos. «La encontraron muerta en el río», otros. Lo que más la horrorizaba era saber que vendrían los fotógrafos, que el día posterior a su hallazgo los diarios publicarían las fotos de su cuerpo hinchado y que ya empezaba a deshacerse en hebras de carne blanca y con aspecto de hervida. La horrorizaba pensar que, a diferencia de las instantáneas tomadas en los clubes de golf que había frecuentado, no tendría oportunidad de maquillarse, de retocar con pintura roja la línea leve de los labios, que en la foto de prensa aparecerían grises e hinchados, ni de batirse el cabello en un gesto coqueto a la vez que casual para que pareciera más alto, porque éste estaría lleno de peces muertos y de algas y de la basura que el río arrastraba en su camino.

Absorta en estas reflexiones, nuestra heroína no vio cuando vino a su encuentro el hombre. Fue un atardecer, o al menos cabía suponerlo, puesto que los rayos del sol casi no penetraban ya en la negrura del río, y él llegó como ella siempre había esperado. Esta escena sólo podría ser narrada correctamente por un escritor de folletines del siglo XIX; pero todos están muertos ya, y sólo se puede intentar imitarlos o hacer como si nunca hubieran existido: un hombre llega montado en un caballo blanco, su larga capa amarilla flameando a su paso como la estela de un cometa refulgente que anunciase un evento extraordinario. Bajo el agua —y en las mañanas de las mujeres solas, después de una noche terrible— los folletines revelan que son sólo mascaradas: la capa no era más que unos despojos de lo que antes había sido un traje de operario; el caballo no era sino un caballo ahogado: el hombre también lo era.

El ahogado se acercó a nuestra heroína y empezó a mover sus manos lánguidamente en torno a ella sin mirarla, como si no reparara en su figura, que pujaba por subir a la superficie. Entre las cosas que había en el lecho del río, enterradas en el lodo o apenas abandonadas, tomó una radio vieja y la ató con una cuerda de algas; luego sujetó el otro extremo de la soga a uno de los brazos de ella: el cuerpo de la ahogada volvió a hundirse. Mientras lo hacía, conjurando el peligro de ser descubierta por los niños, la policía y la prensa, vio que el ahogado se mantenía «a flote» agarrado a un viejo artefacto.

A continuación, el ahogado la subió con delicadeza y con un pequeño empujón al caballo muerto y los tres empezaron a bajar el río. No hubo palabras entre ellos. El caballo la miraba con unas cuencas vacías de las que en ocasiones salía algún pez. Los ruidos que hacía al correr bajo el agua hubieran abortado todo intento de conversación en otras circunstancias. El débil tacto que ella todavía conservaba le bastaba, y la hacía estremecerse de placer y vergüenza al acariciar la espalda del ahogado.

Fueron varios los días que pasaron juntos, los que les tomó alcanzar la desembocadura. Entonces ocurrió un descubrimiento sorprendente y que indujo otras revelaciones: el de una ciudad de los ahogados que, muertos en algún sitio río arriba, acababan allí. Liberados de todo trabajo, flotaban de aquí para allá en posturas ridículas. Algunos se agachaban y recogían relojes y joyas, la clase de objetos valiosos que todo río acumula y transporta; los guardaban con un cuidado que delataba su condición de antiguos banqueros, timadores y abogados, ávidos de dinero aun después de muertos, y se los guardaban en los bolsillos. Pero los bolsillos siempre se desfondaban y los objetos volvían al cauce del río para sorpresa de los ahogados, que abrían la boca más que nunca al verlos caer y perderse en el lecho. Descubrió que le gustaba mucho observarlos detenidos en ese gesto de sorpresa en el que subyacía algo así como una forma de castigo a la falta de sentido común, que los ahogados parecían haber perdido por completo, ya que los objetos que recogían eran la moneda de cambio de un comercio imposible.

En el lugar sin tiempo que era la ciudad de los ahogados las mujeres ya no tenían que someterse a los trabajos dolorosos de las depilaciones. Los hombres, extrañamente, se enfrentaban a un fenómeno distinto y opuesto: la barba les crecía sin parar, desfigurándoles el rostro. Ésa era la razón, conjeturaba ella, por la que las familias no mostraban en los entierros a sus familiares ahogados; pensaba que esa barba, que les crecía irrefrenable y peor que a cualquier muerto, ofendía a los conocidos del difunto. Las barbas esconden la vergüenza de un rostro que no se muestra, pensaba ella, expresan una voluntad de ocultamiento que recuerda en mucho al disimulo del deseo. Para ella, en todo caso, era una suerte que su ahogado tuviera apenas una sombra luminosa de barba rubia en las mejillas.

Mientras se entretenía observando ese puñado de ahogados atados como globos al río, pasó algo que no debía haber pasado y que constituyó el segundo de sus descubrimientos.

Nuestra heroína y su ahogado flotaban en posturas más y más grotescas, como niños intentando superarse en una competición, cuando sus labios se rozaron. Fue un toque imperceptible, un roce que sólo podía atribuirse al azar, pero ella encontró en él toda una promesa amorosa. Fueran deliberados —cosa que no podía saberse porque los ahogados no tenían ningún control sobre sus movimientos—, fueran algo casual y sin importancia, los besos se repitieron en los días siguientes, y, con ellos, la aparición del amor sereno que la ahogada siempre había imaginado. Cuando el otro la besaba, ella hubiese podido jurar que el corazón frío en su costado latía violentamente, tal como sucedía durante el arrebato amoroso, según había leído en los folletines. Ella hubiera temido antes, en otras épocas de su vida, que ese arrebato se convirtiera en la pasión que tanto rechazaba; pero ya en los primeros días en la confluencia del río y el mar había descubierto que en el agua el amor era tarea imposible porque los cuerpos se bamboleaban en movimientos incontrolables e inmotivados excepto por la corriente. El colchón podrido, que se deshacía en hilachas e hilachas de lana, y que algunos ahogados usaban aún para intentar ejecutar un comercio carnal irrisorio y nunca consumado, no recogía sino el sudor frío de su decepción. Cuando él la besaba y de su boca salían algas y peces, ella sentía por primera vez que en ese momento sí hubiera podido hundir la cara en el colchón con entusiasmo, olvidada de toda advertencia.

Ella sabía —y lo sabía porque había leído folletines y había escuchado a otras mujeres y había sido decepcionada muchas veces— que el amor sin una pérdida es un pésimo tema literario. Los ahogados, había aprendido ella, oscilaban como badajos invertidos de unas campanas grotescas durante algún tiempo pero después siempre algo sucedía, los hilos que los sujetaban se cortaban, la carne alrededor de la cual los habían atado se deshacía, y los ahogados se soltaban ante el menor movimiento. Ella lo había visto ya en los pocos días que llevaba en la ciudad, y había despedido a cada uno de ellos con un gesto que pretendía ser una despedida con la mano abierta pero que, en realidad, se parecía más a una inclinación del torso. Ella no sabía si había otras ciudades mar adentro, si había alguna esperanza para los ahogados que se marchaban, pero pensaba que debía de haberlas, esparcidas por el mar como islas subterráneas.

En cualquier caso, un día sucedió lo previsto, lo anticipado por tantos ahogados que se iban corriente abajo y por toda la literatura y quizá por ella misma al clausurar toda posibilidad hundiéndose en el río. Él estaba recogiendo joyas, trozos de metal todavía no herrumbrados que el río conservaba en su lecho, para darle a ella. Era uno de sus juegos íntimos. La engalanaba con unas joyas que más pertenecían a la indigencia que a la realeza, y ella las lucía y luego las dejaba caer de nuevo al cauce. Pero en esa ocasión un giro brusco lo hizo salir empujado hacia atrás. Ella soltó una risita, o la hubiera soltado de poder todavía hablar o reírse, pero luego él comenzó a alejarse y ella intuyó que algo inusual sucedía. Miró hacia abajo y vio que los hilos que lo sujetaban al viejo volante que usaba de ancla se habían deshecho y que el ahogado estaba a merced de la corriente. Abrió la boca y quiso soltar un grito de terror, pero su garganta estaba fría y muerta; cuando hizo un esfuerzo más, sólo salieron de ella algunos peces. Estiró torpemente los brazos para alcanzarlo, pero él ya se iba corriente abajo, roto en una postura graciosa, como la de las marionetas cuando la función ha concluido y el titiritero debe guardarlas porque el alma que les insuflaba la actuación se ha disipado. Apenas pudo rozar sus dedos con una mano fría. El ahogado se fue, se perdió en la noche del mar.

Ella vagó todavía un tiempo más por la ciudad de los ahogados. A veces se inclinaba para recoger los objetos de metal que él le había dado y trataba de engalanarse con ellos, pero no era lo mismo. También solía quedarse sentada durante horas, pensando en los trabajos de la viudez, que le habían llegado antes aun que los propios del matrimonio; estos últimos, había descubierto, ella hubiera podido cumplirlos con satisfacción de haber conocido su naturaleza. No tenía ropa de viuda ni había una modista capaz de confeccionarla bajo el agua —las modistas, se sabe, no acostumbran a morir ahogadas sino más bien de frío y miseria—, de manera que ella tenía que convertir su vestido blanco en un vestido de viuda cubriéndolo una y otra vez con negros hilos de algas. Mientras miraba con tristeza la rutina apática de los ahogados, que antes le había parecido tan graciosa, resolvió irse. No hay dolor mayor que el de la viudez, pensaba mientras se inclinaba torpemente. Ni siquiera el de ser encontrada en el río, creía mientras desataba el hilo que la unía a la vieja radio. Ni el de acabar enredándose en los lirios de las orillas para alegría de los niños y escándalo de las mujeres de sociedad. La ahogada se iba hacia arriba, hacia la luz y los palos de los hombres que la cazarían. Esta vez no tenía miedo. No había más que dejarse llevar impulsada hacia la superficie hasta descansar por fin bajo la luz incisiva del día.

Los peces más grandes

El hombre bajó del automóvil y se apoyó unos instantes en la portezuela abierta. Luego caminó unos pasos y se detuvo. Miró primero hacia su derecha, y después describió una lenta parábola con la cabeza en dirección contraria, como si intentara capturar la belleza del desierto, pero el desierto ondulaba y se perdía donde dejaba de ser mirado sin ofrecer belleza alguna. El desierto se perdía en el desierto como el humo se disuelve en el aire y el agua en el agua y casi todo se disuelve en el agua, sin explicación y sin remedio.

Apartó la vista del paisaje y se volvió. Había dejado unas huellas anchas y profundas en la arena. Entornó los ojos para observarlas volverse hacia el coche cuando reparó en que el niño había bajado del vehículo y caminaba sobre ellas: se empeñaba torpemente en encajar su pie diminuto en las huellas del hombre, como si el resto del terreno fuera peligroso y no debiera ser pisado.

El hombre lo observó aproximarse a él con su pequeña cabeza, calva desde que hacía algún tiempo había comenzado a ser radiado, reluciendo bajo el sol enloquecedor. El niño llegó hasta donde estaba y se agarró de sus pantalones grises. El hombre sacó entonces una fotografía de su bolsillo, se inclinó hasta ponerse a una altura infantil, se la mostró. Los dos comenzaron a observarla en silencio.

La fotografía contenía el mismo paisaje que ellos podían mirar en ese momento, con sólo levantar la vista. Pero en ella se recortaban lujosas urbanizaciones rodeadas de jardines y de piscinas de las que la gente emergía entre risas; los edificios y las piscinas y las personas no existían, pero iban a existir en poco tiempo, anunció el padre: era lo que le había prometido el vendedor al comprar el terreno. Después había sonreído, y el hombre había sonreído también, y luego el vendedor se había marchado.

El vendedor había visitado la casa una noche. Había desplegado sobre la mesa familiar folletos coloridos, gráficos ascendentes de cotizaciones, fotografías de padres y esposas e hijos sonrientes que eran como anuncios de pasta dentífrica, todo dientes y sonrisas y camisetas a rayas. Los dientes y las sonrisas y las camisetas a rayas, que se repetían en el vendedor —que era como un anuncio de dentífrico descolgado de una pared, ante sus ojos—, habían cautivado rápidamente al niño y al hombre. Pero la mujer había permanecido al margen, observando el brillo de la lámpara que oscilaba en lo alto del techo del comedor familiar, sin decir palabra. Más tarde ella y él habían discutido; el niño lo había oído todo con claridad: los gritos en el cuarto contiguo aumentando y bajando de intensidad con los minutos como si sus padres se aproximaran y se alejaran de él todo el rato, sin detenerse nunca. Luego el hombre lo había tomado del brazo y lo había subido al coche sin decir una palabra.

El viaje no había sido precisamente largo. Pero sí extenuante para ambos, aunque más para el niño porque no estaba acostumbrado a viajar y el paisaje le parecía una televisión que se movía demasiado. Se habían detenido una o dos veces ante su insistencia, siempre en estaciones de servicio que habían encontrado en su camino, a comer un sándwich o ir al baño; el niño había aprendido a reconocer sus favoritas por la valva roja del cartel indicador pese a que aún no podía leer las letras impresas sobre ella, que eran para él un dibujo extraño, una grafía tan incomprensible como el silencio hostil del hombre que vivía con su madre desde hacía unos años y era desde entonces su padre y conducía el coche, al parecer, sin esfuerzo, casi como si éste pudiera conducirse por su cuenta y él sólo tuviera que rectificar el rumbo en ocasiones.

El niño se había apartado del hombre, aburrido ya de mirar la fotografía, y se entretenía haciendo dibujos en la arena con un dedo; trataba de refugiarse a la sombra de un pequeño arbusto que había descubierto, pero la sombra era mínima, una línea estrecha al costado de la planta a la que el niño no se atrevía a acercarse por miedo a que en ella se escondiera algún animal del desierto. Mientras dibujaba, su dedo se ensuciaba con arena gris, que el niño se quitaba luego pasándose el dedo por el cuello de la camisa; en un momento de distracción había comenzado a tararear.

El hombre dio todavía un par de vueltas alrededor del automóvil, derrotado por la inmensidad del desierto, y luego ordenó al niño: «Ven». Los dos se pusieron a delimitar el terreno. El hombre se puso de pie y hundió en la arena unos cactus secos alrededor de los que ató una cinta blanca que traía, procurando no lastimarse: el niño iba detrás de él apuntalando los troncos de los cactus con pequeñas piedras que colocaba en la base. Cuando acabaron, el hombre y el niño observaron a su alrededor. El terreno parecía ahora muy pequeño, prácticamente minúsculo: una especie de ring de boxeo donde, de seguro, se multiplicarían las peleas con la madre del niño y se volverían más violentas. El hombre se preguntó si el niño vería el terreno como él, si él también estaría decepcionado: había vuelto tras el arbusto y continuaba su dibujo sobre la arena gris sin prestar atención al paisaje.

El hombre fue hasta el coche. El niño se irguió como un animal asustado y dio un paso en dirección al vehículo, temeroso; después corrió y se metió en el automóvil. El hombre se dejó caer en el asiento del conductor y se quitó los zapatos; después salió del coche sin hacer caso al niño y se puso a caminar descalzo sobre la arena caliente. El niño bajó también, pero esta vez no regresó al arbusto: comenzó a dibujar muy cerca del automóvil, pendiente de los movimientos del hombre, como si temiera que éste lo abandonara.

El hombre dio unos pasos más y se dejó caer sobre la arena. Sacó de su bolsillo una botella envuelta en papel marrón, le dio un trago y le dijo al niño, casi como una disculpa: «Hace tanto calor...». El niño no respondió; levantó la cabeza, pero luego volvió a su dibujo. El hombre agregó: «Tendríamos que construir algo aquí, algo así como una casa de campo. Podríamos empezar ahora mismo, poniendo unos pilotes aquí y allá», señaló con el dedo. «Podríamos levantar una casa como esas que tanto le gustan a tu madre, esas con el techo a dos aguas» —el niño se irguió al escuchar mencionar a la madre—. «Pero ella nunca la vería, claro. Un hombre

87

tiene que tener un lugar donde esconderse y ella lo sabe, por eso no vendría nunca a vernos aquí. Sería nuestro escondite.»

El niño se puso de pie y caminó en dirección al hombre. Cuando estuvo a su lado, el hombre le entregó la botella envuelta en papel marrón y el niño la sostuvo en sus manos. El hombre lo observó y a continuación le hizo señas de que bebiera. El niño se llevó la botella a la boca con precaución y tomó un pequeño sorbo: sintió que el líquido lo quemaba, se puso a toser. El hombre rio. Luego volvió a hablar, al niño o más bien para sí mismo.

«Pero tu madre no sabe por qué un hombre tiene a veces que esconderse», dijo. «Y yo no sé por qué prefiere esos bosques de mierda llenos de animales y plantas al desierto. Este lugar es más bello, ¿no lo crees? En este mismo lugar hubo un mar», continuó mientras le extendía la botella al niño, que se había sentado a su lado. «Estaba lleno de peces, que nadaban unos hacia un lado y otros hacia otro. En cardúmenes. Todo el tiempo andaban en eso. Los peces bajaban y subían a la superficie del mar. Había peces grandes y peces pequeños y peces de todos los colores.» El niño se apartó del hombre y regresó junto al coche, pero desde allí siguió escuchándolo. «Una vida feliz para esos peces», continuó el otro. «Los peces nadaban sin ninguna clase de problema. Ninguna preocupación. Todo el mar había sido hecho para ellos, para su entretenimiento. Pero un día pasó algo. Los peces nunca supieron bien por qué ni cómo, pero el mar se secó. No fue como se lee en los libros, que dicen que llevó unos cuantos años secar todo esto. No, tu padre» —el niño se llevó el dedo al cuello de la camisa y lo refregó con firmeza— «te dice hoy que todo este mar se secó de un día para otro».

El niño volvía a dibujar, esta vez junto al coche: había cedido al calor y al cansancio recostándose sobre la arena, pero aún mostraba una actitud recelosa frente a lo que lo rodeaba y a la posibilidad de ser abandonado allí.

«¿Estás escuchando?», le preguntó el hombre. El niño asintió. El hombre continuó, mirando el desierto: «En una noche, el mar, que los peces habían creído que duraría para siempre, se secó. Los peces que dormían en el fondo del mar despertaron al amanecer y se encontraron con el desierto. Entonces murieron de sed y de calor, porque un pez necesita agua. Los otros, los que estaban despiertos cuando pasó todo, empezaron a nadar buscando aguas más profundas, un mar que no se secara. Pero tuvieron que nadar tanto que acabaron muriéndose de cansancio de todas maneras. Cada uno que caía restaba esperanzas a los otros peces. Finalmente todos murieron. Los únicos que quedaron eran los que el Señor había elegido porque eran buenos. Pero por esos buenos el Señor había destruido las vidas de muchos otros y había terminado con todo lo que ellos creían que duraría para siempre y, así, la salvación, para los pocos que la obtuvieron, fue más insoportable que la muerte». El hombre volvió a beber de la botella; después entrecerró los ojos y le dijo al niño: «Eso es algo que tienes que aprender. Hay una diferencia que el Señor no entiende entre ser malo y ser inocente. Tal como yo lo veo, el hombre es inocente porque nunca puede saber cuáles serán los frutos de su esfuerzo, y eso significa que el Señor se equivocó al convertir el mar en este desierto, porque los peces que murieron no eran malos, sólo inocentes y tal vez ignorantes. Eso es algo que tu madre no entenderá nunca, ni en el Día del Juicio, ni aunque el Señor seque todo el mar para ella».

El hombre se puso de pie, vacilante. Dio un último trago a la botella y la arrojó a un costado. Después caminó hacia el automóvil, pisando sin quererlo sus propias huellas, como había hecho el niño antes. Al pasar junto a él, vio que había terminado de dibujar. Entonces se inclinó para ver su dibujo.

El niño había dibujado el mar. En el mar había una casa con un techo a dos aguas y, frente a ella, unos peces enfrentados. Los peces parecían iguales en tamaño y en ferocidad, pero uno abría la boca dispuesto a tragarse al otro y tenía unos dientes —aunque el hombre le había dicho al niño mil veces que no todos los peces tienen dientes— que no parecían los de un anuncio de pasta dentífrica sino los de un animal salvaje y enloquecido. El dibujo hubiera sido para el hombre uno más de los muchos que el niño hacía a diario, si no fuera porque en un costado se había dibujado a sí mismo. En el dibujo, el niño tenía cola y aletas de pez, y cerraba los ojos para no mirar la pelea entre los grandes peces del mar, que era —comprendió en ese momento el hombre— una pelea inútil: el mar se secaría para ellos antes de que el niño volviera a abrir sus grandes ojos de pescado.

Las lenguas que hablaban

Lobos, Azul, Chacabuco. Quien los observa en el mapa sólo ve pequeños puntos, manchas minúsculas que no significan nada sobre superficies que pueden ser marrones o blancas y son también incomprensibles. Quien ha estado en esos pueblos alguna vez recuerda quizá la aguja de una iglesia, unas casas apiñándose en una calle desoladoramente recta o unos niños jugando con un puñado de huesos. Quien los haya visitado muchas veces, en cambio, puede quizá recordarlo todo y nada a la vez, recordar que en alguna de estas poblaciones vivió María Tolosa, que él la buscó y no pudo encontrarla y que sus hijos, que fueron muchos, la abandonaron y se fueron hablando sus idiomas —como huérfanos, como santos, como locos— por la geografía argentina, como si, en realidad, no hubieran sido paridos por una mujer sino por una lengua muerta.

Al parecer, María Tolosa nació en la provincia de Buenos Aires en algún momento del siglo xix, tal vez cerca de 1830 o en 1840. En Lobos varias personas me dijeron que había nacido allí, en una casa que fue abandonada cuando estalló una peste o quizá durante la guerra. En Pergamino y en Los Cerros me dijeron lo mismo, pero señalaron otras casas y otros sucesos. En Tapalqué oí la misma historia y, sin dudarlo, creí todas las versiones, la de Tapalqué y las anteriores, porque pensé, por una parte, que nadie puede equivocarse tanto y, por otra, que esta historia es múltiple y su sustancia, su razón de ser, es la variación. Es la historia de una persona perdida, pensé: le corresponde la distancia y la reverberación con la que un sonido se difunde por la llanura, que se lo lleva y lo multiplica. Esta historia es menos que un susurro, es apenas su eco, pensé también. Es la historia de María Tolosa y sus hijos.

*

El primero que tuvo la sorprendió y durante un tiempo le pareció inexplicable, ya que por entonces todo lo relacionado con el amor y su producto le resultaba desconocido, algo que sólo podía intuir de forma vaga. Fue concebido en invierno, cuando llegaron al pueblo unos arrieros con sus ropas más vistosas y sus historias de pueblos y ciudades. No quiso que las comadronas que conocía la aliviaran de su carga, o quizá éstas no pudieron. Finalmente —y esto es lo que importa— María Tolosa parió un niño en el transcurso de una jornada agotadora en la que casi muere desangrada.

*

No podía hacer otra cosa, por supuesto: el niño creció. Cuando comenzó a hablar, sin embargo, lo hizo en una variación gutural del polaco registrada en las cercanías de Lodz muchos años después por un lingüista. María Tolosa no se dio cuenta de esta, digamos, particularidad sino hasta que las vecinas se lo advirtieron, porque entre madre e hijo la comunicación no suponía un problema. En su posterior desconcierto, María Tolosa creyó que la extravagancia del hijo provenía de su padre —aunque el padre fuera en realidad un campesino de lo más normal de un pueblo de las proximidades— o se debía a las circunstancias particulares de su concepción, sobre las que tal vez sea mejor no extenderse; pero agradeció en su fuero interno el hecho de poder entender lo que su hijo decía, como si ese don inesperado compensase, de alguna manera, lo que se le había arrebatado al niño, y ya no sólo en la infancia: una lengua que lo acercase a los hombres y no lo hiciese un extraño entre sus vecinos.

María Tolosa se prometió, secretamente, no volver a ceder al deseo frente a los desconocidos, negarse a los trastornos amorosos que se repitieran, ampliados, como un castigo sobre su primer niño. Por supuesto, fue una promesa vana, como suelen serlo las promesas de los jóvenes y las de los espíritus inocentes: su siguiente hijo habló al crecer un catalán gutural propio de La Seu d'Urgell, un catalán que parecía excavado en la roca del Pirineo y ser tan antiguo como ella. Ante los hechos, el padre del niño, un cuchillero que se había instalado algunos meses atrás en el pueblo, lo creyó el producto de una infidelidad: se marchó sin que nadie volviera a verlo. María Tolosa estaba en ese momento embarazada de su tercer hijo y, aunque procuró enmendar en lo posible los desaciertos que pudiera haber cometido en la educación de los anteriores, el tercer hijo, irremediablemente, creció hablando en un latín contaminado como el que tal vez se hablase en Castulo o en Astigi o en Hispalis hace tanto tiempo ya que los años, al precipitarse hasta el presente, lo hacen en torbellinos.

Escuchar a aquel niño hablar en un lenguaje que sonaba a liturgia y a condenación inquietó a las vecinas del pueblo más que los otros niños y los otros idiomas: hicieron traer a un sacerdote desde La Plata para que le practicara un exorcismo. El cura, un hombre pálido que se protegía del sol brutal con un sombrero rojo y se llevaba todo el rato un pañuelo a la nariz y a la boca, arrojó cantidades de agua bendita sobre los niños sucios y desdentados de María Tolosa, que se acurrucaban temerosos en el fondo de una casucha miserable. En algún momento de la ceremonia, sin embargo, el tercero balbuceó clemencia en latín y el cura detuvo las invocaciones y el baño. Estuvo dando vueltas por las pocas calles del pueblo durante cuatro días —cuando alguien se le acercaba solía mirar hacia otro lado, como si así no fueran a reconocerlo—, pero al quinto día pareció dar el asunto por zanjado y dijo a todos que esos niños eran ángeles enviados por Dios: los dos primeros, para difundir su palabra entre las bestias —las únicas que podían hablar idiomas que sonaban de esa manera, dijo—, y el tercero, para convertirse en Papa de Roma. María Tolosa escuchó la explicación en silencio y maldijo silenciosamente a sus dos primeros hijos y se estiró y besó la mano roñosa del que sería Papa. El niño se quitó los dedos de la nariz y se abrazó a su madre.

A partir de ese momento no fue extraño ver a los niños de María Tolosa gritando en polaco y en catalán a las vacas a pedido del cura pálido de sombrero rojo, que se había instalado sin dilación en el pueblo; las vacas los miraban atónitos y luego volvían a pacer y, algunas, a fornicar. No parecían comprender una palabra, pero el cura no desistía, orgulloso —pero diciéndose a sí mismo que no incurría en pecado mortal, cosa que quizá no fuera del todo cierta— de ese intento de evangelización de las bestias, que llenaba un vacío en la ortodoxia: fabricaba hostias y se las introducía en el belfo ante las risas de los niños, que lo observaban.

Sin embargo, el sacerdote acabó marchándose también; lo hizo asqueado de las costumbres familiares y del pueblo cuando María Tolosa manifestó el embarazo de su cuarto hijo. Un tiempo después, el niño comenzó a hablar el alemán con un fuerte acento de Pomerania y acabó demostrando ser el más inflexible de los hijos de María Tolosa: mientras que los otros, que no hablaban el mismo idioma, se las arreglaban para comunicarse entre ellos mediante un lenguaje de señas y miradas, un lenguaje que era solamente sus formas y del que sólo participaban ellos y su madre, el niño que hablaba alemán se negaba a participar en cualquier juego antes de que las reglas le fueran explicadas en su idioma. El niño que hablaba polaco y el que hablaba catalán —el que hablaba latín se había marchado ya con el sacerdote pálido para ser Papa en Roma— solían tomarle el pelo, pero guardaban en su presencia un silencio respetuoso, y a menudo rompían a llorar cuando el niño que hablaba alemán cantaba algo.

Los hijos de María Tolosa eran un exabrupto, pero también un milagro. El quinto —cuya paternidad acabaría siendo conocida por todos en el pueblo— habló pese a ella una variante del persa recogida en Samarkanda poco antes de la invasión mongola de 1220. María Tolosa, que lo desconocía todo sobre Persia, indagó si el padre de la criatura tenía algún pariente iraní, se avino a introducirse de nuevo en su vivienda, una choza casi, para poder, cuando el hombre dormía satisfecho, revisar sus cosas en busca de un objeto que se refiriera aunque fuera tangencialmente a Irán o a Persia o a la idea de Persia. No encontró nada excepto una bolsa de dátiles, pero de esa excursión nació un sexto hijo.

Para entonces el primero se había marchado con unos gauchos que vivían del contrabando. María Tolosa esperó que regresara en vano; comprendió, en las horas muertas de su sexto embarazo, que todos sus hijos se volverían adultos antes que los otros niños y se irían también antes, como si el aislamiento en su idioma los preparara de antemano para la responsabilidad y la soledad de la vida adulta.

El sexto hijo murió a los pocos días de nacer. María juró, sin embargo, en el velorio, que antes de hacerlo había abierto los ojos y hablado, y que el idioma en el que lo había hecho era griego; en el centro de una habitación iluminada con velas en la que habían dispuesto el pequeño cajón y al niño, que parecía estar durmiendo, repitió ante los ojos aburridos de los concurrentes las supuestas palabras del niño, recitó sin saberlo la elegía fúnebre de Aquiles a Patroclo en un griego arcaico de Emporion y de Rode y de Eio.

La muerte prematura del sexto hijo dejó a María Tolosa un idioma huérfano, que hablaba pero con el que no podía comunicarse con nadie, y en ese momento comprendió, por fin, cuán grande era la soledad que sus hijos sentían, cuán brutal, la indiferencia de quienes no podían comprenderlos; por un tiempo, abandonó, a raíz de ello, la disposición gozosa y desinhibida con la que hasta entonces había traído huérfanos al mundo.

Eso sucedió poco antes de que su historia se hiciera conocida en Buenos Aires. Eran los años del Centenario, y el presidente José Figueroa Alcorta, o alguien en su nombre, envió a un delegado para que le diera a María una medalla y se sacara una fotografía junto a ella: en ese momento, María Tolosa parecía una manifestación

96

del proyecto inmigratorio que alentaba el Gobierno, y el delegado, que finalmente dio con ella, le prometió una casa mejor y una pensión de las que nunca volvió a oír nada. En adelante, y hasta su muerte, siguió teniendo hijos que hablaban en lenguas, preguntándose si su vientre estaba maldito y escribiendo —con torpeza, en una lengua oral y que se resistía a la escritura— unas cartas que enviaba al presidente; en su vejez, creía que éste aún era Figueroa Alcorta y que nada había cambiado. María Tolosa escribía reclamando la pensión que le habían prometido, pidiendo justicia y tal vez consuelo y un trato digno. No es difícil rastrear en esas cartas la evolución de sus lenguas. En los originales, que se conservan en la sección de miscelánea de la Biblioteca Nacional de Buenos Aires, se suceden el dialecto vizcaíno del vasco, el hebreo, el mallorquín, el piamontés, el portugués contaminado que algunos hablan en Badajoz, el ruso, el alto navarro septentrional, el indostánico, el rosellonés, el bávaro, el croata, el gaélico, el bretón, el gallego que se habla en Finisterre, la lengua provenzal que conocemos gracias a los trovadores, el polaco —algunos suponen que en ese punto la mujer desvariaba y repetía lenguajes y dialectos de hijos pasados— y el italiano. Nadie leyó nunca esas cartas, pero todas fueron clasificadas y depositadas cuidadosamente donde correspondiese para que fueran olvidadas. Escribió más de seiscientas, en las que hablaba siempre de lo mismo, de que sus hijos crecían y se iban, de que no quedaba nadie en el pueblo con el que ella hubiera jugado de niña, de que ella pronto se moriría sin la pensión que le habían prometido y de que quizá eso fuera lo mejor porque su vientre estaba maldito y sólo paría huérfanos que se perdían por la pampa sin hablar otra lengua que la del desamparo.

En 1953, por último, uno de sus hijos habló una variante contemporánea del francés. María volvió a escribir al presidente, pero esta vez su carta fue leída por un asesor de Juan Domingo Perón que sí comprendía el francés y al que le interesaban los enigmas. Al principio creyó que se trataba de una broma; pero las bromas se olvidan y él no pudo dejar de pensar en lo que había leído: recurrió a la hemeroteca —María Tolosa mencionaba en su carta la medalla que había recibido en 1910 y las promesas que se le habían hecho por entonces— y comprobó que María Tolosa no mentía. Pensó que era una gran idea rescatar a esa anciana que seguía pariendo hijos en el medio de la pampa y otorgarle la pensión que los gobiernos posteriores nunca le habían dado; decidió que era posible convertirla en un símbolo de algo nuevo, aunque dudó respecto a qué era eso nuevo y cuánto duraría.

Perón se entusiasmó con su idea: él mismo visitó Pergamino con una comitiva numerosa, pero no encontró allí a nadie que conociera a la mujer ni supiera de su historia. Durante los siguientes dos años, continuó buscándola; lo hacía con la obstinación que sólo puede tener un hijo ilegítimo por encontrar, por fin, una filiación posible. Mandó cientos de policías de paisano a que recorrieran la provincia de Buenos Aires en su búsqueda. En los pueblos dispersos por los cañadones y los montes todo el mundo reconocía a sus enviados; iban vestidos siempre con un traje marrón y cubierto de polvo, comían malamente en las fondas que encontraban a su paso y preguntaban a quienes se cruzaban en su camino si conocían por allí a una vieja que tenía más de cien años y seguía pariendo hijos que hablaban en otras lenguas. Muchos no la conocían, por supuesto, y respondían sin tener que mentir que no sabían de quién les hablaban; pero otros, que sí conocían a María Tolosa o sabían de su historia, también decían que no, que no la conocían, que no sabían a quién se referían, que no habían oído nunca hablar de ella, porque desconocían qué podía querer Perón o porque ya estaban disgustados con su gobierno. En Los Hornos me mostraron la valija de uno de esos investigadores, negra y pequeña como un escarabajo, que éste se había dejado allí: en su interior había una camisa, el recorte de un periódico con una noticia sobre el triunfo del equipo de fútbol del barrio de Lanús, en Buenos Aires, y una lista con nombres de pueblos en su mayoría tachados.

Poco antes de los bombardeos a la Plaza de Mayo de junio de 1955, por fin, alguien encontró a María Tolosa cerca de Los Cerros. Enterado de la noticia, Perón descuidó todo, desoyó los informes sobre la revuelta que se gestaba en la provincia de Córdoba, no prestó ninguna atención a las sugerencias de sus colaboradores que insistían en algunos nombres y grados, entre ellos los de Rojas y Lonardi, que, por lo demás, le parecían a Perón demasiado bajos para tener cualquier trascendencia política, y se marchó en un tren a ver a María Tolosa.

Al llegar a Los Cerros apenas encontró una casucha en ruinas, miserable y abandonada. Mientras una banda traída especialmente para la ocasión desgranaba la marcha peronista y la gente se despertaba de la siesta a los gritos, Perón entró en una habitación y vio a María Tolosa muerta en un charco de sangre. Su cuerpo estaba todavía caliente. A sus pies había un bebé que gimoteaba ahogándose en la sangre. A Perón esto le pareció un signo, pero no supo de qué; estuvo todavía un rato dentro de la casucha, sentado en una silla rota, tratando de comprender, de saber por qué y cómo. Luego el bebé dejó de gimotear en su lenguaje imposible, y Perón se puso de pie y salió a la claridad deslumbrante de la tarde.

*

En la pampa muchos conocen esta historia pero le dan significados diferentes. Niegan el capítulo de la conversión de las vacas, argumentan que Calpe nunca existió o sostienen que el niño al que se llevó el sacerdote era, por equivocación, el que hablaba polaco. En esta versión, una serie de coincidencias plausibles convierten al niño, en efecto, en el Papa de Roma, pero éste podría haber sido en realidad el alemán, o cualquiera de los otros. Existen también las versiones que niegan la búsqueda de Perón y se la atribuyen a Hipólito Yrigoyen, a José Félix Uriburu o a algún otro de los presidentes intermedios. Por fin, hay quienes creen ver en ella una metáfora imperfecta del país y de sus trastornos. Pero es posible que haya más versiones, que nunca conoceremos; versiones repetidas en dialectos invariables, en idiomas que suenan solitarios como una música incomprensible en las montañas o en las planicies o junto al mar, en cualquiera de las regiones de eso que se llama Argentina y que para María Tolosa no era más que una mancha en un mapa que alguien le había mostrado alguna vez, un nombre y quizá un misterio.

2

Es el realismo

París, insistamos, es un gobierno.
Un gobierno que no tiene ni jueces,
ni alguaciles, ni embajadores; es la
infiltración, o sea, la omnipotencia.
Cae gota a gota sobre la especie humana
y la agujerea.
VICTOR HUGO, *Paris Guide*

1

Muy tarde para gozar de la indulgencia con la que ciertas personas crédulas obsequian a la juventud, P lleva adelante una pequeña broma personal: dice que se encuentra en un sitio —digamos, Berlín— pero en realidad se halla en otro; por ejemplo, Roma. Se trata de una época en la que P viaja mucho, y las noticias sobre su paradero se multiplican, superponiéndose al ser repetidas por los destinatarios de su correspondencia, hasta que sucede lo que P desea; esto es, que la multiplicación y la incongruencia de las informaciones sobre su persona tengan como paradójico resultado su desaparición: que su nombre y las cosas que van unidas a ese nombre, y que para muchos no son más que los libros que ha escrito y las ciudades que ha visitado y desde las que ha escrito —además de una media docena de declaraciones desafortunadas en periódicos, todas malentendidas—, sean lo único que es posible conocer acerca de una existencia que se diluye en la confusión. Nadie sabe con exactitud dónde se encuentra, con lo que poco a poco *P* pasa a designar para algunas personas algo contradictorio y difícil de explicar, una confusión que se desplaza por el mapa europeo, por el de África del Norte, por el de Medio Oriente: algo en lo que, en realidad, nadie necesita pensar mucho.

Sus cartas son más y más difíciles de entender. En una ocasión despacha una con una fotografía que le han tomado en un callejón, en una ciudad que podría ser Glasgow o Rabat o Bratislava, un sitio en ninguna parte: en la fotografía se lo ve muy delgado, con unos pantalones que le quedan pequeños y una chaqueta que recuerda a aquellas de los Swinging Sixties londinenses; sus anteojos se parecen a los que lleva Bob Dylan en *Dont Look Back,* pero su pose recrea deliberadamente —aunque, mirada de forma apresurada, la coincidencia parece involuntaria— una de las fotografías más conocidas de Fernando Pessoa. Una mirada atenta al callejón que aparece en la imagen hace que éste traiga a la memoria los que pueden observarse en algunas fotografías de *Austerlitz,* el libro del alemán W. G. Sebald. P podría encontrarse en Liubliana o en Poitiers o en Madrid —todas ciudades que conoce bien, en las que ha estado— y la confusión proviene, en buena medida, del hecho de que la fotografía no es más que una cita, algo que pierde sus contornos debido a su distancia del original y que exige demasiado a quien la observa: exige conocimientos de la moda inglesa de la sexta década del siglo xx, de la —en líneas generales, calamitosa— filmografía de Bob Dylan, de las fotografías de Fernando Pessoa, del libro de Sebald, del urbanismo de ciertas ciudades centroeuropeas. En todo ello hay un proyecto literario: P es escritor y sabe que nada es más fácil de tachar que una cita.

Un día, a sus veintiocho años o así, P se cansa incluso de ese juego y pone punto final a la puesta en escena. No escribe más cartas, y, en adelante, se limita a balbucear monosílabos cuando habla por teléfono con su familia. A diario se pregunta si no ha cometido un tremendo error al tomar la decisión de dejar el país donde se crio y donde gozaba de un modesto reconocimiento como literato para marcharse a la pequeña ciudad alemana donde se ha enterrado en vida. Cada vez que lo hace, intenta no terminar de formular la pregunta, dejarla por la mitad —«¿No fue, en realidad...?», no más allá— para no conocer la respuesta situada, inevitablemente, al final de la pregunta, ya que P tiene sentimientos encontrados respecto a lo que hizo, como quien hubiera llevado a cabo algo que, aislado en el pasado como un monumento, fuese superior tanto a sus anteriores fuerzas como a las presentes y lo oprimiera bajo un peso desmedido. Un par de argumentos, uno explícito y otro jamás mencionado, son todo lo que tiene para decir cuando se le pregunta —pero cada vez menos, ya que P deja de ser un «será» y pasa a ser otro de los tantos «podría haber sido» de las letras de su país— por qué alguna vez quiso dejar todo atrás.

El primer argumento es que deseaba mantener su autonomía como escritor en un marco en el que el reconocimiento —esa forma modesta de la fama de la que gozan algunos escritores, no más de cinco por generación— está supeditado a continuas concesiones algo humillantes: almorzar con A, elogiar hasta la salivación excesiva el libro de D, apoyar como jurado la novela de H, decir puerilidades en el suplemento Ñ. El segundo argumento, secreto e inadmisible aun en la intimidad, es que P no deseaba regalar a nadie el espectáculo de su tránsito de la condición de joven esperanza de las letras patrias a la de triste realidad. No era más que una negociación, una cierta adecuación a unas reglas de juego implícitas lo que se demandaba de él, pero él no estaba dispuesto a negociar, convencido —quizá erróneamente— de que la literatura no es el sitio para tales intercambios. De manera que P ha decidido retirarse del juego, desaparecer, esfumarse: no dejar tras de sí ni siquiera una referencia menor en la enciclopedia futura de una literatura más y más irrelevante.

3

En el transcurso de los años que pasa en la ciudad alemana trabajando para una universidad se descubre dos veces pensando que por fin lo ha logrado, que ha desaparecido del todo; cada vez que lo piensa, una carta o cualquier irrupción del pasado le hacen comprender, sin embargo, que todavía no es suficiente. De hecho, sigue comiendo las mismas comidas, sigue leyendo ciertos libros, sigue mirándose en el espejo y reconociendo en él a quien alguna vez fuera un joven escritor de su país, sigue admirando el estilo prístino y atormentado de las traducciones —que nunca pueden decirlo todo y lo saben—, sigue tomando notas para una novela que no tiene tradición en la que inscribirse. P consume ansiolíticos, antidepresivos, pastillas para dormir; en ocasiones se excede voluntariamente en las dosis y permanece atontado un día o dos, pero siempre termina saliendo del trance debido a la absurda obstinación de la vida por aferrarse a sí misma. P creía antes en la metafísica y ahora cree en la farmacéutica: a esto se le llama «el tránsito a la vida adulta».

4

Una vez, dispuesto a acabar con lo último que cree que lo ata al pasado, P viaja por un mes a París prometiéndose que al regresar no escribirá más libros. Piensa el viaje como una especie de luna de miel, en el sentido de que una luna de miel inaugura un período y clausura otro, por lo general más feliz. P se promete dejar de escribir en la ciudad sobre la que prácticamente todos han escrito, una ciudad en la que, al parecer, no se puede hacer otra cosa que escribir. Mientras espera en pequeñas estaciones de tren alemanas que le parece haber visto antes —aunque está seguro de no haber estado nunca en los pueblos en los que éstas se encuentran—, P sueña con que el peso de la historia literaria de París termine por disuadirlo de los que alguna vez fueran sus propósitos, que el exceso de literatura de la Ciudad Luz lo lleve a desistir de seguir escribiendo, como la cura drástica del enfermo de neumonía al que se obligase a pasar una noche de invierno desnudo en el patio del sanatorio.

5

Pero algo sale mal: P se queda sin dinero durante la segunda semana de su estadía —lo ha perdido en algún sitio; en algún café de la Rue Mouffetard, supone— y comienza a llevar una existencia disparatada, caminando todo el tiempo para evitar sentir hambre o frío. No tiene tarjetas de crédito y su cuenta bancaria está en rojo; el siguiente pago de la universidad donde trabaja sólo se hará efectivo al cabo de tres semanas. Su billete de tren está fechado en quince días, y en las oficinas de la Gare de l'Est se niegan a adelantárselo o a devolverle el dinero, aunque le anuncian que puede postergar su retorno, si lo desea, que es exactamente lo contrario de lo que quiere hacer. P llama a un par de personas que conoce en la ciudad alemana pero éstas se encuentran fuera o no contestan el teléfono; sólo tiene dinero para una cena y un par de cafés al día, que toma después de pensárselo mucho y cuando ya se encuentra al borde del desfallecimiento. P se esfuerza por disimular su nerviosismo cada vez que pide las llaves en la recepción del hotelito en el que se aloja, cerca de la estación Maubert-Mutualité, pero su nerviosismo es evidente, al igual que el del empleado, que se las entrega en cada oportunidad con mayor renuencia. Por alguna razón, los alrededores de la estación de metro están repletos de desamparados que duermen en las calles, y P los estudia —con interés pero sin particular agrado— cuando se apiñan en los umbrales de las tiendas para protegerse del frío. No puede regresar a la ciudad alemana donde vive porque no tiene dinero para ello —el autoestopismo es una actividad poco estimada en Europa, cree P—, pero tampoco puede seguir adelante porque desconoce qué es lo que se encuentra adelante y cómo seguir. No le resulta difícil comprender que en algún momento se le acabará del todo el dinero y tendrá que unirse a los cónclaves de desamparados que observa en los umbrales sin tener siquiera la historia de una caída para narrar noche tras noche. Se dice que será el único desamparado de París que estudiará las novedades editoriales en los escaparates de las librerías del Boulevard Saint-Germain, preguntándose, al igual que en los últimos años —pero, por fin, con indiferencia—, qué lleva a los lectores a escoger esos libros, qué los lleva a morder los anzuelos baratos de una literatura acabada. No es una dulce, romántica pobreza a lo Henry Miller en *Trópico de Cáncer* ni a lo George Orwell en *Sin blanca en París y Londres* lo que experimenta P, sino una amarga desesperación; pero también, de forma subterránea, una secreta admiración por la vida, ya que ha viajado a París para deshacerse del pasado y se ha encontrado con que la ciudad le birlaba el futuro.

6

P lleva una lista de gente que escribió sobre París. Es ésta: «Jack Kerouac, Pío Baroja, Charles Dickens, Nikolái Gógol, Henry Miller, Gertrude Stein, Domingo Faustino Sarmiento, Jean Rhys, Ernest Hemingway, Francis Scott Fitzgerald, Raúl González Tuñón, Vladimir Nabokov, George Orwell, César Vallejo, Enrique Vila-Matas, Walter Benjamin, Alfredo Bryce Echenique, un montón de franceses».

7

Mientras todo esto sucede a P, llega a París un novelista nacido en la misma ciudad; se trata de alguien veinte años mayor, las diferencias entre cuyo trabajo y el de P son dignas de mención: mientras P se siente cómodo en las formas breves, el novelista prefiere explayarse; ha escrito un libro de quinientas páginas sobre la historia de la inmigración de su familia a Argentina a fines del siglo XIX que P abandonó en la página veintiocho, decisión que comparte, probablemente, con la mayoría de sus lectores. Pero el libro —que ganó un premio— ha situado a su autor en una posición central en el panorama de las letras locales, quizá porque las novelas largas suelen provocar la impresión en los editores ingenuos de que la abundancia de páginas reemplaza lícitamente a la de lectores, por lo que el fracaso comercial de una novela larga —piensa P— es más deseable desde el punto de vista editorial que el éxito de una novela breve. Por supuesto, saberlo no hace feliz a nuestro autor, del mismo modo en que tampoco lo hace feliz saber que los premios literarios no son literatura y a menudo ni siquiera se le parecen. P sabe desde aquellos lejanos tiempos en que era un adolescente que leía libros —alimentado por la esperanza de convertirse alguna vez en un escritor como los que leía y casi por ninguna otra cosa más— que la literatura no es una carrera de obstáculos, por lo que conocerlos, saber que están allí, no sirve para obtener ventaja alguna respecto al resto de los competidores; por el contrario, ante la convicción de que ésos son los obstáculos que una persona debe sortear para convertirse en un escritor auténtico y valioso, en un escritor que tiene algo para decir y que está dispuesto a decirlo aun cuando no sea lo que el resto quiera escuchar, uno sólo puede darse de bruces una y otra vez contra los obstáculos o abandonar la carrera. P se equivoca, sin embargo, ya que también se pueden ignorar los obstáculos o no verlos en absoluto como obstáculos sino como posibilidades, que es lo que el novelista ha hecho al solicitar una beca otorgada por una fundación extranjera para documentarse en París acerca de la estancia en esa ciudad de un prócer argentino; el prócer tuvo una amante que al parecer le escribía cartas encendidas de pasión que un coleccionista privado donó un par de años atrás a la Bibliothèque Nationale de Francia, por lo que un jurado prestigioso e imparcial —constituido, entre otros, por dos amigos del novelista— le ha otorgado la beca para revisar los documentos con vistas a escribir una novela histórica que, podemos suponerlo, ganará también un premio o dos si otros jurados —igualmente prestigiosos y, sobre todo, igualmente imparciales— lo consideran conveniente.

Nuestro novelista ha leído un par de libros de P y aprecia con ciertas reservas su trabajo, que juzga inmaduro, entendiéndose por madurez la aceptación de las propias limitaciones, que en el caso de un escritor lo llevan a acomodarse en el nicho que se le otorga, a menudo prematuramente, en el panteón literario de su tiempo. Nuestro novelista no piensa mucho en P, pero una serie de acontecimientos conduce a que sepa que también se encuentra en París: P ha llamado a sus padres por cobro revertido y la operadora les ha preguntado si deseaban aceptar una llamada desde París, después su padre ha abierto la boca en su oficina, donde trabaja con una vieja novia de P, y ésta, a su vez, se lo ha contado al novelista, del que es amiga. Nuestro novelista piensa que P —al ser también escritor, provenir de la misma ciudad y encontrarse por casualidad al mismo tiempo que él en París— se alegrará de verlo, y que ambos podrán hablar de literatura y de los colegas de la ciudad en la que ambos nacieron de la forma en que hablan los escritores de otros escritores y que sólo aquellas personas que no son crédulas pueden interpretar como lo que es en realidad: el ruido que producen los engranajes del rencor, que impulsan tantas carreras literarias. Nuestro novelista considera que jóvenes como P son necesarios para construir una sociedad mejor. Nuestro novelista, evidentemente, es también un alma ingenua.

8

Entre todas las historias del país que P abandonó hay una que le viene a la mente con particular frecuencia mientras camina por París. Una vez, en Buenos Aires, P se encontró —«frente a frente», se podría decir— con Juan José Saer. Saer iba a hablar sobre algún tema ridículo, la función del escritor en la sociedad o algo así, y el periódico en el que P trabajaba lo envió a cubrir el evento. Cuando se encontraba en la cola para entrar, P se dio cuenta de que el propio Saer estaba a su lado, esperando también, y comenzó a pensar en qué decirle: primero pensó en presentarse y decirle que le gustaban sus libros, pero esto no hubiese sido del todo cierto debido a que algunos de ellos no le habían gustado; después pensó en decirle que sólo le habían gustado algunos de sus libros, pero esto hubiese sido descortés de su parte porque a ningún escritor le agrada saber que sus libros no han gustado a un lector e incluso porque, así como la frase estaba construida en su cabeza, Saer podría haber pensado que los libros que no le habían gustado a P eran la mayoría de los que había escrito; por fin, P pensó en presentarse simplemente, pero no vio qué interés podía tener Saer en conocerlo. Seguía intentando decidir qué decirle cuando Saer, llevándose la mano al pelo o a las gafas con un gesto enérgico y nervioso, le dio de manera involuntaria un golpe tan tremendo que le hizo volar los anteojos por los aires. P se puso a buscarlos entre los pies de la gente tan pronto como se recuperó de la sorpresa y no oyó si el otro se disculpaba: cuando volvió a ponerse de pie, por fin con los anteojos puestos, Saer ya había entrado al sitio donde iba a tener lugar la conferencia; se fue tan pronto como terminó y P nunca pudo saber si se había dado cuenta de que lo había golpeado o no. Mientras camina rápidamente por París, P piensa que es curioso que las cosas hayan tenido lugar de esa manera, ya que Saer era un escritor realista, y él, uno fantástico; era Saer quien tendría que haberse dado cuenta del golpe debido al hecho de que los escritores realistas tienden a prestar mucha más atención a la realidad que los escritores fantásticos, piensa P —de forma errónea— mientras camina relativamente rápido por París, y entonces llega a la conclusión, mientras camina no tan rápido por París, de que por las mismas razones es él quien tendría que haber golpeado a Saer y ahora recuerda —erróneamen-

112

te, de nuevo— la historia al revés, o, mejor aún, recuerda que la escena no ha tenido lugar nunca sino que es la fantasía de un escritor fantástico en la que aparece un escritor realista, ambos al fin en el sitio que les corresponde, de lo que P se felicita, mientras camina bastante lentamente por París o, ya puestos a ello, se arrastra, o se detiene por completo.

9

Nuestro novelista acaba comprendiendo tras varios días que no es tan fácil dar con P como él había supuesto; París es demasiado grande y, en realidad, él no sabe por dónde comenzar la búsqueda. Para empezar, recorre las librerías del Quartier Latin, que considera el sitio más adecuado para encontrarse con un escritor; luego camina por el Boulevard Saint-Germain, visita la Place Saint-Sulpice, pasea por el Jardin du Luxembourg, entra al Panthéon —allí se emociona ante la presencia de las cenizas de Hugo, Voltaire, Rousseau y Zola, las cuales, por su parte, y como era de esperar, no demuestran el mismo entusiasmo— y almuerza en la Rue Saint-Jacques. En Notre Dame merodea buscando el rostro de P entre los de los turistas que filman cada uno de los rincones de la iglesia, luego recorre la Île de la Cité; desde el Pont-Neuf cree distinguir a P sentado junto a una adolescente en la Place du Vert-Galant. La Place du Vert-Galant es conocida así por la gran fortuna de Enrique IV con las mujeres, fortuna solamente extensible a este ámbito, ya que nunca fue capaz de mantener bajo control la situación en Alemania y hasta sus propios hijos —producto de esa fortuna de la que el rey hacía gala bajo los árboles de la *place*— acabaron conspirando contra él, obligándolo a abdicar en 1105. Nuestro novelista baja las escaleras y camina hacia donde se encuentra la adolescente, que se ha enroscado sobre el eventual P; se dirige a ellos y dice un par de palabras en voz alta, el comienzo de una frase de introducción —«Qué tal, qué sorpresa encontrarte por aquí...» o algo por el estilo—, pero la adolescente, que no lo ha visto llegar, suelta al desenroscarse un grito y su enamorado, que —desafortunadamente para el novelista y para el propio P— no es P, lo insulta con palabras que el novelista, que ha estudiado francés largos años en la Alianza Francesa de su ciudad natal, no acaba de comprender, por suerte: huye de la Place du Vert-Galant y se arroja a la boca del metro de la estación Pont-Neuf, luego emerge en la estación Raspail tras cambiar en Place d'Italie y atraviesa el cementerio en dirección a la Gare de Montparnasse.

10

El problema es que P ignora el hecho de que el novelista lo busca y continúa con su desafortunada existencia, a la que el otro quizá pudiera poner remedio: se cuela en los autobuses que unen la Place d'Italie con los barrios más distantes de la periferia, bajándose sólo cuando ha acabado el recorrido o sube un inspector, y regresando luego lentamente, cruzando la calle cada vez que se topa con un restaurante. Ya no le interesan los edificios históricos; en cambio, siente una especial predilección por el norte de la ciudad, cuyos aires proletarios son un resabio del pasado. Sube en autobús hasta el Parc de la Villette y luego regresa caminando al Quartier Latin; como desea evitar el paisaje gris que rodea a la Gare de l'Est y a la Gare du Nord, escoge las callecitas paralelas al Boulevard de la Chapelle, como la Rue de Jessaint, la Rue Polonceau y la Rue Muller y atraviesa Montmartre pasando por la Place du Tertre. Un grupo de turistas le pide que les tome una fotografía y P primero piensa en dejar sus cabezas fuera del cuadro para que se lleven una fotografía de su vacación de decapitados pero luego toma la fotografía como se supone que debe hacerlo, dejando dentro del cuadro todos los órganos vitales, y devuelve la cámara sin decir una palabra. Después camina por el Boulevard de Clichy, que le parece un civilizado antro de perdición, y baja por la Rue Pigalle hasta la Sainte-Trinité, de allí a la Opéra y luego, para evitar los Jardins des Tuileries, por la Rue du Quatre Septembre, después por el Boulevard de Sébastopol hasta Saint-Michel; sólo cuando su itinerario ha terminado se permite pensar en tomar una cena ligera en algún sitio cerca de Saint-Julien-le-Pauvre —un nombre más que conveniente dada su situación, piensa— y en irse a la cama tras responder con un par de vaguedades las razonables preguntas del recepcionista.

Un par de veces, en los días siguientes, nuestro novelista acierta sin saberlo con ese itinerario, pero P le lleva ventaja y tiende a cambiar su ruta toda vez que el hambre o el aburrimiento se lo dictan. Mientras camina por París, le impresiona —y, por alguna razón, le duele— ver la vida expresándose, surgiendo de la nada en el rostro de una mujer bella o en los zapatos de un niño, violentando su propia, estúpida, imposibilidad de no saber hacia dónde se dirige.

11

Nuestro novelista comprende en este punto —en que el desinterés o la incapacidad de P para salir a su encuentro ha trastornado por completo su estancia parisina, arrastrándolo al ocio y a la confusión— que la previsión, considerada en el mundo de las letras la más desdeñable de las actitudes que un escritor puede adoptar, es, sin embargo, la más utilizada, puesto que, si lo piensa bien, su «carrera literaria» no es más que el ejercicio metódico e incluso talentoso de una previsión artera. Supongamos que todo ha transcurrido de la siguiente forma: nuestro novelista es un joven que tiene inclinaciones literarias en una época en la que, por fuerza, nadie tiene «inclinaciones» contables o farmacéuticas o, en cualquier caso, «inclinaciones» más provechosas que las literarias. Nuestro novelista —que, por supuesto, aún no es en absoluto novelista y tampoco es nuestro— quiere ser escritor; un día quiere ser Antonin Artaud, otro día quiere ser Jorge Luis Borges, al siguiente, Hermann Hesse y, más tarde, Julio Cortázar; nuestro novelista es imbécil, pero por lo menos lee lo que hay que leer a su edad. Un día tropieza con el anuncio de un nuevo taller literario en —oh, sorpresa— la sección literaria del periódico de la ciudad de provincias donde vive; la sección —en realidad, sólo una página— está ubicada entre la de hípica y la de anuncios necrológicos, con lo que parece anticipar, con conmovedora sinceridad, que la literatura está a medio camino entre las apuestas y la muerte. Sin embargo, nuestro novelista se anota en el taller literario y durante dos años aprende a imitar a Antón Chéjov, a Cesare Pavese, a Augusto Monterroso, a Paul Valéry, a Franz Kafka, a Gabriel García Márquez. Un busto de Edgar Allan Poe vigila sus evoluciones en el terreno de la imitación literaria. Nuestro novelista está enamorado de varias de las alumnas que asisten al taller, pero ellas están enamoradas del director del taller literario y éste ejerce con ellas un previsible derecho de pernada; el director del taller literario es calvo, está gordo, ha sido alcohólico el tiempo suficiente para acabar teniendo ese aspecto de fotografía fuera de foco que tienen todos los alcohólicos tarde o temprano, lleva bigote y habla con voz gutural como si fuera un actor de telenovela, aunque —sospecha nuestro novelista— lo que pretende es imitar a Edgar Allan Poe o, mejor dicho, a lo que sus biógrafos han dicho que Poe era y la forma en que hablaba. El director del taller literario se acuesta con sus alumnas tantas veces como ellas lo consienten, y ellas lo consienten casi siempre, quizá convencidas de que el semen del director del taller literario es tan literario como *Vida y opiniones del caballero Tristram Shandy*. Nuestro novelista comprende que toda su fortuna con las mujeres se debe al hecho de que ha publicado libros, de que «es» un escritor, lo que ratifica a nuestro novelista en la convicción de que él tiene que convertirse en uno para ser requerido por las mujeres. Una de ellas le permite visitarla en su casa un par de veces: le recita poemas de Alejandra Pizarnik en la oscuridad de la cocina, fuma un cigarrillo tras otro y tiene una manera de aspirar el humo que a él le hace pensar que le duele hacerlo, un modo singularmente trágico de fumar que expresa que vive todos los momentos de la vida, aun los más simples, como fumar un cigarrillo en la cocina, con la misma apasionada intensidad que Alejandra Pizarnik puso en convertirse en la más insoportable de las poetisas de su país y, por lo tanto —dadas ciertas particularidades de ese país—, en la más influyente. La joven se interrumpe y lo besa, sin que medie advertencia alguna. Nuestro novelista responde al beso primero con entusiasmo y luego con cierta aprensión porque la boca de su compañera de taller sabe a tabaco y quizá a orina y a semen del director del taller literario. Mientras la penetra, instantes después, nuestro novelista se dice que él no es más que una distracción que ella se permite entre encuentro y encuentro con el director del taller; pero también piensa, con algo más de optimismo, que está accediendo a intimidades que sólo el director del taller literario ha disfrutado antes y que él —mediante un balanceo enérgico pero no muy coordinado— está arrebatándole en ese mismo minuto: en ese momento él es el director del taller literario, se dice un segundo antes de eyacular un chorro incontenible de semen entre balbuceos de agradecimiento y un poco de llanto. Nuestro novelista pierde así la virginidad y quizá también el sentido común, gracias a la literatura, y el país gana un escritor y pierde un ingeniero de caminos.

12

Un tiempo después, nuestro novelista se entera de la existencia de un concurso cuyo jurado está presidido por el director del taller literario, prepara tres copias de un cuento que ha leído previamente en el taller y que pareció suscitar cierto entusiasmo en el director, escoge como pseudónimo el nombre de un personaje que aparece en una novela del director y lo envía. Gana. No el primer premio, pero sí el segundo o el tercero. Y, aunque sabe que el reconocimiento no es más que un guiño que el director del taller literario le hace —beneficiándose indirectamente con ello, puesto que a él le conviene que uno de los ganadores del concurso sea alumno de su taller para que éste reciba más atención—, se dice que está para cosas mayores y publica, pagándolo de su bolsillo, un libro de cuentos. El libro recibe tres críticas: la primera es del propio director del taller literario, quien dedica unos diez minutos de una de las sesiones para comentar la aparición del libro entre los alumnos y describirlo como «un paso importante» en la incipiente carrera de nuestro novelista, guardándose de aclarar si la dirección que sigue ese paso no es la del desastre más absoluto; la segunda crítica se publica en la página de literatura que aparece a medio camino entre la sección de hípica y los anuncios necrológicos en el diario local y reconoce algunos «méritos» al libro pero apunta a la «inmadurez» del autor; la tercera es publicada en una revista de la capital y destaca su libro —«llamativa colección de cuentos que exploran los terrenos de la literatura fantástica»— entre una veintena de libros enviados a la redacción esa semana desde las crueles provincias. Nuestro novelista comienza a llevar el recorte de la revista en el bolsillo interno de su chaqueta y éste le allana el camino a las sábanas de otras dos compañeras del taller literario. Mientras las penetra, piensa que su semen se mezcla con el semen de su director y que algo de lo que, supone, es su extraordinaria calidad como escritor pasa a él de esa forma: son los rituales animistas de la tribu de los escritores, en las selvas impenetrables de la estupidez y la ignorancia.

Naturalmente, la carrera literaria de nuestro novelista podría haberse estancado en ese punto en virtud de su falta de talento, de su juventud y de su oscura existencia en las provincias. Pero nuestro novelista —que, repito, aún no sabe que es novelista— demuestra a continuación, si no calidad literaria, al menos una gran capacidad para alcanzar de otro modo las que él considera las más altas cimas de la literatura de su país, y comienza a colaborar en la página literaria del periódico local gracias a una recomendación del director del taller literario. No cobra un céntimo por su trabajo, por supuesto, ya que, a la manera de Stendhal, considera que el arte no puede ser comprado ni vendido, una opinión que el francés quizá expresara siendo cónsul de su país en Civitavecchia o en algún otro de los puestos que ocupó en su vida de perpetuo empleado público, pero que nuestro novelista —heroicamente— sostiene en la miseria, alimentándose tan sólo mediante la succión de clavos. Unas cuatro o cinco veces entrevista para la página literaria a escritores que, por alguna incomprensible —y, por cierto, lamentable— equivocación, pasan por la ciudad de provincias; nuestro novelista les escribe luego cartas aduladoras en las que les remite copia del artículo publicado, y, más tarde, otra carta bastante sumisa con un ejemplar dedicado de su libro de cuentos, y después otras cartas aún más obsecuentes que incluyen dos o tres cuentos más, los que considera mejores de la veintena que ya ha escrito. Una respuesta, la única que recibe, una respuesta que es quizá desganada y tan sólo protocolaria pero que es simplemente la única respuesta que recibe, lo lleva a anunciar a vuelta de correo que «en breve» visitará la capital para discutir con su interlocutor sus impresiones de lectura.

13

Nuestro novelista viaja, se encuentra con el desafortunado escritor que ha soltado a la bestia en los terrenos de la literatura de la capital del país y éste, tras concederle una media hora en la que cada uno de ellos sólo habla de sí mismo, como sucede a menudo en las conversaciones entre escritores, acepta el pedido de nuestro novelista de que le dé las señas de otros autores a los que quiere entrevistar para su periódico. El escritor, qué duda cabe, se las da con entusiasmo. Que se jodan esos imbéciles, piensa satisfecho. Nuestro novelista entrevista a los imbéciles y adula con especial determinación a uno de ellos, que nació en la misma ciudad de provincias que él aunque se marchó tan rápidamente como pudo, y ahora dirige las dos páginas literarias —a las que llama, con cierta presunción, «el suplemento»— del periódico menos importante de la capital. Nuestro novelista intenta apelar a su «amor por el terruño» para que el escritor le conceda la «distinción» de escribir notas bibliográficas para su «suplemento», pero el escritor no tiene ningún «amor por el terruño», y nuestro novelista tiene que recurrir a más adulación y a la promesa más o menos explícita de elogiar los libros que el escritor considere dignos de crítica y denostar los que en su opinión sean merecedores de la más dura denostación para que el otro, un poco cansado, haga lugar a su pedido.

Nuestro novelista regresa a la ciudad de provincias donde vive convencido de que ha dado un paso de notable importancia. Naturalmente, deja de ir al taller literario. Un día, en la presentación de un libro, se encuentra a su director; ya han sido publicadas sus primeras reseñas en el periódico de la capital y le da la impresión de que la actitud del director del taller literario hacia él ha cambiado y es, quizá, servil. «¿Qué tal?», le pregunta el director del taller literario. «Muy bien. ¿Y tú?», responde nuestro novelista. «Leí tu crítica al libro de S. Yo había leído el libro un par de días antes y pensaba exactamente lo mismo que has escrito», cuenta el director del taller literario. «Muy bien», asiente nuestro novelista, y luego ambos se quedan en silencio, sin nada más que decirse; nuestro novelista observa por el rabillo del ojo al director del taller literario y le parece aún más calvo, más gordo y más desteñido de como lo recordaba. Ni siquiera se parece a Poe, se dice; como si su rostro fuera el retrato que alguien le hubiese hecho al autor de «Los crímenes de la calle Morgue» con cierta prisa y desde una gran distancia, mientras Poe corría escapando de allí. Por un momento se pregunta acerca de su antigua admiración por el director del taller literario, sin poder comprenderla. «¿Sabes que saldrá un libro mío la semana próxima? Quizá te toque a ti reseñarlo», lo interrumpe éste de pronto, y lo mira. Nuestro novelista observa el fondo de su vaso y no responde nada. Más tarde, pide al periódico que le envíen el libro tan pronto como salga, lo lee con fruición y entrega una crítica en la que dice, en sustancia, que el director del taller literario se repite, que su estilo es anticuado, que sus personajes son planos y que no parece haber entendido el mensaje de que los vientos han cambiado en la literatura: todo esto escrito con un tono elogioso, ligero e irónico cuya ironía, que a nuestro novelista le parece evidente, nadie comprende excepto el director del taller literario, quien, quizá, se deprime un par de días, o quizá no. Este triunfo de nuestro novelista es, sin embargo, efímero, puesto que los envíos de libros del periódico capitalino empiezan a retrasarse y nuestro novelista comprende que acabarán por suspenderse si no hace algo y lo hace rápido. Entonces decide mudarse a la capital.

14

No tiene un comienzo fácil, pero —se consuela— ninguno lo es, en realidad: vive en una pensión y come sólo en ocasiones, pero escribe aún más artículos que en el pasado y se los publican, cosa que lo hace enormemente feliz. Como necesita vivir de algo, un día se presenta en una pizzería a la vuelta de la pensión donde le han dicho que necesitan un empleado. Nuestro novelista deviene así pizzero y durante largas noches coloca aceitunas y trozos de pimiento o lonchas de jamón sobre pizzas redondas que, tras yacer unos minutos en el fondo sucio de un horno, son metidas en cajas de cartón —que nuestro novelista arma con una rapidez que al poco tiempo lo asombra incluso a él mismo— y repartidas a lo largo de la ciudad por jóvenes motociclistas a los que sólo reconoce por su voz porque nunca se quitan el casco. Durante estos meses, nuestro novelista se encuentra todo lo cerca que se encontrará nunca de tener una profesión respetable y de convertirse en una persona de bien, pero nuestro novelista piensa que su trabajo en la pizzería es una humillación que ningún artista puede tolerar y decide dejarlo tan pronto como pueda. Mientras coloca trozos de tomate o anchoas sobre pizzas cubiertas de una mezcla de grasa y pintura —que sus empleadores denominan «queso», contra toda evidencia—, nuestro novelista piensa en los libros que quiere escribir y en las obras que le darán fama internacional, pero, sobre todo, piensa en cómo salir de allí, cómo hacer para ser respetado como escritor, para publicar en las editoriales donde lo hacen los pocos autores a los que él no considera inferiores a sí mismo. Nuestro novelista no tiene nada que hacer durante el día y empieza a asistir a algunas clases en la Facultad de Filosofía y Letras; allí milita un tiempo en un grupo de izquierda para el que dicta un seminario teórico sobre el realismo socialista. Se acuesta con un par de compañeras para quienes, al parecer, la distribución desigual de la riqueza se repara mediante la distribución aún más desigual de los efluvios corporales: son en general relaciones tristes y a menudo tortuosas; básicamente porque, tras acabar, la distribución desigual de la riqueza permanece, pese a todo, intacta. Pero nuestro novelista no se lo pasa mal y piensa que contribuye a una buena causa. Son los mejores años de su vida, aunque esto sólo va a saberlo tiempo después, cuando hayan terminado.

15

Un día se produce una vacante en la pizzería donde trabaja y nuestro novelista consigue que empleen a un compañero de militancia. Una noche, su compañero mete en cada una de las cajas de pizza a repartir un manifiesto de su grupo en el que éste se declara a favor de la reforma agraria, la abolición de la enseñanza obligatoria y la prohibición de los cultos religiosos; cuando sus jefes descubren la acción los echan a ambos, pero para entonces nuestro novelista, quien no ha dejado de escribir para el periódico, ya sabe lo que tiene que hacer: se dedica con obstinación y escasa sutileza a elogiar los libros de una editorial en particular, a cuyo director conoce no del todo casualmente después en un cóctel. Nuestro novelista le dice que tiene un libro de cuentos que le gustaría mostrarle. El director responde que los libros de cuentos no venden, pero que con gusto le echaría una mirada a una novela si la tuviera. Por un segundo, nuestro novelista se derrumba ante la negativa, pero luego reacciona con acierto: «También tengo una novela», responde. «Tráigamela mañana por la tarde», pide el director de la editorial, y luego se da la vuelta y comienza a hablar con otra persona.

Nuestro novelista regresa a su pensión en un autobús en el que no deja de tomar notas; al llegar, une tres o cuatro cuentos, unifica personajes, tono, atmósfera, piensa un título. Luego se sienta ante la máquina de escribir y trabaja durante toda la noche pese a las protestas de los otros pensionistas. Por la mañana, la dueña de la pensión le dice que tiene que marcharse. Por la tarde, entrega el manuscrito. A continuación, se muda. Un mes después le anuncian que han aceptado su manuscrito pero le recuerdan la situación de la literatura en el país y le anuncian que «desafortunadamente» no pueden pagarle nada en concepto de adelanto. Nuestro novelista acepta el trato, sin embargo. Esa misma noche anuncia la noticia en una reunión de su grupo y éste, tras deliberar a puertas cerradas en su ausencia, le explica que la editorial, en tanto empresa, distribuye un capital simbólico que —puesto que el autor es parte y emanación de las clases trabajadoras— pertenece en realidad a esas mismas clases, por lo que él no puede firmar el contrato sin traicionarlas. Nuestro novelista responde, constreñido por lo duro de la situación, que se atendrá a la disciplina partidaria, y al otro día pasa por las oficinas de la editorial y firma el contrato. Unos meses después el libro ya está publicado: es reseñado en cuatro periódicos de la capital con cierto escepticismo —la reseña que el director del taller literario publica en el periódico de la ciudad de provincias es, en cambio, muy elogiosa, rastrera, podríamos decir—, pero es suficiente para que el novelista comience a cobrar algo de dinero por sus contribuciones para el periódico y sea invitado a colaborar en la revista de una tarjeta de crédito; allí escribe sobre libros que pueden interesar a quienes tienen una tarjeta de crédito, libros que tratan del dinero y la relativa facilidad con la que uno puede hacerse con él, así como la mayor facilidad con la que puede gastarlo y la supuesta realización personal que esto supone. Más tarde nuestro novelista es invitado a participar como jurado en un concurso. No es un concurso muy importante, pero la invitación ratifica su opinión de que ya se ha convertido en una autoridad. Sus compañeros en el jurado son otros dos escritores, más viejos y —por supuesto— más prestigiosos que él, y nuestro novelista vota a los autores que ellos proponen para el premio, en nombre de una subordinación que considera intrínseca a la relación entre escritores jóvenes y sus mayores —«la experiencia es un grado», «el diablo sabe más por viejo que...», todas esas tonterías— y para guardar las formas: al director del taller literario, cuyo estilo ha reconocido de inmediato en uno de los originales, le reserva la cuarta mención y le entrega personalmente su diploma en el acto realizado para ese fin con un cordial apretón de manos. El director del taller literario está contento y le agradece cuanto ha hecho por él. Nuestro novelista responde que no ha sido nada, y no miente.

Un tiempo después lo invitan a ser jurado de otro concurso y las circunstancias se repiten, así como uno de los dos miembros del jurado anterior: éste tiene necesidad de que el autor premiado sea una persona de su amistad, pero no puede imponer su criterio porque otros dos jurados candidatean a un autor de su propia amistad que no es de la amistad del primero. Éste sólo cuenta con su voto y con el de un cuarto jurado, por lo que convence a nuestro novelista de que lo apoye en la votación: nuestro novelista lo hace y obtiene la portada del suplemento literario del periódico que su compañero de jurado dirige. Un cierto período de ensayo y error en la revista de la tarjeta de crédito le ha permitido comprender qué es lo que sus lectores quieren, y en ese instante, que constituye el único instante de auténtico genio que un autor mediocre pero vendedor tiene a lo largo de su ramplona vida, decide escribir una novela sobre un escritor que conoce a un personaje que ha conocido a un prócer del país de donde es nuestro novelista, que es, se sabe, lo que los lectores quieren, aun cuando no lo sepan o finjan ignorarlo.

Nuestro novelista cuenta el argumento al director de una editorial realmente importante, no aquella en la que publicó su novela anterior, y éste «compra» la idea: trabaja entonces en ella con un entusiasmo que cualquiera hubiera dedicado a escribir literatura de verdad, pero que él sólo puede destinar a su libro. Poco después lo termina, lo presenta al director, recibe sus correcciones, las incorpora, entrega por segunda vez el manuscrito, obtiene el premio que esa editorial organiza todos los años. Las principales figuras de la literatura nacional —algunas de las cuales han accedido a formar parte del jurado del premio por alguna razón— se lo entregan en un acto en el que todas elogian un libro que no han leído. El escritor que ha recibido el segundo premio denuncia el fraude mediante cartas a los periódicos, pero ninguno de ellos las publica; el asunto, sin embargo, no tiene importancia, ya que nada puede ensombrecer la hora luminosa de nuestro novelista.

16

Un año más tarde —después de que su libro venda miles de ejemplares, reciba críticas consecuentes con su nueva posición y sea incluso traducido a un par de idiomas— nuestro novelista es convocado para ser jurado de la siguiente edición del premio que obtuviera: su candidato es el hijo del director del periódico donde trabaja. Por supuesto, el joven gana el premio. Unos días después, en la entrega, uno de sus compañeros de jurado le cuenta la historia de otra escritora de provincias. Esta escritora es, al principio, una muchacha que trabaja en una zapatería: mientras decenas de pies desfilan ante sus ojos —pies de todas las formas posibles, pies con los dedos unidos, pies cuadrados, pies con hongos, pies que huelen mal—, la muchacha sólo sueña con ser escritora. No escribe mal. Un día se pone en contacto con un escritor de su ciudad que ahora vive en la capital para que le dé clases de narrativa; el escritor —que es alguien que comprende que eso no lleva a nada y no se esfuerza por disimularlo— le responde que no, pero le asegura que puede ir a visitarlo si quiere. Ella lo hace. Su juventud es tanta como su desesperación por abandonar la zapatería. Se acuesta con él. Escribe cuentos. Gana concursos. Más tarde, comienza a interesarse por otro género, digamos, el teatro. Empieza a recibir clases con un profesor de dramaturgia, abandona al narrador y comienza a acostarse con el dramaturgo, escribe obras de teatro, gana concursos. Curiosamente, al tiempo deja la dramaturgia y comienza a interesarse por la poesía. Su descubrimiento de un género literario, cada uno de ellos, se ve acompañado de un amorío más o menos infeliz con su introductor en él, un amorío que tiene horarios más bien excéntricos, que, por lo general, tiene lugar por la mañana, cuando el dramaturgo o el poeta o el ensayista deja a su niño en el colegio, o por la tarde, cuando su mujer no está en la casa; coitos rápidos y más o menos desapasionados en los que el semen literario de todos sus amantes tiene la cualidad —supone ella— de acercarla un poco más a Julian Barnes, a Milan Kundera, a Martin Amis, a Ian McEwan, a todos los autores a los que ella admira y a los que pretende acceder. «Qué terrible», balbucea nuestro novelista al acabar de oír la historia. «¿No es verdad?», le pregunta su narrador, pero es sólo una pregunta retórica. «Y sin embargo, es una excelente historia», dice. «Sí», reconoce otro de los jurados, «pero ¿quién tendría el valor de contarla?». «Eso. ¿Quién tendría el valor de contarla?», admite nuestro novelista.

17

En París, P deja de escribir, o al menos deja de tomar notas; pero su cabeza sigue siendo la cabeza enloquecida de un escritor, y tiene una media docena de ideas para novelas por día: de ellas, unas tres o cuatro son buenas y una de ellas, bastante buena. (En los peores días, únicamente tiene dos o tres buenas ideas y tan sólo una es destacable.) P las descarta todas, sintiéndose así más juicioso o menos ridículo. A veces, cuando ve su rostro reflejado en los escaparates de alguna tienda, se dice, con sorpresa: no estoy escribiendo, y por un momento se siente triunfante, pero luego comprende que, si no escribir le parece un logro, es sólo porque aún no se ha liberado del todo de la escritura, porque su rechazo a escribir reemplaza el escribir como centro de la experiencia. En una ocasión se sienta en la terraza de un café y se propone no levantarse hasta recordar los tiempos en que no escribía, pero pasan las horas y no logra recordar nada, como si a lo largo de su vida no hubiera hecho nada más que escribir. Una camarera le pregunta si desea alguna otra cosa, pero él responde que no. Tiene bonitas piernas y un rostro que sólo parece capaz de expresar dos actitudes: la gravedad risible con la que todo camarero parisino se aproxima a su cliente y otra más distendida, de una felicidad sin motivo, que es la expresión de las mujeres francesas cuando se las observa sin que lo sepan. P ha oído que en algunas universidades existen cursos de Civilización Francesa cuyos alumnos son, de preferencia, extranjeros incautos que desean pasarse medio año hablando de quesos, y se pregunta si en esos cursos se hablará de la sonrisa francesa y se explicarán sus motivaciones y su fisiología. La camarera se detiene a unos pasos de él, mira en dirección a la calle con los brazos a la espalda, luego se da la vuelta y regresa al interior del café. P la ve acercarse a un hombre que está detrás de la barra; ella dice algo en voz baja y el hombre asiente, entonces ella se mete en la cocina y P —que se pregunta si hay una historia allí como producto de un hábito de muchos años— se dice que el hombre la seguirá en un instante, pero el hombre abre lentamente un libro en una página marcada con un mondadientes que vuelve a llevarse a la boca y comienza a leer. P piensa en ese instante que su incapacidad para recordar una época en que no haya escrito es, en realidad, sólo la de recordar un momento en que no haya leído, puesto que ambas actividades parecen inseparables. Aun no pudiendo recordar algunas cosas, hay otras que P sí recuerda, sin embargo: por ejemplo, que comenzó a escribir unos diez años atrás sin seguir modelos fijos, impulsado por el hecho de que no encontraba los textos que quería leer y que, creyó, tendría que escribir él mismo.

18

P comenzó escribiendo cuentos, unas dos docenas de ellos, que pasaba a limpio en una máquina de escribir portátil; por alguna causa, la corrección en la transcripción, la inexistencia de errores de tipeado le parecían signos irrefutables de perfección literaria. Sus cuentos eran fantásticos —lo eran mucho antes de que la literatura fantástica deviniera un cliché y una excusa, le gustaba recordar— y en todos moría alguien. Más tarde escribió una novela breve de trama tan complicada que a él mismo le costaba describirla. Los cuentos eran publicados por un periódico de la ciudad con algo que P no acertaba a comprender, algo que se parecía a la indiferencia pero que quizá era sólo desprecio o tal vez una manera discreta de alentarle. Una fundación le entregó los fondos para la publicación de su primer libro de cuentos, de los que la editorial que lo hizo probablemente haya abusado; otra publicó una novela policial: en ambas ocasiones, P acabó enfrentándose a sus editores, pero aprendió y se endureció y comprendió que la literatura es algo más que el mero acto de escribir y algo menos que una industria seria. Un par de libros después descubrió que en su país un escritor joven era alguien que había cumplido los cuarenta años poco tiempo atrás, y se dijo que aún le quedaban dieciséis años para comenzar a ser tomado en serio. Pensó que en esos dieciséis años podían suceder dos cosas: podía salir todo bien y él podía convertirse en un autor de relativo prestigio, alguien que escribe libros y los publica y en algunas ocasiones escribe también para los periódicos, alguien con un auto y un perro y quizá hijos que se enferman de enfermedades por fortuna poco serias pero que hacen ver que cualquier problema literario es, por comparación, nimio; o podía salir todo mal y él podía convertirse en alguien lleno de rencor, en alguien que envidia la suerte de otros y se esfuerza por encontrar en los libros de esos otros errores y desaciertos improbables y que a veces todavía escribe en la cocina de su casa cuando su mujer y sus hijos duermen.

P evaluó ambas posibilidades y las dos le parecieron terribles. Y después pensó que tenía que desperdiciar dieciséis años de la mejor manera posible para luego ser reconocido como un escritor joven, y tal vez prometedor, en su país, así que se marchó. Desde entonces, sus opiniones literarias ya no tienen ninguna importancia para nadie excepto para él. Y tampoco ser un escritor joven lo atrae demasiado.

19

La camarera regresa de la cocina y atiende a una pareja de ancianos que tienen un perrito blanco y acaban de sentarse a una mesa de la terraza. P vuelve a observarla y piensa que se parece a una joven a la que él ha conocido bien; una joven, también camarera, que, en cada una de las ocasiones después de haber tenido sexo, y mientras aún estaban echados en la cama, le contaba sus problemas con lujo de detalles, le hablaba de la vaginitis que la afectaba, de la extraordinaria irregularidad de sus períodos menstruales, que oscilaban entre una duración de ocho a setenta días, de la vaginodinia y del vaginismo que a veces padecía —sin variantes, lo primero que hacía P al regresar a su casa era tomar el diccionario y buscar todos esos términos— y de su extraordinaria facilidad para contraer hongos, especialmente de la variedad *candida albicans*. P se encogía de terror bajo las sábanas cuando escuchaba sus historias, pero pensaba que debían de ser importantes para ella y se resignaba a escucharlas: pensaba que eran historias que ella, por alguna razón, necesitaba contar, y esa necesidad —esa necesidad profunda e irracional— lo llenaba de asombro y de admiración, así que cerraba los ojos y escuchaba, asimilando, como un alumno disciplinado, la excepcional lección de literatura que la joven le ofrecía, la lección acerca del porqué y tal vez también del cómo de la literatura que ella le daba invirtiendo los términos de su relación y de sus profesiones y que él se prometía, en silencio, no olvidar.

20

Nuestro novelista se pasa las mañanas en la Bibliothèque Nationale de Francia uniendo los fragmentos de la correspondencia amorosa del prócer de su país con la pegajosa sustancia de la novela histórica. Por las tardes, visita museos tratando de encontrarse con P, quien ha estado en casi todos los importantes a excepción del Louvre y, en cualquier caso, ya no tiene dinero para visitarlos más: sus recorridos se proyectan sobre los que P ha realizado antes y nuestro novelista traza sin saberlo las mismas líneas sobre el parqué, dejando huellas similares. Si alguien se interesara por hacerlo, y tuviera los medios para ello, podría comprobar que al recorrido de P en —digamos— el Musée d'Orsay se le superpone el de nuestro novelista con escasísimas variantes, ínfimas diferencias que en nada afectan al hecho de que dos personas con intereses afines, que prestan igual atención al *Desayuno en la hierba* de Manet y se detienen por una cantidad relativamente aproximada de minutos en el mismo punto frente a *El origen del mundo* de Courbet, no pueden, pese a ello, encontrarse.

En algún momento de sus recorridos, nuestro novelista deja de prestar atención a las obras expuestas para detenerse en los rostros de las personas intentando reconocer el de P: ha pasado mucho tiempo desde la última vez que vio una fotografía suya y supone que no es improbable que su rostro haya cambiado. Especula con variantes que podrían volverlo irreconocible: una barba, un corte de cabello diferente, anteojos nuevos. Por las noches, al meterse en la cama en el hotel que ocupa en la Avenue Kléber, las variantes de esa fisonomía imaginaria le impiden conciliar el sueño hasta muy entrada la noche; cuando duerme, sueña cosas como que P se ha cambiado de sexo —«reasignado» sería tal vez la expresión más correcta, aunque nuestro novelista la desconoce—, que se ha hecho punk, que su bigote tiene tres metros de largo como el de la estatua ecuestre de Vittorio Emanuele II que preside su monumento en Roma: cosas así, nada muy útil para la pesquisa.

21

Un día, mientras trabaja en la Bibliothèque, nuestro novelista contempla a unos vagabundos que toman el sol y decide —puesto que a la aparición de la idea le sigue de inmediato la decisión de creer en ella sin otro argumento que el de la inefabilidad de la propia, pedestre, imaginación literaria— que P puede ser uno de ellos, y supone que se ha precipitado en una vida sórdida para acallar una conciencia que se debate entre lo que es correcto y razonable y aquello que es, piensa él, contra natura; se trata de una idea vulgar, además de errónea —P no es homosexual e incluso aunque lo fuera no tendría razones para serlo *sólo* en París—, pero arranca en nuestro novelista un estremecimiento de placer al comprender que por fin ha descubierto la supuesta razón por la que P se oculta. Como sea, pasa un par de noches en un local poco respetable de la Rue Coustou bebiendo whisky aguado y buscando el rostro de P entre los de los hombres, casi todos iguales, que le echan miradas furtivas, esto último quizá debido a la oscuridad del local. Un poco de la sordidez de esos sitios se impregna en nuestro novelista como un perfume barato, por lo que aun los más reticentes entre los habituales a esos locales acaban aceptándolo como un cliente más. Una noche, un adolescente de aspecto enfermizo entra y, al verlo, comienza a gritarle; nuestro novelista tiene dificultades para comprender lo que el adolescente dice, pero poco a poco se da cuenta de que éste le confunde con un cliente suyo que le ha pagado con «mercadería» mala por unas prestaciones en el Bois de Boulogne, un par de noches atrás. Nuestro novelista niega ser esa persona con un énfasis que, piensa en ese momento, quizá pudiera parecer sospechoso; agrega, sin resultado, que el adolescente lo confunde; éste hace una seña y otros dos jóvenes se levantan de una mesa. Nuestro novelista sale juiciosa, literariamente, corriendo.

22

A lo largo de todos estos años de estancia alemana P sólo ha tenido un amigo: era un tipo de Madrid que estudiaba Literatura, un joven quizá en extremo agradable convencido de que lo que cualquiera debería hacer para obtener la felicidad es comer abundantemente, dormir tanto como sea necesario y acostarse con muje-

134

res feas; convicciones, piensa P, obtenidas a lo largo de decenas de guerras perdidas que han hecho del español un amante de las cosas simples, y de sus escritores unos desgraciados. El amigo de P estaba interesado en la literatura del país que P había abandonado un tiempo antes y a menudo discutía con él acerca de los autores de esa, para él, remota literatura. P respondía con cortesía y aplomo, pero también con una firmeza que esperaba que hiciera comprender a su amigo que no tenía ninguna intención de continuar hablando del tema. En ocasiones, el aprecio de su amigo por la literatura nacional del país de P excitaba tanto a éste que, si estaban sentados en un café, P comenzaba a hacer trizas todo lo que encontraba sobre la mesa: la cuenta, el menú, lo que fuera; pero ni siquiera esas señales de fastidio conseguían disuadir a su amigo de que cualquier cosa era preferible a hablar de los escritores que le gustaban y de los que P debía de saber, imaginaba, debido a que provenía del país donde éstos vivían y escribían sus libros. Por su parte, P solía hablarle de sus escritores españoles favoritos: Rafael Cansinos Assens, Rafael Sánchez Mazas, Rafael Sánchez Ferlosio; todos escritores de dudosa calidad cuya mención tenía, por fuerza, que enfurecer a su amigo: pero éste creía que los amigos deben beneficiarse de una cierta tolerancia, y no respondía a sus provocaciones.

Un poco antes del comienzo de la primavera, que en la ciudad alemana en la que ambos vivían era prácticamente inexistente, P y su amigo fueron a conocer un pequeño pueblo llamado Duderstadt: subieron al autobús y, unos veinte minutos después, con similar —y muy reducido— esfuerzo, descendieron en una estación desolada; en ella había un letrero en el que podían leerse una sinopsis de la historia del pueblo y un pequeño mapa. Los amigos echaron a andar en dirección a la aguja de una iglesia.

El pueblo parecía vacío; algunas de sus casas podían intimidar de la forma en que intimidan las construcciones que dan la impresión de no estar habitadas, pero el pueblo no producía miedo sino sólo aprensión y tal vez un poco de tristeza. Recorrieron la catedral con la que tropezaron, donde el organista estaba practicando en ese momento —sus escalas lo inundaban todo— y después se dirigieron a una fuente que, leyeron, representaba la división alemana del período comprendido entre 1945 y 1990: en ella, un hombre y una mujer corrían a echarse uno en brazos del otro, pero un riacho —la fuente propiamente dicha— los separaba; por sus características, el espectador comprendía que ambas estatuas, la del hombre y la de la mujer, habían sido cortadas del mismo trozo de roca y que existía cierta complementariedad entre ellas, esto es, que si las dos imágenes se unieran, encajarían como las piezas de un rompecabezas, de lo que cabía inferir que se trataba de una obra idealista o desinformada, ya que hacer encajar las dos piezas del puzle alemán desvelaba al país desde hacía catorce años sin que nadie pareciera haber encontrado ninguna solución hasta el momento: por los huecos en ese rompecabezas iba a acabar colándose en la vida política alemana pocos años después el mismo imperio de las muchedumbres enfurecidas que, si la Alemania anterior a 1945 no había inventado, cosa sobre la que podía discutirse, sí había perfeccionado al menos en gran medida.

Una y otra vez, allí donde había una imagen incompleta, había violencia y se producían crímenes, se dijo P;

un tiempo atrás —contó a su amigo— había leído un libro en el que uno de los personajes era un creador de rompecabezas que llamaba «policiales», cartones de gran tamaño en los que pintaba una escena del crimen, que luego cortaba en trozos: si el comprador del juego completaba el puzle y leía adecuadamente los indicios que el pintor había distribuido en la imagen, podía determinar quién era la víctima, quién el asesino, cuál había sido la motivación del crimen, cuándo se había producido, de qué manera. Quien desease adquirir un rompecabezas tenía que ponerse en contacto con su creador —lo cual a menudo no era fácil, puesto que éste estaba entregado por completo a su arte y no solía prodigarse mucho— y pagar una suma bastante alta: desde ese momento, recibía una pieza por semana, y, cuando sólo faltaba una, debía enviar una nota diciendo quién era, en su opinión, el asesino: en ocasiones, la solución, recibida tras una inquietante espera, ratificaba la opinión del comprador del puzle, pero a veces, por el contrario, la refutaba, dependiendo del humor del artista y de su capacidad —por otra parte, ilimitada— de crear tramas paralelas y de inscribir los detalles que había acumulado en la imagen en una narración distinta, diferente a la que el comprador había creado.

Entre quienes jugaban a los rompecabezas, y entre los amantes de las novelas policiales, la fama del creador de los puzles era enorme, pero su nombre era por completo desconocido, contó P; de hecho, se rumoreaba que era un asesino serial que tenía en vilo a la policía desde hacía años, y que las escenas que pintaba eran las de sus propios crímenes, pasados pero también futuros. Después de un instante de vacilación, P admitió que no recordaba ni el nombre del libro ni el del escritor de los que había extraído la historia, aunque creía que el autor podía ser mexicano, chileno o catalán. «En cualquier caso es hispanoamericano», sugirió su amigo, pero P le respondió, tajantemente: «No existe nada que puedas llamar "Hispanoamérica". No hay nada así y dudo que alguna vez lo haya habido». «¿No crees, sin embargo, que existen autores que, de alguna manera, son parte de una nueva narrativa que se despliega a ambas orillas del océano y que se caracteriza por una comunidad de intereses?», le preguntó su amigo. P estaba a punto de responderle —por cierto, con un exabrupto— cuando un escaparate atrajo su atención; en él se exhibían los más ridículos accesorios para el jardín que jamás hubiera visto: enanos del tamaño de un niño pequeño, ciervos grandes como hombres, una pantera de porcelana en actitud amenazante, coloridas flores de yeso en tiestos de cerámica, un Cristo sangrante con los brazos abiertos que quizá haría un excelente espantapájaros, una lámpara que imitaba una de las manos llagadas del Cristo descendido de la cruz, que se abría para dar su bendición al comprador y para que la luz se colara a través de su estigma.

P se preguntó quién compraría esas cosas, pero también, y prácticamente al mismo tiempo, se dijo que aquellos objetos en venta eran como la literatura de la que hablaba su amigo, triviales y suntuarios, por completo disponibles para su consumo, del que extraían su única condición de existencia; si los abres, pensó P, sólo encuentras lo mismo en todos, cal que se deshace entre los dedos, cal para disolver los huesos de los muertos y yeso para hacerles estatuas, sin que nada de ello importe. Entonces respondió: «Sí, creo que hay una comunidad de intereses en los autores de ambas orillas del océano y una nueva literatura, mutante si quieres llamarla así», y su amigo, en su ingenuidad, sonrió, feliz de que, por primera vez desde que lo conocía, P estuviera de acuerdo con él en algo. Y luego comenzó a llover.

23

Nuestro novelista busca a P por todas partes: lo busca en la Gare d'Austerlitz, en la Avenue des Champs-Élysées, en la Place de la République; lo busca con tanta determinación que cualquiera que tuviese conocimiento de ella se conmovería, perdonándole gracias a ella, quizá, algunos de sus libros, que por lo general son imperdonables. Quienes consideren que existe una superioridad ética insoslayable en quienes escriben bien sobre quienes escriben mal quizá no perdonen, sin embargo, a nuestro novelista, quien —pese a ello— busca a P en un sitio y en otro sin detenerse ni un momento, sin preguntarse si busca a P sólo por P o si, llegado a este punto, no lo busca más que nada por él y para justificar las horas perdidas, la reciente exhibición de cobardía en el bar de Pigalle, el dinero gastado, la perpetración previsible de otro bodrio: para —en fin— sentirse mejor consigo mismo.

24

El padre de P es —decir aquí «admirador» daría lugar a suspicacias— un apasionado de los cementerios, y P ha pasado buena parte de su infancia yendo de uno a otro, al punto de que ha terminado creyendo que su padre está mucho más cómodo entre los muertos que en compañía de los vivos. Pensándolo mejor, se dice P, la pasión de su padre por los cementerios es el producto de la necesidad imperiosa de una clasificación que anule, o al menos vuelva más tolerable, la insoportable variedad e inconstancia del mundo: los cementerios le ofrecen la posibilidad de establecer un mapa, un orden previsible en el que vidas por completo disímiles se integran, confluyen, se adecúan a la oferta más o menos invariable de la arquitectura fúnebre, devienen pronosticables, indiferenciadas.

P comienza a recorrer los de París en un homenaje irónico a la clarividencia paterna, pero no es un turista convencional y no tiene intención de seguir los itinerarios prescriptos para dar con una u otra tumba de alguna celebridad, de modo que decide ver a quién encuentra si recorre un cementerio sin pretender encontrar a nadie en particular: de esa forma, la visita se convierte no en la oportunidad de descubrir cuántos muertos —famosos o célebres, como se prefiera— hay enterrados en un cementerio, sino en la de averiguar cuántos carga P consigo. En Père-Lachaise se topa con la tumba de Édith Piaf, con la de Gertrude Stein y Alice B. Toklas, las de Molière —enterrado de noche, aunque originalmente no en Père-Lachaise, por ser considerado impío y víctima de la estupidez y el optimismo de algunos críticos, quienes han querido creer que el pesimismo de *El misántropo* era el producto de la tuberculosis y no la opinión más sensata sobre el mundo— y Jean de La Fontaine, que se encuentran una al lado de la otra; la de Théodore Géricault; la de Abelardo y su amante Eloísa; la de Camille Pissarro y la de Colette. Pero no se topa con la de Marcel Proust, ni con la de Oscar Wilde ni con la de Guillaume Apollinaire, que hubieran coincidido con sus gustos literarios, así como tampoco con la de Jim Morrison, que no lo hubiera hecho. En el cementerio de Montmartre no tropieza con ninguna celebridad muerta pese a que sabe que allí se encuentran Émile Zola, el ya mencionado Henri Beyle, Hector Berlioz, Edgar

Degas, Vaslav Nijinsky y François Truffaut. En el de Montparnasse da con las tumbas de Simone de Beauvoir y Jean-Paul Sartre, Eugène Ionesco, Serge Gainsbourg, Julio Cortázar —con lo que P supone debe de ser la figura de un cronopio coronándola— y Samuel Beckett, pero no con las de Baudelaire, Tristan Tzara, Guy de Maupassant ni César Vallejo, que le interesan más. Cuando se detiene sin curiosidad a observar las tumbas, P piensa en sus muertos y en el mapa y espera con ansiedad el momento de encontrar su lugar en él, de alguna manera, entre todos ellos o no.

25

Un día, el primer domingo del mes en el que tiene su tren de regreso al pueblo alemán, P decide visitar el Musée du Louvre, donde no ha estado antes, aprovechando que la entrada es gratuita. Ese mismo día, sin saber esto último, nuestro novelista también decide visitar el Louvre. Nuestro novelista toma el metro en la estación Boissière; tras cambiar en la estación Charles de Gaulle-Étoile, sale unos minutos después por una de las bocas de la estación Palais Royal-Musée du Louvre; atraviesa el Passage Richelieu y ocupa su sitio en la fila de personas que esperan su turno para entrar al museo. P, que ha dormido tan mal como todas las otras noches, llega unos veinte minutos más tarde y también ocupa su sitio en la fila. Nuestro novelista consulta en ese momento un mapa del museo y se dirige hacia la colección de pintura flamenca de la segunda planta del ala Richelieu. Unos minutos después, P echa una ojeada al mismo mapa y se dirige a la colección de artes del Islam en el mismo sector. Un par de horas más tarde, nuestro novelista desciende hasta el entresuelo y cruza el hall subterráneo para tomar el ascensor que lo lleve a la colección de pintura italiana, en la primera planta del ala Denon: descubre una fila de personas profundamente excitadas y él, que no sabe a qué se debe la agitación, se suma a ella para averiguarlo; al dar la vuelta al final del ala, se encuentra por unos instantes frente a *La Gioconda,* de Leonardo da Vinci, que está detrás de un vidrio y a una distancia que impide apreciar cualquiera de sus detalles: es el original mediocre de cientos de magníficas reproducciones que ha visto antes, se dice, incapaz de compartir el entusiasmo de todas las jóvenes parejas a su alrededor que voltean para retratarse con la imagen de fondo, quién sabe por qué; un guardia le grita que circule y le echa una mirada singularmente siniestra, y nuestro novelista continúa en dirección a la sección de pintura española, que está vacía. P visita la colección de antigüedades griegas y luego la de antigüedades etruscas y romanas —robadas con extraordinaria previsión por diferentes gobiernos franceses, que las han salvado así de extremistas de varios signos y de la avidez de los plutócratas— y se pregunta si el conocimiento de las convenciones artísticas de una época no acaba, en realidad, arruinando más bien la sorpresa que las obras deberían provocar: P ha visitado decenas de museos en los últimos años y en todos ellos ha visto reproducciones romanas de estatuas griegas, de manera que éstas ya no lo impresionan en absoluto. Nuestro novelista desanda el camino hacia las escaleras para visitar la colección de antigüedades etruscas y romanas que P ya ha visitado. P sube las escaleras para echar una mirada a la colección de cerámica griega de la primera planta; levanta la vista y ve, al final de las escaleras, la *Victoria de Samotracia.* Nuestro novelista ve, al comienzo de las escaleras, la *Victoria de Samotracia.* Ambos se detienen por un instante, igualmente fascinados. Entonces P comienza a subir las escaleras. Nuestro novelista sigue en lo alto de las escaleras contemplando la estatua, pero en un momento distingue entre los de los demás visitantes el rostro de P, un poco cambiado pero en absoluto deformado, como suele soñar. P se encuentra de pie frente a la estatua; los visitantes circulan a su alrededor, pero él no se mueve. Una mujer a su lado tampoco hace ningún movimiento: tiene una edad indefinida, el cabello rubio hasta los hombros y muy alborotado; la mujer fija su atención en la estatua y se le dibujan pequeñas arrugas alrededor del rostro y de la boca: mira a P como si deseara comentarle algo, pero P no la mira. Nuestro novelista se dirige lentamente hacia los dos, como si P fuera un animal que fuese a huir ante su presencia; cuando llega por fin a su lado, le dice: «Qué tal. Cómo estás. Quizá me recuerdes». P le echa una mirada y luego continúa estudiando la estatua. Nuestro novelista espera un instante. Piensa: el rostro de P es el de un desesperado. P está desesperado. Y se dice —aunque de forma confusa, sin acabar de comprender del todo lo que él mismo se dice— que, si pudiera, rescataría a todos los escritores desesperados, se quedaría de pie con los brazos abiertos en el campo de centeno y los atajaría para que nunca sintieran dolor ni desesperación. P mira un instante más la estatua y le pregunta: «¿No cree que este museo habría que reformarlo? Habría que meter en una sala esta estatua, la *Afrodita* llamada *Venus de Milo*, *La Gioconda* y el *Sarcófago de los esposos* y dejar que los turistas se metieran allí mientras el resto recorremos el museo a nuestras anchas». Es una pregunta retórica, de modo que nuestro novelista no responde nada; a cambio, propone ir a alguna de las cafeterías del museo. Pregunta: «¿No quieres que vayamos a una de las cafeterías, P?». «No me llamo P», responde P. Nuestro novelista duda un momento, pero se dice que la persona a su lado es P, sin dudas: a la semejanza física se suma el hecho de que están hablando en español y que el acento de P es el de la región de donde ambos provienen. «¿Qué sucede contigo?», le pregunta al fin. «Usted me confunde con otra persona», dice P. «No es posible», balbucea nuestro novelista. P lo mira y no responde nada. Nuestro novelista se dice: Dios mío, tiene veinte años menos que yo pero parece veinte años más viejo. «¿Le parecen bellos los museos?», pregunta repentinamente P. Nuestro novelista asiente con entusiasmo y entonces el otro lo mira a la cara y hace un gesto de disgusto. «No tiene que mirar los museos con un criterio estético; los museos son sólo el pasado y éste nunca es feo o bello, es sólo algo que ya ha sucedido», dice. Por un instante ambos se quedan en silencio. P piensa en ese instante que ha engañado a nuestro novelista; de manera más profunda, piensa que por fin lo ha conseguido, que cuando salga del museo —más aún, cuando abandone París para regresar al pueblo alemán en el que vive—, habrá dejado todo atrás. Nada le importa más, realmente; ni siquiera los beneficios que podría traerle ese encuentro, comenzando por un plato de comida: se da la vuelta y comienza a bajar las escaleras. Nuestro novelista le sigue un par de escalones, pero luego desiste, y, cuando P echa una última mirada hacia atrás, lo descubre todavía de pie a mitad de la escalinata, sin saber hacia dónde ir, detenido en un sitio, el pasado, que —en cierto modo— ya ha ido hacia alguna parte. En las escaleras del hall principal del museo, bajo la pirámide, P espera que se libere un escalón y entonces, cuando da un paso y la escalera mecánica comienza a elevarlo, se siente, por una vez, liviano, atravesado por la manifestación de una vida que no puede ser descripta con palabras, sobre la que nada se puede escribir en realidad, y que lo arrastra con ella hacia la salida.

Las ideas

El 16 de abril de 1981, a las quince horas aproximadamente, el pequeño Peter Möhlendorf, al que todos llamaban «*der schwarze* Peter» o «Peter el negro», regresó a su casa procedente de la escuela del pueblo. Su casa se encontraba en el límite este de Ausleben, un pueblo de unos cinco mil habitantes al suroeste de Magdeburgo cuya principal actividad económica es la producción agrícola, de espárragos en mayor medida. Su padre, que se encontraba en el sótano de la casa a la llegada del pequeño Möhlendorf, contaría después que lo oyó entrar y pudo inferir, de los ruidos en la cocina, que estaba sobre el sótano, qué hacía: arrojaba la mochila en el rellano de la escalera, iba a la cocina, sacaba de la nevera un cartón de leche y se echaba un vaso, que bebía de pie; luego devolvía el cartón al frigorífico y salía al jardín de la casa. Esto era, por lo demás, lo que hacía todos los días al regresar de la escuela, y podría suceder que su padre no hubiera oído realmente los ruidos que luego diría haber oído sino sólo haber oído que Peter había regresado y de allí haber inferido todo el resto de la serie, que había visto repetirse día tras día en los últimos años. Sin embargo, lo que el padre no sabía, mientras escuchaba o creía escuchar los ruidos que hacía su hijo sobre su cabeza, era que el pequeño Peter no iba a regresar esa noche a casa, ni las noches siguientes, y que algo que era incomprensible y daba miedo iba a abrirse frente a él y el resto de los habitantes del pueblo en los días siguientes, y aun después, y se lo tragaría todo.

Peter Möhlendorf tenía doce años y el cabello moreno, era tímido y no solía jugar con los otros niños, de los que por lo general se mantenía alejado. La única excepción que parecía permitirse tenía lugar cuando los niños jugaban al fútbol; solía ir al prado que se encontraba detrás de los restos de la muralla medieval que fueron destruidos más tarde por las autoridades de la así llamada República Democrática de Alemania con la finalidad de construir una carretera que nunca llegó a existir porque el gobierno de la así llamada República Democrática de Alemania cayó dos meses después de comenzadas las obras: la administración de ruinas es hoy en día la única actividad a la que parece haberse dedicado en realidad ese gobierno desde su creación hasta su derrumbe, el 3 de octubre de 1990. Möhlendorf solía quedarse de pie junto al prado, observando a los jugadores y esperando que alguno de ellos se cansara o se lastimara para que le dejara su lugar; antes que esto, lo que sucedía habitualmente era que el dueño del balón echaba a alguno de los jugadores de su equipo y le hacía una seña al pequeño Peter para que se incorporara, y esto debido a que Möhlendorf era un buen futbolista: su padre lo había anotado en el Fußball Verein Ausleben, algunos de cuyos jugadores habían dado el salto y jugaban ya en equipos de la segunda división como el Dynamo Dresden y el Stahl Riesa, y esperaba el comienzo de la temporada, el verano siguiente, para sumarse a los entrenamientos.

El atardecer del 16 de abril de 1981, sorprendido porque su hijo no había regresado aún a la casa, el padre de Peter Möhlendorf salió a buscarlo; caminó hasta el prado y allí interpeló a los jugadores, que a esa hora eran muy pocos; pero todos afirmaron que no lo habían visto ese día. El padre de Möhlendorf recorrió las calles que conducían a la escuela esperando, como diría después, que el pequeño Peter hubiera tenido allí una reunión de alguna índole y se hubiera retrasado, pero el portero del edificio le informó de que Peter se había marchado con el resto de los niños y que el edificio estaba vacío ya. Möhlendorf visitó las casas de algunos de los niños de la clase de su hijo, pero éste resultó no estar allí ni en ninguna otra parte. / Ya había anochecido cuando Möhlendorf convocó a algunos vecinos, que se apiñaron bajo la lámpara de la calle, y les expuso la situación. Su opinión —expresada con nerviosismo y de inmediato desestimada por el resto de los padres— era que el pequeño Peter se había perdido: resultaba difícil creer que un niño pudiera perderse en ese pueblo, que podía recorrerse en unos minutos y en el que no había siquiera tráfico para que se produjera un accidente. Un tiempo después, cuando los acontecimientos se habían precipitado y era necesario llenar las horas de búsqueda con palabras, cada uno de los padres recordó lo que había pensado en ese momento: Martin Stracke, que era alto y pelirrojo y se dedicaba a la reparación de aparatos eléctricos, dijo que había pensado que el pequeño Peter estaba haciendo una broma a su padre, y que regresaría cuando comenzara a hacer frío; Michael Göde, que era rubio y trabajaba como profesor de gimnasia en el colegio del pueblo, dijo que había pensado que el pequeño Peter había tenido un accidente, probablemente en el bosque, que era el único sitio de los alrededores del pueblo que revestía alguna peligrosidad. Yo, por mi parte, no pensé nada, excepto en mi hijo, creo, pero después, al escuchar las confesiones de los otros padres en las horas de búsqueda y el reclamo de solidaridad que parecía provenir de ellos, inventé y dije que aquella noche yo había pensado que Peter se había perdido en el bosque.

Mi invención fue tomada por cierta por todos aquellos a los que se la conté y explica los hechos de la noche del 16 de abril, ya que, tras parlamentar un rato bajo la lámpara de la calle, todos entramos a nuestras casas a recoger una chaqueta y una linterna y luego nos marchamos a buscar a Peter en el bosque. Nunca sabré por qué hicimos eso, porque nadie propuso aquella noche la idea de que Peter se hubiera perdido allí; mi invención posterior explicó nuestras acciones y por esa razón fue aceptada por todos, porque daba sentido a lo que había carecido de él.

El bosque que se encuentra a las afueras de Ausleben, y que continúa hasta recortarse sobre el macizo del Harz dividiendo en dos la región, es oscuro y denso, la clase de fronda que inspira cuentos y leyendas que los habitantes de las ciudades y de los desiertos y de las montañas cuentan con ligereza, pero que quienes conocen bien los bosques temen y veneran. Esa noche recorrimos el de las afueras del pueblo como locos, sin atinar a esbozar una ruta o a dispersarnos convenientemente por el área: una vez y otra mi linterna trazó un círculo en la oscuridad y en él encontré la cabellera roja de Martin Stracke; en otras ocasiones fui yo el que caía en el cono de luz de la linterna de otro. Michael Göde desertó el primero porque al día siguiente debía dar clases. Lo siguió Stracke. En un momento, mi linterna iluminó el rostro de Möhlendorf y su linterna iluminó el mío y nos quedamos un rato así, como dos conejos encandilados en la carretera, a punto de ser atropellados por algo que ni siquiera intuíamos. Entonces regresamos al pueblo, sin decir una palabra. A la mañana siguiente, continuamos la búsqueda como ayudantes de los dos policías de la guarnición local de la Volkspolizei, a los que Möhlendorf había informado del caso. No encontramos al niño, pero, cuando abandonábamos el bosque, ya por la tarde, vimos a la madre del pequeño Peter correr por el camino que venía del pueblo. Sus labios se movían sin que nosotros pudiéramos comprender nada porque el bosque absorbía todos los sonidos y los arrastraba hacia lo alto de las copas, allí donde tan sólo los pájaros podían oírlos. Cuando estuvo lo suficientemente cerca, la mujer le dijo a su marido que había visto a Peter agazapado en la colina que estaba detrás de su jardín, y agregó que lo había llamado pero que Peter parecía no haberla oído y no había entrado a la casa. Al acercarse a él, Peter había salido corriendo.

A la manera de esas noches en las que a un sueño angustiante le sucede otro que nos tranquiliza por un momento, sólo hasta que comprobamos que el siguiente, que a menudo no es más que su reflejo o su potenciación, es mucho más angustiante aún, las noticias que traía la mujer de Möhlendorf nos brindaron cierto alivio —al fin y al cabo, Peter seguía vivo— pero abrieron a su vez otros interrogantes sobre las razones por las que había desatendido el pedido de su madre, dónde había pasado la noche, por qué no regresaba a la casa. Al llegar al pueblo, nos salieron al paso dos niños de la clase del pequeño Möhlendorf que nos dijeron que lo habían visto rondando el prado; cuando llegamos allí, ya no estaba. Esa noche oí a la mujer de Möhlendorf, que vivía junto a mi casa, llorar durante horas.

Al día siguiente, Frank Kaiser, que era el sastre del pueblo, visitó a Möhlendorf para decirle que esa mañana había visto a Peter junto al mayor de la familia Schulz corriendo a la entrada del bosque. Unas horas más tarde, Martin Schulz, que era recolector de espárragos y siempre llevaba las camisas arremangadas, no importaba cuánto frío hiciera, nos dijo que su hijo había desaparecido.

En los días siguientes desaparecieron otros niños: Robert Havemann, de doce años; Rainer Eppelmann, de seis; Karsten Pauer, de doce, y Micha Kobs, de siete. Otro de los niños Pauer, que estaba presente cuando su hermano se marchó de la casa, contó que él estaba en su cuarto estudiando y oyendo a su hermano jugar en el jardín cuando vio aparecer, entre los árboles de una propiedad contigua, a Möhlendorf y a los otros niños; dijo que nadie habló o que él no oyó ninguna palabra, que su hermano estaba en cuclillas escarbando la tierra con una cuchara y que levantó la cabeza y vio a los otros, arrojó la cuchara a un costado y caminó hacia donde estaban los niños, y que luego todos se alejaron corriendo. Nuestros temores a partir de ese punto cambiaron relativamente de tipo; ya no nos preocupaba la desaparición de Möhlendorf sino la forma en que éste parecía haber ganado influencia sobre los otros niños del pueblo y los arrastraba consigo. A la angustia de los padres cuyos hijos los habían abandonado se sumaba la de aquellos padres que temían que sus hijos fueran los siguientes. Muchos dejaron de enviarlos a la escuela y hubo quienes —esto se supo después— los encerraron en su cuarto para evitar que escaparan. Pero los niños siempre lograban hacerlo, imbuidos de una inteligencia y de una fuerza cuya fuente era desconocida para nosotros y que surgían tan pronto como Möhlendorf y los otros niños aparecían sobre la línea del horizonte, ligeramente agazapados, a la espera.

Las autoridades de la así llamada República Democrática de Alemania enviaron policías con dos perros y algunos soldados de la Volksarmee para que recorrieran el bosque y dieran con los niños; sin embargo, ellos fueron demasiado displicentes, o los niños demasiado listos, porque nunca los encontraron. Mientras los policías, los soldados y los padres recorríamos el bosque escuchando tan sólo los gemidos de los perros o contándonos lo que decíamos recordar que habíamos pensado la noche en que el pequeño Peter había desaparecido, Möhlendorf asaltaba nuestras casas y otros niños se le sumaban: Jana Schlosser, de siete años; Cornelia Schleime, de trece; Katharina Gajdukowa, de nueve. Su ascendiente sobre el resto de los niños, su capacidad para esfumarse en un pueblo pequeño de una región por completo accesible —a excepción del bosque, que era, y es aún hoy, enmarañado y oscuro— y su prescindencia de alimentos y refugio nos sorprendían y nos desconsolaban pero también introducían un paréntesis en nuestra vida más o menos vulgar y bastante miserable de habitantes de la así llamada República Democrática de Alemania, y ese paréntesis parecía ofrecer una nueva normalidad conformada de desapariciones que, en su proliferación —temíamos, secretamente—, acabarían siéndonos indiferentes.

Una tarde, yo estaba en casa reparando una jaula de palomas que tenía. Las palomas volaban sobre mi cabeza y la cabeza de mi hijo, que me alcanzaba con desinterés las herramientas que le pedía. Mi hijo me contaba una película que decía haber visto: en ella, una mujer creía que su hijo había muerto; el espectador confiaba en lo que la mujer decía hasta que comprobaba que su marido pensaba que su mujer estaba loca y que nunca habían tenido hijos, la mujer escapaba de su marido y se encontraba con un hombre al que ella recordaba y que se acordaba de su hijo, entonces el espectador cambiaba por tercera vez de idea y pensaba que la mujer sí había tenido un hijo en realidad. Yo le pregunté a mi hijo cómo terminaba la película. Me dijo que no se acordaba, pero que creía que la mujer entendía finalmente que su marido tenía razón y que ella estaba loca y sólo por casualidad había encontrado a otro loco que había dado crédito a lo que ella le había dicho: nunca había habido ningún hijo, dijo el mío, y ése era el final correcto de la película porque, más o menos, todos los hijos, imaginarios o no, eran sólo una idea de los padres y, como las ideas, podían olvidarse o ser dejadas de lado cuando otra idea mejor llegaba, afirmó. / Yo estuve a punto de responderle algo, o más bien preguntarle por qué inventaba esas historias —conocía el canal estatal y sabía que, incluso aunque el filme que mi hijo me había narrado existiera, ellos jamás lo exhibirían allí—, pero entonces vi que mi hijo se detenía en el gesto de darme una herramienta y ésta caía al suelo. Sobre la colina que estaba al fondo de nuestro jardín, en el resplandor amarillo del atardecer, vi las siluetas de Möhlendorf y los otros niños, agazapados como animales, observando a mi hijo. Mi hijo los observaba a su vez, inmóvil, y los otros lo observaban a él; pensé que dirían algo, que lo llamarían, pero no dijeron palabra. Mi hijo dio un paso hacia ellos y yo dije algo o sólo quise decirlo porque el ruido de las palomas, que daban vueltas en círculos alrededor de su jaula, no permitía oír nada. En ese momento, las palomas se precipitaron todas cayendo en picado desde el cielo hasta dar con las chapas de la jaula, y el ruido de sus patas arañando el metal me hizo pensar en la lluvia, en una lluvia inesperada que hubiera caído sobre todos nosotros. Y pensé en la película que mi hijo me había contado y me dije: él también es sólo una idea. Todos somos las ideas de nuestros padres, y nos esfumamos antes o después de ellos. Una pequeña campana que mi mujer había colgado ese día sonaba movida por el viento. Un coche pasaba lentamente frente a la casa y no se detenía. Mi hijo hizo entonces algo que yo no esperaba: miró hacia el suelo y me tomó del brazo, como si fuera yo el que iba a escapar, a reunirme con los otros niños —si es que aún eran niños— y a alejarme de él. Entonces vi que Möhlendorf se erguía un poco sobre la colina y su ropa parecía volverse transparente al darle el sol que se ponía a sus espaldas. No pude ver su rostro puesto que estaba en penumbras y, sin embargo, creo recordar —pero sólo puede tratarse de una ilusión— que sonrió y que su sonrisa no explicaba nada, no explicaba nada en absoluto. Entonces desapareció detrás de la colina junto con los otros niños. Mi hijo temblaba intensamente a mi lado y las palomas resbalaban sobre el metal como si éste fuera hielo.

Unos dos días después, cuando la desaparición de los niños se había convertido en otra de las tantas incomodidades sobre las que nada podíamos decir y que eran parte sustancial e incomprensible de la vida en la República Democrática de Alemania, el pequeño Peter Möhlendorf regresó a su casa. Su padre, que estaba sentado en la cocina frente a un mapa topográfico de Ausleben y del bosque, levantó la cabeza y lo vio pasar camino de su cuarto, contó. Un momento después, volvió a entrar en la cocina con nueva ropa, sacó de la nevera un cartón de leche y se echó un poco en un vaso, que bebió de pie; luego devolvió el cartón al frigorífico y no salió al jardín de la casa, sino que se quedó observándolo en silencio. / Esa noche o la siguiente el resto de los niños regresó también. Ninguno de ellos parecía estar lastimado, ninguno de ellos parecía tener un hambre inusual, haber pasado frío o estar enfermo. Ninguno habló nunca sobre su desaparición o lo que había hecho en su transcurso. El pequeño Peter Möhlendorf jamás explicó a nadie qué lo había llevado a huir de su casa durante esos días y quizá tampoco haya podido explicárselo nunca a sí mismo. Fue un alumno destacado en el colegio, y sus compañeros lo recuerdan como un estudiante aplicado pero accesible, que quizá fumaba demasiado. Peter Möhlendorf estudió Ingeniería en la Universidad de Rostock y actualmente vive en Fráncfort del Óder; tiene dos hijos.

Tu madre bajo la nevada sin mirar atrás

Un tiempo después de que tu madre haya muerto, mientras estés sacando cosas del altillo para arrojarlas a la calle como si pudieras desembarazarte de su recuerdo poniendo los plásticos en las bolsas amarillas y juntando los papeles y los vidrios en cajas que irás a tirar a la esquina, en los contenedores que hay allí y que tú utilizas y todos los demás utilizan para beneficio del medio ambiente y porque suponen que si no lo hicieran los principios en los que se funda nuestra sociedad se desmoronarían, mientras estés haciendo todo ello, encontrarás un pequeño álbum de fotografías, no más que un cuaderno con tapas de tela amarillas unidas por un hilo rojo de un material que parece seda que en su última página tendrá la siguiente dedicatoria, fechada en Gotinga el 29 de mayo de 1967: «En recuerdo a los tres años de estudio que he disfrutado tanto en su casa y bajo su amable cuidado. Muchísimas gracias, su Gertraud Bode». Mientras mires esta dedicatoria, pensarás vagamente en las cosas que tu madre te ha contado de la época en que estudió en Gotinga, cosas en su mayoría irrelevantes o cuyo relato sólo estaba destinado a transmitirte las virtudes del trabajo duro y la disciplina y que, en realidad, tal vez fueran extraídas de algunas de las revistas acerca de la educación de los hijos que tu madre leía sin cesar, quizá con la esperanza de hacerte a imagen y semejanza de los niños que aparecían allí, y tú recordarás cuán diferente eras de ellos: eras moreno como tu padre, no destacabas en las clases y tenías un aspecto enfermizo que no perdías siquiera durante las vacaciones, cuando ibais al mar del Norte y allí te obligaban a quedarte echado bajo el sol bebiendo Rabenhorst, ese jugo de frutas que las madres alemanas adoran dar a sus hijos, hasta que ya no lo soportabas, y echabas de menos las nubes negras por el hollín de las minas de carbón que, por entonces, mataban a las personas de la ciudad donde vivías con tanta facilidad como el desempleo y la desesperación lo harían después, cuando las minas cerraran y Gelsenkirchen —que así se llama tu ciudad— se convirtiera en un páramo. Es posible que tu madre creyera realmente que podía irte bien si eras disciplinado y trabajabas duro porque casi todo el mundo creía esas cosas en esos tiempos, pero quizá tampoco lo creyera en realidad. Unos años atrás, cuando tu madre ya estaba en el hospital, ella te tomó de la mano y se emocionó recordando lo bueno que eras en los últimos años de la escuela, pero tú no pudiste dejar de pensar, en ese momento en que tu madre estaba muriéndose delante de tus ojos, deshaciéndose como el azúcar en el té de Frisia Oriental que tanto le gustaba, que tú habías odiado la escuela. Una vez le habías dicho, cuando eras un niño aún: «¿No crees que debería haber una escuela para quienes son como yo?». «¿Quiénes?», preguntó ella, y tú respondiste: «Los desesperados, los aburridos, los que están enfermos, los que no tienen nada, los que no son comprendidos». Tu madre te miró fijamente un momento y luego se volteó y comenzó a llorar; aún la recuerdas, apoyada en el lavabo, temblando, y también recuerdas tu frustración y tu dolor porque tu madre no aceptaba que tú te sentías diferente al resto y que esa convicción era lo único que tenías, lo único a lo que aferrarte. Entonces sentiste que en su llanto había algo así como un mandato, que la elevaba por lo que podía ser visto por alguien no demasiado listo como ella como su fracaso en los esfuerzos hechos para convertirte en alguien «normal», en alguien que no sintiera que su lugar estaba junto a los miserables, para conducirla a su triunfo, ya que ese mandato —al que tú no podías resistirte puesto que tu madre era tu madre y tú, su hijo, indefenso y ridículo, masticando aún tu tostada con mantequilla de avellanas, un barquillo de papel en una tempestad que ya conocías y sabías que duraría la vida entera y en la que sólo tenías a tu madre para que te guiara— consistía en no volver a hablar del tema y en hacer todo lo que estuviera a tu alcance para no estar entre los desesperados, los aburridos, los que están enfermos, los que no tienen nada, los que no son comprendidos. Ese mandato, pensarás, era el de la disciplina y el trabajo duro, que tú fingiste apreciar al principio y luego comenzaste a apreciar realmente, atravesando el pasillo que las maestras os hacían a quienes erais más listos, ese pasillo al que entrasteis como niños —esto es, con sentimientos propios y personales que escocían en vuestro interior y que apenas comprendíais— y del que salisteis convertidos en adultos asustados que compráis lo que os ordenan y trabajáis duro para poder comprarlo y obedecéis para poder trabajar, llenos de miedo al fracaso y sin haber entendido que ya habéis fracasado, que sólo sois un número en una estadística. Muchos plantáis árboles y cada árbol plantado os impide ver el bosque que el incendio calcina, todos los otros árboles que la tormenta arranca de cuajo, y a eso lo llamáis vivir.

Quizá tu madre fuera uno de vosotros. En el álbum aparecerá mucho más joven de lo que podrás recordarla, con un suéter negro y apretado, posando frente a unas fotografías de bailarines de ballet clavadas con alfileres en una pared o sosteniendo un papagayo de peluche en una pose infantil. Bajo esa fotografía leerás: «Sanmtier, mi papagayo». Estarás un largo rato dándole vueltas a ese nombre, tratando de encontrarle algún sentido al revés o reordenando las letras, por el caso de que se tratara de un anagrama, pero luego darás vuelta a la página y te olvidarás de ello. En la siguiente fotografía tu madre aparecerá sentada a una mesa en la que hay algunos libros, un globo terráqueo del tamaño de un puño, una vela y varias imágenes, posiblemente postales; tu madre estará de espaldas a la cámara escribiendo una carta y el pie de la foto será el supuesto encabezamiento de esa carta: «Querido Manfred Block». Manfred Block no es el nombre de tu padre. En esa fotografía, pero también en otras más, tu madre fingirá ignorar que la están observando, y en ese gesto notarás tanta intimidad que no podrás sino preguntarte quién las ha tomado y cuál era su relación con tu madre. En la siguiente imagen, ella, como si estuviera respondiendo a la pregunta sobre quién ha hecho las fotografías, sostendrá en sus manos una cámara y parecerá mirarla como si desconociera su mecanismo; en ese gesto habrá algo especular: tu madre siendo fotografiada finge desconocerlo todo sobre la fotografía. Ese gesto especular quedará aún más de manifiesto en otra imagen, en la que tu madre aparecerá retratando al fotógrafo, aunque con una cámara diferente a la que sostenía en la imagen anterior, como si hubiera cambiado aparatos con él. En las siguientes imágenes, en las que tu madre sintoniza una radio o lee un libro como si no supiera que la están retratando, notarás que el fotógrafo se detiene en detalles de su cuerpo —el cuello, el perfil del busto, las piernas largas y el trasero—, pero en otras esos detalles que hablan de la intimidad entre tu madre y el fotógrafo serán destacados por tu madre misma, quien, siempre sonriendo a la cámara, se pondrá de perfil para que su busto juvenil se aprecie mejor, cruzará las piernas en un gesto usual en los filmes de la época que, pese a parecer inocente, no lo era, puesto que permitía, al subirse la

158

falda, mostrar aún un poco más de lo que ésta revelaba por lo habitual. Tu madre ha estado flirteando con el fotógrafo a lo largo de toda la serie, eso te resultará claro desde el primer momento; pero, sin embargo, serán tantas las preguntas que tendrás que no te atreverás siquiera a confesarte a ti mismo esa certeza porque siempre habrás imaginado el noviazgo de tus padres como una flecha lanzada al corazón del matrimonio, estable e infeliz. ¿Quién hizo las fotografías? ¿Quién era el hombre al que tu madre le dedicó el álbum y por qué no se lo entregó? ¿Quién era Manfred Block?

Un tiempo después de ese hallazgo encontrarás dos cartas metidas dentro de un libro: la primera estará dirigida a tu padre y fechada el 14 de octubre de 1966 y será una carta de amor; la segunda estará dirigida al enigmático Manfred Block y fechada el 17 de enero de 1967 y será una carta de amor. Esta vez tu madre habrá conservado la respuesta de Manfred Block, incluido el sobre que contenía su carta, despachada el 19 de enero de ese año en Bremen. El tono amoroso será en ella más enfático de lo que cabe esperar en estos casos y para esa época. Se ha dicho que el idioma alemán es un idioma extraño a la literatura erótica porque nada amoroso puede ser dicho en él sin que suene a pornografía; en ese caso, podrás achacarles a las supuestas limitaciones de este idioma el tono de la carta. Que alguien dijera esas cosas a tu madre y que tu madre las celebrara mientras, al mismo tiempo, planeaba la boda con tu padre hubiera sido para ti inconcebible antes del hallazgo del álbum; en su procaz simpleza, el hecho abrirá un agujero en el suelo de tu pasado y por ese agujero tú y todas tus convicciones y todo lo que has hecho con tu juventud caerán sin remedio. Una noche, por enésima vez, volverás a estudiarlo y realizarás la siguiente constatación: el álbum contiene cuarenta y tres fotografías; en dieciocho de ellas tu madre aparece en un parque que, bajo una de las imágenes, llama «Schiellerwiese»; en otras trece se encuentra en su habitación; hay otras diez junto a tu tío, a quien no has llegado a conocer, y una fotografía de una joven muy guapa, con el epígrafe: «La joven profesora Frauke en nuestra última tarde en Gotinga». En la última fotografía, tu madre aparecerá frente a una casa y el epígrafe dirá: «Fue aquí donde viví seis semestres». Así que ya tendrás algo: decidirás viajar a Gotinga a buscar esa casa.

Mientras viajes en el tren desde Gelsenkirchen a Gotinga pensarás que todo tiene que tener una explicación lógica, que muestre que en el mandato de tu madre y en la forma en la que te ha criado hay más de estupidez o de ignorancia que de impostura. En Gotinga mostrarás la fotografía en la oficina de turismo que se encuentra en el ayuntamiento. Una mujer a la que le falta un brazo y trabaja allí —claro que esto último es menos probable que lo otro y espero que no lo tomes más que como una simple ocurrencia por mi parte— la observará un momento y dirá que cree haber pasado alguna vez por allí, aunque no recuerda en qué calle se encuentra; te dirá que de seguro está en el Ostviertel, el barrio ubicado al este de la ciudad; te mirará un largo rato esperando que digas algo, pero no sabrás qué decir; para agradecer la información y justificar de alguna forma el tiempo que le has robado, decidirás comprar algo, pero no sabrás qué porque los objetos a la venta en la oficina serán todos inusitadamente feos. Por fin, te decidirás por una taza con el nombre de la ciudad; la mujer la tomará con su mano y la envolverá en papel con una rapidez y una habilidad que te parecerán sorprendentes en alguien de su condición. La mujer te preguntará si quieres algo más. Tú dirás que quieres un mapa de la ciudad. La mujer lo sacará de un cajón, lo extenderá sobre una mesa y lo enrollará, después lo meterá en una bolsa junto con la taza y tú le entregarás un billete. Ella te devolverá algo de dinero, que no contarás; luego le darás las gracias. «No hay razón», responderá ella; será una respuesta tan alemana que no sabrás qué decir y abandonarás rápidamente la oficina. En la calle desplegarás el mapa, lo mirarás un rato y comenzarás a caminar en dirección al este sin prestar demasiada atención a las placas que en las fachadas de las casas conmemoran a las personalidades ilustres que las ocuparon. Una persona te detendrá quizá para preguntarte una dirección, pero tú dirás que no eres de allí. Seguirás caminando, dejarás atrás el teatro principal de la ciudad y llegarás al Ostviertel, donde encontrarás la casa. No te tomará demasiado tiempo —aunque te detendrás frente a varios edificios que te parecerán el de la fotografía pero no lo serán— y, sin embargo, tampoco un tiempo corto, sólo el tiempo suficiente para comenzar a temer que la casa ya no exista y que toda la búsqueda haya sido en vano; cuando finalmente la encuentres, sentirás alivio y alegría y tocarás el timbre casi con optimismo. Supongo que quien te abrirá la puerta será una mujer joven de aspecto sofisticado. Te mirará un instante, y después tú te presentarás y le dirás que buscas a un señor que vivía allí en la segunda mitad de los años sesenta y ella te mirará otra vez y te dirá que ellos —aunque no especificará quiénes son «ellos» tú podrás imaginarte a un matrimonio joven, quizá con niños, ambos trabajando en la universidad, un matrimonio como los de las revistas que leía tu madre— compraron la casa unos cinco o seis años atrás o quizá siete y que sólo conocen a una sobrina del antiguo dueño, una mujer de apellido Braß que vivirá en Hamburgo y habrá sido la encargada de liquidar sus asuntos tras su muerte. Tú pensarás por un momento que la búsqueda ha terminado, que las pistas acaban allí y que todo ha sido una mala idea, pero la mujer te preguntará si tienes algún vínculo con el señor Braß, el antiguo dueño, y tú le responderás que no, pero que tu madre vivió allí entre 1964 y 1967 y que ella ha muerto y que tú has encontrado este álbum —y le extenderás el álbum, que ella hojeará, al principio con indiferencia y luego con mayor interés— y que hubieras deseado saber quién había sido el señor Braß y cuál era exactamente su vínculo con tu madre, y la mujer inclinará la cabeza como si la suma de pensamientos en ella resultara muy pesada para su cuello, en un gesto que —pero esto tú no podrás saberlo— resulta habitual en ella, y, tras un momento, te dirá que la sobrina del señor Braß le contó que el señor Braß fue profesor en la universidad y destinó durante un largo período de tiempo, entre 1947 y 1990, dos habitaciones de su casa a alojar estudiantes, en su mayoría jovencitas, a las que solía cobrarles un alquiler insignificante y que, según la sobrina del señor Braß, con la que ella habló en una ocasión mientras resolvían los últimos asuntos pendientes en relación al traspaso de la casa, la insignificancia de la suma mensual que las muchachas debían entregarle, y que el señor Braß justificaba sosteniendo que no alquilaba las habitaciones por interés económico sino por altruismo, servía a manera de soborno. La mujer te entregará el álbum y te dirá que la sobrina del señor Braß le comentó que al liquidar sus cosas se encontró con cientos de fotografías que el señor Braß conservaba junto con álbumes que algunas de sus inquilinas le habían enviado, y que en las fotografías del señor Braß aparecían decenas de jovencitas a las que el señor Braß había retratado durante décadas, en ocasiones sin que lo notaran, aunque también —en algunas pocas de esas imágenes— participando deliberadamente del juego, en poses más y más procaces a medida que su relación con el profesor Braß, tal como ésta era historiada por la sucesión de fotografías, se volvía íntima. La mujer te dirá que la sobrina del señor Braß dudaba sobre qué hacer con esas imágenes y que después de la muerte del señor Braß envió los álbumes a aquellas mujeres cuyo nombre aparecía en ellos, por deferencia o quizá sólo por un oscuro sentido del deber, y que quemó el resto de las fotografías; fotografías, dirá la mujer, repitiendo lo que la sobrina del señor Braß le dijo, que eran, en ciertos casos, pornográficas, que lastimaban la memoria que ella tenía de su tío y que hubieran hecho daño a aquellas jóvenes, ya convertidas en madres y quizá en abuelas, y que por eso la sobrina del señor Braß las destruyó. La mujer te dirá que ya no puede decirte más. Tú te quedarás un instante mirando el jardín posterior de la casa; si te esforzaras, reconocerías el manzano bajo el cual tu madre se ha hecho fotografiar, fumando, pero no podrás hacerlo porque en tu imaginación se agolparán las fotografías que ya no podrás ver porque la sobrina del señor Braß las destruyó, fotografías en las que tu madre hace cosas que tú jamás sospechaste que hiciera, cosas que te producen un vahído, que desbaratan todo lo que creías que era de una forma y resultará de otra. Saldrás del jardín tras despedirte de la mujer, que se habrá olvidado de ti mucho antes de que tú cruces la puerta baja por la que tantas veces tu madre salió también, en una vida anterior que tú habrás desconocido durante años y que en ese momento, sin conocer, quizá imaginarás; nada que se pueda publicar en una revista. Caminarás aún unos metros y te sentarás en el parque donde tu madre solía ir a leer antes de los exámenes, según apuntó al pie de una de las fotografías del álbum. Una pareja paseará a un niño mientras otro niño, ya mayor, corre detrás de un perro. Quizá abras una vez más el álbum y encuentres una fotografía en la que no habías reparado antes. En ella, tu madre estará de espaldas, mirando el paisaje desde una elevación de ese mismo parque en el que te encontrarás, su espalda curvándose ligeramente hacia delante como si se sintiera atraída por el paisaje, como si el paisaje fuera el futuro y estuviera a punto de devorarla y ella lo supiera y se lanzara hacia él. Entonces la recordarás como la viste una vez cuando eras niño, durante una tormenta de nieve que se había desatado mientras ibais camino del colegio; recordarás la nieve, que caía densa como un bloque de cemento sobre vosotros, en ráfagas que te hacían tambalear como si estuvieras borracho, y recordarás que en un momento, al doblar una esquina, tu madre desapareció entre la nieve y, de repente, en el espacio que había entre tú y ella, que caminaba un par de pasos delante de ti, sólo había una pared blanca que parecía hecha del más sólido hielo: gritaste a tu madre para que se detuviera, pero tu madre no respondió y tú pensaste que se había olvidado de ti y estuviste a punto de llorar, o quizá lloraste, ya no lo recordarás, pero sí recordarás que en un momento la pared blanca que te rodeaba se abrió y viste la mano de tu madre que te agarraba y te levantaba en vilo y comenzaba a tirar de ti a través de la tormenta sin mirar atrás, mientras tus ojos no veían más que su espalda, que se curvaba hacia delante, como en la fotografía, para protegerte de la nieve, y recordarás que en aquel instante pensaste que tu madre y tú teníais un arreglo y que ese arreglo consistía en que ninguno dejaría morir al otro mientras viviera, no importaba qué sucediera, y te sentiste dichoso como pocas veces te habías sentido durante tu infancia. Mientras mires pasar a una mujer que hubiera podido ser tu madre, caminando con una mujer más joven bajo el sol, pensarás que aún puedes buscar al tal Manfred Block en Bremen, que puedes arreglártelas para hallar a la sobrina del señor Braß o incluso a la «joven profesora Frauke» que aparecía en una de las fotografías, y comprenderás que tu madre habrá conservado aquel álbum que le fuera devuelto varios años antes de su muerte para que tú iniciaras un viaje en la búsqueda de una parte de quien ella fue en realidad, y pensarás en tu madre como ella pensaba acerca de sí misma en sus últimos años, alguien mirando un paisaje, su espalda curvándose ligeramente hacia delante como si se sintiera atraída por el paisaje, como si el paisaje fuera el futuro y estuviera a punto de devorarla y ella lo supiera y se lanzara hacia él, hacia un tiempo que no presenciará pero en el que tampoco te soltará de la mano, porque entonces tú y yo estaremos juntos de nuevo, unidos en algo que se parecerá a la compasión, al arrepentimiento, que nada soluciona, y a la memoria.

Exploradores del abismo

Un verano conocí a un matrimonio de alemanes jóvenes que había venido de vacaciones. Yo no tenía clases ni nada particular que hacer, así que me pasaba todo el día en la playa. Me hacía amigo de los turistas por eso de que en una playa no hay demasiado para hacer excepto meterse en el mar, echarse en la arena y mirar a la gente, y a veces hablar con ella, y así fue como los conocí. Sus nombres eran Martin y Jana, pero Jana prefería que la llamaran Urraca, en parte porque tenía un cabello negro que bajo el sol despedía unos reflejos azules que parecían los del plumaje de ese pájaro, y en parte y principalmente porque su apellido era *Elster*, que en alemán —me dijo— significa «urraca». Yo bajaba a la playa todos los mediodías después de desayunar y me los encontraba allí, recostados sobre una toalla y completamente desnudos. Urraca tenía una cicatriz que le recorría todo el costado, desde la cintura hasta la axila; cuando hablábamos, yo me echaba de ese lado para vérsela bien. Nunca me atreví a preguntarle qué le había sucedido.

Mientras Urraca y yo tomábamos el sol, Martin solía nadar solo, lejos de la orilla; yo veía su cabeza entre las olas, como una moneda dorada que alguien hubiera arrojado allí y sin embargo no se hundiera, sacudida por las olas pero siempre en el mismo sitio, a veces mirando hacia la playa y a veces, la mayor parte de las veces, hacia el otro lado, hacia la costa africana, que no podíamos ver. Una vez me pareció que cantaba. Le dije a Urraca: «Me parece que Martin está cantando». Entonces Urraca se irguió ligeramente, apartó el libro que estaba leyendo, pareció escuchar un momento y luego murmuró: «My girl, my girl, don't lie to me. / Tell me where did you slept last night», y me dijo: «Es una vieja canción en la que un hombre le pregunta a su chica dónde durmió la noche anterior, y ella dice: "Entre los pinos, entre los pinos, donde el sol no brilla nunca"». «¿Qué significa?», le pregunté, y Urraca respondió: «Quizá que el hombre sabe que ella lo ha engañado pero no se atreve a castigarla porque tiene miedo del sitio donde ella ha estado, del bosque donde todo es negrura. Tiene miedo de que ella haya aprendido allí secretos que un día pueda utilizar en su contra o que lo arrastre consigo a la oscuridad». Nos quedamos mirando la cabeza de Martin subir y bajar entre las olas, su canción casi inaudible, y luego yo pregunté: «¿El hombre de la canción no ha estado nunca en el bosque?». Urraca apartó la vista y me observó y por primera vez tuve la sensación de que había reparado en mí. «La verdad es que él nunca ha salido del puto bosque y allí se quedará», me respondió, y se encogió de hombros.

Me llevaba bien con Urraca: hablábamos de decenas de cosas, pero, sobre todo, hablábamos de la vida del pueblo en invierno, cuando prácticamente no hay turistas y la gente se atiborra de alcohol y de drogas en los apartamentos con vistas a la playa que en esa época del año puedes alquilar por poco dinero. Martin, en cambio, no hablaba casi nunca, pero un día Urraca me invitó a cenar con ellos en el piso que habían alquilado y descubrí que él también hablaba español, un español excelente que yo creo que era de Madrid y que nunca supe dónde aprendió. Urraca había cocinado algo relativamente simple, unos filetes de pavo con salsa de tomate que decía que le había enseñado a hacer un novio que había tenido cuando aún estudiaba. Esa noche hacía calor y unas polillas que se habían colado a través de las cortinas se lanzaban contra una lámpara y luego caían muertas junto a ella. Nosotros las miramos morirse durante un buen rato, bastante impresionados por su incapacidad para aprender de la muerte de sus congéneres, que debía de resultarles evidente si la atracción que sentían hacia la luz no las cegaba por completo, y luego, cuando habíamos terminado de cenar, Urraca trajo varias botellas de vino de la cocina y, quizá por compasión, apagó la lámpara para que no entraran más polillas.

Bebimos en silencio, a veces murmurando una frase o dos sin importancia, pero, más que nada, escuchando los ruidos de la noche: la gente que pasaba bajo el balcón del apartamento, los coches en la carretera a la salida del pueblo, las olas que rompían contra la arena.

En algún momento de la noche, Urraca se quedó dormida en el sofá y yo, que estaba bastante borracho, me acerqué a ella y le levanté la camiseta para verle la cicatriz; temblando, pasé un dedo sobre ella, que tenía la textura suave de una vulva. Martin dijo entonces: «Te la quieres follar». Yo pensé que era una pregunta, pero Martin me dio a entender con un gesto de la mano que era una proposición, y que no le molestaba. Yo negué con la cabeza. «Si no le importa», dijo Martin. «En realidad, creo que le apetece. Ya me ha dicho que le gustas», dijo. Yo dudé. Supuse que Martin me estaba poniendo a prueba y que de esa prueba no dependía qué fuera a sucederme a mí sino, más bien, lo que fuera a pasarle a Urraca. Martin me dijo: «Si piensas que serás el primero que veo follando con mi mujer te equivocas. ¿Quieres saber desde cuándo lo hago?

»Una vez, poco después de acabar la universidad, estábamos en una roulotte en un camping del mar del Norte, en un sitio cerca de donde vivimos. Habíamos discutido y ella, que estaba borracha, se metió en una de las roulottes vecinas y se tiró a su ocupante. Un rato después regresó y follamos como nunca lo habíamos hecho. A partir de ese momento, aquello se convirtió en una especie de rutina que llevábamos a cabo todas las noches, ampliando el círculo más y más, descendiendo a los infiernos de un proletariado alemán que tú ni puedes imaginar, con sus enfermedades venéreas, sus cupones de descuentos, su charla soez y su mala cerveza, que era todo lo que los otros ocupantes del camping tenían para ofrecer.

»Nuestra rutina era la siguiente: cada noche, ella bebía hasta alcanzar el punto que llamaba "de no retorno". Entonces se metía en la roulotte de algún vecino y se lo tiraba y a continuación se tiraba a todos los que pasaban por allí y se enteraban de que había coño gratis. Yo solía contarlos, al comienzo, pero luego los números tendían a volverse menos y menos fiables, ya que a veces la asaltaban de a dos o más, y muchos repetían. Supongo que se tiraría, aunque ésta es una cifra probablemente inferior a la real, a unos cuarenta o cincuenta tíos por noche. En algún momento, alguien la traía de regreso a nuestra caravana, chorreante de semen y casi inconsciente. A menudo le salían hilos de sangre de la entrepierna que le caían hasta las pantorrillas. En ese estado era como más me gustaba follármela, lubricada por el semen de todos los hombres que se la habían tirado. Nos dormíamos en brazos uno del otro y nos pasábamos el día siguiente en la playa, tratando de recuperarnos de la noche anterior y esperando la noche siguiente. Quizá tuviéramos que haber pensado qué estábamos haciendo, pero, por alguna razón, no recuerdo haberlo hecho, y, si lo hice, fue sólo para convencerme de que era mejor seguir juntos así que no hacerlo en absoluto.

»Nuestras vacaciones se acababan, pronto ambos tendríamos que regresar a nuestras clases en la universidad y, en realidad, lo preferíamos así porque las cosas se habían salido de madre y todos los veraneantes en el camping estaban enterados del asunto. Una de esas noches, la última de nuestra estancia allí por lo que ya verás, algo salió mal, por fin: un borracho se puso violento y la cortó por el medio. Se la siguieron tirando varios más, pero alguien, un poco más sobrio que el resto, comprendió el lío en que se estaban metiendo y me avisó. Yo la llevé a un hospital y allí le salvaron la vida, aunque los médicos dijeron que fue un milagro que no se muriera en la roulotte aquella.

»Un poco por hacernos un favor unos a otros, un poco porque en esos pueblos la policía es absolutamente ajena a esta clase de cosas, nadie hizo preguntas y, por lo tanto, nadie se vio obligado a mentir. Regresamos a Osnabrück, que es donde vivimos, y nos pasamos los siguientes meses evitándonos, dando vueltas por nuestro piso como dos sonámbulos, en órbitas paralelas que procuraban no tocarse; muy poco a poco recuperamos la confianza en el otro, y pudimos volver a hablarnos y a mirarnos a la cara, pero ya no volvimos a follar. Algo que se había roto no podía ser reparado, como sucede siempre. Yo comencé a masturbarme con más frecuencia, pero las cosas que tenía en la cabeza cuando lo hacía, escenas vistas en alguna película o mujeres a las que había conocido aquí y allá, fueron perdiendo intensidad y desgastándose; al final, sólo podía hacerlo con el recuerdo de lo que habíamos vivido en aquel camping: los hombres que entraban y salían de la roulotte en la que ella se encontraba, la sangre, la forma en que temblaba cuando la traían de regreso, la piel, los fluidos, el miedo, la vez en que la cortaron.

»Entonces ella comenzó a echarse amantes; al principio mujeres y hombres a los que abordaba en el metro o en un restaurante, desconocidos a los que nunca volvería a ver y que, por lo tanto, no significaban nada para nosotros, pero luego otros académicos, colegas del departamento donde trabajamos y que suponen que yo no sé nada: sin embargo, yo estoy al tanto de todo. Que ella me lo cuente todo, que sea completamente franca, es lo único que le pido, y el único rastro de amor y de honestidad que queda entre nosotros: cada vez que lo hace y me lo dice, el dolor es inmenso; pero después cada cosa desfila delante de mis ojos cuando me masturbo y yo tengo la sensación de haber tomado parte; más tarde, cuando hablamos de eso, lo que ha hecho y cómo lo ha hecho y dónde, en fin, esa historia deja de ser suya para convertirse de alguna manera en nuestra, mía y de ella, y el que se la ha follado aparece en ella como esas personas que uno encuentra en las fotografías que ha hecho en un lugar público, al fondo y fuera de foco, sin valor ninguno para el que ha tomado la imagen o para el que ha posado para ella excepto como constatación de una vida que no puede ser detenida ni controlada.

»Un día, hace poco tiempo, reuní valor y le pregunté qué sentía cuando se la tiraban tres o cuatro tíos a la vez, y ella respondió que no sentía nada, que sólo esperaba que se cansaran, que la dejaran en paz, que lo que hacía era algo que sentía que alguna vez debía ser hecho, pero que aun así no era en absoluto satisfactorio y que se parecía a no hacer nada: sólo era algo que había que hacer, allí y en ese momento, dijo, y ella lo hacía.»

Martin dejó de hablar y yo me quedé observándolo al otro lado de la mesa, pensando que estaba borracho y que se estaba inventando la historia para escandalizarme o asustarme o para reírse de mí, pero luego miré a Urraca y me di cuenta de que, aunque seguía con los ojos cerrados, estaba despierta y lo había estado escuchando todo; comprendí que me habían sentado en el vértice de lo que podía imaginar que era un triángulo y que esto no era casualidad: entendí, por fin, que Urraca había fingido quedarse dormida para que su marido me contara la historia y que ahora esperaba que me la follara delante de él, y creí intuir que todo ello había sucedido ya en más de una ocasión, que se trataba de un juego que solían repetir delante de extraños, un juego que de alguna manera restituía un cierto equilibrio perdido entre los dos. Una vez había leído la historia de un hombre y una mujer que se había marchado de vacaciones a un pueblo junto al mar a salvar su matrimonio o a pescar un tiburón, lo que sucediera primero; no recordaba bien qué pasaba después, aunque creía que ninguna de las dos cosas tenía lugar y que todo terminaba en un baño de sangre, pero en ese momento me acordé de aquella historia y pensé que yo era el tiburón. Supe que no era importante, que lo importante era que yo les prestara el servicio que ellos requerían, el servicio que devolvía su relación a un punto en el que algunas cosas no habían pasado. Mucha gente pagaba para eso, así de ridículo era todo. Intenté imaginarme a Urraca cubierta de semen, con pingajos de sangre chorreándole entre las piernas, cortada en canal, pero no pude; en cambio, la vi tal como era, la piel blanca bajo el cabello negro, los ojos claros. Le quité los pantaloncillos y me la follé sin pensar en ella. Mientras lo hacía, deslicé una mano por la cicatriz y ella soltó un grito sordo; a mis espaldas escuchaba a Martin, y pensé que se estaba masturbando, pero después me di cuenta de que estaba llorando, que su llanto era lo que yo había confundido con gemidos. Un poco después de que Urraca se corriera, acabé yo también. Me subí los pantalones y me dirigí a la puerta pero antes de cruzarla me pareció ver que había una cuarta persona en la habitación, acuclillada en la oscuridad a espaldas de Martin. Al bajar, me detuve junto a la farola de la calle y vi que el suelo estaba regado de polillas quemadas. Una de ellas se estremecía boca arriba, y yo sentí compasión de ella y le di la vuelta. Pensé: por lo menos tú vas a salvarte. Pero la polilla agitó un par de veces las alas pardas y luego volvió a lanzarse hacia la luz; se produjo un ruido y a continuación yacía muerta en el suelo, con las otras. En el piso de los alemanes habían encendido una luz.

Esa noche dormí mal. Bajé a la playa al mediodía y vi que Martin y Urraca comenzaban a recoger sus cosas: se marchaban por la tarde, me dijo Urraca. Me eché a su lado y creí notar que nada había cambiado: Urraca leía un libro y de a ratos interrumpía su lectura para decirme algo, y Martin permanecía distante, mirando el mar como si esperara que de allí saliera un monstruo terrible que se lo tragara. Jonás encontró a Dios en el vientre de un pez; cosas más raras se han visto, pensé. Miré de reojo a Urraca y vi su cicatriz y supe que estaba enamorado de ella; vislumbré sobre su hombro las letras que se apiñaban en el libro y le dije que iba a aprender su idioma, que se lo prometía. Ella se rio; llamó a Martin y le dijo algo en alemán: él asintió con aire distraído, y entonces ella sacó de una mochila un libro y me lo tendió. «Puedes comenzar con esto. Los otros que tengo serían demasiado difíciles para ti», dijo. Yo miré la portada y no comprendí demasiado. «Es de Martin», me explicó ella. «Martin escribe cuentos para niños», agregó. Yo asentí. Entonces Martin se puso de pie y luego se puso de pie Urraca y yo también tuve que ponerme de pie y ella advirtió: «Si no nos marchamos ahora no llegaremos a tiempo para tomar el tren». Miró a su alrededor la playa y el mar y luego a mí y dijo: «Voy a echar de menos todo esto». Yo no supe qué decir. Los ayudé a recoger las cosas y luego los acompañé hasta la puerta de su piso. Supuse que me harían entrar, pero no lo hicieron. Urraca me dio un beso en cada mejilla. Martin me estrechó la mano con aire indiferente. Yo alcancé a preguntarles si volverían el verano siguiente, pero ninguno de los dos me respondió.

Ese mismo invierno comencé a aprender alemán con un austríaco que se había quedado en el pueblo trabajando para una organización de acogida. El libro de Martin se titula *Abgrundsforscher,* o sea, «Exploradores del abismo», y trata de unos adolescentes que tropiezan con un submarino alemán abandonado y lo rehabilitan y recorren con él las profundidades marinas, donde descubren que las tripulaciones de otros submarinos alemanes —en realidad, no más que ancianos que farfullan parlamentos ridículos sobre la superioridad de la raza aria, que el narrador toma tremendamente en serio, sin embargo— creen que la guerra aún no ha terminado y siguen en activo. En *Die deutsche Kinderliteratur zwischen 1950 und 2000* [La literatura infantil alemana entre 1950 y 2000], Wilhelm Rabenvögel lo califica de

«filofascista y afín a grupúsculos de extrema derecha»
y añade que «su autor, Martin Schäckern, se suicidó el 14
de abril de 1999 en su piso de Osnabrück, a los treinta
y dos años de edad». En el ensayo de Jana Mikota acerca
de las modas y tendencias en la literatura infantil alemana del período no se lo menciona.

La cosecha

1. Lost John lee el informe de la clínica y descubre que tiene sida. No era más que un control rutinario, de los que las productoras de vídeos pornográficos exigen regularmente a sus actores, pero su resultado no es el que debía ser. Lost John se queda mirando el papel que sostiene en la mano. Está de pie en la cocina en calzoncillos y la cabeza le da vueltas, así que se apoya en la barra un momento y toma aire. Luego se viste sin prisas, mete algo de ropa en una maleta y pide un taxi. Mientras espera a que llegue el taxi hojea una revista en la que aparece follándose a Alyssa Soul. Al dar vuelta a la página, ve a Alyssa Soul con la cara cubierta de su semen y sabe que ésa es la última vez que aparecerá en una revista, quizá la última vez que se folle a una actriz delante de una cámara, y siente alivio y nostalgia. Se dice que su polla no parece realmente empinada, que se nota demasiado el gel lubricante alrededor del ano de Alyssa, se pregunta cómo pudieron escapársele esos detalles al fotógrafo, al director y a la asistente, que estaban en el plató cuando se filmó la escena a la que pertenecen esas fotografías, una semana atrás. Luego recuerda la conversación que tuvo después con Alyssa, en las duchas, cuando descubrieron que los dos habían tenido una infancia errante, siempre detrás de padres militares que eran desplazados con cierta regularidad de un cuartel a otro, todos iguales pero en sitios tan distintos como el este de Texas, Carolina del Norte y California. Bueno, el padre de Alyssa había muerto en la primera guerra del Golfo y

el de Lost John también, y a ambos los sorprendieron estas coincidencias y, sobre todo, el haber accedido a esa conversación en un ambiente en el que no es habitual contar intimidades excepto si son ficticias. Alyssa le había dado su teléfono, pero Lost John lo echó a una papelera al salir de la productora. No quería nada muy personal. Llaman al teléfono para decirle que su taxi lo espera fuera, y Lost John dice gracias y cuelga suavemente el tubo y después se dirige hacia la puerta.

2. Unas horas después, su agente abre una segunda carta de la clínica médica y lee el diagnóstico. Su agente es un exactor pornográfico llamado Bob Powers —aunque, por los recursos de los que dispone, algunos lo llaman God Powers— que abandonó el negocio demasiado tarde, cosa que prueban algunas cintas de finales de la década de 1980 que hizo retirar del mercado tan pronto como pudo. En los últimos tiempos ha cambiado de esposa por tercera o cuarta vez y lleva un flequillo y unas gafas que recuerdan a los del actor que es su responsable en la Cienciología, en la que se ha inscripto para pagar menos impuestos. Que la clínica médica le envíe el diagnóstico de uno de sus representados es lo habitual, puesto que es él el que luego debe distribuirlo entre los productores interesados en contratar a Lost John; lo que no es habitual es el diagnóstico. Bob Powers sabe que a partir de ese momento ha perdido una de sus principales fuentes de ingresos y piensa que debe reemplazarlo de inmediato, quizá con Adam «Long» Oria, el actor latino que se parece un poco a Lost John en sus comienzos. Llama al móvil de Lost John, pero sólo le responde la contestadora automática. Más tarde se subirá a su auto e irá a la casa de Lost John. En la puerta encontrará su coche y en la casa —desde que fueron amantes por un breve período, seis años atrás,

177

Bob tiene una llave de la casa de Lost John— encontrará su cartera, el teléfono y las llaves de su coche. Mientras está revisando los cajones en busca de algún indicio de adónde pudo haber huido su representado, alguien tocará el timbre. Bob Powers se quedará quieto, preguntándose si tiene que abrir o no la puerta, aterrado. Decidirá que no y se sentará un rato a esperar a que el que ha tocado se marche; se servirá un vaso de agua, pero no se lo beberá. Un rato después saldrá con precaución a la calle y se encontrará al empleado de correos, de pie sobre el césped verde de la entrada, que le preguntará por Lost John. Más atrás, la vecina de enfrente husmeará en dirección a la casa. Mierda, pensará Bob Powers: ahora está envuelto en la desaparición de su representado. ¿Es usted el señor John Stuart Mill?, le preguntará el cartero. Bob Powers negará con la cabeza y saldrá corriendo hacia su coche, dejando la puerta abierta.

3. Lost John se contagió el 10 de marzo de ese año mientras rodaba una película en Tailandia que aún no ha salido a la venta. Al regresar, el 17 de marzo, se hizo un test rutinario que dio resultados negativos y volvió a trabajar sin problemas. Bob Powers intenta frenar la noticia, pero ésta pronto llega a la prensa, que le dedica el espacio habitual en estos casos: una columna poco más que mínima en la sección general. Un redactor de *Los Angeles Sentinel* elabora con ayuda de unos productores una lista de personas que podrían haber sido infectadas por Lost John. La lista incluye una «primera generación» de actores y actrices pornográficos que han sido penetrados por Lost John sin condón o realizaron alguna escena con él desde el 10 de marzo. La lista incluye también una «segunda generación» de actores y actrices que han rodado escenas con alguno de los acto-

res y actrices incluidos en la «primera generación» de contagio, y una tercera. El artículo acaba con la información de que una de las actrices de la «primera generación», la canadiense Ana Foxxx, se ha sometido ya de forma voluntaria a un test de sida y que el resultado es positivo, y agrega un llamamiento público a aquellas personas, profesionales de la industria pornográfica o no, que pudieran haber tenido sexo con Lost John fuera de las cámaras, y a quienes pudieran haberlo hecho con los integrantes de la primera y la segunda generación, para que se abstengan de tener relaciones sexuales a modo de precaución al menos por un año y que se sometan a un test de sida para determinar si han sido infectados. Naturalmente, cuando el artículo sale publicado ya es tarde para cientos de personas. En cualquier caso, la lista de los posibles infectados es la siguiente: la «primera generación» comprende a Stacie Candy, Desiree Slack, Ana Foxxx, Katie Persian, Martin Iron, «Gaucho» Cross y Alyssa Soul. La «segunda generación» se extrae de la siguiente lista: Stacie Candy ha trabajado con Diamond Maxxx, Filthy Doreen, Señorita Arroyo, Patricia Petit, Francesca Amore y Jocelyn Davies; Desiree Slack, con Kayla Doll, Ana Foxxx, Anita Redheaded, Indian Summer, Taylor Knight, Raveness Terry, Eva Lux y Charlie Mansion; Ana Foxxx, con Sin Starr, Jenny López, Mark The Shark, John Michael, Patrice Caprice, Jessica Cirius, Desiree Slack y el travestí TT Boy; Katie Persian, con Lucy Dee, Hein Commings, Alex Sanders y Thomas Sexton; Martin Iron, con «Gaucho» Cross, Brian Hardwood, Annie Cruz, Markus Großschwanz, Tony Deeds, Blackie Jackie, Tommy Strong, Val Jean y Marc Anthony; «Gaucho» Cross, con Martin Iron, Indian Summer y el travestí TT Boy; Alyssa Soul, con Johnny Gnochi, Jack Kerouass y Sandy Candie. La «tercera generación» incluye los nombres de doscientos veinticuatro actores y actrices que han trabajado con los anteriormente mencionados y puede ser ampliada con una «cuarta generación», una quinta y así sucesivamente.

4. Lost John está echado sobre la arena. Un muchachito se le acerca y le pregunta algo en portugués que él no entiende. El muchachito le dice: «Do you wanna fuck?» y le sonríe, pero Lost John se incorpora, mira el mar y le dice que no. El muchachito comienza a marcharse. Lost John mira un velero que se pierde detrás de una ola y llama al muchachito, que vuelve a acercarse con una sonrisa. Lost John le pone en la mano un billete y, sin decir una palabra, le da la espalda y abandona la playa solo. En las calles de Brasil no llama la atención. Tiene una habitación que da al mar y es un buen sitio para pensar y llorar y tratar de averiguar qué hacer a continuación. A veces piensa en masturbarse pero no consigue que se le ponga dura. En ocasiones baja a la playa por la mañana, pero la mayor parte de las veces lo hace por la noche, cuando no hay nadie. Se echa al agua y luego se queda tendido sobre la arena esperando a que su corazón se tranquilice. En una oportunidad —es por la mañana— está recostado sobre la arena cuando nota que a su lado se ha sentado alguien. Es una chica negra, que mira el mar. Lost John se incorpora y mira al mar él también. Ninguno dice nada y después de un rato Lost John vuelve a recostarse de espaldas sobre la arena. La polla se marca sobre su pantalón mojado y él se echa una toalla encima para que no se le note y sonríe. La chica se levanta y se va, pero vuelve al día siguiente. Le dice algo en portugués que él no entiende. Él le sonríe. Ella sonríe. Luego se levanta y se va. Esa tarde, no sabe bien por qué, Lost John le pide al conserje del hotel que le consiga un diccionario de portugués e inglés. El conserje dice que lo hará y se despide llamándolo por el nombre que

Lost John ha dado en la recepción al registrarse y que, por supuesto, no es el suyo.

5. A la mañana siguiente llega a la playa y ella ya está tendida sobre la arena. Lleva un bikini minúsculo, que traza un ángulo recto desde la entrepierna hasta arriba de las caderas. Lost John deja con delicadeza el diccionario a su lado y corre hacia el mar. Al salir del agua ve que ella lo está hojeando. *«You, English»,* dice ella. «Americano», responde él. Comienzan a hablar, lentamente al principio, buscando las palabras en el diccionario, y más rápido, después, cuando ambos pierden el interés en la gramática. Ella se quita todo el tiempo el cabello que el viento le empuja sobre el rostro. Lost John ve que tiene los dientes amarillos y eso le resulta atractivo, de alguna manera. Ella hojea el diccionario un rato echada de espaldas a él y luego se da la vuelta y le pregunta: *«You, want fuck?».* *«Não posso»,* responde él después de un momento. Ella le da la espalda de nuevo y Lost John piensa que la ha jodido. Se queda mirando el mar. Después de algunos minutos ella se da la vuelta de nuevo y le pregunta: *«You, want dance?»* y Lost John sonríe y dice que sí.

6. Esa noche él se pone una camisa blanca y unos pantalones ceñidos y está esperándola en la recepción cuando ella pasa a recogerlo. Beben cerveza y aguardiente de caña y él intenta bailar una música que nunca había escuchado antes. En el fragor del baile, ella lo besa y él no aparta la boca. Ella sonríe.

7. Las salidas se repiten un par de veces más. Él nunca averigua nada de ella: no sabe cómo se llama ni dónde

vive ni cuántos años tiene, aunque supone que es unos seis o siete años menor que él, que tiene veinticuatro. Un día, el conserje del hotel le dice que, sin desear meterse en sus asuntos, quisiera pedirle que se cuidase, puesto que muchas de esas jóvenes que frecuentan a los extranjeros lo hacen con intereses económicos y delictivos, y, agrega: la mayor parte de ellas tiene sida. Lost John lo mira perplejo, sin saber qué decir. El conserje le sonríe y le pregunta si necesita algo más y Lost John dice que nada y sale a la calle. Esa noche llama a la casa de su madre pero cuelga antes de decir una palabra.

8. «*Como é teu nome?*», le pregunta él al oído mientras recuperan el aliento. «*Luizinha*», le responde ella. «*Eu creiba que ja o tinha dito*», agrega. «*Eu me chamo John*», dice Lost John, y ella repite: «*John*» y sorbe su bebida.

9. Salen todas las noches, durante un par de semanas. Cada noche van a bailar y después caminan por la playa y se echan a besarse y a mirar las estrellas. A veces, cada vez con más frecuencia, también se magrean, pero, cuando ella le toma la polla con las manos, él la aparta y se disculpa y le ofrece acompañarla a su casa. Ella siempre dice que no.

10. Él compra un par de libros divulgativos sobre el sida. No entiende bien los textos porque están en portugués, pero en uno de ellos ve una fotografía microscópica del virus batallando con una célula y la imagen le parece dolorosamente hermosa.

11. Ella se prueba un vestido que él acaba de comprarle. Sonríe.

12. Él comienza a masturbarse pensando en ella. A veces sale bien y a veces no, pero siempre se queda pensando en ella, diciéndose que no puede esperar el momento de volver a verla.

13. Un día, unos mormones lo abordan por la calle e intentan hablar con él sobre Dios. Él se disculpa diciendo que no habla portugués, pero uno de los misioneros es un joven de Utah y le dice: *«Hello, brother»*. Lost John teme que lo reconozca, pero de inmediato se da cuenta de que es improbable que un mormón de Utah lo haga e intenta liberarse. Más allá, ella lo espera bajo una farola apagada. *«I can't. I'm sick»*, dice él e intenta continuar caminando, pero el mormón le aprieta un folleto en la mano y le dice: *«May God forgive you for what you have done and what you will do»*.

14. Esa noche visitan a los padres de ella, que viven en una chabola en uno de los cerros. Los padres le sirven agua fría y tratan de interesarse por Lost John, pero John sólo ha preparado para la ocasión unas frases sueltas y al rato la conversación se termina. La madre y la hija salen al patio a recoger unas gallinas que tienen y Lost John y el padre se quedan mirando un partido de fútbol cuyas reglas él no entiende. Más tarde, al abandonar la casa, se les echan encima unos niños. Al principio le piden algo de dinero y él niega con la cabeza y sonríe, pero luego uno de ellos saca una pistola y le dice algo que Lost John no entiende. Entonces ella reacciona y le da una cachetada al niño de la pistola y se la saca

y la arroja a unos pastizales. Dos de los pequeños asaltantes salen corriendo, los otros van a buscar la pistola y ellos dos continúan bajando el cerro seguidos solamente por dos perros negros que no tienen nada mejor que hacer. Ella le dice después de un rato que los niños que intentaron asaltarlos eran sus hermanos.

15. *«Eu desejo ser tua mulher, desejo ser a mãe de teus crianças»*, le dice ella. *«Eu não posso ter crianças, eu estou enfermo»*, le responde él. *«Fize muitas coisas más.»* *«Não importa, meu amor»*, le contesta ella. *«Eu te amo»*, agrega. Él se desenvuelve bien en esas conversaciones porque se pasa las tardes mirando telenovelas brasileñas en su habitación de hotel, viendo cómo el dinero desaparece y pensando en las personas a las que ha contagiado —en realidad, pensando sólo en Alyssa Soul y en su padre militar y en lo que él le ha hecho— y preguntándose qué hacer.

16. A veces ella llora cuando está junto a él y le dice que lo que teme, que lo que más teme, es que su historia de amor no se acabe, que se interrumpa cuando él se marche, si es que algún día se marcha, y no acabe como debería acabar, cuando los dos mueran y con ellos muera el recuerdo de lo que hicieron y de lo que amaron.

17. Un día, al ponerse una chaqueta, Lost John encuentra el folleto que le dieron los mormones. Allí dice que corresponde a algunos hombres el contribuir a la perdición del mundo así como a otros les corresponde contribuir a su salvación, ya que ambos tienen su sitio y son útiles a Dios como la siembra y la cosecha. Lost John se pregunta si lo que va a hacer contribuirá a la salvación

del mundo o a su perdición, y si él es el que siembra o el que siega. Esa tarde mete sus cosas en la maleta y deja el hotel. El taxista lo lleva hasta el pie del cerro y se niega a ir más allá. Lost John le paga con lo que le queda y salta rápidamente fuera del taxi, antes de que el taxista vea que el dinero que le ha entregado no es suficiente. Mientras sube, ve acercarse a los hermanos de Luiza. Levanta las manos cómicamente, como si todos estuvieran jugando, y les entrega la maleta: al fin y al cabo sólo tiene en ella algo de ropa. Más allá, ve que Luiza deja lo que estaba haciendo y comienza a caminar hacia él. El niño de la pistola dice algo a sus espaldas que él no puede entender y Luiza levanta una mano en dirección a ellos.

Un jodido día perfecto sobre la Tierra

Una mañana estás observando los movimientos de tu calle o estudiándote la punta del pie o preparándote un café o haciendo cualquier otra de las cosas que los escritores y los críticos hacen —y que provocan perplejidad en tu portero y un respeto incómodo en los directores de las fundaciones para las que trabajas, casi todas religiosas, que te hablan habitualmente de «la Literatura» y de «la Sociedad» y de «el Arte» como si todas esas palabras pudieran pronunciarse en mayúsculas— cuando suena el timbre. Abres la puerta y te encuentras frente a dos cajas grandes, un recibo que tienes que firmar y un tipo sudoroso que te odia y no hace nada para disimularlo. Tú firmas y el tipo les da una patada para meterlas en tu piso antes de salir corriendo por el pasillo camino del ascensor; cierras la puerta y miras las cajas un buen rato. Entonces tomas unas tijeras y abres una; te demoras un poco, en parte por tu torpeza habitual y en parte porque sabes bien qué contienen. Lo primero que ves es una nota escrita con letra minúscula y un título: «El hada Naturaleza y los amigos del bosque Caduco en la aventura del rey Cigüeña contra el diablo Crispín». No hace frío pero comienzas a temblar y te preguntas cómo los doce originales que prometieron enviarte para el concurso del Ayuntamiento se han convertido en dos cajas. Después ves un túnel negro y al final de ese túnel ves una luz, pero la luz es tan pequeña que parece a cada momento que la oscuridad la engullirá para siempre, y comprendes que ese túnel es tu trabajo de jurado en ese concurso y que la luz, esa luz pequeña y ya casi extinguida, es la del final del asunto, el apretón de manos y la medalla para el ganador, el cheque para ti y luego el alcohol y, con un poco de suerte, el olvido. Mierda, piensas. Y luego ya no piensas más nada.

Sabes que no es el método más habitual, pero tú lees. Llenas de agua una cafetera, le echas café, haces mucho café y te sientas a leer, aunque sabes —todo el mundo sabe, te dices a ti mismo— que muchos jurados no leen las obras presentadas; en el mejor de los casos sólo las hojean; pero también recuerdas un caso en el que uno de tus compañeros de jurado —erais cinco— os mandó una carta diciendo más o menos que, como su admiración y respeto intelectual hacia los restantes miembros del jurado eran tan grandes, y estaban fundados en tantos excelentes libros de estos miembros —aunque tres de los cinco jurados eran inéditos, que tú supieras—, aceptaba sin condicionamientos la selección que ellos habían hecho entre los ochenta manuscritos y pasaría a leer los cinco que habían seleccionado. Este tío sólo va a leer cinco putos libros y yo he leído ochenta, y van a pagarnos lo mismo, pensaste tú. Pero después el tipo confesó que «múltiples ocupaciones» le habían impedido leer tres de esos cinco manuscritos, y demostró tener un conocimiento por lo menos precario de los otros dos, lo que no le parecía obstáculo para ser parte del jurado. El tipo te dio su tarjeta. «Llámame cuando necesites algo, lo que sea», te dijo guiñándote un ojo en la cena tras el fallo, y el ganador resultó ser uno de los dos manuscritos que él había leído.

El premio es convocado por un ayuntamiento y su dotación no es demasiado importante; sin embargo, los originales recibidos son alrededor de doscientos. Tú sorteas los que ya has leído para otros concursos y los apartas por las mismas razones por las que decidiste no premiarlos en certámenes anteriores, excepto uno o dos sobre los que has cambiado de opinión. En España hay muchos concursos, una cantidad incalculable pero que es muy alta y que a ti te da vértigo, y, de la misma manera, hay también una cantidad inconmensurable de cuentos dando vueltas, saltando sin fortuna de concurso en concurso como satélites que orbitaran alrededor de un centro invisible que para cada uno de los participantes —a los que tú puedes imaginar perfectamente, sentados en habitaciones con juguetes de niño y facturas impagas de la luz y bombonas de butano vacías en el balcón— significa algo diferente: dinero, reconocimiento, una oportunidad para salir del pozo; tal vez, para algunos, la Literatura con mayúsculas. Sólo que por una simple regla de la física las órbitas nunca tocan el centro, ni siquiera lo rozan, el centro se ríe de ellas y las sujeta a su alrededor con un poder que surge del ansia y la imposibilidad de alcanzarlo y, así, la literatura —la que está viva, la que surge de la desesperación y la ansiedad pero se eleva sobre sí misma hacia la vocación y el reconocimiento— es el centro alrededor del que giran estos cuentos sin poder tocarlo jamás, condenados a no tener siquiera un poco que ver con la literatura, ni tan sólo un poco, pero fingiéndolo todas las veces.

Después de un par de horas tienes claro que esta convocatoria no es diferente a la de años anteriores o a la de otros certámenes; por el contrario, descubres, es exactamente igual, y entiendes que la sorpresa y el misterio —que muchos atribuyen a la cuestión literaria— han faltado una vez más a la cita, han sido cerrados por derribo, han quedado atrapados en el metro entre dos estaciones, con un palmo de narices, lo que sea.

El concurso tiene una modalidad infantil y otra para adultos y la primera reúne las mismas cantidades de ingenuidad y estupidez de todos los otros concursos de «literatura infantil» de los que has sido jurado antes. ¿De qué tratan los cuentos que participan en ella? Una niña va a la playa con sus padres, su madre pierde en el mar su anillo, pero la niña se hace amiga de una estrella de mar y la estrella de mar se lo devuelve. Otra niña cruza al otro lado del arcoíris por error, llega a un reino fantástico donde un príncipe de ojos azules la protege de todos los peligros, se enamoran, pero el príncipe tiene una piel que se desintegraría en contacto con la luz del sol y ambos deben despedirse para siempre. Una tercera niña va con los otros niños de su colegio de excursión al zoológico, se lo pasan muy bien y eso: que se lo pasan muy bien. Siempre te sorprende que la única forma de gobierno concebible para un país fantástico sea la monarquía —aunque, desde luego, la idea de que una persona es superior a otra en virtud de su nacimiento y desde el mismo momento en que atraviesa cierto conducto vaginal es profundamente fantástica—, que hadas y elfos sean los protagonistas invariables de historias que hubieran resultado más efectivas si hubieran sido protagonizadas por niños normales y corrientes, que todo relato infantil deba tener alguna clase de moraleja o, por lo menos, dar su opinión sobre algún tema de cierta relevancia —inmigración, a favor, y catástrofe medioambiental, en contra, son los favoritos—: siempre te sorprende que, en ellos, los animales hablen.

Como sucede siempre, también, los relatos más interesantes son los que tienen un fondo patológico y, tan pronto como notas que pertenecen a esa categoría, los apartas para disfrutar de ellos al final de la jornada, cuando ya no puedes leer una sola historia más sobre una niña que visita un reino fantástico. En esta ocasión, tus destacados son: uno de una pedantería inconcebible que te hace reír ya desde su primera línea, que dice: «Diamante acrisolado, hendido de mil rayos cual lanzas, el sol, astro rey, daba alegremente sus plácemes y colmaba de bendiciones a los habitantes de la mísera y devota aldea»; otro en el que un niño es recogido de la basura por un policía —ahora entiendes qué estaba haciendo la policía el día que desvalijaron tu apartamento: buscando niños en la basura— y, tras innumerables accidentes y peripecias, encuentra a Jesús, quien le ordena: «Reza, Sergio, reza y visita la iglesia tanto como puedas, pues rezando te acercas a mí y eres bueno»; otro en el que una madre describe a la princesa de su cuento a sus hijos: «Era rubia, tenía la tez blanca como la nieve en la que destacaba una boca roja y sensual, unos pechos pequeños pero fuertes y un pubis que se estremeció al ver galopar al príncipe frente a ella». Quizá por la fascinación por los contrastes, los autores de cuentos infantiles para concursos no descuidan la cuestión sexual y algunos relatos —los que a ti te cortan el aliento y te provocan pesadillas por las noches— tienen un inocultable aliento pedófilo. «El diablo metió la mano a través de la raja del árbol y comenzó a tocar a la niña, que se tapó la boca para no gritar; recorrió su cara y luego su pecho y sus piernas tratando de buscar la forma de sacarla del tronco», dice uno de ellos.

La modalidad para adultos no es superior en calidad a la infantil y sus temas no difieren demasiado: en ellos también hay ingenuidad, pedantería y sexo. Uno de los relatos narra la violación de una adolescente en un descampado, contada por la adolescente. Hay relatos fantásticos que podrían haber sido narrados de forma realista, hay plagios a Pavese, a Kafka, a Maupassant y a Tolkien que te hacen pensar que —a diferencia de los autores de la modalidad infantil— los de la de adultos al menos aún leen, hay cuentos de amor —el de la violación es entendido por su autor o su autora como uno de ellos—, hay relatos con títulos como «Una melodía para un sueño olvidado» o «La vida en un giro», hay apócrifos chinos que aprovechan la facilidad con la que «entra» ese tipo de relatos y te hacen pensar que la mayor parte de la literatura china se produce en España, en sitios como San Sebastián de los Reyes, Mataró o Motril, hay un relato en el que el narrador conoce a Jorge Luis Borges y éste lo designa su albacea literario y sucesor, hay imitaciones de un Walter Benjamin mal traducido al español y hay otros —muchos— que narran situaciones que muy probablemente hayan sido extraídas de las vidas de sus autores: un episodio de racismo, un marido que eructa en la mesa y ha perdido todo respeto por su mujer después de que ésta perdiera un hijo, una madre despótica que muere y provoca en sus hijos los sentimientos encontrados del alivio y el dolor, la salida traumática de una isla que es posible que sea Cuba, el robo de una chaqueta en un centro comercial, una sesión de chat que acaba con un episodio de masturbación de la narradora, el regreso a la casa de los padres después de un aborto. En estos últimos hay una diferencia de intensidad que te hace comprender que surgen de la experiencia; también una diferencia en el acercamiento al asunto del relato, que a menudo es transversal y está lleno del temor y la perplejidad de quien ha vivido algo que no puede entender ni confesarse a sí mismo.

Si pudieras, piensas, les darías el premio a los autores de estos últimos relatos, a todos ellos, para que entrase algo de alegría en sus vidas y para que buscasen ayuda: un psicólogo, pastillas, lo que fuera. Sin embargo, tú estás allí para evaluar los relatos desde un punto de vista técnico y, desde ese punto de vista, los relatos están mal, tienen problemas graves de sintaxis o estilísticos —los escritores de relatos para concursos parecen ignorar que la literatura puede y quizá debe sonar como una conversación y no como el monólogo de un Shakespeare estreñido en el cuarto de baño—, o, lo que es peor, terminan mal, en el sentido de que sus autores intentan darles a las situaciones que narran una solución genérica —ya fantástica, ya realista— que adhiere a una convención y arruina sus textos, cuyo mérito principal era salirse, al menos en parte, de lo convencional y ya visto. Sabes también que, aun cuando les dieras el premio, lo más probable es que sus autores se lo gastaran en móviles, en un coche usado, en altavoces supuestamente inteligentes o en ropa, en algo superfluo y que tapase la cicatriz, una venda sobre la herida abierta.

Unos dos o tres días después estás leyendo los últimos cuentos y tienes ya hecha una selección de seis relatos infantiles —los únicos que la mayor parte del tiempo no tratan a sus lectores de imbéciles y tienen como mínimo algo que ver con la vida cotidiana de un niño español— y unos tres para adultos: el apócrifo chino, el relato de un hombre que dice haber sido expropiador de terrenos durante la década de 1980 y cuenta un par de anécdotas vividas en ese período —nada extraordinario, pero por lo menos algo que surge de la experiencia y carece de pretensiones— y el del robo de la chaqueta. Entonces lees uno de los últimos relatos y resulta el mejor que has leído en la última década.

Al principio no te parece tan bueno porque la lectura de decenas de cuentos malos hace que los unos se confundan con los otros y que tú sólo leas esperando la confirmación de que el relato que lees es tan malo como los anteriores. Sin embargo, a medida que vas leyendo, vas quedando prendado, y te sucede lo que te sucedía cuando comenzaste a leer —un niño más o menos pobre de un barrio más o menos pobre de una ciudad cualquiera— y que hacía tiempo que no te sucedía: sientes que el relato te habla a ti y sólo a ti, que tú eres su único destinatario, que el cuento te agarra de los cabellos y te arrastra con él hasta su resolución.

Lees en un estado de arrebatamiento y, cuando el cuento acaba, te quedas mirando al frente sin saber qué pensar. Te preguntas si no te has dejado llevar por el entusiasmo, te preguntas si estás haciendo bien tu trabajo y si no es tu propio deseo de que el cuento sea bueno el que hace que lo sea. Lo vuelves a leer tratando de ser crítico, ves la influencia de Thomas Bernhard y de W. G. Sebald y tal vez de algún otro alemán, pero no reconoces ningún plagio, opinas con escepticismo que quizá algunas frases sean demasiado largas y que el autor abusa un poco de las subordinadas, te dices que notas cierta inmadurez del estilo pero —al mismo tiempo— te das cuenta de que el cuento es realmente muy bueno, que es el mejor cuento que has leído en los últimos diez años, y eso incluye la literatura escrita por profesionales, y que si hay un relato que merece ganar el premio, el relato es ése. Te sorprendes pensando que quieres darle el premio porque te has dado cuenta de que el autor es joven y piensas que éste podría incentivarle a continuar intentándolo y ayudarle en su carrera; tú también has sido joven, tú también has escrito para nadie, en tu habitación, mientras tu hermano cambiaba sin detenerse las emisoras de una radio, sólo por molestar, y tu padre te gritaba desde su habitación que fueras a comprarle pegamento. Tú quieres que sepa que alguien lo ha leído, que no está solo; pero, sobre todo, quieres conocerlo, quieres sacarte la puta espina de no saber quién es.

Una semana más tarde —el entusiasmo no ha remitido— llegas a la ciudad del concurso tras un viaje en tren. Tomas un taxi y el conductor te deja en tu hotel después de una vuelta innecesaria y cobrarte un suplemento que no comprendes pero que tampoco te molestas en discutir. En la recepción del hotel que el Ayuntamiento ha reservado para ti y el resto de los miembros del jurado hay un hombre con bigote que parece policía; toma tu documento y lo mira varias veces de un lado y del otro y después lo sacude como si esperara que cayera algo de él. Un hombre rubio con la piel muy roja le dice que quiere el libro de quejas, que esto es impensable, que es la última vez que deja que le hagan algo así. El recepcionista se lo entrega sin mirarlo y sigue dándole vueltas a tu documento; finalmente se pone a completar una ficha y tú observas el vestíbulo del hotel —hay un cuadro de Monet que has visto en un hotel igual, en una ciudad de Extremadura a la que también has ido a fallar un concurso— y luego al huésped indignado, que acaba de escribir su queja, arroja el bolígrafo con violencia sobre el mostrador de la recepción y sale airado por la puerta dejando el libro abierto. Tú le echas una mirada, preguntándote si no tendrás tú también que escribir lo mismo al día siguiente, y te das cuenta de que el hombre sólo ha trazado rayas y unos y puntos a lo largo de la página. «Hace eso todas las mañanas», te dice el recepcionista sin levantar la vista y tú miras las páginas anteriores: rayas y unos y puntos y algo que parece un cero o una letra *o* a lo largo de páginas y páginas

194

que miras hasta que te mareas; cierras el libro, tomas las llaves y escapas a tu habitación.

Esa tarde el jurado se reúne en una sala del Ayuntamiento en la que hay un cuadro de Monet —que tiene que haber tenido algo que ver con esta ciudad, te dices, aunque lo dudas— y una mesa de laminado y varios tubos fluorescentes que sueltan un zumbido como de abejas durmiendo. Tú conoces a una de tus colegas de jurado de otro concurso y la saludas con dos besos, a los otros tres les das la mano. «¿Qué tal?», le preguntas a la que conoces. «Bien», te responde, «¿Y tú?». «Bien», dices. «¿Qué te han parecido esta vez?», preguntas. «Bueno», dice ella. «¿Y a ti?», pregunta. «Bueno», dices tú. Luego entra una empleada con una bandeja con café y galletas y os quedáis callados por unos momentos.

La deliberación transcurre como es habitual: al principio nadie quiere decir nada, a la espera de que se establezcan las posiciones y cada uno sepa qué alianzas puede tramar y cómo puede imponer su criterio, y sólo poco a poco se animan las cosas. Quizá lo único interesante de ser jurado de concursos es que los criterios de premiación son siempre nuevos e intentar determinarlos es como querer predecir el vuelo de un pájaro. No hay criterios objetivos para determinar el valor de una obra literaria. La literatura es el territorio de las opiniones y las opiniones están sujetas a la persuasión, y de eso se trata el debate.

Muy pronto os ponéis de acuerdo acerca del premio en la modalidad infantil, que va a «El hada Naturaleza y los amigos del bosque Caduco en la aventura del rey Cigüeña contra el diablo Crispín» por su —como uno

de tus colegas dicta a un tercero, que redacta el fallo—
«ameno tratamiento de la cuestión de la preservación
del bosque y de sus habitantes» y por su «simpática recreación de la vieja historia del diablo en la botella».
Nada que vaya a cambiar el mundo pero probablemente mejor que declararlo desierto, piensas. Cuando llega
el momento de decidir el premio de la modalidad para
adultos tú prefieres la franqueza y mencionas a tu favorito; dices que crees que es el mejor cuento presentado y
que es el que debería ganar. La jurado a la que tú conoces se lleva la mano a la mejilla, como si de repente le
doliera una muela. Otro dice que el relato es un poco
inmaduro. «Oraciones muy largas», dice el siguiente y se
ríe. «Surge de la experiencia», dices tú, «es valiente y está
bien escrito». Los cuatro te miran con desconfianza. «Se
asoma al abismo», dices, casi sin aliento. Ninguno responde. «Se asoma a las fauces del jodido abismo de la
literatura», insistes en un balbuceo, pero los otros —es
evidente— ya no te están escuchando.

En una votación de cuatro contra uno gana el relato titulado «Una melodía para un sueño olvidado», cuyo
principal mérito —comprendes tras un momento— es
que la acción tiene lugar durante las fiestas del santo
patrono de la localidad que organiza el concurso y el
itinerario del protagonista por sus calles es riguroso y
está bien documentado. Una secretaria trae una caja con
las plicas y abre la que corresponde al título del relato.
Gran decepción: el autor resulta no ser un escritor local
sino uno de Madrid. Un tiempo después leerás el mismo cuento para otro concurso de una localidad leonesa:
el autor habrá reemplazado todas las referencias a la ciudad del primer concurso por referencias a la leonesa. Si
eso es lo que les gusta, pensarás tú entonces y lo selec-
cionarás de entre la montaña de papel que yace a tus pies,

pero en ese momento no lo sabes, así que arrancas una mención para el relato que te ha gustado y pides que en las actas conste que ha sido un fallo dividido. Esa noche, en la proclamación de los premios, el alcalde elogiará el cuento, que no ha leído, y dirá tres veces que ha sido un fallo unánime porque —todo el mundo lo sabe— los fallos divididos no suelen gustarles a los alcaldes.

Antes de eso, mientras los jurados firmáis el acta y os dais la enhorabuena unos a otros, como si en realidad fueseis vosotros los ganadores, tú piensas en el relato que te ha gustado y lamentas no haber conseguido que ganara, pero sobre todo lamentas ya no poder conocer nunca al autor, sobre el que has pensado tantas veces en los últimos tiempos que se te antoja un amigo, cuyo rostro se pierde para siempre detrás de una puerta que alguien que no eres tú cierra. Piensas en los escritores a los que hubieras deseado conocer, en los autores a los que admiraste de adolescente y a los que aún, secretamente, admiras, y sientes la misma impotencia que sentiste de adolescente cuando te enteraste de que esos escritores estaban muertos y que tú jamás los conocerías ni retomarías con ellos la conversación que ellos y tú habíais mantenido mientras los leías y que constituye todo el asunto de la literatura, su grandeza y su condenación. Te preguntas qué te dirían si pidieras abrir la plica del relato que te ha gustado, pero no sabes si eso se puede hacer y temes que lo consideren una falta de profesionalidad, temes que alguien del jurado o de la organización crea que estás planeando algo y se niegue a dártela; te imaginas el rumor corriendo como pólvora por el resto de los ayuntamientos: «X sonsaca la información de los participantes». Piensas que no puedes hacerlo, sientes hambre y sueño y pena y alguien te dice que ahora tenéis que bajar a la sala de actos para la proclamación de los ganadores, que el alcalde ya está allí, esperando.

Comienzas a bajar las escaleras con los otros; pero hay algo que te impide avanzar y te tira hacia atrás, de regreso a la sala, como si hubieras pisado chicle. Sientes calor y luego frío. Dices que te has olvidado una carpeta y que ya regresas y subes corriendo. En la sala está la caja con las plicas, que la secretaria ha dejado sobre la mesa. Buscas entre los sobres el del relato que te ha gustado. Tus dedos se mueven como arañas adolescentes. Lo encuentras. Te lo metes en el bolsillo y coges cualquier cosa que pueda pasar por una carpeta. Escapas escaleras abajo, con el corazón desbocado. Esa noche, en el hotel, descubres que lo que has tomado para hacer pasar por la carpeta es una copia de «Una melodía para un sueño olvidado» y lo echas a la papelera y abres el sobre. Hay un nombre y una dirección y el código postal de una ciudad que tú no conoces, a la que tú nunca has ido.

No regresas a tu ciudad. En la estación de trenes no consigues que te cambien tu billete de regreso —«Esto es España», te dice el empleado, como si cambiar billetes fuera una actividad extranjera— y, al final, acabas comprando uno a la ciudad que ponía en el sobre. Le preguntas a la persona de detrás de ti adónde viaja. El hombre dice el nombre de tu ciudad y tú le aprietas tu billete en la mano y le deseas buen viaje; al irte, te das cuenta de que al hombre le falta un brazo, un niño de unos once o doce años le acompaña y, como el pasillo donde os encontráis es estrecho y se pega contra él, el niño parece, de espaldas, un brazo monstruoso e independiente.

El viaje es largo, tú no tienes nada para leer y te duermes. Sueñas que al huésped descontento del hotel le faltan los brazos y te pide que escribas por él en el libro de quejas. Tú le dices que no conoces su idioma, que vas a hacerte un lío con las rayas y los puntos y eso que se parece a ceros o a letras *o* pero él te dice que no te preocupes, que le preguntes a su hijo, que es el que sabe, y señala con la cabeza en dirección al niño de la estación, que lee un libro. Tú te acercas y le preguntas: «¿Qué lees?» y el niño dice: «Una obra que destaca por su ameno tratamiento de la cuestión de la preservación del bosque y de sus habitantes. La literatura sin valores no es literatura». Al levantar la vista del libro, ves que tiene el rostro de un anciano. Naturalmente, gritas.

Llegas a tu destino y subes a un taxi. Te dices que, si algún día quisieras ganar algún concurso local, deberías tomar notas sobre las calles por las que pasas, pero el taxi va demasiado deprisa y tú, en realidad, no crees en los certámenes literarios. Después de dar una vuelta innecesaria y poco antes de cobrarte un suplemento que no comprendes pero que tampoco esta vez te molestas en discutir, el taxista se detiene frente a un edificio con decenas de ventanas minúsculas. Unos contenedores de basura volcados sobre la calle impiden que el taxista pueda dejarte junto al bordillo de la acera. El taxista se disculpa pero no suena muy convincente. Tú le pagas y abres la puerta. Fuera del taxi hace calor pese a una brisa que parece venir de algún sitio —tal vez el norte, o el sur, un sitio que no puedes determinar porque estás perdido y que en el fondo no te importa— y dirigirse hacia otro, que tampoco conoces ni conocerás. Caminas lentamente hacia la entrada del edificio mientras te preguntas si estás haciendo lo correcto. ¿Qué tal si el artista cachorro es un imbécil? ¿Qué tal si el imbécil eres tú, a sus ojos? ¿Qué tal si es un anciano con un pie en la tumba o una mujer fea a la espera de que el príncipe azul de la literatura toque a su puerta o un oficinista que pretende ser un joven escritor al tiempo que espera un ascenso que sólo le llegará con sangre? ¿Qué tal si no funciona?, te preguntas.

Un niño descalzo cruza la puerta y te observa mientras tú miras con atención los botones del telefonillo, que la mugre apenas permite distinguir. «¿A quién buscas?», te pregunta. Se lo dices y el niño te contesta: «Dile que lo estoy buscando» y sale corriendo.

Tú tocas un timbre que quieres creer que es el correcto. Después de un largo rato, cuando estás a punto de abandonar la búsqueda, escuchas una voz tal vez de mujer o tal vez no que dice: «¿Qué?». Tú murmuras: «Busco a...» y dices el nombre que está escrito en el papel que tienes entre los dedos. «Suba», responde la voz tal vez femenina o tal vez no y tú te apuras a empujar la puerta, pero descubres que ésta siempre ha estado abierta. Ves unas escaleras a oscuras y unos garabatos que alguien ha hecho en las paredes y que no puedes leer; miras hacia fuera un momento más, observas el cielo y te das cuenta de que es un día perfecto, un jodido día perfecto sobre la Tierra: entonces comienzas a subir las escaleras.

Como una cabeza enloquecida vaciada de su contenido

*Una torre cualquiera de Manhattan está
hecha con sangre del mundo helénico.
Tan lejos llegaron los escombros, colegas.*
RODRIGO GARCÍA, *Gólgota picnic*

Z

Uno de los albatros se yergue ligeramente sobre sus patas al percibir que la brisa ha cambiado, pero el otro no. Andan juntos desde hace unos días: se disputaban los restos de una medusa que había encallado junto a la balsa de plásticos cuando descubrieron que los restos de la medusa habían sido tragados por el oleaje durante su pleito y ambos pájaros se quedaron perplejos contemplando el mar; después comenzaron a dar saltos sobre las botellas y los neumáticos en busca de más comida y desde entonces no se han separado. Ambos pájaros viven en la llamada Mancha de Basura del Atlántico Norte, una balsa de desechos plásticos de varios cientos de kilómetros cuadrados de extensión y una densidad de alrededor de doscientos mil fragmentos de basura flotante por metro cuadrado; fue documentada por primera vez en 1972, pero desde entonces ha crecido considerablemente, aunque ninguno de los albatros que la pueblan puede comprender su expansión y ninguno presta atención a las estadísticas: el islote de basura en el que viven tiene la forma de la mancha que hubiesen dejado sus sesos en la calzada de haber sido atropellados por un coche, y cada uno de los trozos de plástico que lo conforman parece un pensamiento solitario y abstracto que ninguno de los albatros ha tenido ni puede tener. Uno de ellos se entretiene en este momento picoteando el filtro de una aspiradora; probablemente el aparato ha sido arrojado al mar en Reino Unido o en Portugal y las corrientes marinas lo han arrastrado hasta la mancha, pero el pájaro no parece preguntarse por su procedencia; en una ocasión encontró un pez plateado en el interior de una vieja botella de jugo: el pez había crecido desde el momento en que había entrado en la botella y ya no podía salir, y el albatros consiguió sacarle un buen trozo de carne de la aleta caudal antes de que se refugiara en el fondo del envase, donde el ave no podía alcanzarlo con su pico. No importa cómo conocemos esta historia, ya que el mismo albatros la ha olvidado por completo; digamos que todas las historias son arrastradas por corrientes subterráneas y nada comprensibles a manchas que se encuentran en el mar y que son, vistas desde arriba, el repositorio de todo lo que alguien alguna vez en alguna parte ha pensado; son, por decirlo así, los vertederos de los pensamientos, y contaminan el mar, pero también dan refugio a una fauna habituada a vivir entre los restos. Nada de esto tiene importancia para el albatros, sin embargo; el filtro de la aspiradora no contiene nada comestible y el albatros da un pequeño salto y se encarama sobre un neumático, explora su concavidad y encuentra un caracolillo que traga apresuradamente. A su lado, el otro albatros lleva un momento intentando escupir algo; su cuello se encoge y se estira como si fuera un resorte, y el primer albatros alza la cabeza y se queda mirándolo hasta que el otro suelta una hebra finísima, que sale de su pico en un amasijo de pelos plásticos a los que hay enredados jugos gástricos y conchillas; después cree ver un cardumen de peces minúsculos que nada velozmente bajo la mancha de basura y comienza a perseguirlo y olvida a su congénere.

202

Y

Unas semanas antes, una consumidora de drogas llamada Liza está sentada en uno de los bancos de la Waterplein West de Ámsterdam y le cuenta su historia a un periodista de *De Telegraaf.* «Este ojo lo perdí a consecuencia del SARM», dice señalándose un ojo que cubre con el mechón rizado y rubio de la peluca que lleva y que el periodista de *De Telegraaf* imagina vacío y perfecto. «Es una infección muy agresiva que también se conoce como celulitis infecciosa y provoca que la carne de tu cuerpo simplemente muera. Yo tenía cocaína en los dedos a menudo, y los restos de cocaína acababan en mis ojos al frotármelos; pero, como tenía los nervios paralizados, no sentía nada. Acudí al optometrista y allí me dijeron que parecía como si tuviera diez mil pequeños arañazos en la superficie de la córnea, y que por ahí había entrado la infección.» El periodista de *De Telegraaf* imagina los diez mil pequeños arañazos en la superficie de un ojo muerto y piensa en la cabeza de la mujer que está a su lado y se la imagina vaciada de su contenido; va a hacerle otra pregunta; sin embargo, en ese momento se arrojan sobre ella dos hombres y comienzan a golpearla; Liza se hace un ovillo en el suelo y el periodista de *De Telegraaf* se dice que tiene que gritar pidiendo ayuda, aunque no lo hace. Los agresores le exigen que les devuelva lo que les ha robado, pero Liza dice que no lo tiene y que no los conoce y que no sabe de qué hablan. Uno de ellos intenta alzarla de los cabellos, se queda con los cabellos en la mano y arroja la peluca al agua tras un instante de perplejidad. El otro la observa un instante y exclama: «Mierda, no es ésta», y coge al otro del brazo y atraviesan De Ruijterkade a la carrera para perderse en la gran estación de trenes. A causa de los golpes, el otro ojo de Liza sencillamente ha explotado, y el periodista de *De Telegraaf* la mira un instante y luego observa un objeto singular a sus espaldas y ve que es la peluca y que ésta flota en el oleaje y se pierde en dirección al mar.

X

Al mirar sobre su hombro ve, entre todas las personas que abarrotan a esa hora la Estación Central de trenes de Ámsterdam, que los dos hombres siguen corriendo detrás de ella, y se dice que lo hacen desde que la han visto deambulando por la Prins Hendrikkade; se oculta tras un puesto de prensa y arroja la peluca y la chaqueta a una papelera y a continuación sale del escondite: los hombres pasan a su lado y le echan una mirada fugaz pero siguen andando. Ninguna de las personas a su alrededor parece haber reparado en lo que ha sucedido; uno de los policías encargados de patrullar la estación pasa a su lado y su perro la olisquea un instante pero continúa avanzando y acaba perdiéndose entre la gente junto con su propietario, y ella también se pierde de vista. Una consumidora de drogas llamada Liza recorre la estación pidiendo dinero a los viandantes y se detiene un momento junto a la papelera y extrae la chaqueta y la peluca y las estudia un instante; después se pone la chaqueta y, finalmente, y observándose en el cristal del puesto de prensa, se prueba la peluca; le gusta cómo le queda y deja suelto un mechón para que le cubra el ojo que ha perdido. A continuación se dirige a su cita.

V

«No puedes ir así», le dice su colega unos minutos antes de que se dirijan al piso de Kolenkit, al noroeste de la ciudad. Al decir esto, le extiende una peluca rubia ligeramente chamuscada en las puntas. «¿De dónde has sacado esto?», pregunta la mujer, y su colega le responde que se la ha cambiado por algo de heroína a un yonqui de Noordwijk aan Zee; la mujer se mira en el espejo que yace sobre la mesa y se ve transformada en una mujer rubia y demacrada que la observa a través de una niebla espesa de mocos y sangre y restos de cocaína, pero también se ve al comienzo de todos esos comienzos que parecen estar a punto de tener lugar cuando uno cambia de apariencia; si alguien se tomase el trabajo de observarla en este instante, la vería asomándose a un espejo en el que la cocaína y la sangre y los mocos manchan y rodean su cabeza como si ésta se hubiera vaciado de su contenido, pero su colega está leyendo un mensaje de texto en su teléfono y no le presta atención, así que, puede decirse, no hay nadie allí para observarla excepto ella misma, y su cabeza enloquecida carece de capacidad y de tiempo para estos detalles. Cuando su colega guarda el teléfono, se pone de pie y oculta un arma entre sus ropas ella también se pone de pie, y toma su chaqueta y sale.

T

Un yonqui introduce una mano en la boca abierta de un contenedor de papel en Noordwijk aan Zee y toca algo resbaladizo y que crepita bajo sus dedos; asqueado, extrae el objeto y descubre que es una peluca. La sostiene un momento frente a sus ojos con un asco decreciente y después la arroja a la mochila que lleva a la espalda y en la que guarda los objetos que encuentra en los contenedores, que venderá o cambiará por algo de droga al día siguiente en Ámsterdam. A continuación insulta suavemente a sus coterráneos por su falta de civilidad y se dice que su trabajo sería más sencillo si la mayoría de los holandeses supiera que una peluca sintética no va en un contenedor de papel y la reciclase, como es prescriptivo, en el contenedor de los plásticos.

S

La mujer toma la peluca con dos dedos y la echa en el contenedor que el Ayuntamiento de Noordwijk aan Zee ha puesto a disposición de los vecinos apenas unos meses antes. La mujer es alta y delgada y su cabello describe remolinos alrededor de su cabeza debido a la brisa marina. La mujer no conocerá nunca la historia de la peluca, su cabeza enloquecida por el dolor no sabrá jamás de dónde ha venido y hacia dónde se dirige, pero es improbable que estos asuntos fueran a importarle incluso de poder intuirlos siquiera. Un instante antes de arrojar la peluca al contenedor, sin embargo, la mujer se siente obligada a recordar lo poco que sabe de ella, del mismo modo que lo ha hecho antes con los libros y la ropa y todas las otras cosas que ha arrojado a los contenedores. Una constatación banal que se adhiere inevitablemente al recuerdo: la peluca ha pertenecido a su madre, como todas las otras cosas. Una noche en que su madre se quedó dormida fumando en la cama y su pequeño piso en el centro de Noordwijk aan Zee se incendió, la anciana despertó y consiguió salir a la calle, pero luego regresó al interior de la casa a pesar de los esfuerzos que hicieron para retenerla los vecinos que se habían reunido en la calle; hubo un momento de expectación al ver cómo la anciana se internaba en el piso en llamas y después otro de alivio: al salir por segunda vez de la vivienda, la anciana llevaba consigo la peluca, ligeramente chamuscada, que se apresuró a ponerse ante la mirada de todos.

P

Un tiempo antes de todo esto, antes de que la anciana recoja la peluca de un contenedor similar al que su hija abre en este momento y decida que puede serle de utilidad algún día, como todas esas cosas que encuentra en las calles y se lleva consigo a su pequeño piso en el centro de Noordwijk aan Zee, como trozos de muñecos de peluche y géneros extraños e improbables y ovillos de lana con los que hace colchas y tapices cuando no puede dormir y que cuelga en las paredes, de manera que las colchas y los tapices coloridos y disparatados parecen el contenido de una cabeza enloquecida que hubiese quedado estampado sobre un muro o la cama sobre la que un suicida se hubiera volado los sesos, una mujer se coloca la peluca y se pone de rodillas en el suelo de una habitación mal iluminada. A continuación, alguien manipula una cámara para que la mujer quede en el centro de la imagen y avanza con el zoom hasta detenerse en su rostro; un instante después, ingresa en la imagen un hombre desnudo al que no le vemos el rostro y que introduce un pene flácido en la boca de la mujer. La mujer succiona y lame y a veces mira hacia arriba, al rostro del hombre, que está fuera de encuadre, y otras veces a la cámara: en ambos casos la mirada es la misma, lo que hace suponer que la mujer mira siempre al hombre, hacia arriba al mirarlo en el presente y a la cámara cuando imagina que lo mira en el futuro, en un futuro hipotético en el que él mirará la cinta que han grabado juntos. No sabemos nada del hombre ni de la mujer, excepto lo que vemos y un pensamiento que podemos conjeturar. El hombre toma a la mujer de los falsos cabellos de la peluca y empieza a atraerla hacia él; la cabeza de la mujer roza sus abdominales con cada embestida y ella piensa, quizá, que su cabeza es un queso gordo y amarillo y que los abdominales de él son un rallador y que, cuando hayan acabado, el suelo estará lleno de escamas de queso; cuando él efectivamente acaba, sin embargo, la mujer mira al suelo y no ve nada, nada en absoluto. Un momento después, el hombre se dirige hacia la cámara y la apaga mientras ella se limpia el rostro con un pañuelo desechable.

O

Unas horas antes, el hombre entra en una tienda de pelucas y escoge una rubia y con las puntas ligeramente rizadas. Paga y se marcha. Antes aún, un camión cargado de pelucas abandona una fábrica de pelucas en las afueras de Ámsterdam y se dirige al oeste, hacia Noordwijk aan Zee; antes incluso, otro camión ha dejado atrás una planta de reciclaje de plásticos en Waalwijk y se ha dirigido hacia el norte, hacia Ámsterdam. Unos días antes de todo ello, un montón de bolsas plásticas, varias medias de mujer y un suéter han sido convertidos en el antecedente de la peluca mediante el tratamiento del poliacrilonitrilo que contenían. Aquí nuestra historia podría perderse en la confusión de los objetos que conformaron la peluca, pero quizá sea mejor centrarnos en uno solo de los que fueron necesarios para su confección: el suéter sintético. El suéter fue utilizado por un indigente del área metropolitana de Dover, en el Reino Unido, que se alimentaba de los desechos de un hospital del norte de esa ciudad; de hecho, lo llevaba puesto cuando lo encontraron muerto. Nadie reclamó su cadáver y éste fue a parar relativamente rápido —como sucede por lo común— a la clase de anatomía de una universidad local, donde unos estudiantes lo abrieron: en su interior encontraron decenas de pequeñas agujas y de bisturíes que habían sido eliminados por el hospital y que la víctima había tragado sin quererlo junto con los órganos y los restos de diferentes tejidos humanos que había estado comiendo los últimos años de su vida, cuando había caído en la indigencia. No era su estado natural, sin embargo: durante años había sido un médico relativamente apreciado en la ciudad, pero su mujer había muerto dando a luz a un niño que tampoco había sobrevivido al parto y su cabeza había enloquecido. A partir de ese momento su vida había consistido en vaciarse a sí mismo de pensamientos, y todo lo que poseía y lo acompañaba cuando recorría las calles del noreste de la ciudad era como la exhibición del contenido de esa cabeza enloquecida. Tras encontrarlo muerto, los responsables de los servicios de salud que se encargaron de recoger su cadáver abrieron su macuto y hallaron el cadáver de un neonato que se había momificado en su interior; según sus cálculos, el bebé había muerto al menos cuatro años atrás.

N

Unos cuatro años atrás, una mujer se detiene frente a un escaparate en el centro de la ciudad inglesa de Dover y ve un suéter que le gusta. No se interesa por su precio; entra en la tienda, se lo señala a la dependienta y le pide que se lo envuelva para regalo; mientras paga, la dependienta le pregunta cuánto tiempo hace que está embarazada y la mujer le dice que lleva unos seis meses. Ambas mujeres sonríen al despedirse y esa noche la mujer le entrega el suéter a su marido, que es un médico relativamente apreciado en la ciudad, y luego hacen el amor y se quedan dormidos.

M

Unos meses antes, un obrero de una fábrica de textiles sintéticos en Gaobeidian, al sur de Beijing, mete la mano derecha debajo de una máquina de coser y ésta le muerde la palma en tres puntos; se lleva de forma instintiva la mano a la boca y la chupa y luego mira un momento los tres puntos sangrantes y recuerda un incidente de poca relevancia que sucedió cuando él tenía quince o dieciséis años; a diferencia de lo que es prescriptivo, lo recuerda con una cierta distancia involuntaria que lo lleva a verlo como si él hubiese sido su testigo indiferente y no su motor y su protagonista. Esto es lo que recuerda: una joven menor que él a la que ve en las afueras de la fábrica y a la que sigue una calle o dos sin que ella lo note, una fábrica abandonada que la joven debe atravesar camino de su casa y un forcejeo, la joven en el suelo de la fábrica, sobre unos cartones, con la ropa interior desgarrada, su rostro congestionado mientras él, que la penetra, le tapa la boca con una mano; después, al levantarse y comenzar a caminar de regreso a la fábrica, la marca que sus dientes le han dejado en la mano con la que impedía que gritara: tres minúsculas estrellas sangrantes que dibujan un arco sobre la palma que no le duele, que no le duele ni siquiera un poco, y que acaba curándose un par de días después.

H

Antes de todo esto hay una serie de procesos químicos difíciles de resumir y poco atractivos que convierten un derivado del petróleo en las finas hebras plásticas que manipula un obrero de una fábrica de textiles sintéticos en Gaobeidian, al sur de Beijing; antes incluso, la extracción de ese petróleo en un pozo de la cuenca del lago de Maracaibo, en Venezuela. En ese pozo hay un empleado al que simplemente llaman Chamo; tiene cincuenta y ocho años, un año atrás le detectaron un pequeño tumor cerebral y lo han sometido a un tratamiento a raíz del cual ha perdido el cabello; se ha curado con rapidez, pero su organismo permanece debilitado a causa del tratamiento y no le ha vuelto a crecer el pelo. A veces Chamo lleva una gorra de las Águilas del Zulia, pero en otras ocasiones la reemplaza por una peluca morena que compró por cincuenta dólares a su antiguo propietario. La peluca le llega a los hombros y suele llevarla adherida a la cabeza con una tira de velcro; también lleva siempre una bombilla metida en la boca, y habla sin quitársela y sin morderla, lo que le ocasionaría un daño enorme. Nadie en el pozo presta mucha atención a estos detalles y Chamo es un personaje respetado, aunque quizá no muy querido. Entre los obreros que trabajan en el pozo se cuenta la siguiente historia, que supuestamente les habría contado Chamo: que una vez, cuando estaba en las últimas, una mujer lo acogió en su casa y le dio ropa y lo alimentó, y que después de comer él se levantó y la apuñaló y salió de la casa y nunca pensó si lo que había hecho era lo correcto. Nadie sabe si esto es verdad, pero todos sospechan que Chamo nunca ha estado con una mujer: en una oportunidad lo emborracharon y lo llevaron a un prostíbulo; pero, cuando lo dejaron en una habitación con una de las prostitutas, Chamo se deslizó debajo de la cama y estuvo allí llorando y pidiendo que no lo lastimaran hasta que se hizo de día. A veces le preguntan cómo se encuentra tras su enfermedad y él responde que su cabeza ya no tiene contenido, que ahora es una cabeza vacía y que sólo la conserva sobre los hombros para que no le entre agua por el cuello; al decir esto se ríe, pero nadie ríe con él.

G

Aún más atrás en el tiempo, antes incluso de que todo esto tenga lugar y las vidas de Chamo y del obrero chino, la mujer del médico de Dover, los amantes del piso

211

en Noordwijk aan Zee, la anciana que salvó su peluca del incendio, Liza y el periodista de *De Telegraaf* y los albatros y todos los otros giren alrededor de las encarnaciones de un objeto de plástico sin ningún sentido, mucho antes de que todo eso suceda, hay un pequeño caballo que se hunde en un pantano en algún momento del Eoceno inicial, hace algo así como cincuenta millones de años. En realidad, no es exactamente un caballo sino un Hyracotherium, un animal parecido a un perro de entre unos veinte y unos cuarenta centímetros de altura que no posee cascos sino cuatro dedos con pezuña en las extremidades anteriores y tres en las posteriores. El Hyracotherium desconoce que pertenece a una familia amplia y que se extenderá en el tiempo, y no sabe nada de sus descendientes, que llevarán nombres como Mesohippus, Merychippus, Pliohippus y Equus y que sólo en este último caso se parecerán a un caballo moderno; probablemente ni siquiera sabe qué es eso que cede bajo sus pies y lo succiona hacia lo que sabemos que es un fondo anóxico, es decir, desprovisto de oxígeno y, por lo tanto, susceptible de que todo lo que caiga en él se convierta en petróleo. A pesar de ello, y aunque podría suponerse que el miedo vacía de contenido su cabeza, a pesar de ser sólo un animal y que todo esto haya sucedido millones de años antes de que el primer pensamiento sea formulado y puesto en un papel, en este momento el pequeño caballo prehistórico recuerda. No recuerda nada que le haya sucedido en el pasado, ni siquiera una advertencia atávica de no dirigirse a la región de los pantanos, sino —y esto es lo más sorprendente— recuerda algo que aún no ha sucedido, que sucederá dentro de varios siglos y será recordado en los siglos posteriores y sólo por una vez y excepcionalmente antes: recuerda que el griego Empédocles de Agrigento sostendrá que, antes de que los animales y las cosas adquirieran la forma que nos es conocida, sus órganos y miembros existían ya y flotaban dispersos por el mundo, de manera que, en sustancia, todos los animales y las cosas —aun las imperfectas y grotescas que resultaban de los dislates combinatorios— eran el resultado de la suma de elementos que los precedían y que estaban allí desde el principio del mundo, indiferentes y ansiosos y expectantes ante sus futuras encarnaciones. El pequeño caballo prehistórico se dice, al elevar el belfo por encima del agua oscura del pantano, que lo chupa hacia abajo, que quizá él sea uno de esos elementos y participe de un mundo que aún no ha sucedido, y se pregunta si ése es realmente su comienzo, y recuerda lo que dirá el infortunado filósofo griego: «Yo he sido ya, antes, muchacho y muchacha, arbusto, pájaro y pez habitante del mar». A continuación se hunde aún más y, un instante después, es devorado completamente por las aguas.

Diez mil hombres

Algunos años atrás publiqué una novela llamada *El comienzo de la primavera* que ganó un premio y fue candidata a otros dos que no ganó y encontró sus lectores, que es quizá lo mejor que pueda decirse sobre un libro. Una parte considerable de la historia que contaba allí transcurría en la ciudad alemana de Heidelberg, en el Departamento de Filosofía de cuya universidad trabajaba supuestamente Hans-Jürgen Hollenbach, el profesor que lo había visto todo y lo había hecho todo y al que el protagonista de la novela perseguía a lo largo del libro con la expectativa de comprender aquello que tal vez no podamos acabar de entender nunca. Yo había estado en Heidelberg en un par de ocasiones documentándome y fotografiando las casas y las esquinas sobre las que pensaba escribir en una novela que aún no se llamaba «El comienzo de la primavera» y había procurado ser tan riguroso con la información acerca de la ciudad como me era posible. Un tiempo después, con la novela ya escrita, me pregunté por qué me había tomado el trabajo de documentarme de aquella forma, puesto que era posible que los lectores del libro —si el libro tenía lectores algún día— no tuvieran en cuenta esos detalles y no esperasen de ellos ningún tipo de relación estrecha con la realidad, pero pensé que eso no tenía importancia, que caminar por Heidelberg tomando notas había sido importante porque había hecho creíble para mí la historia y que posiblemente ése era, en realidad, el único requisito ineludible para que la historia fuese creíble para otros. Quizá fuera así como funcionaba siempre.

Unos años después de que aquella novela fuera publicada —y después de haber editado otros dos libros con mi nombre y de haberme visto envuelto en un matrimonio no precisamente simple y después de haber olvidado aquella novela y la ciudad que la había inspirado— recibí una invitación de los traductores Carmen Gómez y Christian Hansen para intercambiar opiniones con una docena de jóvenes traductores acerca de la traslación al alemán de mi trabajo. Gómez y Hansen —este último, mi traductor al alemán— me avisaron con cierta alegría de que el encuentro tendría lugar en Heidelberg, y yo pensé por un momento que quizá aquélla era una amenaza y quizá también la invitación a cerrar un círculo, así que no dije que no, o lo dije con muy poca firmeza, y un día volé a Fráncfort del Meno y después tomé un tren a Heidelberg y finalmente me vi frente a una docena de jóvenes traductores que sabían más acerca de mi trabajo de lo que yo llegaré a saber algún día. Yo no necesito saber sobre mi trabajo porque lo he hecho y me pertenece, recuerdo que pensé en algún momento de la conversación, pero también pensé que tal vez no estaba en lo cierto y preferí callarme. Después del diálogo hubo una pequeña recepción en el patio de la Escuela de Traducción de la universidad en la que todos intentamos continuar conversando, mientras esquivábamos a las abejas —que ese año eran particularmente abundantes—, y comimos salchichas asadas y bebimos cerveza.

Una mujer que no había participado de la conversación se acercó a mí en algún momento de la recepción y me dijo que tenía algo para darme; hablaba un español más que correcto, que ella atribuyó al hecho de que lo había estudiado en la escuela secundaria. La mujer —llamémosla Ute Kindisch, aunque posiblemente ése no fuera su verdadero nombre— tenía unos sesenta años y me dijo que trabajaba en el Departamento de Filosofía de la universidad. Al decirlo, me entregó un fajo de sobres con una expresión infantil que hacía honor a su apellido. Me dijo que unos años atrás habían comenzado a aparecer en el buzón del departamento cartas destinadas a un cierto Hans-Jürgen Hollenbach y que el asunto la había intrigado de inmediato, ya que no conocía a ningún colega con ese nombre: desconcertada, había buscado en la Red y había dado con una reseña de mi novela y la había comprado en una de esas librerías electrónicas que tan útiles resultan a veces. A mí su historia me sorprendió y me halagó a partes iguales, y no pude evitar preguntarle si finalmente había leído la novela y qué le había parecido, pero Frau Kindisch respondió sólo que le había parecido «interesante». Naturalmente, me dijo, ella no podía hacer nada por los corresponsales del supuesto Hollenbach; sí podía, sin embargo, reunir las cartas que le destinaban y procurar entregármelas algún día; mi visita, dijo, le había parecido una oportunidad excelente para hacerlo. Mientras me hablaba, yo sostenía el fajo de cartas entre mis manos como si hubiesen sido escritas con una tinta pétrea o como si yo fuera incapaz de sobrellevar el peso de haber hecho pasar por verdad lo que era una invención literaria, que es algo bastante distinto; cuando reuní valor, le di las gracias y le dije que no se preocupara, que siempre había lectores crédulos que confundían una ficción verosímil con la realidad, y que le agradecía su pesquisa y ser mi lectora. Ute Kindisch —pero ahora estoy seguro de que no se llamaba así y que su nombre era otro— sonrió al decirme que sí, que debían de ser sin duda lectores crédulos y me estrechó la mano y se dio la vuelta y se perdió de vista.

No me atreví a leer las cartas ni ese día ni el siguiente, sino hasta llegar a mi casa en Madrid. No pude dejar de pensar en ellas en todo ese tiempo, sin embargo. Eran ocho, de seis autores diferentes y todas relativamente próximas en el tiempo, aunque la primera era de tres años atrás y la última de hacía cuatro meses. En todas ellas los lectores manifestaban su entusiasmo por la teoría de la discontinuidad que Hollenbach había supuestamente elaborado para explicar los hechos trágicos del pasado histórico; en una afirmaban —es decir, lo afirmaba alguien que decía ser profesor de Filosofía de Murcia— que yo había malinterpretado la teoría de Hollenbach y que él creía haberla entendido mejor y de manera más clara y que quería conversar con él sobre el tema. Había una carta en la que el director de una pequeña editorial venezolana de filosofía ofrecía a Hollenbach la posibilidad de publicar su libro *Betrachtungen der Ungewissheit* en una nueva traducción que realizaría un profesor de la Universidad Central de Venezuela. Otra de las cartas era de un joven estudiante de Filosofía de la argentina Universidad de Quilmes que deseaba saber si Hollenbach había leído la obra de Guillermo Enrique Hudson, cuya concepción del tiempo le parecía muy vinculada a la suya. En otra, un profesor de la Universidad de Gante le pedía algunas definiciones para un artículo sobre el concepto de circularidad en su obra, en el que estaba trabajando. Una última carta se despedía deseándole una buena salud y enviándoles recuerdos a su mujer y a su hija, que eran tan ficcionales, creía yo, como el propio Hans-Jürgen Hollenbach y su teoría.

Una tras otra, fui respondiendo esas cartas en el transcurso de varias semanas; lo hacía en los ratos libres, pero no era una actividad placentera: procuraba explicar a sus autores que Hans-Jürgen Hollenbach nunca había existido y que ellos habían caído en una pequeña trampa de la ficción. Al hacerlo, trataba de no ofenderlos, pero sí dejarles claro que el personaje con el que habían deseado comunicarse no existía y que era ésa la razón por la que éste no había respondido sus cartas —de hecho, les recordaba, tan sólo había respondido breve y disuasoriamente a las cartas de Martínez, el protagonista de *El comienzo de la primavera;* aunque esto, por cierto, únicamente había sucedido en la ficción—, pero que yo me permitía hacerlo en su nombre agradeciéndoles su interés en mi trabajo y deseándoles lo mejor en sus investigaciones filosóficas y la consecución de todos sus objetivos profesionales. No estaba seguro de no estar ofendiéndolos, sin embargo: alguien me había contado una vez que una de las consultas más frecuentes a la sección de información bibliográfica de la Biblioteca Nacional de España era acerca de los papeles de cierto Íñigo Balboa y Aguirre, amanuense imaginario de un capitán también ficticio creado por un escritor español, este último no ficticio pero sí inverosímil; los lectores de la Biblioteca solían enojarse mucho cuando se les hacía ver que el amanuense nunca había existido y achacaban el hecho de que los catálogos no incluyeran su nombre a la vocación de las instituciones públicas por el error, a su supuesto elitismo o a que éstas guardarían su información más valiosa —y aquí debía pensarse en los papeles mencionados, que resultaban valiosos para los lectores del escritor español que habían caído en la trampa— para los investigadores profesionales.

A excepción de una de ellas, nunca recibí respuesta a mis cartas, pero tampoco la esperaba realmente. Cuando ya me había olvidado del asunto, sin embargo, recibí una carta con el membrete del Departamento de Filosofía de la Universidad de Heidelberg. Era una carta de Ute Kindisch en la que me pedía disculpas por la broma que decía haberme gastado; afirmaba que le había gustado mucho *El comienzo de la primavera* y que había pensado que la inclusión en la novela de la dirección real del departamento y, en general, la verosimilitud que desprendía el relato podían alentar a alguien a escribir preguntando por Hollenbach, alguien incapaz de comprender que éste era un personaje por completo ficcional, así que había escrito las cartas y les había pedido a sus conocidos y amigos que las despacharan desde los sitios donde se marchaban de vacaciones, aunque una de ellas —aclaraba, como si el dato fuese relevante por alguna razón—, la del supuesto profesor murciano, la había enviado ella misma en su último viaje antes de nuestro encuentro. Siempre había pensado, decía, que los personajes que resultan fascinantes para el lector son tan reales como la identidad del autor que los ha creado, y que éste no debería arrebatar al lector su derecho a creer en la existencia de aquéllos y en la posibilidad de encontrarlos algún día; ésa era, terminaba, la finalidad de su pequeña broma literaria, por la que, de todos modos, me pedía disculpas.

Aún tardé varias semanas en responderle: mi mujer y yo estuvimos en la isla de Malta tratando de poner orden en nuestro matrimonio y, mientras pensábamos cómo se había estropeado todo y si había algo que aún pudiera ser salvado —lo que parecía improbable, al menos en Malta, que es una de las islas más horribles del Mediterráneo—, estuve lejos de pensar en el asunto de Heidelberg. Pero al regresar a Madrid me dije que algo tenía que responder, al menos en nombre de una cierta deportividad, y para demostrarle a Frau Kindisch —fuese ése su nombre real o no— que no me dolía haber sido engañado. Redacté una carta cordial y fingidamente lijera en la que le agradecía a la mujer la broma que me había gastado, y le decía que yo también creía que había personajes que merecían vivir más allá de la autoridad y de la misma existencia de sus autores y que le agradecía mucho que pensase que uno mío podía estar entre ellos; asimismo, le agradecía que me hubiese enseñado la valiosa lección de que también un autor puede ser a veces un lector crédulo y que esa credulidad es un mérito de la ficción y no un defecto de lectores que han recibido una formación escasa, y me despedía cordialmente de ella y la invitaba a visitarme si un día pasaba por Madrid; cuando firmé, mi mano temblaba.

Unos cuatro días después de haber despachado mi carta recibí una respuesta del Departamento de Filosofía de la Universidad de Heidelberg en la que me decían que lamentaban informarme que no había ninguna Ute Kindisch trabajando en la universidad y a continuación —pero esto ya parecía inevitable— se despedían cordialmente. Cuando acabé de leer la carta —yo estaba de pie en el pasillo que conduce al ascensor de mi casa junto al buzón del correo, instalado en la ligera oscuridad que tiene ese pasillo y que a mí, al salir, me recuerda a veces la de una casa en la que viví en Alemania— pensé que había sido engañado dos veces y sentí asombro y algo de admiración por la mujer que para mí siempre iba a ser Ute Kindisch y por su defensa práctica y eficaz de una potencia de la ficción, y pensé que me hubiera gustado conocer su verdadero nombre y su dirección para escribirle diciéndole que yo también creía a veces que los libros y sus habitantes pertenecen menos a sus autores que a aquellos que les dan vida con la lectura. Pensé aún un momento más en ello y estaba a punto de guardarme la carta en el bolsillo y de marcharme —iba a encontrarme con mi mujer, que ya no vivía conmigo pero parecía dispuesta a empezar de nuevo, como si eso fuese posible; ella ya no solía llevar el anillo de casados y yo también había empezado a pensar que el matrimonio era una ficción deficiente— cuando descubrí que había una segunda carta en el buzón; había sido despachada en la localidad argentina de Quilmes y la abrí con vértigo: en ella, alguien me decía —con amabilidad pero también con cierta impaciencia— que no entendía a qué me refería cuando decía en mi carta que Hans-Jürgen Hollenbach no existía realmente y que había sido creado por un escritor argentino que residía en Madrid, como quiera que se llamase, ya que el remitente —quien, por cierto, era un joven estudiante de Filosofía— había recibido carta del profesor alemán Hans-Jürgen Hollenbach esa misma semana.

El cerco

1. Una mañana —no tiene demasiada importancia, pero es marzo, es sábado, es el año 2010, es el día 27— un joven corre junto a su perro por una calle silenciosa en un barrio residencial al sur de la ciudad alemana de Hanau cuando algo sucede, el perro se adelanta o se retrasa o sale a la búsqueda de algo que ha llamado su atención y es arrollado por un coche. Al ser golpeado en el costado por el parachoques, el borde inferior de éste, que es particularmente agudo, abre un tajo en el vientre del animal y queda manchado de rojo; a continuación, el resto del cuerpo es engullido por el automóvil, que se detiene unos metros más adelante, cuando ya es tarde. Al acercarse, el dueño del perro comprueba que el animal ha quedado destrozado y estima que sus posibilidades de salvación son iguales a cero; sin embargo, el animal aún jadea débilmente y lo observa desde el suelo, con unos ojos desorbitados, al tiempo que intenta ponerse de pie. Por supuesto, esto no es posible porque su cuerpo ha sido cortado por el medio, y el dueño del perro se arrodilla junto a él y comienza a acariciarlo y a susurrarle palabras tranquilizadoras mientras las lágrimas caen por su rostro. El animal deja de respirar un instante después y, al intentar recoger su cadáver, el joven observa que sus intestinos están llenos de larvas de la araña argiope; como el joven estudia Veterinaria, reconoce de inmediato la variedad de las larvas y recuerda dos cosas que ha oído hace poco tiempo en una clase: la primera es que las hembras de esa especie imitan el acto sexual entre ellas para animar a los machos a practicarlo y, la

222

segunda, que éstos, tras consumar ese acto, sueltan su órgano sexual, cargado de esperma, en el interior de las hembras y tratan de escapar, pero en la mayoría de las ocasiones son alcanzados y devorados por ellas.

2. Un instante antes —repetimos que es marzo, es sábado, es el año 2010, es el día 27, aunque esto no tiene ninguna importancia—, al darse cuenta de que había arrollado al perro, la mujer que conducía el coche se ha detenido en el medio de la calle, ha salido del vehículo y se ha llevado una mano a la boca para ahogar un grito. Después se ha quedado de pie junto al coche, asistiendo al llanto del joven ante el perro destrozado con un silencio que espera que el primero considere una manifestación de pesadumbre y arrepentimiento respetuosa de su dolor, pero que no es más que el producto de que no se le ocurre nada que decir. Al llevarse una mano a la mejilla, la mujer comprueba que ella también está llorando. En el interior del coche hay una bolsa de papel con el nombre de una tienda impreso; dentro de la bolsa hay un conjunto de ropa interior color rojo compuesto de sostén, liguero, medias y unas minúsculas bragas de encaje y un vibrador plateado metido en una caja pequeña. Naturalmente, en ese momento la mujer no piensa en absoluto en esas cosas, pero tiene una impresión general de que todo ha ido mal y que todo va mal desde hace tiempo y ella esperaba que comenzara a ir mejor, para lo cual había salido esa mañana a comprar todas esas cosas, con la expectativa de que esas cosas, que nunca antes ha tenido, sirvieran para que su esposo, con el que no hace el amor desde hace algunos meses, volviera a interesarse por ella.

3. Unos kilómetros al norte de donde la mujer y el perro destrozado y su dueño se encuentran —todavía es

marzo, es sábado, es el año 2010, es el día 27—, el marido de la mujer está sentado frente a un médico que acaba de decirle que tiene cáncer de próstata. El hombre piensa que debería interesarse por sus posibilidades de curación, por los métodos empleados en este tipo de casos y por sus costes, pero, al abrir la boca, que tiene seca y que piensa que le huele mal, lo único que se le ocurre es pedir un vaso de agua.

4. Frente a él, el médico se levanta de su silla y abandona la consulta para ir a por un vaso de agua; al hacerlo, pasa frente al consultorio de una colega. El médico echa una mirada de resignación a la pequeña placa en la que pone su nombre en la puerta y piensa en ella y en su perfume y después deletrea su nombre. Ambos son amantes desde hace un par de años, aunque los dos están casados y procuran que su relación no interfiera con sus vidas. Ayer —era marzo, era viernes, era el año 2010, era el día 26, sin que nada de esto importe mucho— la mujer del médico estaba echando la ropa en la lavadora cuando de uno de los bolsillos de los pantalones de su marido se deslizó un condón sin usar. Allí acabó el secreto en el que el médico había mantenido su relación con la amante. No por la existencia del condón, que nada probaba, sino por el hecho de que él sabe y su mujer sabe que él se sometió a una vasectomía hace ocho años. Ahora sus cosas están en una caja en la parte trasera de su automóvil, que espera en el aparcamiento de la clínica a que a él se le ocurra adónde ir.

5. En ese mismo momento —es marzo, es sábado, es el año 2010, aún es el día 27—, la mujer del médico se encuentra en el supermercado haciendo la compra. Empuja un carro frente a ella y arroja dentro los pro-

224

ductos que toma de los expositores con aire distraído.
¿Qué compra? Un kilo de arroz, dos paquetes de jamón
de pavo ahumado, dos botellas de aceite, un paquete de
pasta de la marca Palle, dos tarros de pepinillos en conserva, una docena de huevos de producción ecológica,
tres bolsas de pan precocido congelado, dos cartones de
zumo de manzana y uno de una mezcla de concentrado
de plátano y de cereza, tres pizzas congeladas de jamón
cocido y piña, que es la única combinación que a ella le
gusta, miel, un kilo de tomates, una col lombarda, unos
filetes de cerdo empanados, una caja de puré de patatas
deshidratado, una bolsa de medio kilo de coles de Bru-
selas congeladas, un kilo de zanahorias. Al dirigirse a la
caja para pagar se detiene un momento frente a la sección de revistas, que se encuentra junto a la floristería, y
ve una de decoración que compra a menudo; cuando va
a tomarla observa que en la portada aparecen dos ancianos que sonríen el uno junto al otro y ella se reconoce en
la anciana, y reconoce a su marido en el anciano —aunque ambos son relativamente jóvenes aún—, pero también se da cuenta, por primera vez desde que sucediera
el incidente del condón, de que ya no envejecerán juntos, y entonces rompe a llorar.

6. La cajera del supermercado se sopla un mechón de
cabello que le cae sobre el rostro y pasa por la máquina
registradora un paquete de queso de oveja, que produce
en la máquina un pitido igual al que producen la carne,
los huevos de producción ecológica, los que no son eco-
lógicos, los paquetes de cerveza, las revistas cristianas y las
pornográficas: todo queda reducido a un pitido, que a la
cajera le da vueltas en la cabeza las noches en que tiene
insomnio. Mira un instante la pantalla de la máquina
registradora y está a punto de decir en voz alta el importe
cuando ve que la siguiente clienta en la fila se pone a llorar

al contemplar una revista de decoración. Entonces el queso de oveja se le cae de las manos. Naturalmente, es marzo, es sábado, es el año 2010, es el día 27.

7. Es marzo, es sábado, es el año 2010, aún es el día 27 y la primavera ya ha llegado. A algunos kilómetros del supermercado, un pastor se recuesta contra el tronco de un árbol para disfrutar de los primeros rayos de sol del año y se queda dormido.

8. Una vez más, es marzo, es sábado, es el año 2010, es el día 27. A algunos kilómetros sobre la cabeza del pastor dormido vuela un avión de pasajeros. En el avión hay una mujer que se asoma a la ventanilla y observa allí abajo a las ovejas y piensa que, si el pastor no despierta, muy pronto las ovejas se esparcirán y deambularán perdidas por las montañas y serán pasto de los lobos. Ella desearía hacer una seña o soltar un grito y despertar así al pastor, pero sabe que éste no la oye ni la ve. La mujer es escritora. A muchos kilómetros de allí, el dueño del perro atropellado lleva un libro que ella ha escrito en la mochila junto a una botella de agua y un par de manzanas que pensaba comer en el parque después de trotar. La mujer del coche ha visto la tarde anterior un libro suyo en el escaparate de una librería y ha estado a punto de comprarlo, aunque no lo ha hecho. En diferentes momentos de sus vidas, la escritora ha sido leída por la médica que es amante del hombre de la vasectomía y por la chica del supermercado y, en general, ambas han disfrutado de sus libros y podrían recomendarlos. Sin embargo, hace tiempo que la escritora no escribe: hay algo inaprensible que duele y le impide escribir; tras haberlo intentado muchas veces, la escritora ha renunciado, y olvidaría con mucho gusto que alguna vez fue

escritora si no fuese porque en ocasiones otras personas, sus lectores, se lo recuerdan. Al verlas desde el avión, la escritora piensa en las ovejas perdidas por la montaña y se dice que, definitivamente, el pastor las ha abandonado, a las ovejas y a ella, y se dice que, de poder hacerlo, ella misma reuniría a las ovejas e impediría que se perdieran. A continuación piensa que, si la Biblia tiene razón y Dios es, por decirlo de alguna manera, una cierta especie de escritor, entonces es uno indiferente a lo que sucede con sus personajes, a los que deja perderse y sufrir y morir siendo incomprendidos, y, una vez más, piensa que, de ser Dios un escritor justo, crearía un cerco de palabras para que sus personajes no se dispersaran y se perdieran, y que ese cerco de palabras sería el mundo pero también sería el relato, y, en él, los personajes no se perderían como las ovejas y vivirían, de algún modo, para siempre. Y, en ese momento, la escritora, que no es muy buena, que no lo ha sido nunca, que apenas consigue satisfacer a los lectores que buscan distracción en sus libros pero no verdad y sentido, por primera y quizá por última vez en su vida, comprende.

9. A algunos metros de ella, encerrado en uno de los baños del avión, hay un anciano. El anciano ha reunido furtivamente los salvavidas que ha encontrado debajo de los asientos vacíos y se ha encerrado con ellos en el baño y los está inflando. Cuando acaba de inflarlos se los pone en los brazos y en las piernas y, cuando ya no puede ponerse más, sólo los infla y los deja caer al suelo y después se los echa encima. El anciano cree que el avión se vendrá abajo en cualquier momento y que de esa forma, con los salvavidas, él podrá salvarse. Aún es marzo, es sábado, es el año 2010, es el día 27, pero eso no tiene ninguna importancia.

Algunas palabras sobre el ciclo vital de las ranas

Unos años atrás, cuando yo era joven y no había leído aún a Siegfried Lenz ni a Arno Schmidt —y, por el caso, tampoco a Kurt Tucholsky, a Karl Valentin o a Georg C. Lichtenberg; más aún, todavía no había leído a Jakob van Hoddis, a Kurt Schwitters, a Heimito von Doderer o a Georg Heym, al desafortunado Georg Heym— y pese a ello quería convertirme en escritor, viví bajo el escritor argentino vivo. Esta afirmación no es metafórica, por fortuna: yo no viví bajo el escritor argentino vivo de la misma forma en que los escritores argentinos viven los unos bajo la influencia de los otros y todos bajo la influencia de Jorge Luis Borges, sino que de verdad viví bajo el escritor argentino vivo y fui su vecino y el depositario de un misterio pueril que tan sólo iba a interesarme a mí, pero que iba a cambiarlo todo.

Naturalmente, yo no sabía que iba a ser vecino del escritor argentino vivo antes de serlo: sólo estaba buscando un apartamento, y un amigo que solía pasar largas temporadas fuera de la capital accedió a prestarme el suyo, que estaba en un barrio de una ciudad en la que yo no iba a vivir mucho tiempo de todos modos. Yo me había hartado de la ciudad de provincias donde había nacido y había decidido irme a la capital; allí, pensaba, podría estar cerca de las cosas que me interesaban y lejos de las cosas que no me interesaban o simplemente en otro sitio, con otros rostros y con calles de nombres diferentes o distribuidas de otro modo, donde quizá pudiera existir una persona con mi nombre que pensara de otra forma e hiciera las cosas de manera diferente, tal vez más satisfactoria.

Naturalmente también, en esto yo tampoco era nada original, puesto que la vida literaria del país donde había nacido consistía, en esencia, en jóvenes provincianos que aspiraban a convertirse en escritores y recorrían todo el camino desde las tristes provincias hasta la capital y allí malvivían y nunca enviaban cartas a sus familias y a veces volvían a las provincias y a veces se quedaban y se convertían en escritores capitalinos de pleno derecho, es decir, en escritores que sólo escribían sobre la capital y sus problemas, que pretendían hacer pasar por los problemas de una ciudad pobre del sur de Europa y no por los de una capital latinoamericana, que es lo que aquella ciudad realmente era. Uno de esos problemas —aunque, desde luego, uno de los menos importantes— eran los propios escritores de provincias, que solían visitar los talleres literarios de otros escritores de provincias que hacía tiempo habían llegado a la capital y ya no eran escritores de provincias o fingían no serlo, o escribían en pensiones cochambrosas o en las casas que compartían con amigos, provenientes por lo general de las mismas provincias, y después trabajaban en tiendas o en galerías subterráneas o —si eran afortunados— en librerías, casi siempre en horarios ridículos que acababan impidiendo que pudieran destinar su tiempo y sus energías a escribir, con lo que, tarde o temprano, los escritores de provincias terminaban odiando la literatura, que practicaban con la lengua afuera, escribiendo en autobuses o colectivos abarrotados o en el subterráneo, porque ésta les robaba unas horas de sueño imprescindibles para aguantar a sus jefes y a los clientes y el clima y los largos viajes en autobús o en subterráneo, y porque ésta siempre parecía estar un paso más allá del sitio donde ellos habían llegado; siempre daba la impresión de que los escritores de provincias iban a alcanzar la literatura en su siguiente relato o en su próximo poema, que estaban a las puertas de un descubrimiento que, sin embargo, los escritores de provincias no se encontraban en condiciones de realizar porque, lamentablemente, para escribir se necesita haber dormido al menos seis horas y tener el estómago lleno y, en lo posible, no trabajar en una tienda. Más aún: uno puede escribir maldormido y con un hambre atroz, pero nunca trabajando en una tienda; es triste, pero es así.

Un día, el día de la mudanza, yo cargaba dos cajas con libros con una mano mientras con la otra intentaba encajar la llave en la cerradura de la puerta principal del edificio cuando vi que la puerta cedía y que, del otro lado, abriéndola sólo para mí, estaba el escritor argentino vivo. El escritor argentino vivo me hizo pasar y llamó el ascensor por mí y me preguntó si yo era el que iba a vivir en el cuarto y yo dije que sí y él dijo su nombre de pila y yo dije el mío y él dijo que vivía en el quinto. Después llegó el ascensor y él abrió la puerta por mí y yo le di las gracias y me lancé dentro con mis cajas como si tuviera alguna urgencia por alejarme del suelo, y, un instante antes de que el ascensor comenzara a ascender, todavía sentí un escalofrío al pensar que no iba a hacerlo, que no iba a despegarse del suelo y las puertas se iban a abrir nuevamente y yo iba a volver a encontrarme cara a cara con el escritor argentino vivo sin saber qué decirle o diciéndoselo todo: mi apellido, mi edad, mi grupo sanguíneo, mi admiración incondicional por él.

Mi situación era un poco diferente a la de los escritores de provincias que llegaban con regularidad a la capital como ese tipo de insectos que toman por asalto un cadáver y se lo comen y luego ponen larvas en él y de ese modo obtienen algo de vida de la muerte. No había dejado ningún cadáver detrás de mí, tenía algo de dinero y algunos encargos —yo era periodista, un periodista no particularmente bueno, pero requerido, por alguna razón— y además tenía un sitio donde dormir. Una casa, suponía, en la que escribiría mis primeras obras de madurez, insufladas por un aire que, pensaba, sólo soplaba en la capital, que, por otra parte, se jactaba de la calidad de ese aire. Naturalmente, yo era un imbécil o un santo.

En aquella época escribía relatos más bien ridículos, relatos torpes y tristemente ridículos. En uno de ellos, un barco se incendiaba frente a las costas de una ciudad y los pobladores se reunían para contemplar el espectáculo y no hacían nada para ayudar a los tripulantes porque el espectáculo era muy bello, y entonces el barco se hundía y los tripulantes morían, y, cuando el único superviviente del desastre conseguía alcanzar la costa y pedía ayuda, los habitantes de la ciudad lo apaleaban por arruinarles el espectáculo. En otro aparecía un caballo al que vestían como un hombre para que le permitieran viajar en un tren; parte de su educación tenía lugar durante el largo viaje, y, cuando el tren llegaba por fin a su destino, el caballo —que, de alguna forma, había aprendido a hablar— exigía que a partir de ese momento lo llamaran Gombrowicz y se negaba a ser ensillado: sigo sin entender qué quería yo decir con eso. También había escrito una historia sobre un joven que invitaba a una excursión en el campo a una chica que le gustaba, pero la chica cambiaba cada pocos segundos la

231

sintonía de la radio del coche en el que viajaban y comía con la boca abierta y hacía cosas que al joven lo llevaban a pensar que él nunca iba a poder declarársele y que quizá era mejor así, y creo que al final todos morían, en un accidente o algo por el estilo; en el relato yo había puesto a prueba mis talentos para la comparación y el símil: había escrito cosas como «él y ella no se habían visto nunca. Eran como dos tiernas palomas que tampoco se hubieran visto nunca» y «el bote se dirigía apaciblemente hacia el remanso, como no lo habría hecho un coche conducido por un chiflado que se dirige a ciento treinta kilómetros por hora hacia un grupo de niños». Ésas eran las cosas que yo escribía; en ocasiones, algunas personas infieren una relación unívoca entre la capacidad imaginativa y la calidad de la ficción, pero omiten el hecho de que los desbordes imaginativos pueden tener consecuencias catastróficas para la calidad de lo que se escribe; y, sin embargo, esa capacidad imaginativa es imprescindible en los comienzos de todo autor, lo alienta y lo sostiene y le hace creer que sus errores son aciertos y que él es o puede ser un escritor. Bueno, digamos que yo tenía demasiada imaginación por entonces.

A los pocos días de estar en el apartamento de mi amigo había descubierto varias cosas, una de las cuales era que quizá yo no iba a escribir mis primeras obras importantes en ese sitio; el problema no era en realidad el lugar, sino la biblioteca de mi amigo: yo abría un libro al azar y leía una página o dos y quedaba completamente desmoralizado por el resto del día; procuraba alternar el uso de una vieja máquina de escribir que había encontrado en un rincón, y cuyos caracteres me gustaban mucho, y la escritura a mano; pero a veces me sentaba a sacar punta a los lápices hasta que surgiera alguna idea y pensaba y pensaba y cuando volvía la vista descubría que el lápiz que acababa de sacar de su caja se había reducido al tamaño de una uña y que a mi alrededor flotaba la viruta, madera vuelta una y otra vez sobre sí misma como las historias que yo había querido escribir y no había escrito.

Apenas unos días después de haber llegado a esa casa, ya no quería escribir; de hecho, ni siquiera lo intentaba. Era como si supiera que había perdido el tiempo en la estación y el tren había pasado y yo iba a tener que caminar hasta el condenado fin del mundo sólo para llegar allí con los pies destrozados y descubrir que hacía rato que todos se habían ido y habían dejado sobre la mesa la cuenta sin pagar y unos cuantos platos sucios que yo iba a tener que fregar en la cocina a falta de una mejor forma de pago.

Un día, cuando procuraba abrir la puerta del ascensor sin soltar las bolsas de la compra, me alcanzaron en el vestíbulo un niño al que nunca antes había visto y el escritor argentino vivo. Una vez más, volví a pensar en este último y en sus libros y me quedé inmóvil en un rincón del ascensor: aquél era el mejor escritor del país, alguien cuyos libros había leído y vuelto a leer y me habían ofrecido inspiración y consuelo en épocas que no quería recordar. Era el escritor cuyos libros yo corría a comprar tan pronto como salían o que robaba de las librerías sin ninguna mala conciencia, convencido de que la buena literatura no tenía precio, pero que, si lo tenía, era mejor que no lo tuviera para mí, que no tenía dinero propio y caminaba muchas horas al día para no verme obligado a pagar el transporte público. El escritor argentino vivo había publicado primero un libro de cuentos que yo había leído en el momento de su aparición y había sido muy importante para mí porque antes de ese libro yo no sabía que se podía escribir de esa manera; por entonces todo sugería que nadie sabía que se podía escribir de esa manera excepto el escritor argentino vivo, quien, además, ocupó durante un tiempo las listas de los más vendidos, tuvo novias famosas y fue amigo de estrellas de rock. Después de ese libro vino otro, y después otro más; cada uno de ellos estaba presidido por una eficacia que era casi obscena para todo aquel que no pudiera acceder a ella, y supongo que eso no ponía las cosas muy fáciles para él. El escritor argentino vivo llevaba peinados raros y era bueno, era muy bueno, de modo que a los demás sólo nos quedaba insultarlo en silencio y pensar en formas absurdas de ponerles un límite a su talento y a su prodigalidad y, en secreto, aprender de ellos; contra lo que pudiera parecer, ambas cosas no son contradictorias en la literatura, cuyos aficionados a veces son como aprendices de brujo, que quisieran adquirir todos los trucos del mago más sabio pero, al mismo tiempo, desean fervorosamente que al mago le estallen los trucos entre los dedos, que la mujer serrada acabe así sus días, que las palomas les arranquen los ojos a los conejos en el interior de las galeras, lo que sea. Ése es el gran juego de la literatura, y es el juego que jugaba el escritor argentino vivo y el que jugábamos todos nosotros, cada uno a su modo, pero que no quitaba nada al hecho de que los libros del escritor argentino vivo habían recibido críticas excelentes y el escritor argentino vivo era traducido a otros idiomas y gozaba de esa forma modesta de la fama que tienen los escritores y que ahora sé que es como esos árboles que uno ve en las estepas o en los páramos o en las zonas desérticas y que allí donde arraigan, en su poco numerosa existencia, lo hacen hundiéndose fuertemente en la tierra. Así se había hundido en mí el escritor aquel que en ese instante me abría la puerta del ascensor y me preguntaba cómo me encontraba en mi nueva casa; cuando iba a responder una formalidad, el niño dijo: «Mi papá me va a comprar un camión cuando sea grande y los voy a atropellar a todos». Yo sonreí y las puertas del ascensor se abrieron en mi piso y yo me escabullí fuera y el escritor argentino vivo cerró la puerta detrás de mí y me hizo una seña con la mano, pero yo no entendí si esa seña era un gesto de despedida o una indicación de que me detuviera. Un bote de mermelada cayó al suelo cuando forcejeaba con la cerradura de la puerta del apartamento de mi amigo y dejó un rastro rojo en el suelo como el testimonio de que una virgen acababa de dejar de serlo.

Una noche, tal vez la decimotercera o la decimocuarta que pasé en aquel apartamento, mientras me preguntaba si algún día iba a escribir algo allí, oí ruidos en el piso de arriba: era el sonido de pasos que iban de una habitación a otra de una vivienda que, claramente, era mucho más grande que la mía. Yo me quedé allí absorto, escuchando esos pasos como si fueran los pasos más interesantes y misteriosos que hubiera oído jamás. Con el transcurso de los minutos, los pasos adquirían un ritmo irregular, muy diferente del ruido que hacen las casas nuevas para adaptarse a nosotros en un esfuerzo casi físico: se detenían por momentos, y, cuando pensaba que ya no iba a oírlos más, volvían a recorrer toda la superficie de mi techo para detenerse en un punto y de inmediato continuar o interrumpirse por un largo rato. Yo me decía al escucharlos que estaba accediendo a la intimidad de una persona de la que yo no sabía nada al tiempo que, en cierto modo, lo sabía todo —es decir, en la intimidad de alguien sobre cuya vida yo no sabía nada pero al que conocía por las obras de su imaginación como a pocos otros— y me sentí avergonzado por esa intromisión involuntaria, de manera que, para no escuchar más sus pasos, encendí el televisor que estaba a los pies de la cama y me puse a ver un filme que mi amigo había dejado en el interior del reproductor de vídeo.

En el filme, un joven padecía un accidente trivial y debía pasar algunos días en el hospital; al regresar a su casa, por alguna razón, creía que su padre era el culpable de que hubiera sufrido aquel accidente y comenzaba a perseguirlo, observándolo desde lejos y manteniendo siempre la distancia. El comportamiento del padre no daba señales de ser peligroso, pero el hijo, que lo observaba a varias decenas de metros, lo interpretaba de esa manera: si el padre entraba a una tienda y se probaba una chaqueta, el hijo pensaba que se trataba de la chaqueta con la que —puesto que el padre jamás usaba ese tipo de prendas— pensaba disfrazarse para perpetrar su crimen; si el padre consultaba un catálogo de viajes, el hijo suponía que estaba buscando un sitio donde escapar tras haber consumado el asesinato. En la imaginación del hijo, todo lo que el padre hacía estaba vinculado a un asesinato, a uno solo, que el hijo creía que iba a cometer; puesto que amaba a su padre y no quería que éste acabara en la cárcel —y como además creía que la víctima del crimen del padre iba a ser él—, comenzaba a tenderle trampas para disuadirlo de cometer el asesinato supuestamente previsto o para impedirle su ejecución: escondía la chaqueta, quemaba el pasaporte del padre en el baño o destrozaba sus maletas a navajazos. Al padre estos percances domésticos que escapaban a su comprensión —su chaqueta nueva había desaparecido, también su pasaporte, las maletas que había en la casa estaban rajadas— lo sorprendían, pero también lo irritaban; su carácter, de ordinario jovial, se agriaba día tras día, y algo que no podía explicarse, algo difícil de justificar pero al mismo tiempo tan real como un aguacero inesperado, le hacía sentirse observado por alguien. Cuando iba camino del trabajo, estudiaba obsesivamente los rostros de los pasajeros del vagón de metro en el que viajaba; si caminaba, se giraba para observar a su espalda en todas las esquinas: nunca veía al hijo, pero éste sí lo veía, y atribuía su nerviosismo y su irritabilidad a la ansiedad que provocaba en él la proximidad de su crimen.

Un día el padre compartía con el hijo sus sospechas y éste intentaba refutarlas: «No te preocupes, es tu imaginación», le decía; pero el padre seguía nervioso y excitado. Esa misma tarde, durante una de sus persecuciones de rutina, el hijo lo sorprendía comprando una pistola. Al llegar a la casa esa noche, el padre mostraba el arma a su mujer y a su hijo y tenía lugar una discusión; la mujer, que dudaba desde hacía tiempo de las facultades de su marido, quería arrebatarle el arma, había un forcejeo al que el hijo asistía sin saber qué hacer hasta que soltaba un grito y se interponía entre sus padres procurando arrebatarles el arma: entonces la pistola se disparaba y la madre caía muerta. Al bajar la vista, el hijo comprendía que su intuición había sido correcta al tiempo que errónea, que había previsto el crimen pero no había sido capaz de imaginar que no iba a ser él su víctima; más aún, que el autor del crimen sería él y no su padre, y que éste iba a ser apenas el instrumento de una imaginación desbocada y que no le pertenecía y todo sería la acumulación de unos hechos reales, profundamente reales, pero malinterpretados. Como mi amigo había grabado el filme de la televisión, cuando éste terminaba venían anuncios de yogures y de automóviles, y esa noche las luces de esos anuncios estuvieron pegándose a mi rostro hasta que acabó la cinta.

A la noche siguiente volví a oír los pasos del escritor argentino vivo sobre mi cabeza, y, poco a poco, comencé a atribuir esos pasos a las que creía que eran las rutinas de todo escritor: levantarse para tomar un libro de las estanterías, sentarse, hojearlo, volver a ponerlo en su sitio, escribir, ir a buscar una taza de café, beberla de pie en la cocina, regresar, seguir escribiendo. Ahora sé cómo lo hace el escritor argentino vivo, me dije: El escritor argentino vivo no duerme y se pasa toda la noche escribiendo, pensé, y la observación de esa rutina me llevó, también, poco a poco, a preguntarme qué sentido podía tener; el escritor argentino vivo ya era prestigioso y tenía un público lector considerable y sobre todo fiel y él era proustiano, en el sentido de que era sobre todo un estilista y su estilo ya estaba por completo formado y él podía dedicarse a salir de copas o a ver filmes franceses en los que no pasa nada o a hacer bolillos o a cualquier otra cosa que hagan los escritores cuando no están escribiendo. Me pregunté si el escritor argentino vivo no escribía principalmente para sí mismo porque eso era lo que lo convertía en un escritor y no en cualquier otra cosa, por ejemplo en alguien que escribe o que arregla coches o lleva niños al colegio, y me pregunté también cómo hacía el escritor argentino vivo para que la existencia de grandes libros escritos por otros, libros tan terriblemente perfectos que, era evidente, yo jamás iba a poder escribirlos —porque presuponían cosas como una buena educación primaria y no pasar hambre ni frío y no haber crecido lleno de terror como me había sucedido a mí—, para que la existencia de esos libros, digo, no le impidiese escribir los suyos. Entonces pensé que tal vez el escritor viera esos libros y a sus autores como ejemplos a seguir y demostraciones palpables de que la práctica incesante de la literatura podía salvarla de sus propios errores y de sus defectos y salvar así también a su autor, y esa certeza, más imaginaria que real, me acompañó y me acicateó y me hizo pensar que yo estaba perdiendo el tiempo, retorciéndome en la cama en lugar de escribir, y de ese modo empecé a escribir yo también de nuevo: tan sólo tomé uno de los lápices torturados que estaban dando vueltas por la casa y comencé a escribir. No escribí nada particularmente bueno, nada que pudiera cargar conmigo montaña abajo y exponer a un pueblo que deambulaba por el desierto para que éste lo conservara consigo por generaciones, pero sirvió para poner una vez más la rueda en movimiento. Esa vez, sin embargo, había una diferencia, pequeña pero sustancial: había decidido escribir sin corregir y de la forma en que me habían dicho que no se debía hacer, y hacerlo rápido y contra toda objeción; hacerlo contra la opinión general y contra el sentido común y hacerlo también por hacerlo, como lo hacía el escritor argentino vivo por las noches, sin pensar en mi triste condición de escritor de provincias y sin pensar en lo que alguien querría leer, y sin ninguna intención de satisfacer su apetito.

Mientras estuve viviendo en aquel apartamento que me había prestado un amigo, los pasos del escritor argentino vivo resonaron sobre mi cabeza noche tras noche y yo, que no podía dormir —no tanto por el ruido de los pasos en sí, que no era demasiado, sino más bien por la convicción de que hacerlo sería una pérdida de tiempo—, comencé también a utilizar esas noches para escribir, compitiendo con el escritor argentino vivo en una carrera absurda que él desconocía por completo, llenando folios y folios de palabras que iban a ser mi respuesta algún día a lo que el escritor argentino vivo había escrito, iban a partir de allí e iban a ir hacia otro lado, que era el modo en que él y otros lo habían hecho antes y el modo en que yo debía hacerlo también y otros lo harían después de mí. A veces me quedaba dormido, pero, tan pronto como oía los pasos, volvía a escribir, allí donde lo había dejado y como impulsado por un mandato superior y anterior a mí mismo que adquiría la forma de una enseñanza literaria aparentemente destinada sólo a mí, una cierta clase de literatura sólo para mi beneficio y resumible en apenas una palabra repetida hasta la náusea: trabaja, trabaja, trabaja. Yo trabajaba. No importaba mucho lo que escribía; yo mismo lo he olvidado. Sabía que lo que escribía no iba a ser aceptado siquiera por las revistas subterráneas —que representaban el espectro más triste y subterráneo del subterráneo mismo— donde yo había publicado antes, beneficiándome, supongo, de la condescendencia con que ciertas almas pródigas alaban las obras de la juventud y de la imprudencia; pero yo seguía escribiendo y, en algún momento, tenía cinco o seis relatos, uno de los cuales me parecía bastante bueno: en él no moría nadie —lo que, desde luego, era toda una novedad para mí— y nadie parecía salir escaldado de alguna situación violenta y terrible; en realidad, el relato era como un sueño, un sueño de esos plácidos que tienes cuando te quedas dormido bajo el sol y de los que es tan poco placentero despertarse. Los escritores de provincias suelen ser rescatados de su sueño de convertirse en escritores —que es un sueño terrible y que cuesta mucho abandonar— cuando sus padres mueren en sus provincias y les dejan una casa o una pequeña fábrica o, en el peor de los casos, una viuda y unas cuantas bocas que alimentar y el escritor de provincias debe regresar a su provincia, donde invariablemente acaba poniendo un taller de literatura: en él predica las bondades de la capital y convence a sus alumnos de que allí pasan las cosas que importan, y los alumnos acaban marchándose más pronto que tarde a la capital para convertirse, ellos también, en ella, en escritores de provincias; así se repite todo el ciclo, como el ciclo vital de las ranas.

Yo estaba seguro ya de que mis padres no iban a morir en algún tiempo y que, como quiera que fuese, yo no iba a abandonar, iba a seguir soñando el sueño de la literatura, y que ese sueño era personal e intransferible y no podía ser compartido sino a riesgo de ser malentendido por completo; pero también sabía que había aceptado el malentendido y decidido no oponerle más resistencia, y que estaba dispuesto a ser arrastrado por él como un viento violentísimo dondequiera que ese viento quisiera llevarme.

Un día, el relato que era un poco menos malo fue aceptado por una revista importante; no por una de esas revistas que se proyectaban un poco más allá del subterráneo, sino por una revista importante, una de esas revistas en las que supuestamente sólo publicabas si conocías a alguien de la redacción y te habías acostado con él. Bueno, yo no conocía a nadie de la redacción y por lo tanto no había engrosado su repertorio de —poco después, éditos— amantes; pero allí estaba, publicando en esa revista uno de los relatos que había escrito en las noches en que escuchaba los pasos del escritor argentino vivo ir y venir de una estantería imaginaria llena de libros a una imaginaria mesa de trabajo.

Unas semanas más tarde, cuando mi cuento había sido publicado ya en la revista en la que sólo podías publicar si conocías a alguien en la redacción y te habías acostado con él y yo había escrito otros cuentos y había publicado dos de ellos y había sido seleccionado para integrar una antología de escritores jóvenes —una de esas antologías cuyos índices uno relee diez años después de publicadas y siente tristeza y miedo—, volví a encontrarme con el escritor argentino vivo en el ascensor y reuní el coraje para atajar una conversación sobre la mujer que hacía dos semanas que no venía a limpiar las escaleras y le dije que lo oía todas las noches. No recuerdo con precisión cómo se lo dije, pero recuerdo en mi frase las palabras *noches* y *casa* y *escribir* y *sé* y *escritor*, y recuerdo su cara de desconcierto y preocupación, y —ahora sí, literalmente— recuerdo que me respondió que su hijo había tenido fiebre y que él se había pasado las noches dormitando en el sofá y yendo a intervalos regulares a medir la temperatura al niño o simplemente a acurrucarse a su lado y a pensar que todo iba a pasar rápido. Me dijo también que en esos días no había podido escribir nada y que, por primera vez en su vida, eso no le había importado en absoluto. Yo bajé la cabeza y le pregunté cómo se encontraba ahora el niño y él respondió que bien y me mostró un camión que acababa de comprarle. El camión era rojo y tenía una manguera y llevaba consigo a unos bomberos que parecían estar dispuestos a atravesar las llamas del infierno para salvar a un niño de la enfermedad y de la muerte. Yo me quedé sin saber qué decir y el escritor argentino vivo tuvo que darme, incluso, un ligero empujón para que saliera del ascensor al llegar a mi piso.

Unas semanas después —pero una cosa no tiene relación con la otra— me marché del país, y poco más tarde lo hizo el escritor argentino vivo. Él siguió escribiendo y yo seguí haciéndolo también; en el origen de todo ello había una enseñanza involuntaria y un misterio y un mandato que yo había aprendido de él sin que él lo supiera y que jamás le contaría, no importaba en cuántas ocasiones volviera a toparme con él. Una vez, sin embargo, le pregunté si él también había tenido un maestro secreto, alguien de quien imitar al menos la entrega absoluta a la literatura y sus demandas siempre contradictorias, y el escritor argentino vivo me entregó un ejemplar del libro de un escritor argentino muerto y sonrió y yo, al menos por una vez, pensé que siempre era así, que los escritores a los que amamos nos sirven de consuelo y de ejemplo a menudo sin que ellos mismos lo sepan siquiera, y que, en ese sentido, son tan imaginarios como sus personajes o las tierras que imaginan y pueblan.

La bondad de los extraños

No era habitual que el director del departamento estuviese a primera hora de la tarde en su despacho, y ésa era la razón por la que P solía preferir ese momento del día, y no otro, para ir al suyo: el edificio había sido alguna vez un hospital, y el largo pasillo a cuya derecha e izquierda se distribuían las oficinas de los profesores seguía oliendo a desesperación y enfermedad, o al menos eso le parecía a P por entonces; en realidad, tal vez sólo oliese a papel y a café con leche, y la desesperación y la enfermedad fuesen su pequeña contribución al aire de silenciosa concentración que dominaba en el departamento, ya que en aquellos años la desesperación y la enfermedad eran todo lo que P veía a su alrededor y lo único que tenía para ofrecer. / A pesar de ello, se esforzaba por hacerlo bien, y es posible incluso que fuera un empleado valorado, uno al que se le podían encargar ciertas tareas para las que otros, por ejemplo, aquellos a quienes el director del departamento promovía regularmente por razones arbitrarias, no estaban cualificados. Un día éste le ordenó que le hiciese una lista de todos los escritores en español del mundo, con sus direcciones postales y una breve biobibliografía; en otra ocasión, le pidió todo lo que se hubiese escrito sobre el *Lazarillo de Tormes* desde el siglo XVIII, resumido: en el departamento todos sabían que escondía alcohol detrás de los libros de su despacho y que siempre tenía una botella de vino abierta y unos vasos en la oficina de su secretaria; por fortuna olvidaba sus encargos con rapidez, y los proyectos individuales de quienes trabajaban con él avanzaban a mayor o menor velocidad, interrumpidos sólo brevemente por esos encargos o sometidos a otras variables, como la dificultad metodológica y la indolencia proverbial del doctorando. / Ese mediodía, sin embargo, parecía no haber bebido; P atravesaba el pasillo cuando lo vio asomarse a la puerta de su despacho y enfocar sus ojos en él. (Tenía unos ojos algo estrábicos cuyas deficiencias combatía alzando mucho los párpados y arrugando la nariz, como un perro que desconfiase del hueso que se le arroja.) «¿Qué tienes que hacer ahora?», le preguntó. P no tenía que hacer nada, así que le respondió: «Necesito confirmar algunas referencias bibliográficas, unas cosas en unos libros de la biblioteca, como notas a pie de página pero más grandes». El hombre arrugó aún más la nariz, como si pudiese oler la mentira de P o intentase recordar qué cosa era una referencia bibliográfica; del interior de su despacho surgió la voz de su secretaria, que se les unió. «Nos han llamado del Hotel Stadt Hannover; dicen que el gran poeta chileno está destrozando la habitación y se niega a abandonarla», anunció intempestivamente. «¿Qué poeta?», preguntó P. «El gran poeta chileno de anoche», respondió la secretaria; a pesar de trabajar en el Departamento de Románicas, no hablaba español, así que trataba a todos sus empleados como si le parecieran excrecencias de una lengua y una cultura incomprensibles, todos intercambiables en el ejercicio de su jerigonza. «¿Qué ha pasado con tu catarro de ayer?», preguntó a P su jefe. «¿Qué catarro?», se dirigió a él la secretaria. «No fue ayer», balbuceó P, aunque recordó que el día anterior había utilizado esa excusa para no asistir a la lectura del gran poeta chileno. Mientras los tres trataban de entender qué tipo de conversación era ésa y cómo ponerle fin, el teléfono volvió a sonar en el interior del despacho; como respondiendo a un reflejo involuntario, la secretaria se dirigió a él y descolgó: bastaron un par de palabras suyas para que P y su jefe comprendiesen que estaba hablando nuevamente con los del hotel en el que se alojaba el poeta. La enseñanza en la universidad genera con frecuencia la impresión de que ésta consiste en una situación en la cual personas que saben algo lo «enseñan» a quienes no saben nada; con el tiempo, esa impresión se extiende, en la mente de los profesores, a todos los ámbitos, y ésa es la razón de su arrogancia y lo que explica, al menos en parte, por qué esa enseñanza muy a menudo fracasa. «No estoy seguro de que yo pueda...», comenzó a decir P, pero se interrumpió cuando le pareció evidente que su jefe —convencido él también de que él sabía y P no— había dejado de escucharlo.

P no tenía nada contra aquel gran poeta chileno en particular, sino, más bien, contra la poesía chilena, o contra la idea de una poesía chilena, en general; como todas las personas que no han leído lo suficiente, P creía haber leído ya bastante, y consideraba que podía abstenerse de penetrar más en un mundo que él, por alguna razón, imaginaba acuático y lento, un mundo submarino habitado por grandes peces llamados Neftalí, Lucila, Floridor; todos lidiando con su indiferencia ante la verdadera naturaleza del mundo, del mundo que se extendía sobre la superficie, pero, sobre todo, escarnecidos por la redundancia de ser chileno y ser poeta, que P, prejuiciosamente, creía que los invalidaba. Mientras esquivaba coches y camiones de basura en dirección al hotel, P pensaba en la rivalidad entre los argentinos y los chilenos y en cómo ésta se había inclinado en los últimos tiempos a favor de estos últimos; más que nada, sin embargo, trataba de recordar lo que sabía acerca del gran poeta chileno que se había atrincherado en su habitación de hotel, dos o tres títulos y una fecha de nacimiento que había leído en un cartel en el pasillo del departamento unos días antes mientras se preguntaba si iría a verlo o no. Al final no había ido: P era joven y aún no sabía que la poesía chilena no se limitaba a la exégesis de tres cetáceos memorables; que en Chile había, por lo demás, también, magníficos narradores, liberados de la responsabilidad, ineludible para los narradores argentinos, de establecerse una genealogía, esquivar los monumentos fúnebres de los grandes narradores de su historia literaria o fingir que éstos no se encuentran allí y romperse la cara una y otra vez tratando de pasar sobre ellos; tampoco sabía que acabaría casándose con una mujer chilena y que las cosas se arreglarían de un modo u otro, mucho después de haberse marchado de Alemania; pero, sobre todo, y más importante, dadas las circunstancias, no sabía nada del gran poeta chileno a cuya habitación de hotel se dirigía para algo que ni él mismo sabía en qué consistiría, quizá convencer al hombre de que se marchara, que recogiera sus cosas y se dirigiese a la siguiente etapa de su gira por Alemania o, sencillamente, que fuese a cantar sus canciones de cobre y fuego a otro sitio, en lo posible lejos de las referencias bibliográficas que —P acababa de recordarlo— sí tenía que contrastar ese día, y que ya no contrastaría, y, en general, lejos de su desesperación y su enfermedad y de la indolencia proverbial del doctorando.

En la recepción había una joven a la que conocía de vista; se había fijado en ella un sábado por la mañana, mientras ambos compraban verduras en los puestos de agricultores de la zona que se instalaban en la plaza del mercado dos veces por semana; en aquella ocasión se había fijado en ella porque, aunque debía de haber dejado su bicicleta a la entrada del mercado, todavía tenía las botamangas del pantalón sujetas con pinzas de la ropa, una rosa y la otra verde, y éstas, que parecían las pequeñas alas en los talones de Mercurio, le daban el aspecto de una versión femenina del benefactor del comercio en los tiempos antiguos. Ella, por su parte, no pareció reconocer a P, y se dirigió a él con formalidad; P notó cierto alivio en su voz cuando le dijo que venía del Departamento de Románicas a poner fin al incidente con el gran poeta chileno. «Acompáñeme», le ordenó la joven recogiendo una tarjeta de banda magnética y dirigiéndose al ascensor; dentro, P pudo ver que tenía unas ojeras profundas. «¿Está aquí desde anoche?», le preguntó. «No, ¿por qué?», la joven lo miró desafiante. P no respondió: los dos recorrieron en silencio un largo pasillo alfombrado hasta que la mujer se detuvo frente a una de las habitaciones. «No habla alemán y no ha querido respondernos cuando nos hemos dirigido a él en inglés», dijo. «Se niega a abandonar la habitación y le ha arrojado un objeto a una de nuestras limpiadoras. Lo hago directamente responsable de esta situación», agregó, mirándolo por primera vez a los ojos: la indignación de la joven ante el comportamiento del gran poeta chileno había vuelto a tender un arco a través de las montañas altas y casi siempre nevadas que separan, se sabe, Argentina de Chile; era un nuevo cruce de los Andes que esta vez no estaba presidido por la urgencia militar o, según otros, por la solidaridad latinoamericana —solidaridad que, por cierto, y esto es evidente, nunca existió ni existirá jamás—, sino por un desprecio que sabía poco de fronteras nacionales y que P sólo percibió de forma confusa. Una figura monstruosa pasó por el extremo más alejado del pasillo: cuando se giró a mirarla, P vio que era una de las limpiadoras del hotel, que arrastraba su carro con la lentitud necesaria para escuchar al menos algo de la conversación entre la recepcionista y él; cuando fue a responder, la recepcionista había accionado ya la puerta de la habitación con su tarjeta, y lo dejó solo.

La habitación estaba a oscuras y a P le tomó un momento comenzar a reconocer las formas de los objetos que había en ella; llamarla «habitación» era, de hecho, un eufemismo, de la misma manera que la pacificación de Irak sería más tarde un eufemismo para la catastrófica situación que dejarían atrás las tropas de ocupación al marcharse: alguien había literalmente arrancado de la cama las sábanas y las había distribuido por la habitación; en el suelo había botellas de vodka y de aguardiente y bolsas de galletas Oreo vacías y patatas fritas, la calefacción estaba funcionando a su máxima potencia y el televisor yacía en el suelo, con la pantalla apuntando al centro de la Tierra; sin embargo, el gran poeta chileno no estaba por ninguna parte. P se preguntó por un momento si no se encontraba en la habitación equivocada, pero en el baño había un grifo abierto, y cuando lo cerró pudo escuchar una respiración que provenía de detrás de la cama. La rodeó lentamente y vio a un hombre dormido: tenía la espalda apoyada contra una pared y el rostro le caía sobre el pecho; sólo llevaba puesta una de las zapatillas de cortesía del hotel; roncaba. / P se sentó en la cama y se puso a mirar por una ventana, tras abrirla: al otro lado de la calle, unos niños salían de la escuela arrastrando sus mochilas, se gritaban cosas y gritaban cosas a sus madres y se desafiaban a carreras que se extendían hasta donde sus madres les ordenaban que se detuvieran. P, por supuesto, nunca había jugado esas carreras, ni había salido de una escuela con esa despreocupación, convencido de que la mirada de sus padres podía alejar unos peligros que, por otra parte, allí y entonces estaban claros aun para un niño como él, y que sólo después adquirirían un aire impreciso y, por ello, más amenazador. ¿Quién dijo que él era el único allí que tenía la nariz rota? P conocía a otros como él, a otras personas que estaban paralizadas por algo que les había sucedido y que no comprendían, pero necesita-

ban decir, como aquel hombre que se había sentado a
su lado en un avión en un vuelo reciente a los Estados
Unidos y se había pasado buena parte del trayecto relle-
nando el formulario de migraciones con una letra minúscula, con una letra de chiflado que no respetaba ren-
glones ni márgenes y que posiblemente nadie fuera a
poder, o a querer, descifrar nunca.

Volvió la vista en dirección al gran poeta chileno, que
seguía durmiendo; como estaba desnudo, P estuvo un
rato pensando de qué parte de su anatomía podía to-
marlo de tal forma que ese contacto no le pareciera inapropiado a él o al otro, y al fin optó por un hombro: lo
sacudió mientras decía su nombre, pero el gran poeta
chileno no despertó. A su lado, sobre la mesilla de noche,
había un libro, uno de los libros del gran poeta chileno,
que yacía abierto boca abajo; mientras pensaba qué hacer, P lo tomó para leer uno de los poemas, pero el gran
poeta chileno despertó con un ronquido más grave y
profundo que los anteriores y P se apresuró a poner el
libro en su sitio. «¿Está bien?», le preguntó. «¿Quién
soi?», preguntó a su vez el gran poeta chileno; como P
no estaba familiarizado con la lengua bárbara en la que
se expresaba, le respondió con su nombre. «Ése soy yo,
culiao; quién *eri* tú, te pregunto», insistió el otro. P le
dijo su nombre, pero éste, como P esperaba, no provo-
có ninguna reacción en el otro. «Verá», comenzó, «tiene
que abandonar la habitación, están esperándolo en la siguiente ciudad, usted tiene una lectura allí hoy por la
noche». Se detuvo cuando notó que el gran poeta chileno parecía profundamente absorto en la contemplación
de su torso; al fin habló: «¿*Vo'* me *podí decí* qué día es
hoy?», le preguntó. P le dijo la fecha. «No, *po,* el día de
la semana», insistió el otro, pero cuando P le respondió,
el dato no pareció tener ninguna relevancia para él.

«¿*Tení copete?*», le preguntó a continuación; P se encogió de hombros sin haberlo entendido. «Ya, *po, pa'* qué *viní* entonces», le reprochó el gran poeta chileno. «¿Puede ponerse de pie?», le preguntó P, aunque de inmediato comprendió que su pregunta no tenía ningún sentido; lo tomó por una de las axilas y empezó a tirar de él, pero el gran poeta chileno era más pesado de lo que P pensaba y resbaló hasta el suelo nuevamente. «¿*Sabí* la cueca?», le preguntó, y comenzó a cantar desde el suelo. «Méndez, / que nació en mi pueblo, / canto con... / la cueca chapaca / viva san Lorenzo». Levantaba los brazos como si agitara un pañuelo o tocara unas castañuelas, y P aprovechó la oportunidad para tirar de él hacia arriba una vez más; cuando estuvo de pie, P comprobó que el gran poeta chileno era alto, y vio también que tenía unos ojos azules y profundos, como los lagos de su país. Al mirarlo, el gran poeta chileno llamó a P por el nombre de su jefe en el departamento; P le explicó que él era su ayudante, y la explicación pareció satisfacer al otro; cuando vio que conservaba el equilibrio, lo empujó al baño, donde intentó mantenerlo de pie mientras abría la llave de la ducha. Ahora el gran poeta chileno discutía consigo mismo: «... me *pagái, conchetumadre,* te *cri* que me *podí* tomar *pa'* las *huevas,* que la literatura es *pa'* el *hueveo,* y no, *po, e* la sagrada misión del hombre...». Al entrar en la bañera, empujado por P, gritó: «*¡Chucha!*», y a continuación se encogió sobre la losa, hecho un ovillo.

Al terminar de bañarlo, el gran poeta chileno vomitó sobre sí mismo, volviendo a ensuciarse; P, que ya estaba empapado, salió del baño y comenzó a recoger sus cosas. / Sobre todos estos hechos planeaba la certeza de que en ellos había algún tipo de enseñanza que él no había pedido ni quería; aún no había conocido a la suficiente cantidad de escritores ni sabía que en el futuro viviría situaciones similares con otros; tampoco sabía que, cuando eso sucediera y echase la vista atrás, P se sentiría privilegiado por el hecho de que de la primera situación incómoda y ridícula de su vida de escritor o con escritores al menos no había sido él el protagonista. (Aunque lo sería de las siguientes, era inevitable.) / Cuando salió de la ducha, el gran poeta chileno parecía estar mejor; miró a P sin dejar de secarse y le preguntó si era chileno; P le respondió que no, que era argentino, y el gran poeta chileno asintió: «Mejor», dijo, «aunque las minas más ricas son las chilenas; las argentinas son *harto* complicadas». P no supo qué responderle: de hecho, suponía que tenía razón, pero no se atrevió a decírselo. El teléfono de la habitación ronroneó con suavidad y el gran poeta chileno le dirigió una mirada que a P le pareció una orden; al otro lado de la línea, la chica de las pinzas de la ropa en los pantalones, la pequeña diosa del comercio de la ciudad principalmente comercial del norte de Alemania en la que P vivía por entonces, le dijo que los policías estaban ya en la recepción y que iba a darles la orden de que ingresaran si P y el gran poeta chileno no abandonaban el cuarto de inmediato. P procuró tranquilizarla, pero no creyó haberlo conseguido: cuando colgó, el gran poeta chileno lo interrogaba con la mirada. «Tenemos que irnos», le dijo. El gran poeta chileno se detuvo un instante con un pie en alto, balanceándose sobre una silla para ponerse una media, y le preguntó, mirando por primera vez a su alrededor, qué había sucedido esa noche. P se encogió de hombros. «Qué *fomes*, ya», fue lo siguiente que dijo el gran poeta chileno cuando P y él salían del ascensor y tropezaron con los dos policías que los esperaban; parecían aburridos, pero adoptaron un aire severo de tensión en cuanto los vieron, antes aún de que las puertas del ascensor se hubiesen abierto del todo. A sus espaldas estaba la recepcionista, que miró a P y al gran poeta chileno con desprecio y a continuación exigió al primero que firmase un papel por el que se responsabilizaba de pagar las reparaciones que hubiese que llevar a cabo en la habitación; P, que sabía que las pagaría el departamento, firmó rápidamente. El gran poeta chileno ya había salido, desentendiéndose de la situación, y en ese momento fumaba en la acera mirando sin curiosidad el tráfico; cuando P se dirigió a él para decirle que, aunque ya había perdido su tren, todavía podía conseguir un asiento en el siguiente y llegar a tiempo para su lectura, vio que al gran poeta chileno el asunto no lo preocupaba: parecía confiar en la bondad de los extraños, en su comprensión y en todas las otras cosas en las que P nunca había confiado ni creído. Unos años después iba a volver a ver su rostro, en esa ocasión en las páginas de un periódico: el gran poeta chileno acababa de morir en el sur de su país a una edad relativamente avanzada, aunque tal vez normal para los poetas transandinos, que por lo común son longevos; al parecer, una multitud había lamentado su muerte, y sus cenizas, de acuerdo con su última voluntad, iban a ser arrojadas a un volcán, junto con sus libros. / Antes de eso, sin embargo, P iba a encontrarse alejándose lentamente con él de la entrada del hotel, desde donde los policías los observaban deseosos de que se llevasen el escándalo y los destrozos a cualquier ciudad vecina. / La estación estaba cerca, pero a los dos hombres les tomó un rato llegar hasta ella: el gran poeta chileno se movía con lentitud y gravedad y P tenía dificultades para hacer avanzar su maleta por el camino de gravilla que los separaba de la estación; ambos caminaban en silencio. Quizá está avergonzado, aunque lo más probable es que esté intentando recordar los eventos de anoche, pensó P; pero cuando estaban a punto de entrar a la estación y el gran poeta chileno se detuvo a observar a su alrededor, lo que le dijo, mirando el cielo y los árboles, el aire transparente de comienzos del invierno y los pocos pájaros que no se habían marchado ya a pasar la estación fría a algún sitio de clima más benigno, fue, y esto P no iba a olvidarlo: «No soy un experto en mañanas, pero te puedo decir que ésta es una de las más hermosas que he visto en mi vida». / Después lo vio alejarse entre la gente y tuvo que correr detrás de él porque no le había dicho aún cuál era su tren y porque el gran poeta chileno se marchaba sin su equipaje.

Un divorcio de 1974

*Era un instante en la historia, el instante
precioso en que todos los de su edad son
llamados, pero sólo unos cuantos resultan
escogidos.*
GRACE PALEY, «El instante precioso»

Toma un trozo de cartón y cala en él dos frases; luego
roba la linterna más poderosa que encuentra en su casa
y horas más tarde, en el cine, durante la exhibición de
un filme cualquiera, sus amigos y él proyectan ambas
frases a un costado de la pantalla. Es el año 1969, él
tiene dieciséis años y las frases son «Viva Perón» y «Perón vuelve». Un murmullo se eleva rápidamente entre
las butacas, y a continuación se produce una salva de
aplausos y de gritos; sus amigos y él abandonan la sala
escapando agachados entre las sillas para que no los vea
el revisor, que los busca entre los espectadores pero no
da con ellos. Repiten la acción en dos cines más, en los
días siguientes.

En 1970 ella se entera del secuestro de un general y se
asombra de la valentía y la inteligencia de los secuestradores, que acaban matándolo. A diferencia de «él», ella
viene de un hogar peronista, y durante el resto de su
vida, y pese a todas las contradicciones posteriores, va a
llamar a ese asesinato «ajusticiamiento»: la diferencia
entre ambos términos puede parecer sutil, es cierto,
pero nunca lo será para ella. Va a comenzar a estudiar
Medicina el mes siguiente, baila con sus amigas en los
carnavales de un club de su barrio y bebe gaseosas y co-

mienza a despedirse de la adolescencia; su madre le alisa el pelo con la plancha de la ropa en los únicos momentos de intimidad que comparten desde que ella se convirtió en una mujer.

Algo después, él aprende a preparar unas pequeñas bombas incendiarias; las fabrica con unas ampollas plásticas de bencina que se utilizan para rellenar los encendedores y unas pastillas de clorato de potasio y ácido sulfúrico: al rato de haberlas abandonado en una estación de trenes o en el interior de un autobús, el ácido corroe la pared de la ampolla y se produce una llamarada; puestas en un sitio inflamable —como en una ocasión en que colocaron una bajo pilas de ropa en unos grandes almacenes—, esas bombas pueden llegar a provocar un daño importante, pero él pasa pronto a juegos más serios. En 1971 ya ha aprendido a apagar las farolas a pedradas, a prender fuego a los contenedores de basura y a confeccionar bombas fétidas, pero su ingreso a la organización se produce cuando inventa un método para perfeccionar las mechas de las bombas caseras mojándolas en cola de pegar y después rebozándolas en pólvora.

También en 1971 ella deja de pedirle a su madre que le planche el cabello, participa en las protestas universitarias, duerme dos noches en las aulas en las que durante el día recibe clases de Anatomía y de Histología, pierde la virginidad con un compañero de estudios, que le habla de la organización después, mientras sus amigas fingen dormir a su alrededor, sobre unos colchones, en el salón de clases, y comparten con ella el nerviosismo y la emoción intensa del momento. Más tarde va a querer contarles lo que ha sucedido esa noche, pero ellas ya lo sabrán todo y la escucharán con indiferencia.

En 1972 él comienza a usar camperas y chaquetas de color verde oliva; ella sigue usando su ropa habitual; coinciden por primera vez, en un acto espontáneo en el que están a unos ocho o nueve metros el uno del otro. A la salida del acto, él cruza dos coches y les prende fuego para obstaculizar el paso de los policías, que les arrojan gases lacrimógenos.

Él aprende a puentear teléfonos y a desplazar carga eléctrica de un aparato a otro para provocar cortocircuitos; con este método deja toda la alcaidía de la ciudad de *osario sin teléfono durante veinticuatro horas como paso previo a una liberación de detenidos que no llega a producirse. Ella participa regularmente en el sistema piramidal de comunicación del que su organización se vale para transmitir consignas y promover acciones: cinco personas llaman a cinco personas cada una, cada una de las cuales llama a su vez a cinco personas, etcétera; en una hora, mil personas informadas por ese método pueden sumarse a una huelga, contribuir a la toma de una universidad o participar de una manifestación. Un día, frente al consulado estadounidense en la ciudad, durante una protesta por la guerra de Vietnam, alguien le entrega una bomba incendiaria y ella la mira un instante en su mano; a continuación, la arroja contra la fachada del edificio frente a ella y siente que ha dado un paso importante, que ha ingresado a un territorio del que ya no se regresa.

Vuelven a coincidir en un acto de su organización, a varias decenas de metros uno de otro. Unos días atrás, en una manifestación, él le robó la pistola reglamentaria a un policía y no pudo evitar presumir de lo que había hecho. A veces le cuesta dormir, sumergido como está en un vértigo de posibilidades, de acciones a realizar para las que su organización tiene los medios y la capacidad militar. Perfecciona una de las bombas caseras que su grupo emplea más a menudo limando un extremo de la tubería antes de meter la pólvora para poder controlar el sentido de la conflagración; recibe la felicitación de su responsable y el encargo de integrarse por completo a la estructura militar, a la que él siempre ha deseado pertenecer.

En 1972 ella está por completo segura de que es imposible que haya paz entre oprimidos y opresores. Él cree que hay que hacer la revolución; es decir, que la violencia es necesaria para acabar con la violencia. Ambos se aficionan a los malabares retóricos propios de su época, pero ella sigue aferrándose a los términos que aprendió en su hogar y que provienen de una época anterior —«gorila», por ejemplo— y él no suele hablar mucho y casi nunca interviene en las discusiones.

El 25 de mayo de 1973 ella participa de la celebración en las calles; entre las banderas y la gente arremolinada en la avenida principal de la ciudad, ve cómo un puñado de jóvenes utiliza una escalera que no puede imaginar de dónde han sacado para reemplazar los rótulos con el nombre de la calle por otros, muy similares a los anteriores, en los que, sin embargo, dice «Eva Perón». Piensa en los golpes, los fusilamientos, los compañeros muertos, y piensa en su padre; por supuesto, se emociona. Él también celebra ese día, pero se retira relativamente temprano porque al día siguiente debe tomar parte en una acción, en las afueras de la ciudad.

Al mes siguiente los dos viajan a recibir a Juan Domingo Perón en Ezeiza; ella ve caer a uno de sus compañeros a su lado, y no puede hacer nada: no sabe de dónde provienen los disparos ni quién los realiza; él sí sabe, pero está demasiado lejos del enfrentamiento y no participa de él. Ambos regresan a *osario: él, esa misma noche; ella, por la mañana. Ella llora durante todo el trayecto de regreso, como todos los demás, en el abismo entre todo lo que podría haber sido y lo que ya no va a ser. Las ventanillas del tren están rotas, un aire helado se cuela por ellas y por todas las otras rendijas.

Ella comienza a trabajar en los barrios; él sigue en el aparato militar y además ingresa en el principal frigorífico de la ciudad: ocho horas al día, manipula trozos de animales. A veces se pregunta si esto tiene algún sentido, pero el sentido que no encuentra en su trabajo en la fábrica le es restituido, o él cree que le es restituido, durante el resto del día, cuando asiste a reuniones, es solicitado para participar de una u otra acción, revisa el armamento, instruye en él a los nuevos activistas, vigila casas o sencillamente se echa en una cama, cualquiera de ellas, de una casa operativa cualquiera. A ella, la pregunta por el sentido no la asalta, excepto una vez, durante una manifestación: la policía reprime, hay gases lacrimógenos, balas de goma, todo arrojado por los policías como con desgana, sin el ensañamiento que conocerán en los meses posteriores. Ella escapa, en un momento se pierde, se encuentra ante dos policías —por fortuna todavía de espaldas—, va a darse la vuelta y correr en otra dirección, pero entonces una mano la toma de un brazo y la arrastra dentro de una casa. «Acá somos todos peronistas; quédese con nosotros», le dice una mujer mayor; permanece en la casa hasta que la policía deja de patrullar las calles y la pregunta por el sentido de la acción se le aparece por primera vez. ¿Qué sentido tiene, se pregunta, que su organización pretenda explicar a las personas cómo ser peronistas cuando éstas ya lo saben y lo son sin las contradicciones y los dobleces que su organización tiene?

En 1974, cada vez que salen de su casa, los dos comienzan a escribirse en la mano derecha el número de teléfono de coordinación y en la izquierda el de un abogado; ella todavía vive con sus padres; él, con dos compañeros del frente obrero en una casa que alquila su organización. Al finalizar uno de los actos de los que participan, ella oficia de control: se mantiene al margen de la actividad, en una esquina, y los compañeros que se le acercan le dicen un nombre o un apodo y ella tira los papeles que lleva en los bolsillos, con sus apodos de un lado y sus nombres y domicilios reales, que no lee, del otro; allí vuelven a encontrarse, él le dice un nombre que ella y él saben que no es el de él y ella asiente y busca en sus bolsillos el papel que le corresponde: cuando lo ha encontrado, lo rompe y ve cómo él se aleja con otros dos.

Durante sus prácticas en un hospital, ella roba los elementos que necesita para confeccionar algo parecido a una posta sanitaria y actúa como tal en dos o tres ocasiones; nunca se entera de que él ha sido el responsable de hacer el relevamiento previo de los sitios donde se han celebrado las manifestaciones en las que ella se desempeña, y que es él quien ha indicado dónde se debía colocar ella en su condición de médica.

Ella reparte en las villas de emergencia o barrios pobres de la ciudad una publicación llamada *Evita Montonera;* conversa con los habitantes de esos sitios, siempre entre el abandono y la intemperie. Algunas veces se descubre más interesada en los diálogos que sostiene con ellos que en la revista, que, le parece, se distancia más y más de la experiencia cotidiana que pretende orientar, como si fuese la emanación de una estrella distante cuyo brillo fuera declinando. Esto, que la alarma, no la aparta de lo esencial de su compromiso, sin embargo; y tampoco la alejan de él las dificultades cada vez mayores, el asesinato de sus compañeros, los múltiples sinsentidos que se agolpan en la acción de una organización que se propuso restituir la democracia y que en ese momento ataca a un gobierno democrático, una organización que se dice peronista y que se enfrenta a un gobierno peronista, una organización que se dice política y que entorpece o directamente impide la acción política.

Él, en cambio, piensa que el conocimiento sobre el sentido de la acción surge de la acción misma, como si la mano que va a matar sólo supiera que lo hace en el momento en que oprime el gatillo, cuando no hay tiempo para pensar, para decir o para detenerse y no hace falta.

Ambos están en la Plaza de Mayo cuando su líder los llama «imberbes y estúpidos» y los integrantes de su organización se marchan masivamente, poniendo en evidencia su divorcio. Él se marcha de forma voluntaria, convencido de que lo que se ha roto estaba roto ya y no podía ser reconstruido; ella no desea irse, pero se ve obligada a obedecer a su superior: discute con él a los gritos durante todo el viaje de regreso.

Ella viaja a Buenos Aires con su padre cuando Perón, finalmente, muere; él no lo hace. A su regreso, tiene que realizar una autocrítica por haber asistido al funeral sin el permiso de su responsable en la organización; pero ella no se lo cuenta a su padre por vergüenza.

No lo aceptan, no lo entienden, pero su organización pasa a la clandestinidad, pese a lo cual exige a sus integrantes que continúen haciendo política. Él acepta las órdenes y sigue trabajando en el frigorífico hasta que un día, al salir de él, un automóvil sin patente o matrícula se cruza rápidamente en la calle por la que camina, impidiéndole el paso, y de su interior comienzan a salir unos hombres armados: salta un muro coronado por vidrios que le cortan las manos y cae en el patio de una casa, salta a otra casa y no deja de correr hasta que llega a la margen de un riachuelo: pasa la noche allí, escondido debajo de una embarcación dada vuelta en la orilla, sin poder dormir y sin poder hacer nada por sus manos; está seguro de que los habitantes de esa margen del riachuelo lo han visto y saben que está allí, y comprende que en otras épocas lo hubiesen ayudado, pero que ya no puede esperar ayuda alguna: ahora, las personas a las que él cree que su organización debe salvar, y que piensa que deberían unirse a ella para salvarse, lo observan expectantes, y él, a su vez, las observa expectante también y a la distancia, desde una distancia que ya no puede volver a ser recorrida, ni en una dirección ni en otra.

A pesar de lo cual, persiste. Participa de dos acciones armadas, una de las cuales sale mal; está semanas encerrado en una casa operativa a la espera de realizar otra que finalmente es abortada. Un día sale a la calle y se dice que no la conoce, que las vidas de las personas que caminan por ella le son por completo incomprensibles ya, pese a lo cual, entiende, él debe comprenderlas, debe pelear por unas personas a las que no comprende ni conoce desde hace tiempo y de las que se ha visto apartado por la naturaleza de su organización y de la lucha que ésta lleva a cabo.

Una noche ella tiene que montar guardia en uno de los locales de su organización; le señalan una ventana cubierta de tejido metálico bajo la cual debe instalarse y le dan una pistola que no desea usar, munición, dos granadas. Las granadas las ha supervisado él recientemente, y pasan de su mano a la de ella a través de intermediarios estableciendo un vínculo entre ellos del que ninguno de los dos será consciente nunca. Esa noche no atacan el local, pero ella cree descubrir algo que desconocía, las profundas raíces de un miedo que penetra en ella y se agarra a sus pulmones como una planta trepadora que ya no va a poder ser arrancada de la tierra.

En 1975 ella guarda en su casa, en una caja de zapatos, una granada y una pistola. Su madre la descubre, hay una pelea, ella se va de la casa de sus padres y comienza a vivir en pisos operativos de la organización, desplazándose al ritmo de las caídas, ocupando un espacio más y más pequeño y más aislado. Una noche es conducida a una casa en la ciudad donde su organización tiene a un empresario secuestrado a la espera de que se pague por él un rescate: el empresario sufre cólicos, vomita; ella lo ausculta y dice que no puede hacer nada, pero el responsable del secuestro la encañona con una pistola y le dice que si el empresario muere, ella muere también. No hay discusión posible. El empresario sobrevive, y ella también sobrevive, y se dice que tiene que terminar con todo ello, pero no sabe adónde dirigirse, y no se marcha: vuelve a la casa de la organización en la que vive, a las consignas y a las discusiones doctrinarias.

A finales de 1975, necesitado de identidades falsas para proveer al local de confección de documentos falsos que su organización ha creado, él publica un anuncio en la prensa en el que ofrece un puesto muy bien remunerado en una empresa inexistente, y solicita a los interesados en el puesto lo usual: un currículum completo, fotografías de pasaporte, fotocopia del documento de identidad y otras informaciones; con todo ello, consigue que las identidades falsas sean coherentes, aunque no necesariamente útiles. También a finales de ese año ella recibe una de esas identidades falsas, que consigna un nombre y una dirección que no son los suyos pero que lo serán por un breve tiempo.

A poco del golpe de Estado, a ella se le comisiona la creación de quirófanos clandestinos: consigue montar uno, pero, para cuando lo hace, la instalación debe ser abandonada por razones de seguridad. Ahora la dirección exige que sus integrantes vuelvan a la actividad política, precisamente en el momento en que esa actividad política ya no es posible a raíz de un estado de cosas que su organización ha contribuido de forma decisiva a provocar. A ella todo eso le parece absurdo, y ya ni siquiera espera la «guerra popular integral» que sus jefes han creído poder encender y conducir y que sólo existe en los papeles de la organización y posiblemente en sus rezos; a él le parece que las cosas están más claras, y que esa claridad va a inclinarlo todo a su favor, pero la suya también es una inercia de crímenes y acciones sin importancia, pequeños sabotajes y ajusticiamientos que devuelven cada golpe recibido por su organización con el equivalente a un gesto de impotencia.

No lo hace, por supuesto: nada inclina ni una sola cosa a su favor. Una casa en la que ella duerme es asaltada un día por el Ejército: ella escapa por los techos de las viviendas vecinas y pasa la noche debajo de un puente, en un basurero, en posición fetal; al día siguiente descubre que ha apretado tanto los dientes en las últimas semanas que tiene varios de ellos rotos. Por la mañana se dirige a un hospital porque cree tener una costilla fisurada, pero en el hospital no la atienden de inmediato y ella espera algunas horas hasta que se le acerca un joven; han estudiado juntos en alguna ocasión y está en prácticas como ella. El joven le pide en un susurro que se vaya, que una enfermera la ha reconocido y ha llamado a la policía, que están en camino. Ella huye: no ha recorrido más que un par de calles cuando ve pasar los coches. La cura otra compañera de estudios, en su casa, pero le pide por favor que no vuelva por allí nunca más.

Él se entera de la caída de esa casa al día siguiente: vivió allí antes de que ella llegara, unas semanas antes. En un gesto que no pudo explicarse ni siquiera a sí mismo, tiempo después, dejó en ella una fotografía de sus padres que metió dentro de un libro y enterró en una bolsa de plástico en el jardín como si supiese que iba a volver o quizá convencido de que ya no regresaría nunca.

Muy pronto la inercia se convierte en algo parecido a la indiferencia, y participa en algunas acciones que no tienen sentido tampoco para él. Una noche ametralla la puerta de una comisaría desde un coche en movimiento y un par de días después lee en la prensa que ha matado a un joven policía que estaba haciendo la guardia en ese instante; no le cuesta nada reconocerlo, pese a que no lo ha vuelto a ver desde los tiempos en que sus amigos y ellos dos interrumpían las funciones de los cines y hacían pequeños sabotajes; acababa de tener un hijo, descubre.

En mayo de ese año él todavía cree que el convencimiento y lo que pomposamente denomina la integridad ideológica pueden hacer que un individuo se sobreponga a la tortura, pero no sabe cómo reaccionará él si algún día debe enfrentarse a ella; ese mismo mes, es secuestrado su responsable en el área militar de la organización, y, uno tras otro, caen los arsenales y los pisos operativos que conocía. Uno de los jefes de logística también cae, y ella se queda sin contactos en la organización; un día se dirige hacia la casa en la que duerme esa noche, pero se detiene en la esquina: hay seis camiones del Ejército estacionados frente a ella y unos soldados que impiden el tránsito. No quiere mirar, no quiere saberlo, pasa de largo y sólo después le flaquean las rodillas.

Esa noche la voz de su madre tiembla en el teléfono; le dice que el día anterior vinieron a buscarla sus amigos y que le dijeron que iban a volver a pasar un día que ella estuviera, que mejor se quedara estudiando. Ella sabe quiénes son esos amigos y qué estudios son ésos, y cuelga. No tiene casa, no tiene dinero y no puede regresar donde su familia. Se sube en los autobuses o colectivos sin prestar atención a su recorrido y sólo baja de ellos cuando cree que ha despertado las sospechas del conductor o el trayecto termina.

Él va a las tintorerías y pide que le regalen la ropa que nadie ha venido a recoger; así, consigue no llamar la atención durante algún tiempo. No sabe cómo hacerlo, pero intenta regresar a la organización, o a lo que queda de ella: sin embargo, al menos en su caso, la compartimentación ha funcionado, y todos los que conoce han sido asesinados o han escapado. Piensa una última acción, pero no llega a llevarla a cabo: una noche está fingiendo que regresa a casa del trabajo cuando se siente observado, y ve que un hombre lo señala desde el interior de un automóvil; él, por supuesto, lo conoce: es un antiguo compañero en el área militar de su organización, y ha sido comprado o destruido por sus captores para que colabore con ellos en la identificación de los activistas que aún están libres. Cuando el otro lo señala, él se dice que a él no va a pasarle lo mismo, y, antes de que suceda nada, antes de que las personas que están con el delator en el coche se echen sobre él, saca su revólver y comienza a disparar contra el vehículo hasta que, por fin, sus ocupantes le devuelven el fuego.

A ella la detienen ese mismo mes, en un retén del Ejército que demora el autobús con el que se dirige hacia un pueblo donde cree que puede pasar inadvertida durante algún tiempo. La detención es, en algún sentido, tan estúpida y casual que al principio los militares que la han retenido no saben qué hacer con ella. Finalmente la conducen a un campo de concentración clandestino y la torturan. La tortura es como se imaginó, un dolor que va más allá de lo físico, que es también mental y moral, y que no está destinado a obtener información de ella, sino a constatar la información que sus captores ya poseen; las primeras dos noches, no habla; a la tercera, da nombres de personas que sabe que han muerto y las direcciones de casas que ya han sido allanadas; esa noche, también, la conducen a un descampado y la fusilan junto a otros dos hombres. Para entonces ya está tan destrozada por la tortura que no puede tenerse en pie y le disparan en la cabeza mientras yace en el suelo: ve un trozo de cielo nocturno, no piensa ni en la organización que desprotegió a sus compañeros y a ella ni en quienes provocaron con su ceguera y su estupidez el exterminio de una generación; tampoco en el ideal de justicia y equidad que estuvo en el origen de su lucha, que se confundió con la venganza a partir de un día de junio de 1955 y que seguirá viviendo de formas distintas, en otros, a partir de ese momento.

Años después, un hijo de ambos cuenta esta historia.

Salon des refusés

La condena de Valéry a la novela es un rechazo del vértigo de los posibles narrativos que se abren ante cada situación y ante cada frase. [...] La novela es un arte combinatorio. Narrar es tomar decisiones.
RICARDO PIGLIA,
Los diarios de Emilio Renzi II:
Los años felices

1

A lo largo de ese mes también muere el escritor al que ella más admira; no es el mejor de su país, ni el más popular, ni aquel que ha obtenido la mayoría de los galardones que se otorgan en él, pero sí el que a ella más le gusta, el más afín a su sensibilidad, *o mejor,* a su idea de lo que la literatura puede y, eventualmente, debe ser, o al menos de lo que la literatura debe ser para gustarle a ella; es decir, para gustarle tanto como la obra del escritor al que ella más admira y que —como hemos dicho— muere, también, a lo largo de ese mes.

No: el escritor ha muerto hace algunos años; es decir, ha pasado tiempo ya desde su muerte y un día ella compra una autobiografía que el escritor ha dejado incompleta al morir, o, *mejor todavía,* que ha dejado completa antes de morir, lista para ser enviada a imprenta. Quizá la ha completado poco antes de su deceso y ha correspondido a su viuda —si la tiene— la tarea de pasarla a limpio y corregir los pequeños errores que un sujeto

269

agonizante puede cometer en lo que escribe, si lo hace. *No, mejor:* la mujer del escritor ha muerto hace algunos años, antes que el escritor, y éste no ha designado albacea: la publicación de su autobiografía se ha hecho sin que se requiriese el consentimiento de nadie, o sin que éste pudiera ser obtenido, en nombre del interés público por la obra, es decir, por su comercialidad, que tal vez también haya sido tenida en cuenta por el escritor a la hora de destinar a su autobiografía el lugar que le ha otorgado en la sucesión de sus libros y no otro, el de aquello que concluye y cierra lo que podríamos llamar una obra. *No,* el escritor jamás ha tenido en cuenta tales cuestiones, y sencillamente ha escrito su autobiografía sabiendo que iba a ser su último libro. *(No, no sabiéndolo en absoluto, aunque tal vez sospechándolo.)*

Nuestra joven lee la autobiografía en el transcurso de dos o tres noches. (*No, mejor,* de cuatro noches: es una obra extensa, como corresponde al resumen de una vida, aun al resumen indulgente y parcial que puede hacer quien, como es natural, en vez de documentar su vida, la ha vivido.) Nuestra joven tiene la impresión de que la autobiografía constituye una suerte de anticlímax en relación al resto de la obra del escritor que la lleva a perder interés en todos sus otros libros que —obsérvese el tiempo verbal— alguna vez admiró, unos libros que alguna vez consideró extraordinarios y, descubre ahora, salieron, sin embargo, de un fondo informe de hechos pueriles: al igual que muchos otros lectores, ella cree que lo extraordinario sólo puede surgir de lo extraordinario, y que las circunstancias banales de la vida de un escritor convierten su literatura en banal. Cuando termina la lectura, nuestra joven reúne todos los libros del escritor muerto y se desprende de ellos.

(*No, ella no puede creer eso:* de hecho, ha comprado y leído la autobiografía del autor, lo que significa que, en términos generales, tiene interés en la vida de los escritores. Quizá es la primera autobiografía de uno que lee, y por esa razón es que descubre en ella que los escritores tienen vidas pueriles. *No, mejor:* ella ha leído ya otras biografías de escritores, y también autobiografías: es una lectora, es decir, es alguien que ha pasado ya por todo esto antes; pero, igualmente, la lectura de la autobiografía del escritor que más admiraba —el pretérito es deliberado, por supuesto— la decepciona, no debido a la calidad del texto sino por el talante de su protagonista, y se desprende en cuanto puede de todos los libros del autor que tenía en su casa.)

No, no, la historia no puede ser ésta ni terminar de esta forma; mejor digamos que no se desprende de todos los libros que tiene del escritor que más admira; su interés en él, de hecho, aumenta cuando, en su autobiografía, lee a éste confesando un crimen cometido en la juventud. El crimen es terrible y su confesión es innecesaria, porque, como el propio autor admite, el delito fue atribuido con su complicidad a otra persona, que fue condenada y murió en la cárcel. Una de muchas paradojas: la confesión no contribuye a que nuestra joven pierda interés en el escritor al que —el pretérito no cabe aquí— ella más admira, sino que lo aumenta: a diferencia de muchos lectores, ella no cree que lo extraordinario sólo pueda surgir de lo extraordinario, y que las circunstancias banales de la vida de un escritor conviertan su literatura en banal. (Por otra parte, el crimen que confiesa el escritor no tiene nada de banal.) Ni ella ni los otros lectores que el escritor ha dejado tras de sí sabrán nunca si lo que narró en su autobiografía fue una ficción o un hecho real, pero esa incertidumbre pondrá bajo una óptica nueva y ambigua todo lo que ha escrito, lo que calificó como ficción y aquello que dijo que no era ficción, que dijo que era su propia vida.

2

Un día, cuando ya prácticamente ha olvidado aquel horrible crimen ficticio o real que el escritor que más admira contó en su autobiografía póstuma, ella lee un artículo en la prensa acerca de otra autobiografía, de un escritor que conoció al escritor al que ella todavía más admira y que lo frecuentó; en la autobiografía, que acaba de ser publicada, hay una simetría: su autor también cometió un horrible crimen, aunque éste no constituye el más estremecedor de los hechos que narra —pese a que lo narra con una fruición por el detalle en la que el escritor al que ella todavía más admira nunca cayó, interesado como parece haber estado a lo largo de toda su obra, si se exceptúa un primer libro, inmaduro y precipitado, del que se retractó en cuanto pudo mediante la elusión y el silencio, por la rapidez incluso en detrimento de la precisión—, sino que éste —el que frecuentó al escritor al que ella todavía más admira, aunque lo frecuentó sobre todo en su primera juventud, cuando ambos eran alumnos de una universidad prestigiosa— cuenta también episodios eróticos con su madre y después con una hija, una propensión a las drogas en la que ninguno de sus conocidos, dice el artículo, reparó nunca, un placer por fin hecho público por ser humillado, azotado por hombres y mujeres y orinado en el rostro, por ser violado por desconocidos en estaciones de autobuses y en parques de la periferia. No hay explicación alguna en el artículo acerca de cómo el escritor que frecuentó en su primera juventud al escritor al que ella todavía más admira pudo ocultar esas inclinaciones durante tanto tiempo a sus amigos más cercanos, ni sobre por qué quiso hacerlas públicas en una autobiografía que, en una segunda simetría, también ha sido publicada tras su muerte, con lo que parece ser la anuencia de su hija y de su viuda a pesar de que ambas son retratadas cruelmente en la obra.

No, en realidad sí se explica el asunto en el artículo, y la explicación concierne también a la autobiografía del escritor al que ella todavía más admira: según el artículo, el escritor al que ella todavía más admira y el que lo frecuentó en su primera juventud se pusieron de acuerdo para escribir hace años ya, en esa primera juventud y cuando todavía eran autores por completo desconocidos, sus respectivas autobiografías, no ya de lo que habían vivido, sino de lo que creían que iban a vivir y les sucedería; así, sus autobiografías han tenido el carácter de una prolepsis que sirvió a sus autores de hoja de ruta y también de advertencia: el escritor al que ella todavía más admira no cometió el horrible crimen que se atribuye, su colega consiguió reprimir la atracción erótica que sentía por su madre y que, imaginó, iba a sentir por su hija si alguna vez tenía una, no se excedió en las prácticas sadomasoquistas, mantuvo a lo largo de su vida un aura de respetabilidad, etcétera. Su acuerdo y una visión muy singular, pero compartida, acerca de para qué sirve la literatura deben de haber sido increíblemente fuertes, tanto como para que ambos, al final de su vida, y ya siendo escritores reputados, cumpliesen con la voluntad de publicar sus autobiografías, juveniles y anticipatorias, pese al descrédito que esto les acarrearía.

No, no es eso lo que se dice en el artículo que ella lee. En el artículo se dice que el acuerdo entre ambos fue otro, y que es tardío: poco antes de morir, los dos amigos, el escritor al que ella admira y el escritor que lo frecuentó en su temprana juventud —pero también, como es evidente ahora, en su vejez—, acordaron que iban a escribir dos autobiografías, pero que cada uno de ellos iba a escribir la del otro, sobre la base de lo que sabía y de lo que podía imaginar; el otro aceptaba publicarla cualquiera fuese su contenido, movido por el convencimiento de que las personas públicas —los escritores, por ejemplo, aunque la naturaleza pública de su trabajo sea motivo de discusión y más una aspiración que un hecho cierto— deben producir narrativas «objetivas» de sus vidas, y que esa objetividad, que en realidad no se debe esperar de ellos, puede ser proporcionada por otro sujeto si éste conoce bien al biografiado; digamos, si ha compartido con él a lo largo de toda su vida un amor por la verdad —cualquier cosa que esto signifique— que justifique el sinceramiento póstumo consistente en publicar la obra más personal posible, que es siempre la que ha escrito otro en nuestro nombre.

Al final del artículo se pone de manifiesto, pues, que la autobiografía del escritor al que ella todavía más admira es obra del escritor que lo frecuentó, y que la de este último fue escrita por el escritor al que ella todavía más admira. Nuestra joven protagonista compra la segunda de las autobiografías y vuelve a reconocer en ella al escritor que más admira, sus frases sinuosas y, al parecer, no siempre gramatical o sintácticamente correctas, cualquier cosa que esto signifique y valga lo que valga. Así que vuelve a comprar todos sus libros y los relee en los años siguientes, con placer. *(No, no los compra porque nunca se ha desprendido de ellos.)*

(No, el artículo no dice eso, en realidad: dice que ambos escritores han escrito sus autobiografías imaginarias al

final de su vida, contando sólo lo que ellos han recordado, inventándoselo deliberadamente todo, sin investigar nada, convencidos de que nadie los reconocería en las vidas que narran —las cuales, como decimos, son imaginarias— sino en la forma en que han sido narradas, en la mirada que las ha propiciado y que es lo único que un lector puede conocer, en realidad, de un escritor, incluso aunque éste escriba su autobiografía, hacia el final o en cualquier otro momento de su vida.)

No, no es cierto: en realidad, la lectora —que todavía no ha leído la autobiografía póstuma del escritor que admira, que la ha comprado pero no la ha leído y es posible que no la lea ya: *no, la va a leer, pero la va a abandonar a las pocas páginas*— sueña en alguna de las noches en que tiene al lado de su cama la autobiografía del escritor que admira y se propone leerla, aunque de momento no la lee porque regresa exhausta de su trabajo a casa y aún tiene que encargarse de su hijo, que es pequeño y todavía la necesita mucho, más incluso de lo que parecía necesitarla cuando era más pequeño pero su padre vivía con ellos, antes de que se marchase por alguna razón que ni él ni ella han comprendido aún, es decir, en el momento en que tiene lugar todo esto, o sea, cuando la lectora sueña que es el personaje de un relato del escritor al que ella más admira y que en ese relato aparece Edgar Allan Poe, del que a su vez el escritor al que ella más admira es personaje, de tal manera que ella no comprende qué es exactamente, si es personaje del escritor al que ella más admira o del autor de «El pozo y el péndulo»: tampoco sabe, al menos en el sueño, si Edgar Allan Poe es un personaje del escritor al que ella admira o si éste es un personaje de Edgar Allan Poe y, en general, no sabe si Edgar Allan Poe alguna vez ha escrito sobre escritores, y piensa que no debería importarle, pero se despierta gritando.

3

No es eso lo que sucede, en realidad: nuestra joven compra la autobiografía del escritor que más admiración le suscita —pero el escritor está vivo, no ha muerto—, la lee, se sorprende al encontrar en ella la confesión de un crimen que el autor dice haber cometido en su juventud; se pregunta por qué lo cuenta ahora, qué lo induce o lo ha inducido a manchar su reputación con una historia que puede traerle innumerables problemas, incluso la cárcel; se tranquiliza pensando que todo es una ficción, que es posible que el autor haya, en ese pasaje de su autobiografía, dejado volar su imaginación —aunque ésta actúa más bien de forma subterránea, cavando en lugar de volando, sumergiéndose en las aguas fangosas de lo que pudo haber sido y está frío y oscuro y no elevándose a los cielos para adquirir una perspectiva que la imaginación, hay que decirlo, casi nunca tiene—, y no vuelve a pensar en ello.

En realidad sigue pensando en ello, no puede dejar de pensar en ello. Nuestra joven averigua dónde vive el escritor, deja al niño al cuidado de una vecina que tiene siete u ocho gatos —y toma al niño en sus brazos, cuando ella se lo entrega, como si fuera un pequeño felino, una mezcla de ternura y precoz ferocidad—, sube a su coche, llega a la casa que le han indicado, toca el timbre, a continuación golpea la puerta: no hay nadie en la casa. *Sí, sí hay alguien en la casa,* una mujer que la recibe con amabilidad pero es enfática: el escritor no recibe visitas de sus lectores, no va a recibirla. Nuestra joven insiste, ruega; la mujer es inflexible. Al fin se atreve a preguntarle si el crimen narrado en su autobiografía es ficticio o real y si ella puede decírselo; la mujer la mira un instante y le sonríe con complicidad, y después cierra la puerta.

No, no le sonríe: la mujer le grita que ella es como todos los otros, que ella tampoco ha entendido nada, y le cierra la puerta en las narices.

No, mejor: de camino a la casa del escritor, ella tiene un accidente, atropella a un reno; *no, mejor a un jabalí,* atropella a un reno o a un jabalí; *no, mejor atropella a un ciervo,* atropella a un ciervo y sufre un golpe terrible, despierta en el hospital sin heridas graves, pero padece una amnesia profunda, no recuerda nada, tiene miedo, escapa del hospital, sólo tiene un nombre, que ha oído susurrar a una enfermera durante su convalecencia y cree que es la clave de su caso, se dirige a otra ciudad, duerme en la estación de autobuses, lava platos en la cocina de un restaurante de carretera, reúne el dinero que necesita para alquilar una pequeña habitación en un motel, tiene sueños recurrentes, un cliente del restaurante se enamora de ella, quiere llevársela de allí, ella lo rechaza, necesita reunir dinero para llevar a cabo su investigación, pero la paga en el restaurante no es buena y tan sólo le permite dormir en el motel y visitar algo así como un locutorio, donde algunas noches busca nombres que cree recordar de su vida previa al accidente y en realidad son sólo variaciones del suyo propio, que ella, lo hemos dicho ya, no recuerda. Un día, sin embargo, recuerda el del escritor que más admiraba, busca en internet, obtiene su dirección, no hay nada que ella recuerde de él, pero cree que él la reconocerá cuando la vea; renuncia a su trabajo en el restaurante de carretera, abandona la habitación en el motel, alquila un coche, llega a la casa del escritor, toca a su puerta: le abre el escritor. Ella espera que la reconozca, que la abrace en silencio o susurre su nombre y la abrace y, al abrazarla, reúna en ella su cuerpo y su nombre, como si pusiese un cerco en torno a ella con sus brazos; pero el escritor no la reconoce: cuando ella le pregunta si alguna vez se han visto, el escritor niega con la cabeza; es paciente, escucha su historia, pero dice que no puede ayudarla. El escritor no se sorprende al oír su relato: es viejo, ha visto mucho, todo lo que ha visto se ha transformado en parte de él, en algo de su propiedad, y ahora todo lo que tiene es todo lo que fue, que es siempre lo que podía ser en unas circunstancias dadas, pero también todo lo que pudo haber sido y no fue. Le sirve una taza de café, la escucha, y luego se encoge de hombros: cuando la despide, se dice que es un día más en la vida de un escritor que sabe que muy poco tiene sentido; *no, mejor,* que sabe que para él sólo dos o tres cosas tienen sentido, escribir, leer y amar, aunque esto último también carece de sentido. Va a escribir un relato, esa misma tarde, en el que un personaje amnésico buscará después de la guerra a otro, del que sabrá muy poco o prácticamente nada; el personaje descubrirá, hacia el final del relato, y por intervención del azar, que la persona a la que buscaba es él mismo, y que, aunque lo habrá perdido todo, al menos no habrá perdido su nombre: cuando el escritor haya terminado de escribir su relato, nuestra ya no tan joven protagonista estará lejos de allí, en un arcén de la carretera, dentro de su coche alquilado, sin saber cómo seguir.

No, no es esto lo que sucede, no hay relato ni encuentro entre ella y el escritor que más admira: las direcciones de los escritores son difíciles de obtener y éstos suelen mudarse a menudo debido a que sus fortunas aumentan o disminuyen rápidamente, sin lógica alguna. *A pesar de lo cual, en realidad, ella sí consigue la dirección del escritor que más admira, pero no lo visita nunca:* está ocupada, tiene cosas que hacer, tiene que cuidar a su hijo pequeño sin la ayuda de su marido, que se ha ido con otra; *no, no se ha ido con otra, pero los ha dejado*. Un día su hijo quiere contarle un chiste que ha oído en algún sitio: en él, alguien le entrega un trozo de papel a un chino y le exige que lo lea, pero, cuando el chino va a hacerlo, estornuda y el papel vuela por los aires; a continuación sucede algo más y ese algo más es lo que le otorga al chiste su gracia, pero, en ese momento, el niño descubre que ya no lo recuerda; cuando va a confesarle a su madre que ha olvidado cómo termina el chiste le avergüenza hacerlo, sin embargo: se dice que debe ganar tiempo, que, si lo hace, recordará el final; piensa que es el primer chiste que recuerda contarle a su madre, que ella espera que el chiste termine de algún modo, que sufrirá una decepción si le dice que no recuerda cómo acaba: el niño ya la ha visto sufrir demasiadas decepciones, que ha percibido con claridad a pesar de ser sólo un niño aún y no poder ponerles nombre todavía ni atribuirles una causa. (*No, mejor:* el niño sí les atribuye una causa, que es su padre y el hecho de que los ha abandonado a él y a su madre; durante toda su vida, el niño buscará revertir ese rechazo, y abandonará y será abandonado por sus parejas, pero sobre todo las abandonará, ante la primera dificultad, por el miedo irracional de que se repita una pérdida que no alcanzará a comprender nunca.) Antes de todo ello, en este momento, el niño se dice que debe continuar contando hasta recordar el final de su historia, de modo que sigue adelante y afirma que, tras el estornudo del chino, el papel cae en manos de un norteamericano, y que éste está a punto de leerlo cuando, y aquí el niño tiene que prolongar su relato —porque sigue sin recordar el final de la historia—, el norteamericano también estornuda y el papel cae en manos de un ruso, que estornuda a su turno para que el papel caiga en manos de un camello, que estornuda, de tal manera que el papel cae a continuación, y en este orden, en manos de dos osos, once castores, cien hormigas, un cocodrilo, llamas, un elefante, el Papa, un instalador de gas, cuatro albañiles, un automóvil, la sonda Voyager, santa Eulalia, santa Susana, san Francisco, un cepillo de dientes, un coche de bebé, un espejo, un papel; su madre pierde el interés en la historia, que se dilata cada vez que el niño está a punto de concluir: el niño suda, se contorsiona, sufre ante la imposibilidad de recordar el final del chiste; mientras tanto, su historia ya no es un chiste, por supuesto: es la historia más larga que jamás ha contado, quizá la más larga que se haya contado en la ciudad donde vive con su madre y en la que, por lo demás, nunca sucede mucho. No lo sabe, no puede saberlo, pero el niño podría recordar el final de su chiste si no estuviese ocupado tratando de traer a su memoria oficios, nombres de animales, medios de transporte, santos: de poder dejarlos de lado, el niño recordaría perfectamente el final de su chiste, que algún día pudo haber tenido gracia pero ya no la tiene. La gracia perdida es sustituida por otra, sin embargo; la de la continuidad, la de la inventiva desbocada y la huida hacia delante. No es una gracia menor, es el singular don de hacer regla lo excepcional: sobre él, el niño edificará en el futuro una vocación no muy distinta a la que un día sintió el escritor que su madre más admira, antes del crimen que cometió. *No, mejor: después del crimen que cometió y tal vez, en realidad, a consecuencia de él.* Con él, el niño construirá un día una catedral edificada con ladrillos minúsculos, sencillamente minúsculos, con vacilaciones y tropiezos, o sin vacilación y sin tropiezo alguno: sus propios libros, una catedral.

No, en realidad la historia no es así; es de otra manera: ella no tiene ningún hijo, ni su marido la ha dejado; tampoco ha prestado atención alguna a la autobiografía póstuma del escritor que más admira: la ha sostenido en sus

manos un momento ante la mirada expectante del librero, le ha dado la vuelta para leer un texto de contra-
portada poco imaginativo, disuasorio; ha vuelto a dejar
la autobiografía en una pila de ejemplares que no dis-
minuirá ni ese día ni los siguientes, se ha entretenido un
instante más en la librería, ha salido a la calle, se ha olvidado de todo el asunto, de absolutamente todo el asunto, nunca ha vuelto a pensar en él.

La repetición

Lo que nos ha confundido, nos orientará.
RAMÓN ANDRÉS, *Aforismos*

B

Veamos. Él despierta con un respingo; parece haber estado soñando, y emerge del sueño sólo muy lentamente. A su lado duerme su esposa, de espaldas a él, con el cabello rojo veteado de canas extendiéndose sobre la almohada como una mancha de sangre que se hubiera producido hace años y que nadie hubiese podido limpiar por completo hasta ahora. El hombre —vamos a llamarlo Paulo, por convención y aunque éste no sea en realidad su nombre— se sienta en la cama, extiende un brazo para alcanzar unas gafas, que se pone, y su rostro, que es el de un hombre mayor, es iluminado tenuemente por las luces de un día que no parece haber comenzado del todo aún pero que va a comenzar en breve.

C

El hombre está vestido ya: se ha puesto una chaqueta gris y una camisa blanca. Está repasando el nudo de la corbata, que sin embargo ha hecho bien, aunque es evidente que él, que parece ser un perfeccionista, no lo considera del todo presentable. Pese a que sus manos tiemblan ligeramente —es un hombre mayor, no un anciano pero sí alguien que parece empezar a convertirse en uno, con una conciencia exacerbada por estos pequeños detalles de que la seguridad en sí mismo que alguna vez irradió sólo puede ser mantenida a costa de un gran esfuerzo y como una simulación únicamente eficaz si se la exagera; no demasiado, pero sí un poco—, consigue realizar un nudo perfecto en la corbata, que es discreta, un trozo de algo que puede ser seda y no distrae la atención de la chaqueta —que parece de buena calidad, aunque no particularmente cara— sino que la orienta hacia ella, recortando la silueta del hombre y haciéndola ocupar un espacio físico, un sitio que casi podría tocarse con las yemas de los dedos, en la imagen. Por la ventana de la habitación se pueden ver un trozo de escalera metálica y la fachada de ladrillo rojo del edificio de enfrente, pero tal vez no se trate realmente del bloque de viviendas de enfrente sino de las paredes del patio interior del edificio en el que se encuentra la casa, lo que pondría de manifiesto que el dormitorio, con su cama cubierta de sábanas blancas y el cabecero de madera oscura y la gran reproducción de una pintura de Hélio Oiticica —más precisamente del *Metaesquema no. 348,* cuyo original puede verse en el MoMA—, se encontraría en la parte trasera del edificio; por la ventana entran los primeros sonidos del día, en especial los del tráfico. Son esos ruidos los que despiertan a la mujer, que se despereza y se gira en la cama. Al verlo acicalándose frente al espejo, comprobando una vez más el nudo de la corbata, la mujer le dice, en un inglés de acento estadounidense: «*Oh, darling. Won't you ever remember that you don't have to go to the campus anymore?*». El hombre —ya hemos dicho que su nombre es Paulo— deja caer las manos a los costados del cuerpo y se muerde el labio inferior, avergonzado, sin dejar de mirarse en el espejo.

D

Ahora está sentado en una silla de diseño en una sala que parece encontrarse en el centro de la casa y constituir la biblioteca, o tal vez el comedor, de la vivienda; en cualquier caso, está separada de la cocina por un pasillo, ya que al fondo del pasillo —que está cargado de libros, como también lo está la pared a espaldas del hombre— se ve una cocina y, en ella, a la mujer, que parece estar cocinando. El hombre —llamémoslo Paulo— se ha quitado la corbata pero conserva la chaqueta y la camisa y está leyendo un libro de João Gilberto Noll en portugués cuando suena el teléfono; la mujer abandona la cocina y se dirige a la sala a través del pasillo para responder la llamada, pero Paulo se estira y dice débilmente: «*Yes?*». Escucha por un instante y luego responde: «*Oh, yes, Ruivinha. She's here. I'll put you through to her. See you. Até logo*». La mujer se acerca y toma el aparato. Paulo no parece tener interés en escuchar, y aprovecha la ocupación de su mujer para dirigirse al dormitorio, que está junto a la sala —el piso no es muy grande, y los objetos de la vida compartida por Paulo y su mujer, aunque no son muchos, provocan una cierta impresión de abarrotamiento—, y se sienta en una poltrona junto a la cama. Frente a él, en una pequeña repisa blanca en la pared, hay varias fotografías. En una de ellas aparece una fila de jóvenes vestidos formalmente de pie en lo que parece la sala principal de un palacio; uno de ellos se encuentra un paso por delante del resto de la fila y agacha el cuello ante un hombre mayor que le pone una medalla: el hombre mayor es el presidente João Goulart. En otra fotografía se ve al mismo joven, pero esta vez en mangas de camisa y en lo que parece una fiesta o tal vez un cumpleaños, y a su lado hay una joven morena; él rodea su cintura con un brazo y ella lo recibe sin sorpresa, pero también sin parecer demasiado consciente de ello, con naturalidad; ambos sonríen: su postura y el hecho de que él haya salido movido en la imagen, detenido en el instante en que se giraba hacia la cámara, hace pensar que la foto fue tomada espontáneamente y sin su consentimiento. Paulo estira su mano hacia la fotografía de los jóvenes, pero oye pasos en el pasillo y, en el último momento, toma en su lugar la otra fotografía. «*What are you doing?*», le pregunta la mujer, que aparece en el umbral de la puerta. Él balbucea: «*Eu... I... Did I ever tell you that they threw him out a couple of days after this ceremony? We were invited to Brasilia to receive the medals for being meritorious students, and then we returned, and I only knew they had deposed him when I arrived in Florianopolis. It was a long bus ride from Brasilia. We spent days on the road, and nobody told us anything while we were traveling, as if the people were in shock and didn't want to spoil our happiness and the sense of being honored we felt because we had met the President. But he wasn't the President anymore*». La mujer guarda silencio un instante y a continuación le contesta: «*Yes, I've heard the story thousands of times before*», y luego pregunta si se encuentra bien, pero Paulo no responde.

E

Viajan en metro, uno junto al otro en asientos de espaldas a la ventanilla del vagón, por la que desfila una pared gris interrumpida a veces por cables y en ocasiones por estaciones que llevan nombres como «Borough Hall» y «High St.» El hombre lleva un pastel envuelto en papel blanco sobre las rodillas y la mujer a su lado sostiene un ramo de flores; él sigue vestido como antes, pero la mujer se ha puesto un chubasquero y una falda; lleva las piernas cruzadas y no es inapropiado observar que tiene unas piernas magníficas pese a su edad. No hablan, abstraídos en sus respectivos pensamientos o sencillamente aburridos por un itinerario que parece resultarles familiar. Al detenerse el tren en la estación «Bway Nassau», sin embargo, los ojos del hombre tropiezan con los de una joven que abandona el tren, y Paulo se gira para verla por la ventanilla: la falda de la joven, que, pese a que esto sería absurdo, el hombre cree reconocer, es como la de la joven de la fotografía. *«It's not Canal Street yet, honey»*, le dice la mujer, pero el hombre ya se ha puesto de pie para seguir a la joven. Al hacerlo, el pastel cae al suelo del tren sin un sonido.

F

Están cenando en casa de la hija, con su marido. La casa es pequeña y carece de fotografías y de objetos, como si la vida de ambos, a diferencia de la de Paulo con su mujer, todavía no contase con una especie de memoria física, como si esa vida fuese por completo interior o incipiente. *«Where's the cake, pai?»*, pregunta la hija con sorna; su madre la ha puesto al tanto ya, en la cocina, del incidente en el tren. El hombre responde: *«I'd rather have some fruit»*, pero no consigue sonreír de forma convincente y vuelve a su ensimismamiento. No es una cena placentera, y es posible que los comensales la olviden rápidamente, en especial el marido de la hija, que no sabe portugués, que jamás ha vivido en Brasil, que guarda por las raíces de su esposa y, en mayor medida, de su suegro una indiferencia complaciente que, de algún modo, es una forma de incomprensión: el marido de la hija nunca ha prestado demasiada atención a los deportes y el fútbol —es decir, el *soccer*— le resulta incomprensible. ¿Por qué sólo hay una pausa en el juego? ¿Por qué todos los jugadores utilizan apodos, por lo general diminutivos? ¿Por qué sólo algunos pueden tomar la pelota con las manos? El marido de la hija es, por supuesto, psicoanalista.

G

«*Why do we dream?*», le pregunta Paulo repentinamente. «*Why wouldn't we?*», responde, pero de inmediato se avergüenza de su respuesta; comprende que su suegro se lo pregunta en serio y como si hubiese estado albergando la pregunta mucho tiempo. «*What do you mean?*», pregunta la esposa. «*What does he mean about what?*», pregunta a su vez la hija, que regresa de la cocina con una botella de vino y se sienta con los demás. «*Well*», comienza el marido de la hija, «*it seems that the function of dreams is kind of saving information into the memory system in a playful way that reduces emotional commitment, so you can cope with trauma or stressful events*». «*I don't have any traumas, nor stressful events on my past*», responde Paulo. «*Everything I remember is good. My life was good*», agrega, aunque el uso del pasado lo desconcierta y lo avergüenza. «*So you don't have any remorses, do you?*», pregunta el marido de la hija. «*No that I remember*», afirma Paulo; su mirada huye hacia el plato ya vacío que se encuentra frente a él. «*We don't always know we have desires or thoughts. Sometimes we don't even remember them, or don't want to remember them because we repress them*», dice su yerno. «*Why don't you just tell me what was your dream about, Paulo?*», pregunta, pero Paulo responde: «*Oh, I dreamed of a party. Nothing to be repressed, you know*». «*Do you like parties, Paulo?*», insiste el yerno. «*Do you like cakes?*», responde el otro. «*Yes, I do. Do you?*» «*I don't*», dice Paulo, y pide que alguien ponga algo de música.

H

Ahora el hombre está comprando en una tienda de comestibles. En la mano izquierda sostiene una cesta que ya tiene algunos productos dentro, y está contemplando las bolsas de patatas fritas: hay tantas variedades que parece imposible escoger una, y Paulo, que se pone las gafas con torpeza, permanece de pie frente a ellas leyendo las etiquetas y sin atreverse a tomar ninguna. *«May I help you?»*, pregunta una empleada que pasa junto a él cargando con una caja. *«Don't you have any with Brazilian flavor?»*, pregunta el hombre. *«I don't think we have anything like that»*, le responde la empleada, y pregunta: *«What do you mean with "Brazilian"?»*. *«What are you doing? You know you can't eat fries»*, dice la esposa, que emerge de la hilera de anaqueles con una bolsa de papel de la que asoman unas manzanas. La empleada se queda mirándolo hasta que Paulo baja avergonzado la vista y se da la vuelta en dirección a las patatas fritas. Toma unas con sabor a vinagre y sal, aunque sabe que las dejará en la caja de la tienda, asegurando haberse equivocado.

I

«What's the name of feijão *here?»*, pregunta Paulo. Está sentado en la silla de diseño, en la sala, de espaldas a sus libros, y su mujer se encuentra al fondo del pasillo, en la cocina, cortando las manzanas. *«Why, you don't remember? It's black beans»*, contesta la mujer. *«No, it's not the same. Black beans aren't* feijão*»*, responde él. *«They don't taste the same»*, dice, y agrega: *«They don't taste the same, you know. Nothing tastes the same, so you can't repeat it»*. *«You can't repeat anything, do you?»*, responde la mujer; es evidente que está distraída, que no es consciente de que para Paulo se trata de una conversación importante. *«What do you mean with "anything"?»*, pregunta, pero ella no le contesta.

J

Unos días después Paulo recibe una invitación para asistir a un congreso en Río de Janeiro. El tema del congreso carece de importancia; de hecho, ni siquiera Paulo parece recordarlo después de unos días. Va a despedirse de su hija; ella trabaja en un museo de ciencias naturales, y los dos están paseando por una de las salas, entre especímenes de grandes animales disecados que contemplan al visitante desde sus vitrinas, cuando la hija pregunta: *«How many days will you stay there?».* *«Four»,* responde Paulo. *«Does mai go with you?»,* pregunta la hija, pero Paulo no responde: se pone las gafas y se queda absorto en la contemplación de un venado que parece vivo, una especie de símbolo de fuerza y de juventud encaramado a una roca cubierta de musgo. *«How do you do that?»,* pregunta. *«Oh, we just empty the animal and throw away everything except the carcass and the skin. And then we fill it up, you know.» «So it's not real.» «No, it isn't. If you keep a single piece of flesh it decays. It's not about showing a real specimen, but to create the illusion. You can't do that with the real stuff, you know»,* dice la hija.

K

Está sentado en el asiento del avión junto a la ventanilla, pero no hay nada que ver al otro lado excepto una especie de bruma indiferente de tono grisáceo; aun así, Paulo no quita los ojos de ella hasta que otro viajero, en el asiento contiguo, le pregunta: *«Would you mind?»* y señala una línea en el periódico que sostiene abierto en las manos, al tiempo que lee: *«American writer, most known for his novel* The Adventures of Tom Sawyer. *Pen name. Five letters».* Paulo observa a su vecino, un joven que lleva pantalones cortos, una camiseta con los colores de la bandera de Brasil y una gorra de los Dodgers que no se ha quitado desde que entró en el avión. Las azafatas están repartiendo la comida, y alcanzan la fila en la que Paulo y el joven están sentados cuando Paulo musita: «*Twain*». «*You spell it*», le pide el joven, pero entonces una de las azafatas se inclina sobre ellos y pregunta, como todas, interrumpiéndolos: «*Chicken or pasta?*».

L

Él despierta con un respingo; parece haber estado soñando, y emerge del sueño sólo muy lentamente, con dificultad. El joven a su lado está dormido, con la cabeza, en la que aún lleva la gorra de los Dodgers, reclinada sobre el pecho. Todavía tiene el periódico en el regazo, y Paulo se pone las gafas para echarle una mirada breve. El joven ha escrito «*Tueil*» y ahora las casillas contiguas del crucigrama son un desastre. Paulo lee: «*uhisky*», «*weter*» y «*lorway*», palabras repartidas alrededor del nombre de pluma de Samuel Langhorne Clemens como si hubiese ocurrido un seísmo.

M

Paulo piensa en los sueños que ha tenido en los últimos días: esos sueños, encadenados, arrastrados en la sucesión de unas pocas horas después de que sus protagonistas hubiesen estado olvidados durante años, no le parecen la emergencia de nada reprimido, ni siquiera un hecho que hubiese encontrado una forma —indirecta, sesgada, sometida al capricho de las horas de sueño, proclive a la interpretación— de ser recordado con la finalidad de llenar una especie de vacío, sino sencillamente un mandato. Paulo no recuerda ninguno similar y nunca ha sido nostálgico: se marchó de Brasil poco después de terminar sus estudios de grado y desde entonces ha regresado con cierta regularidad y una mezcla de curiosidad y de indiferencia, sin tener ningún deseo de quedarse en su país de origen. Sin embargo, al abandonar la sala reservada a los pasajeros que esperan sus maletas, ya en el aeropuerto, toma una decisión y también se pregunta si esa decisión es correcta y si él estará a la altura de lo que ésta demanda; se pregunta si no será débil y abandonará el proyecto antes de concluirlo, si ese proyecto no será imposible de llevar a cabo, qué pensarán su mujer y su hija al respecto, los organizadores del congreso, sus colegas, si alguna vez se enteran. Acerca de la utilidad del proyecto no se hace preguntas: en primer lugar, porque considera que su utilidad se extrae del proyecto mismo y éste todavía no ha sido comenzado; en segundo lugar, porque la razón de lo que va a hacer, que parece surgir del sueño y tener la lógica que los sueños tienen, le parece incomprensible. Al abrirse las puertas que separan la sala principal del aeropuerto y el sector reservado a los pasajeros, Paulo ve algunos rostros de ancianas, un perro, a algunos niños, y a un hombre mayor y ligeramente calvo con aspecto de chófer que sostiene un cartel por encima de sus hombros. En el cartel está escrito su nombre, pero Paulo pasa a su lado como si no supiera leer, toma un taxi, desciende de él en la estación de autobuses, compra un billete: al sentarse en uno de los asientos del autobús cree distinguir una sombra familiar al otro lado de la ventanilla, pero es sólo su rostro, que se refleja en el cristal. A Paulo ese rostro le parece ya el de otra persona.

1

Un televisor en la recepción del hotel exhibe un vídeo promocional en el que, entre otras cosas, aparece esa misma recepción y el mismo empleado que saluda a Paulo con la misma frase servil y la misma inclinación de cabeza que en el vídeo, y Paulo, que se pone las gafas para poder verlo, se pregunta si no está siendo grabado en este mismo instante para ser exhibido en unos momentos, ante los ojos del próximo cliente, a modo de promoción de un hotel que, llegado el cliente a ese punto, ante el mostrador, no necesita, en realidad —y ésta es la paradoja—, promoción alguna. Pide una habitación pequeña, y cuando el empleado repite la palabra —dice en voz baja *«pequena»*, como para sí—, Paulo cree reconocer el acento que los habitantes de Florianópolis tenían cuando él era niño, aunque el empleado es joven y es posible que ni siquiera sea catarinense. Paulo siente una especie de identificación momentánea y muy breve con el empleado y por un instante se dice que él mismo podría estar ocupando su lugar en otras circunstancias, menos favorables. Pero cuando el empleado le pide un documento para completar su registro finge no encontrarlo; a pesar de que sólo lleva un bolso de mano y una maleta pequeña, inapropiada para una estancia superior a los cuatro días que debía pasar en Río de Janeiro, Paulo se entretiene lo suficiente fingiendo buscarlo como para que el empleado pierda la paciencia y le diga que puede entregárselo luego. Paulo asiente, confiando en que su turno haya cambiado la próxima vez que él pase por la recepción, y sube a su cuarto.

2

Primero piensa que tiene que recordar dónde se celebró exactamente la fiesta. La fotografía, que ha quitado de

292

su marco y lleva ahora en el bolsillo interior de la chaqueta, no le sirve de mucho en ese sentido, ya que ha sido tomada en el interior del local, que él recuerda con cierta vaguedad como un galpón pequeño, una especie de plaza de garaje, de paredes blancas. Recuerda que la puerta del galpón estaba pintada de azul y que alguien le avisó de que había sido pintada unos días atrás, de modo que no debía apoyarse en ella si no quería estropearse el traje. Frente al galpón había un pequeño guanábano, y Paulo recuerda que le besó la mano junto a él y que a continuación ella se besó a sí misma la mano, en el mismo sitio donde él lo había hecho. Él tenía diecisiete años por entonces, y ella debía de tener dieciséis o quince. Vivía con su familia en Trindade, en una casa pequeña que daba al Morro da Cruz, pero el galpón estaba en la zona de Agronômica, en una calle que ascendía al Morro. Al subirse al taxi que ha pedido en la recepción del hotel, Paulo indica al taxista que recorra Agronômica, en particular las calles que suben al Morro, y que lo haga con lentitud. El taxista se voltea para mirarlo; es un negro viejo, con la mitad del rostro paralizada. *«Você e um florianopolitano velho, hein?»*, le pregunta. Paulo asiente, pero el taxista ya se ha volteado cuando lo hace.

3

Naturalmente, las calles de Agronômica han cambiado mucho, como el resto de la ciudad. A Paulo eso no le provoca ningún asombro y, para su sorpresa, tampoco ninguna nostalgia: siempre ha pensado que Brasil es, más que ningún otro, el país del futuro, y que, por consiguiente, no hay nostalgia posible en él, excepto una celebratoria, que no es tanto una manifestación de pesar como una de alegría ante la evidencia de que se carece de un pasado de alguna relevancia; para Paulo, ésa es la razón por la que los brasileños siempre parecen encajar perfectamente en los Estados Unidos aunque no en Europa, que es sólo pasado.

4

Por fin lo encuentra. La puerta azul parece haber sido pintada en varias ocasiones, en diferentes tonos de azul; la suma de todos ellos recuerda imprecisamente al que tenía cuando Paulo asistió a la fiesta. Frente al galpón, el guanábano ha crecido y ahora proyecta su sombra sobre buena parte de la calle: en lo alto, comprueba, los frutos han madurado ya y cuelgan como animales moribundos. Paulo pide al taxista que se detenga por un instante, pero no baja del vehículo. En la puerta, un cartel anuncia que el local se alquila como plaza de garaje y como vivienda y hay un número al que se puede llamar. Paulo se pone las gafas y pide un bolígrafo al taxista, quien, sin embargo, carece de papel, así que tiene que escribirse el número en la palma de la mano. Al regresar al hotel, el número se ha borrado a causa del sudor, pero él lo ha mirado tantas veces ya que se lo sabe de memoria.

5

Llama desde su habitación al número que aparecía en el cartel y pregunta por el precio del local. Le dicen una suma mensual, no muy alta. Paulo responde que prefiere alquilarlo sólo por una noche, que necesita el local sólo por una noche, pero la voz al otro lado del teléfono —es una voz femenina, que tiembla ligeramente— le dice que no es posible alquilar el local por una noche, que sólo se puede hacerlo por un mes o por más tiempo. Paulo responde que no importa, que lo alquila por un mes. *«Não deseja ver-o primeiro?»*, pregunta la mujer, pero Paulo dice que no, que estuvo allí hace años y que cree poder recordarlo bien. A continuación acuerdan una cita para firmar el contrato de arrendamiento el día siguiente y proceder a la entrega de las llaves, y después Paulo se despide y cuelga. Antes pregunta cómo se llama la mujer, pero ésta ya ha cortado la comunicación cuando lo hace. Paulo se quita las gafas y luego se queda contemplando el teléfono un momento, como si lo observase por primera vez o no supiese qué hacer con él. Finalmente lo toma y marca un número que conoce de memoria. Después de un momento dice: *«Hello, darling. You know I don't like to talk to machines, so I'll be brief: I'm here. The flight was alright. And now I'm here. I mean, I'm not exactly here. But I'll be, I guess. "And where is here?", you'll ask. It's in the past. Here's in the past»*. Paulo vacila un momento con el aparato en la mano y luego cuelga.

6

Esa noche pide al servicio de habitaciones que le suban un plato de espaguetis y se echa en la cama descalzo a ver un partido de fútbol entre el Figueirense y el Criciúma; cuando era joven, era aficionado del Metropol por agradar a su padre, pero el club parece haber desaparecido hace años. A Paulo el partido le interesa más bien poco, pero encuentra algunas razones para sentir cierto interés por él: el Criciúma tiene un mediocampista llamado Rodrigo Souza que le recuerda a un boxeador a punto de caer sobre la lona; en el Figueirense juegan Coutinho y Wellington; el entrenador se llama Argel Fucks. Paulo sigue el juego desde la cama pero no alcanza a memorizar las posiciones de los futbolistas y muchos de ellos le parecen unos ancianos, a pesar de que podrían ser, al menos técnicamente, algo así como sus nietos. Nada en ellos le recuerda a los esplendorosos, arrogantes, jugadores de fútbol de su juventud; todos parecen atemorizados, como si tuviesen que leer una conferencia ante un público de especialistas y sus papeles se hubieran desordenado o los hubiesen olvidado en el hotel. Cuando por fin llega el servicio de habitaciones, quien trae la bandeja con los espaguetis es el joven que lo atendió en la recepción al llegar. El joven le pide disculpas, le dice que el hotel está escaso de personal. Al ver que está viendo el partido, le pregunta de qué equipo es aficionado, pero Paulo le responde que ya ha entregado la documentación en la recepción del hotel y que todo está en orden. El joven vacila un instante, y luego le extiende un recibo para que firme. Paulo lo hace y deja un billete junto al recibo y el bolígrafo con el que ha firmado. Al verlo marcharse, descubre que el muchacho es cojo: arrastra el pie derecho, que está vuelto en un ángulo extraño en relación a su posición natural, como si se negase a avanzar con el resto del cuerpo al que pertenece y prefiriera demorar su avance todo lo posible.

7

Está durmiendo cuando suena el teléfono; la luz de la habitación está encendida, él sigue vestido sobre la cama; en la televisión alguien anuncia un aspirador. Le cuesta un instante saber qué está sucediendo y dónde se encuentra. Mientras levanta el teléfono, se pone las gafas. «*Alô*», musita. «*Paulo?*», la voz de su mujer suena temblorosa y llega como a través de una caja de resonancia llena de rencores y dudas. «*Where are you? Have you been drinking? You left a strange message some hours ago. Is everything alright?»* Paulo no responde; en la televisión un hombre salpica una camiseta con kétchup. *«Are you alone, Paulo? Where are you? This telephone number is not from Rio de Janeiro. What is happening?»* Paulo sigue sin decir una sola palabra; el hombre de la televisión ha rociado la camiseta con un líquido y la mancha ha desaparecido. La voz de su mujer se quiebra, como si estuviese caminando sobre vidrios rotos: *«Is there another woman?»*, pregunta. Paulo responde: *«Sim»*. Va a cortar la comunicación cuando piensa que tiene que decir algo más, y agrega: *«Eu... I need some days. I've got things to do. I've found... I've found a vein, a string that leads to the things I haven't done. But I'll be back. When the vein is exhausted and if I find my way, I'll return»*. Paulo aparta el teléfono de su oído como si fuese de plomo; cree escuchar que su mujer afirma o pregunta *«Shall I come?»*, pero cuelga antes de tener que responderle.

8

A la mañana siguiente recorre tiendas de cotillón y de artículos para fiestas en el centro de la ciudad. Todo, sin excepción, le parece de un gusto pésimo; pero no es tanto su función lo que le irrita de ellos —en sustancia, las personas siguen celebrando como en 1965, no hay diferencia alguna al respecto—, sino su colorido, que le parece extenuante para la vista. Paulo piensa o imagina —puesto que no puede recordarlo con precisión— que las guirnaldas de aquella fiesta debían de ser igual de coloridas, pero se niega a creerlo, como si el hecho de que la fotografía que tiene de la fiesta, que es lo único a lo que puede aferrarse, y que es una fotografía en blanco y negro, llevase a que él sólo pudiera recordar la fiesta sin colores, en el blanco y negro de la imagen. En una o dos ocasiones cree haber dado con las guirnaldas, sin embargo; pero, al tocarlas, descubre que son de plástico, y las que él recuerda eran de un papel rugoso en absoluto desagradable al tacto; más bien agradable, y bastante resistente. Al final, en la tercera o cuarta tienda que visita, da con ellas y compra una docena. A continuación visita una tienda de discos donde acaba discutiendo con el dependiente: lo que él necesita no es, bajo ningún concepto, un equipo de música moderno, ni discos compactos, sino un tocadiscos que recuerda muy bien aunque su nombre se le escapa. El joven dependiente sonríe estúpidamente, como si estuviera oyéndolo desvariar, pero no puede ayudarlo. Lleva una argolla en el labio inferior y ésta golpea con sus dientes cuando sonríe. Paulo insiste: necesita un tocadiscos y, además, algunos discos originales, no muchos, él recuerda que cada uno de los invitados a la fiesta llevó los suyos, y que no había más de diez o doce. El joven le indica que esas cosas ya no se fabrican, como si Paulo no estuviese al corriente de ello, como si hubiese estado todos aquellos años en el fondo de una caverna oscura y húmeda viendo sombras del exterior que se proyectaban en una pared. (¿Fue realmente así? A veces Paulo cree que sí lo fue, pero no se atreve a admitirlo ni siquiera ante sí mismo, como si prefiriese permanecer cinco pasos por detrás de la idea de que su vida ha estado equivocada: cuando da un paso en dirección a sí mismo y a esa certeza, la idea también da un paso, y así, por fortuna, nunca se alcanzan.) Paulo se queda de pie frente al mostrador del local con una mezcla de asombro, hartazgo y miedo, hasta que el joven se dirige a otro dependiente que lleva todo el cabello encrespado, como si se hubiese electrocutado recientemente —o mucho tiempo atrás: Paulo recuerda que su hija también usó ese peinado en la década de 1980, en una época en la que es posible que el joven del peinado no hubiera nacido aún—, y cuchichea un momento con él. El del cabello electrificado apunta algo en un papel y se lo da al otro empleado, que regresa junto a Paulo. Le dice que en la calle que le ha apuntado en el papel hay varios locales de antigüedades, y que suele haber discos originales —«*vinils raros, vintage*», los llama— en algunos de ellos. Paulo le da las gracias y está a punto de marcharse cuando ve que el joven le extiende la mano. No sabe cómo reaccionar, ni comprende el significado de ese gesto, pero él también le estrecha la mano y por un instante ambos parecen saberlo todo el uno del otro. «*Boa sorte, meu velho*», le dice el joven, y Paulo asiente, sorprendido y algo avergonzado.

9

En la tienda de antigüedades revisa todos los tocadiscos que encuentra y se asombra, en primer lugar, del hecho de que esos objetos, que para él fueron alguna vez de uso cotidiano, se hayan convertido, por alguna razón, en piezas de museo, en antigüedades cuyo valor ya no es de uso: cosas cuyo precio no está determinado por su utilidad sino por el tiempo que media entre el momento en que fueron usados por última vez y el presente. Paulo se pregunta cómo contabilizar ese tiempo; cuánto valor añade al objeto cada año, cada mes, cada día, y si la regla del incremento del precio en virtud del tiempo transcurrido se aplica, de algún modo, a las vidas de las personas: los últimos años en la universidad, las reacciones de sus alumnos ante lo que alguna vez definieron, en su presencia, como una visión «desactualizada» de los textos le hacen pensar, sin embargo, que no es así; o que, acaso, con las personas sucede exactamente lo contrario, y que su valor se pierde con los años en lugar de aumentar. Lo que le asombra en segundo lugar es la profusión de objetos familiares que encuentra en la tienda; en ella, piensa, está todo lo que necesita, o casi todo. Encuentra el tocadiscos cuya memoria ha conservado malamente y algunos de los discos que necesita —los que compra en esa tienda son los siguientes: *O mundo musical de Baden Powell,* los sencillos de los Beatles «Can't Buy Me Love», «Twist and Shout» y «I Want to Hold Your Hand», que recuerda que fueron puestos una y otra vez a lo largo de la fiesta, *Avanço,* del Tamba Trio, el disco de Roberto Carlos que incluía la canción «Louco por você», el sencillo de «Non ho l'età» cantado por Gigliola Cinquetti, que a quienes sabían algo de italiano les provocaba risa, el de «Uno per tutte» de Tony Renis y Emilio Pericoli y el de «Oh, Pretty Woman» de Roy Orbison; los que conseguirá en otras tiendas que visitará a continuación serán un disco del Salvador Trio y *Another Side of Bob Dylan,* que recuerda que alguien llevó a la fiesta pero que no fue puesto a pesar de las protestas de algunos—; también encuentra unos vasos plásticos como los que había en aquella fiesta y que alguien, por alguna razón, parece haber conservado hasta el momento en que los vendió en la tienda de antigüedades, Dios sabe en procura de retener qué experiencia y qué significado.

10

A Paulo le quedan todavía un par de horas antes de encontrarse en el galpón con la mujer responsable de alquilárselo; está cargado, pero no quiere pasar por el hotel, ya que su idea es llevarlo todo hoy mismo. En un local de comidas que da a la calle ordena un filete de ternera y unos huevos fritos, que come lentamente. Mientras almuerza recibe una llamada de su hija en el teléfono móvil. *«What the fuck is all this?»,* escucha que su hija le pregunta, pero el teléfono se queda sin batería antes de que pueda responderle. Al terminar de comer, observa el fondo del plato de cartón en el que le han servido la ternera; piensa que funcionará, y convence al empleado que se encuentra detrás de la barra haciendo la comida para que le venda una veintena de ellos. En la televisión, un anciano —la puesta en escena es la que corresponde a alguien que encarna, de algún modo, la autoridad, intelectual o de otro tipo: está sentado en una poltrona frente a una fila de libros encuadernados en cuero, cuyos títulos Paulo no puede leer, y apoya las manos en un bastón con el puño labrado; lleva una chaqueta azul con una corbata de color celeste y un prendedor con la bandera brasileña y algo que parece una corona o la aureola de un santo sobre ella— afirma que las cosas están mal, que nunca han estado peor. Paulo se pone las gafas y, al hacerlo, cree recordar que se trata de un viejo político brasileño, aunque no acierta a identificarlo. *«As coisas estão mal no país. As coisas estão tão mal que, se eu estivesse morto, eu preferiria ficar morto como estou»*, dice el hombre en la televisión. Paulo paga y se pone de pie y sale a la calle con las bolsas que ha acarreado durante toda la mañana. Sólo ha dado unos pocos y dificultosos pasos en dirección a una parada de taxis cuando oye que lo llaman; es uno de los jóvenes que estaba comiendo en el local que acaba de abandonar: trae su teléfono móvil en una mano que enarbola sobre su cabeza. *«O senhor esqueceu isso»*, dice. Paulo lo mira, responde: *«Quem pode dizer que lembra e que esquece?»*. Y sigue caminando.

11

La mujer dice llamarse Lìvia; es baja, y su rostro tiene el tono grisáceo que suelen adquirir ciertos mulatos cuando

301

se ven impedidos de tomar el sol por una razón u otra. A pesar de ello, parece haber sido guapa alguna vez, en una juventud más reciente que la de Paulo, aunque a éste, en estos días, nada le parece más reciente que su juventud, que es, digámoslo así, inminente. Paulo baja del taxi con las bolsas de lo que ha comprado y las esparce a su alrededor, a la sombra del guanábano. Alguien ha pegado en la puerta del galpón un cartel anunciando un concurso de forró en el que seis o siete bandas se «enfrentarán» en un escenario circular, que permitirá que se alternen: el público decidirá cuál de ellas es la triunfadora de la noche. Paulo se pone las gafas para leer el cartel, y su rostro se encoge en un rictus de enfado. *«Não foi assim. Isto não estava aquí. Não era assim. Tem que ser como foi»*, murmura mientras intenta despegar el cartel, pero el cartel está pegado a la madera de la puerta, y Paulo tiene que tomar una moneda y raspar con ella toda la superficie, como si la estuviese borrando. Cuando termina, descubre que se ha excedido y que ha arrancado también las capas de pintura que yacían bajo el cartel: una azul, otra celeste, otra verde, y luego el azul original, el que él recuerda. La mujer llamada Lívia desciende de una camioneta que ha aparcado al otro lado de la calle y se acerca a él, se presenta, le estrecha la mano. Paulo está ansioso, y a duras penas puede contenerse mientras la mujer trata infructuosamente de encontrar la llave que corresponde al candado del galpón, y que ella busca en un manojo de llaves que ha extraído de su bolso: la mujer parece indiferente a los objetos que Paulo ha apilado bajo el guanábano, así como a su ansiedad. Cuando al fin encuentra la llave que permite abrir el candado, éste cede y las cadenas que sujetan las hojas de la puerta caen al suelo. Hay una cerradura más, la de las puertas del galpón en sentido estricto, pero, mientras busca la llave para abrirla, Lívia deja caer la carpeta que lleva debajo de un brazo; cuando recoge la carpeta, se le caen las llaves. La situación es embarazosa para ambos, pero ninguno habla, y Paulo puede verse o imaginarse desde el otro lado de la calle, siendo los dos observados por vecinos quizá ya acostumbrados a la impericia con la que Lívia muestra el galpón a los interesados en alquilarlo. ¿Alguno de esos vecinos habrá sido testigo de la fiesta? ¿Habrá visto llegar a aquellos jóvenes entre los que él mismo —y ella— estaban, se habrá enfadado por el volumen de la música —que posiblemente no estuvo en ningún momento muy alta, habida cuenta del tamaño reducido del altavoz del tocadiscos, pero que debe de haber parecido, de seguro, monótona; Paulo recuerda que, a cierta hora de la noche, las canciones de los Beatles eran puestas una y otra y otra vez a pedido de los que querían bailar y que nadie tocó ya los otros discos—, habrá estado entre los que gritaban, a los últimos, *«Vai pra casa!»*? Paulo no lo sabe, y una cierta inquietud se apodera de él cuando piensa que la repetición de la mayor cantidad posible de acontecimientos que tuvieron lugar durante aquella noche requiere también de la intervención de los vecinos. ¿Cómo convencerlos, sin embargo, de que deben contribuir a una fiesta que tuvo lugar hace medio siglo? ¿De qué modo, mediante qué coacción, persuadirlos de que espíen la llegada de unos jóvenes que esta vez no vendrán, se enfaden por el volumen de una música que sólo sonará débilmente, griten *«Vai pra casa!»* a nadie, a los perros que deambularán por la calle cuando las personas se encierren hasta el día siguiente? Cuando por fin Lívia consigue abrir la puerta, la situación es, por decirlo así, anticlimática: los últimos ocupantes del galpón, que parece haber sido reconvertido en una vivienda, o al menos en una especie de vivienda, han dejado algunos muebles —un colchón, un sofá, la mesilla de un televisor, aunque no el aparato— que a Paulo le parecen presencias irritantes, inapropiadas para un lugar como ése. Lívia parlotea incesantemente, ponderando las virtudes —por lo demás, inexistentes— del galpón, que carece de baño, que no tiene ventanas, que está encajonado entre dos edificios altos que no estaban allí hace cincuenta años y que a él le parecen el colmo del mal gusto. Paulo la interrumpe para pedirle los contratos y los firma recostado sobre la mesilla del televisor tan pronto como Lìvia se los tiende. La mujer lo mira con cierta extrañeza, pero disimula su asombro cuando ve que el hombre la está observando. «*O ajudo a colocar as coisas dentro da casa?*», le pregunta. «*Não. Não é necessário*», responde Paulo. Ambos se quedan en silencio, incómodos. Paulo advierte que la luz afuera del galpón ha comenzado a escasear y que se han quedado en penumbras, pero no se mueve; la mujer, que parece observar lo mismo, se dirige a un interruptor en la pared: por fortuna, el galpón tiene conexión eléctrica. «*Você é daqui?*», pregunta Lívia finalmente. Paulo se pregunta a qué se refiere con la palabra *aquí*, pero se apresura a responder: «*Não*»; luego se corrige: «*Sim*», y agrega de inmediato: «*Desejo ficar sozinho um momento por favor*». Lívia lo mira como si la hubiera abofeteado, pero luego responde: «*É claro*» y se dirige a la salida; desde la puerta todavía le dice algo, pero Paulo, que está dándole la espalda, no consigue comprender qué ha dicho.

12

Mete todo en la casa, con dificultad y una lentitud exasperante, en varios viajes que hace desde el interior del galpón al guanábano y luego de regreso. A continuación, con gran esfuerzo, deteniéndose para recobrar el aliento cada pocos pasos, saca a la calle el colchón, la mesilla y el sofá —este último, por fortuna, tiene ruedecillas— y regresa al interior del galpón. Por esa tarde no toca nada de lo que ha comprado: se sienta en un rincón, contra la pared del fondo, y se dedica a mirar alternativamente la fotografía y las paredes vacías y algo manchadas del local. Piensa en las cosas que debe comprar aún, y se pregunta si conseguirá dar con ellas, y dónde. Se dice que ahora todo le parece más pequeño o más grande, no está seguro, pero también se dice que el hecho de que ahora las cosas le parezcan —y no «sean», simplemente, como sucedía en el pasado— es la señal más evidente del paso del tiempo, en él y en los objetos que lo rodean, así como la prueba de que la dificultad de su proyecto lo vuelve prácticamente inviable. Paulo piensa en la más evidente de las imposibilidades que rodean su plan, que ya se ha planteado a sí mismo varias veces desde que tuvo el sueño: la de que no es posible conseguir la asistencia de quienes participaron en la fiesta de aquella noche. Quizá algunos hayan muerto ya; otros —es su caso, pero también el de otras, no pocas, personas del círculo que frecuentaba por entonces— ya no viven en Brasil; de algunos no supo nunca el nombre, o lo ha olvidado. ¿Qué sucedería, se pregunta, si consiguiese recordar sus nombres, si diese de algún modo con ellos y les hablase del proyecto? ¿Cuál sería su reacción al oírlo? ¿Lo recordarían a él, el joven que había viajado a Brasilia para ser condecorado con otros alumnos destacados por el presidente y que poco después de la fiesta se fue a estudiar fuera de Brasil, al parecer a Estados Unidos? Quizá, sencillamente, hayan olvidado todo ya, o vivan de espaldas al pasado, como Paulo ha hecho hasta hace poco tiempo; tal vez, incluso, hayan reconocido también un momento de bifurcación en su existencia, un instante en el que las cosas pudieron haber sido de otra forma, por completo distinta, pero ese momento no se encuentre en la fiesta sino en cualquier otro acontecimiento, y que sea ese acontecimiento, y no la fiesta, lo que pretendan revivir, de algún modo. Muy probablemente, piensa Paulo, la idea de que la repetición de la mayor cantidad posible de circunstancias en torno a un instante específico de la vida de una persona puede permitir a esa persona, de algún modo, «regresar» a ese instante —de alegría o de infelicidad, poco importa, ya que lo relevante, en realidad, es que ese momento ha sido significativo y todavía «le dice algo» a quien lo ha vivido— a ellos les parezca ridícula. Porque, más allá de los cambios que se han producido en los sitios y en las personas en el último medio siglo, que invalidan cualquier proyecto de recreación de un instante específico, ¿qué podría hacer que suponga que la repetición de un acontecimiento que se desea alterar, aunque sea mínimamente, no supone también la repetición de las circunstancias posteriores? Paulo ha pensado mucho en el tema, y cree que la palabra clave en ese razonamiento es *recreación;* es decir, una cierta forma de repetición con distancia crítica, que es el modo también en que opera el arte en su relación con la realidad. ¿Acaso su proyecto es artístico? Paulo lo duda: nunca ha tenido ningún interés en producir arte, aunque lo ha consumido en cantidades ingentes como profesor de Literatura —a pesar de que, desde luego, decir que la literatura es arte resulta, en cierta medida, una exageración, como decirlo del cine—, y, en cualquier caso, y si alguna vez «creyó» en él, ya no lo hace, convencido de que el arte no puede echar atrás el tiempo ni impedir que éste continúe transcurriendo, al menos no de la manera en que podría hacerlo su proyecto si sale bien. Al ponerse de pie, la espalda le duele terriblemente: él mismo, piensa Paulo, es una manifestación de que el tiempo transcurre dentro y fuera del arte, y que por lo general lo hace con crueldad.

13

Cuando sale a la calle, alguien se ha llevado ya todas las cosas: el colchón, la mesilla, el sofá.

14

Al regresar al hotel, encuentra dos llamadas en el contestador del teléfono. Las dos son de su esposa: la primera es furibunda; la segunda exhibe una variante reposada del dolor, como si la huida del marido hubiese tenido lugar años después de la primera llamada y ya hubiese sido disculpada por la mujer. Paulo se da una ducha larga y a continuación se echa en la cama envuelto sólo con una toalla. Se pone las gafas, prende la televisión y pasa los canales hasta que da con un filme en blanco y negro. En él, los indios están a punto de asaltar la diligencia, y Paulo se dice que le gustaría saber si alguno de ellos —o, mejor aún, alguno de sus descendientes, puesto que es obvio que el filme es antiguo y que todos sus protagonistas deben de haber muerto ya— recuerda haber rodado esa escena y otras, si dispone de ellas, o si se reconoce o reconoce a su abuelo o a su padre cuando el filme irrumpe en la televisión y un puñado de indios se apresura a asaltar la diligencia. Una vez más —porque Paulo ha pensado a menudo en ello—, se pregunta dos cosas: en primer lugar, a quién corresponde la autoría de una escena en el cine —¿al director del filme? ¿Al montajista, al iluminador, al camarógrafo; acaso a los actores? La indefinición en ese sentido siempre le ha arruinado el placer de ver películas, a él, que en su trabajo siempre ha leído por y desde los autores de los textos, quienes, por lo general, son un sujeto individual y fácilmente identificable—; lo segundo que se pregunta es cuánto cuesta una escena en el cine y si su costo —que sabe elevado, porque alguna vez ha coincidido en alguna fiesta con alguien relacionado con el negocio del cine, nunca nadie demasiado relevante— se justifica, sobre todo si se considera que la escenificación de una situación específica —pongamos por caso, el asalto a la diligencia— es obscenamente cara y siempre resultará imperfecta en relación a la forma de la que dispone un escritor de inducir a un lector a imaginar esa misma escena, para lo cual no necesita más que un dominio modesto de su lengua materna y un poco de papel y algo de tinta. Paulo nunca ha comprendido a los escritores que se han pasado parcial o completamente al cine: siempre le ha parecido que esos escritores renunciaban a algo íntimo y precioso, a la vez que inalienable, que era la producción de circunstancias específicas con un número insignificante de medios. A pesar de ello, piensa antes de caer, una vez más, en un sueño profundo que la escena de la diligencia está muy bien filmada; por supuesto, los indios son repelidos. Una vez más, en el último momento.

15

El teléfono suena en el medio de la noche y lo sobresalta. Paulo estira la mano en dirección a él, lo toma y se lo acerca, pero se limita a escuchar la voz en el otro extremo. Es la de su mujer, quien a) llora; b) lo insulta; c) le dice que lo ama; d) le pide que vuelva; e) le pregunta si está con la otra mujer; f) llora; g) lo insulta; h) le exige que vuelva; i) le dice que quiere salvar su matrimonio; j) le dice que ya no es el mismo desde que dejó la universidad; k) le dice que no tenían derecho a hacerle lo que le hicieron, prescindir de él de esa forma sólo por haber cumplido la edad reglamentaria para la jubilación; l) llora; m) le dice que nadie debería envejecer nunca, que envejecer es aterrador y sólo se puede sobrellevar junto a alguien; n) y que ella lo escogió a él para ello; o) a pesar de lo cual él se ha ido; p) cosa que ella no entiende; q) llora; r) le dice que quiere una explicación; s) que los del congreso en Río de Janeiro llamaron en varias ocasiones a la casa, que están furiosos; t) que ella puede perdonarlo; u) que ellos siempre han hablado las cosas; v) le dice que hoy ha nevado; w) llora; x) llora; y) lo insulta; z) le dice que irá a buscarlo, que no piensa dejarlo ir, que lo ama, que irá a buscarlo.

16

A la mañana siguiente visita una sastrería cuyo nombre recuerda de cuando vivía en la ciudad; tal como suponía, la sastrería no ha cambiado mucho en las últimas décadas, y sigue proveyendo a los clientes que tenía por entonces, cuyo número, por supuesto, ha ido disminuyendo con los años. Pero Paulo no estaba entre ellos, puesto que la sastrería tenía por entonces un prestigio enorme, que proyectaba en unos precios que hacían imposible que un estudiante como él se convirtiese en su cliente, aunque fuera de forma circunstancial. Paulo ha memorizado la fotografía: cuando es atendido por un hombre algo mayor que él, posiblemente el sastre mismo, le dice que quiere un traje igual a los que solían llevarse en el año 1965, e insiste: no en 1964 ni en 1966; en 1965, en la primavera, y que lo necesita para el día siguiente. Paulo nunca sabrá lo que piensa el sastre al oírlo, aunque no es improbable que piense en cuestiones por completo alejadas del encargo que se le ha hecho, que tal vez considere rutinario en una época en que son en especial sus clientes jóvenes —más bien escasos, pero él confía en que esto cambie con el tiempo, aunque sólo Dios sabe cuánto tiempo le quedan al

sastre y a su disciplina— los que piden trajes vintage o
«de época», como si tuviesen una nostalgia particularmente pronunciada de algo que no vivieron nunca o allí
afuera se celebrase una enorme fiesta de disfraces. El
sastre se aleja del mostrador y regresa de la trastienda
algo después con un catálogo; el número 1965 aparece
destacado en su portada. Cuando empieza a hojearlo,
Paulo, que tiene dificultades para encontrar y ponerse
las gafas, descubre que el sastre tiene la mitad del cuerpo paralizado, y que la mano izquierda se encoge en un
gesto involuntario de crispación, el cual —lo compro-
bará en un instante— no lo invalida en absoluto: aun
reducido a la mitad de sí mismo, el sastre es extraordinario, el mejor que ha visto nunca.

17

Las sillas son exactamente las que quiere, descubre Paulo en la carpintería cuya dirección le ha dado el sastre.
La carpintería está en Campeche, a poca distancia del
aeropuerto, y, de no ser por el ruido regular de los avio-
nes que aterrizan y despegan en las proximidades, daría
la impresión de encontrarse detenido en algún momento del siglo XIX; en algún momento cercano a su final,
cierto, pero, aun así, pretérito. Allí, tal como el sastre le
ha anunciado, Paulo encuentra sillas como las que había en la fiesta, y una mesa similar; ambas —lo recuerda— eran las más baratas que podían encontrarse por
entonces, y todas las casas tenían una gran cantidad de
ellas: sus padres, por ejemplo, tenían unas diez o doce
de esas sillas, que apilaban en un rincón de la sala de estar a la espera de que ese número de invitados atravesase
un día la puerta de la casa, cosa que nunca había sucedido, según recordaba. Paulo no comprende qué ha llevado
a los dueños de la carpintería a continuar produciéndo-

las, aunque también puede haber sucedido —Paulo no lo considera, sin embargo— que las sillas sean originales, un encargo nunca completado o sencillamente el rastro de un dueño anterior de la carpintería, que cayó del lado de los activos de la tienda cuando se produjo la venta a sus nuevos dueños, aunque es evidente que sillas así, que nadie quiere ya, constituyen un pasivo antes que su contrario excepto que alguien como él llegue algún día, como en este caso, en busca de sillas antiguas y baratas, que le recuerdan a una fiesta de medio siglo atrás en la que conoció a una joven a la que no olvidó, y se lleve siete sillas y una mesa y compre también un mantel de hule con lirios azules y rojos que el nuevo dueño de la carpintería dejó en la trastienda después del traspaso del local y que, habiéndolo comprendido todo, o casi todo, cree que interesará a Paulo, que lo compra inmediatamente porque le recuerda al que cubría la mesa durante la fiesta, aunque no recuerde si el mantel, siendo de hule, tenía imágenes de lirios o de magnolias. Pero un cliente así sólo aparece una vez en la vida, así que las demás sillas se quedarán en la carpintería, alimentando un activo irónico que pasará de mano en mano hasta su cierre.

18

A continuación, Paulo regresa a la tienda de discos en la que estuvo el día anterior y saluda al joven de la argolla en el labio; por alguna razón, éste no se asombra al verlo regresar, y tampoco el joven de los cabellos estirados hacia arriba parece estar sorprendido, aunque es posible que éste no lo haya reconocido y por esa razón no muestre ninguna sorpresa: el de la argolla sí lo ha hecho, y le pregunta: «*Como va tudo, meu velho?*». A Paulo, en esta ocasión, su exceso de confianza no le sorprende: por el contrario, le hace pensar que algo o alguien lo reconoce en la que alguna vez fue su ciudad, que él mismo tiene dificultades para reconocer. Paulo le responde que está bien, que todo va bien, y le pregunta si quiere ganar algo de dinero. Al joven —Paulo sabrá más tarde que su nombre es Alexandre pero que sus amigos lo conocen como Cabeça de Caminhão, nunca le explicará por qué— la sorpresa le recorre el rostro y por un momento lo paraliza, pero vuelve a sonreír al instante y le grita al otro empleado, por sobre la música, que saldrá un momento.

19

Paulo y el joven toman asiento en una cervecería y piden una botella y dos vasos. Paulo le cuenta su proyecto. El joven se asombra, sonríe, acepta, le dice que sí, que es posible, que no se lo quiere perder.

20

Esa tarde, a la hora que han convenido, y que Alexandre cumple escrupulosamente pese a la que dice que es su costumbre, éste lo recoge en la puerta de su hotel en una camioneta que le han prestado. Al abrir la puerta del acompañante, Paulo ve que con él está el joven del cabello encrespado, el otro empleado de la disquería, que le tiende por primera vez la mano y dice que se llama Fabio pero que sus amigos lo llaman Mão de Ferro. Paulo está a punto de preguntarle acerca de su apodo —aunque sus dudas se extienden, más bien, a todos los apodos que los jóvenes brasileños parecen utilizar estos días, tan gráficos y distintos de los que él conoció en su juventud, como Didí, Djalminha o Jairzinho— cuando súbitamente comprende: Fabio lleva hasta cinco anillos en cada dedo, en todos los dedos de las dos manos. *«Eu disse-lhe de teu projeto, mas ele quer ver com seus próprios olhos, hein?»*, dice Alexandre. Paulo asiente y va a agregar algo cuando el joven de los anillos termina la conversación. *«Está legal»*, dice y se quedan en silencio, excepto Paulo, que tiene que indicarles cómo llegar a la carpintería.

21

Al llegar al galpón, la excitación de los jóvenes es evidente. Paulo abre el candado y a continuación la cerradura de la puerta de entrada. Alexandre se queda en la camioneta desatando las sillas y la mesa que han atado en la parte trasera con ayuda del carpintero, pero Fabio sigue a Paulo y se cuela tras él en el galpón. *«Então, aqui aconteceu tudo»*, musita como para sí mismo. Paulo asiente. Cuando los dos jóvenes han terminado de descargar las sillas y la mesa, colocándolas allí donde Paulo les ha indicado —es decir, en los sitios en que Paulo recuerda o cree recordar que se encontraban originalmente—, éste extrae de las bolsas en que los ha transportado el día anterior el tocadiscos, los discos, las guirnaldas, los platos y los vasos de cartón y el mantel de hule. *«Muito bem»*, asienten los dos jóvenes. *«Estava tudo assim, hein?»*, pregunta Fabio. Paulo le responde que sí, que cree que sí. Fabio inspira, llenándose los pulmones, como si quisiera inundarlos del aire de 1965, que nunca antes han aspirado. *«Mas não é tudo, coisas faltam»*, admite Paulo. Qué cosas, le preguntan los jóvenes. Paulo menciona la comida y la bebida, y su traje. *«Coisas comestes então?»*, le pregunta Alexandre. Paulo vacila por un momento, aunque ha pensado en ello muchas veces ya: *«Havia negrinhos, cajuzinhos, branquinhos, pãos de queijo e amendoas torradas»*, dice, y agrega: «*Tínhamos também Coca-Colas e duas garrafas de cachaça*». «*Cerveja?*», pregunta Fabio. «*Sim, mas preta. Duas garrafas*», responde Paulo. Los tres se quedan un momento en silencio, hasta que Alexandre sonríe y sacude las llaves de la camioneta y dice: «*Legal, meu velho. Vamos comprar tudo*».

22

Ya es de noche cuando regresan al hotel. Alexandre detiene la camioneta y Fabio le tiende a Paulo la bolsa con las bebidas, que ha llevado todo el tiempo sobre el regazo para evitar que se rompieran. Paulo mete una mano en un bolsillo de la chaqueta y empieza a sacar billetes, pero Fabio lo detiene. «*E legal, cara*», le dice. Paulo mira a los dos jóvenes con sorpresa. ¿Queréis comer?, les pregunta a continuación, y los dos se miran y asienten.

23

En el restaurante del hotel las luces son bajas y sólo hay un par de parejas, que se tienden las manos sobre el mantel como si estuviesen imitándose la una a la otra o interpretando un papel establecido de antemano y que correspondiese a las parejas cuando van a cenar a los restaurantes de los hoteles. Cuando se les acerca, el camarero parece resistir con esfuerzo el impulso —por lo demás, natural en este tipo de sitios— de echar a los dos jóvenes. Paulo, que ha estado en cientos de restaurantes así a lo largo de su vida —que, en las últimas décadas, sólo ha conocido restaurantes así, o más bien los originales neoyorquinos de los restaurantes que éste pretende imitar, sin conseguirlo por completo—, se siente en su elemento, y pide a los jóvenes que ordenen lo que quieran. A los dos les cuesta decidirse y preguntan discretamente a Paulo, escondiéndose detrás de los menús que el camarero les ha entregado, qué significa «*steak tartar*» y cuál es el significado de la palabra «consomé». Paulo se lo explica; tiene la impresión de que está dejando una huella en sus vidas, una huella minúscula pero persistente; se pregunta si algún día, dentro de muchos años, los dos, o sólo uno de ellos, intentarán reproducir esta cena, en este hotel o en otro, con la esperanza de que el camarero que quiso echarlos del local todavía trabaje allí, que la carta sea en buena medida la misma, que la decoración del restaurante se mantenga inalterada. Prefiere no contestar a esa pregunta. Los tres comen y beben y hablan principalmente de bandas de rock que Paulo no conoce y que, por insistencia de los dos jóvenes, en particular de Alexandre, apunta en un trozo de papel con el membrete del hotel que le ha pedido al camarero después de ponerse las gafas, y promete buscar más tarde. Beben cerveza —sobre todo los jóvenes, que la prefieren rubia y en grandes cantidades— y ríen de forma más y más estentórea; los rostros de las parejas se vuelven a menudo hacia ellos, con un gesto de reproche, y Paulo ríe más y más alto él también, a pesar de no comprender los chistes de sus amigos y sólo por acompañarlos. Al final de la noche, los dos jóvenes se toman de la mano, como si imitaran a las parejas que se encontraban en el local —y que ya se han ido, prometiéndose no regresar— y se besan por un instante. Paulo los observa y se siente vivo. Por primera vez en mucho tiempo se siente rabiosamente vivo.

24

Al día siguiente se despierta con un ligero dolor de cabeza. La noche anterior, al regresar a la habitación, llamó dos veces a su casa, pero, por fortuna, su esposa no estaba en ella. No dejó mensaje, o no recuerda haberlo hecho. El día ha amanecido nublado, con unas nubes oscuras y cargadas de agua que se deslizan a baja altura, impidiendo ver la cima erizada de agujas de televisión del Morro y las casas que se extienden en hileras irregulares por sus laderas hasta casi alcanzarla. A Paulo la meteorología le resulta, por lo general, indiferente, excepto hoy; se levanta de la cama, se dirige al baño y se ducha lentamente, con exhaustividad, con cierta alegría: si no recuerda mal, también el día de la fiesta amaneció nublado. Mientras se ducha, recuerda que cuando era joven los días así eran los preferidos por los adolescentes para llevar a sus parejas al Morro; la niebla le daba a todo el carácter de un sueño o el de una alucinación, y siempre existía la posibilidad de que comenzase a llover y el joven y su acompañante tuviesen que buscar refugio juntos, quién sabía hasta cuándo. No era una excursión carente de peligros, sin embargo: durante un tiempo, se dijo que había un asesino que merodeaba por el cerro y sorprendía a las parejas; se decía que las asesinaba y las cortaba en trozos y esparcía los trozos por todo el Morro, como advertencia a otras parejas. La noticia, creía recordar Paulo, había llegado a ser mencionada en los periódicos, pero nunca había sido capturado ningún asesino ni se habían hallado restos humanos. Quizá la del asesino no era más que una historia destinada a convertir la ascensión al Morro en una excursión en la que estuviera algo más en juego que la virginidad o la promesa del amor; tal vez era un elemento narrativo concebido por alguien para alimentar el deseo sexual de los hombres y la entrega absoluta de las mujeres, aunque Paulo no recuerda que ese deseo requiriese estímulos añadidos durante su juventud. Quizá, piensa mientras se ducha, la sexualidad de aquellos años era así y prefería caminar del lado de los sueños y de la muerte.

25

La calidad de las aceras de Florianópolis se ha deteriorado considerablemente desde su juventud y el tráfico, que parece desatado, es irritante, pero el café sigue siendo bueno y la gente es agradable, piensa Paulo. Mientras camina, trata de que la imagen de la ciudad se imprima en su memoria y reemplace a las imágenes que tiene de cuando era joven y todavía vivía en ella para que ésta no siga siendo para él un cementerio, un sitio de innumerables tumbas y monumentos que son los del pasado, los del pasado de la ciudad y del suyo propio; pero sabe que se trata de una insensatez y que sus experiencias de estos días son, a pesar de su importancia, que no discute, débiles en comparación con las que tuvo en su juventud, magnificadas además por el tiempo transcurrido. Sabe que, suceda lo que suceda esta noche, se irá de la ciudad al día siguiente, aunque también desea no tener que hacerlo; si hay una bifurcación, piensa, tal vez él abandone la ciudad y se quede, regrese a Nueva York y permanezca en Florianópolis al mismo tiempo, de algún modo. Quizá el sastre intuya la inminencia de esos hechos, de uno u otro o de ambos, porque, cuando regresa para recoger su traje, lo atiende con gravedad, como si creyera que Paulo está recogiendo el traje que llevará en su funeral y que, tras probárselo y asentir, entrarán unos hombres con un ataúd a hombros, Paulo se meterá dentro, sobre la superficie de falso terciopelo rojo, y los hombres lo velarán allí mismo, en la sastrería. Nada de eso sucede, por supuesto; pero cuando Paulo aprueba el traje y el sastre intenta quitárselo con la mitad del cuerpo que aún controla, Paulo le ruega que no lo haga; y el sastre, que comprende —aunque tal vez no comprenda absolutamente nada y sólo esté accediendo a un deseo más de otro cliente, qué importancia tiene cuál sea su propósito—, recoge la ropa que Paulo traía, la dobla con delicadeza, la mete en una bolsa; cuando le cobra, el precio del traje le parece a Paulo tan bajo que piensa que el sastre se equivoca y no le cobra el traje sino las prendas —usadas, de calle— que ha guardado en la bolsa.

26

La brisa del mar se ha levantado y ha barrido rápidamente las nubes cuando los jóvenes pasan a recogerlo en la camioneta. Al verlo, Fabio suelta un silbido y Alexandre asiente; le hacen un lugar en la cabina, como las veces anteriores, pero en esta oportunidad no hablan mucho. Paulo les pregunta qué ha sucedido con la tienda de discos, y Alexandre le dice que la han cerrado antes, que no pasa nada. Paulo les da las gracias, no sabe si por primera vez, y Fabio lo mira como si no comprendiese de qué le habla. Al llegar al centro, los dos bajan para recoger la comida que han encargado en una panadería que recomendó Alexandre el día anterior. La dependienta les pregunta si la fiesta de cumpleaños es del hijo o del padre, y Paulo, que entiende que la dependienta lo toma por el padre de Fabio, dice que sí, que es el cumpleaños de su hijo. *«Feliz aniversário. Parabéns»*, dice entonces la dependienta, y Fabio, que se sonroja, insiste en cargar él las cosas hasta la camioneta.

27

Cuando terminan de entrarlo todo en el galpón, los jóvenes se empeñan en que les indique dónde quiere cada cosa y, durante un rato, Paulo, que se pone las gafas, los

318

dirige mientras colocan las guirnaldas, extienden el mantel de hule, colocan sobre la mesa los vasos, las bebidas, los platos, las bandejas de comida. Después vuelven a repartir las sillas: cuando Paulo no recuerda algo, Fabio le pide que haga un esfuerzo, se obstina en que todo tiene que estar en el sitio en que estaba aquella noche, en 1965. Cuando terminan, les propone que beban algo juntos, pero los jóvenes se niegan. *«Agora você está sozinho. Agora tem que se concentrar em tudo a ser como era naquela vez»*, le dice Fabio. Paulo asiente; se pone de pie y los acompaña a la puerta. Antes de marcharse, Fabio se detiene a mirarlo todo, como si él también quisiera retenerlo en la memoria para recrearlo algún día. Alexandre lo abraza. *«Boa sorte, meu velho. Você e legal»*, le dice. Paulo siente una emoción extraña; cuando se suelta del abrazo, cierra la puerta, sin esperar a que los dos jóvenes se monten en la camioneta, como si le diese pudor ser visto viéndola alejarse.

28

Ahora Paulo está sentado en la oscuridad del galpón escuchando su respiración, que le parece que dibuja volutas en el aire. En la penumbra puede distinguir las sillas, las guirnaldas, los contornos de los alimentos y de las botellas sobre la mesa, tal como cree recordarlos de aquella noche. No sé si era así, musita. Ahora le parece que las sillas tienen un respaldo demasiado alto y que, en su recuerdo, las guirnaldas están más bajas. En el tocadiscos suena el disco de Baden Powell, que es el que recuerda o cree recordar que sonó al comienzo de la fiesta; cuando acabe, pondrá el de Gigliola Cinquetti, aunque, llegado este punto, él prefiere a Bob Dylan. Por un instante piensa que tendría que haber comprado unos maniquíes y vestirlos y colocarlos en las posturas que podrían haber asumido las personas que asistieron a la fiesta, pero, de alguna forma, temió verse en un galpón oscuro, rodeado de maniquíes, en una ciudad que para él ya ha vuelto a ser prácticamente desconocida o demasiado familiar. Paulo se dice que tiene que ir a abrir la puerta, pero se queda quieto un momento más, tratando de recuperar un aliento que se le desboca cuando piensa en la idea de hacerlo. Y entonces tocan a la puerta. Paulo contiene la respiración. Si es que faltan cosas, piensa; faltan las personas y no he abierto las botellas y quizá no hayamos tomado cerveza negra aquella vez sino vino u otra bebida, se dice. Vuelven a golpear y Paulo siente un dolor intenso y paralizante: en el hilo de luz que separa la puerta del suelo del galpón se ven dos zapatos de mujer. La repetición de todas las circunstancias es imposible, piensa, pero la acumulación de la mayor parte de ellas ofrece algo parecido a un nuevo comienzo, a una segunda oportunidad, se dice, aunque esa oportunidad siga la lógica de las imágenes mentales o de los sueños. A continuación, sencillamente, Paulo deja de pensar: se pone de pie y comienza a caminar hacia la entrada.

Éste es el futuro que tanto temías en el pasado

(Introducción)

Un escritor más, uno de esos tantos escritores que publica con cierta regularidad y disfruta de un éxito moderado y una atención quizá excesiva, un escritor del montón, él también, está cansado: llamémoslo Patricio Pron, por darle un nombre cualquiera.

Acaba de comenzar lo que según sus editores es una «pequeña gira» por algunas ciudades a ambos lados del océano Atlántico, algo que los escritores hacen a menudo pero que Patricio Pron hace por primera vez. Es decir, algo que hace por primera vez a semejante escala, ya que la «pequeña gira» comprende veinte ciudades en cuatro o cinco países hispanohablantes en el transcurso de un mes y medio. Muchos lo han hecho antes, por supuesto; pero no todos tienen los antecedentes médicos de nuestro escritor: años de adicciones a diversas sustancias, una deficiencia hepática crónica, problemas estomacales, una descalcificación inusual para su edad y género, pinzamientos y dolores de espalda que en ocasiones hacen que no pueda caminar y/o permanecer sentado mucho rato, problemas dentales, dificultades para dormir, las fluctuaciones de un estado de ánimo que es tan fiable como la montaña rusa de un parque de diversiones abandonado, migraña permanente, un considerable déficit de atención; a lo largo del día, el pastillero que nuestro autor se ha resignado hace años a llevar consigo a todas partes se llena y se vacía marcando las horas de un reloj interno estropeado por completo.

Pron ha aceptado la invitación de sus editores a ir a donde vayan sus libros, aunque, en buena medida —y en esto procura ser totalmente honesto, al menos consigo mismo—, lo ha hecho para poder seguir creyendo que se trata de una invitación y no de una exigencia. No le parece una diferencia poco importante, pero sabe que, si intentase discutirla con alguien, por ejemplo con su editor, éste no la comprendería y diría a nuestro autor que está «como una puta cabra». Muchas veces su editor le ha dicho que está «como una puta cabra», muy a menudo cuando su editor y él han discutido su catálogo, que provoca en nuestro autor una impresión ambigua: si a su editor le gustan ciertos libros que publica, es imposible que le gusten los suyos, de títulos largos que, contra lo que se cree, es su editor quien le impone, es posible que para humillarlo; por otro lado, si le gustan los suyos, no pueden gustarle los demás. Quizá todos los escritores piensen lo mismo de los catálogos de los editores que los publican, y es posible que éstos piensen que todos sus autores están locos. Muy posiblemente su editor sea un monstruo, pero quizá todos los editores lo sean, y lo sean también los correctores, los distribuidores y los comerciales e incluso los libreros.

Patricio Pron piensa en todo esto mientras yace en la cama del hotel de una ciudad española. No recuerda el nombre del establecimiento ni el número de su habitación y sólo con dificultad recuerda el nombre de la ciudad en la que se encuentra: afuera hay una catedral a la que los turistas no dejan de hacerle fotografías mientras los nativos les venden abanicos y les roban las carteras.

Al igual que muchos de sus colegas, Pron se esfuerza por no pensar nunca, en particular si está lejos de su casa y su esposa no está con él para explicarle en qué se equivoca, pero esta noche tampoco puede dormir y sus pensamientos se han desbocado. Unas horas atrás, al terminar la presentación de su libro en un museo, los organizadores del evento lo llevaron a cenar con ellos y lo obligaron a comer un embutido local; sus protestas de que es vegetariano no sirvieron de nada, quizá porque en esta región el cerdo es considerado una variedad frutícola, y tuvo que comer varios chorizos y decir que estaban muy buenos. A continuación le dieron de beber un aguardiente confeccionado también, o eso le pareció, con carne de cerdo, y lo obligaron a ser testigo de una larga discusión acerca de un concejal de Cultura y un aparcamiento subterráneo que ha mandado construir junto a su residencia y que amenaza las ruinas de otro aparcamiento subterráneo, este de la época romana: cuando finalmente, a las cuatro de la mañana, lo dejaron marcharse al hotel, nuestro autor no consiguió llegar a su habitación a tiempo y vomitó en una gran maceta en la recepción, pero el recepcionista fingió que no lo había visto.

A nuestro autor le gustaría llamar a su esposa y llorar en su hombro, por decirlo así; más aún, le gustaría estar en su casa y llorar física y literalmente en su hombro o no tener ninguna razón para llorar, pero son las seis de la mañana y su esposa debe de estar durmiendo. Ni ella ni su editor tienen que estar de pie en una hora para tomar un avión hacia otra ciudad y otra presentación con su consuetudinaria ingesta posterior de embutidos, y ninguno de ellos tiene que dar entrevistas: hoy, o más bien ayer, Pron ha dado seis, de una hora de duración cada una; en dos de ellas lo han presionado para que dijese algo en contra del gobierno, y en las cuatro restantes no lo han soltado hasta que ha dicho algo a favor: nuestro autor, que no lee la prensa y no tiene ningún interés en ningún gobierno, se ha resistido, pero ha acabado diciendo todo lo que le pidieron, como si hubiese sido hipnotizado por sus interlocutores.

Aunque por entonces no lo supiera, es posible, se dice Pron ahora, que aquella vez, cuando pasó un par de años intentando dejar de ser escritor, en Alemania, lo hiciese también por esto, para evitar tener que comer embutidos con extraños que hablan sobre concejales de Cultura de ciudades cuyo nombre no recuerda, en una seguidilla de catedrales, entrevistas, cansancio físico, intoxicación, hartazgo y aeropuertos. Un tiempo atrás, cuando le preguntó a una de sus responsables de prensa qué hacía ella durante las horas muertas de los viajes promocionales, ésta le respondió que jugaba al Candy Crush; había alcanzado el nivel cuatrocientos setenta y nueve y estaba segura de que, si iba más allá, su teléfono explotaría; a nuestro autor, sin embargo, no le gustan los dulces. Pron se dice que sería magnífico poder contratar a un actor que lo reemplazase en las giras, y después piensa en alguna otra cosa y se dirige al baño a vomitar: una vez más, no llega a tiempo.

A partir de este momento las cosas suceden algo más velozmente y ya no se limitan a tener lugar en una habitación de hotel, en un restaurante o en la mente de nuestro autor; a partir de este momento, éste visita tres o cuatro ciudades, en todas las cuales repite la rutina de entrevistas, presentación, desórdenes alimenticios y dificultades para conciliar el sueño. A lo largo de esos días, Pron echa de menos a su mujer y a su gato —a pesar de que su gato se limita a dormir y a exigir comida, esto último cada vez que nuestro autor ingresa en su campo visual, lo cual sucede bastante a menudo en el lapso de una jornada— e incluso echa de menos las conversaciones telefónicas con su madre, que siempre le dice que es un quejica y un debilucho —cosa que, Pron admite, es tristemente cierta, sobre todo si se compara su vida con la de sus progenitores—, así como un reformista, epíteto insultante para unos padres que, como los suyos, fueron y son revolucionarios. Que Pron eche de menos conversaciones así —finalizadas a menudo por su madre, que le grita que es por culpa de los intelectuales conservadores como él que ellos no han hecho la revolución todavía— hace pensar a nuestro autor que está más enfermo de lo que creía. Ni siquiera la perspectiva de regresar a su casa a tener que soportar un gato siempre hambriento, una mujer celosa y exigente, una madre que se cree Ulrike Meinhof, una asesora fiscal por lo general desorientada le parece peor que la de continuar de viaje. Pierde o le roban la cartera en una estación de trenes; una mujer abre precipitadamente el maletero de un avión y hace que le caiga encima una bolsa del *duty free* que se ha desplazado durante el vuelo y debe de contener una plancha o algún electrodoméstico similar; un taxista lo pasea demasiado y pierde un tren; en uno de los hoteles alguien entra cada cuarenta minutos para constatar si ha consumido algo de la nevera; en el transcurso de una presentación sufre un bloqueo y no recuerda si Max Beerbohm es el autor del cuento «Enoch Soames», si es un hipotético Enoch Soames el que escribió un cuento titulado «Max Beerbohm» o si ambos no son, en realidad, un invento de Jorge Luis Borges. Mientras tanto, sus encargadas de prensa le envían las primeras reseñas de su nuevo libro, que dicen cosas como «La maquinaria narrativa de esta novela se articula como un juego de espejos», «El sujeto palpitante se enfrenta con el impasible, transparente y vacío sujeto gramatical para movilizarlo», «El artefacto textual deviene textualidad del artefacto», «Descendida al fondo sémico, la obra opera su regresión genética». Pron no entiende absolutamente nada de todo ello, pero finge alegrarse y sus encargadas de prensa fingen alegrarse también. Es como si se hablase de otro, se dice: como si todo esto le sucediera a otra persona y a libros que él no ha leído. Una noche está durmiendo abrazado a su mochila en el asiento de un aeropuerto sudamericano que huele a sudor y a maíz frito cuando lo despiertan los altavoces: conminan a Patricio Pron a abordar su vuelo de inmediato, pero a Patricio Pron ese nombre no le dice nada, como si fuese el de otro, y entonces recuerda la noche aquella en un hotel de provincias y la iluminación que tuvo en él pero pasó por alto, y en ese instante comprende por fin qué es lo que tiene que hacer.

(NUDO)

No le resulta nada difícil dar con la persona adecuada; de hecho, ni siquiera tiene que buscar demasiado: Pron conoce a algunos directores de cine y éstos saben de decenas de actores que no tienen trabajo. No hay audiciones propiamente dichas porque esto requeriría un cierto conocimiento de habilidades actorales que Pron —que tiene un interés limitado por el teatro y uno casi nulo por el cine— no posee; por otra parte, las pruebas sólo tendrían sentido si hubiese un estándar interpretativo, que en los hechos no existe: ni siquiera Patricio Pron cree saber cómo «hacer "bien" de» Patricio Pron, y este inconveniente, que durante algún tiempo le pesó de forma extraña —como si temiese ser reemplazado por alguien más idóneo para el papel— y hace tiempo que ya no le importa, constituye en esta situación una ventaja. Una sola cosa le interesa a nuestro autor: que el actor sea barato y que no se parezca físicamente a él, ni siquiera un poco.

Patricio Pron nació el 9 de diciembre de 1975 en una ciudad argentina que él prefiere llamar *osario porque allí están, o estarán, los huesos de quienes lo precedieron, todos mezclados en una fosa común que es también la de un país y la de dos o tres proyectos que no pudieron ser llevados a cabo; mide un metro setenta, pesa cincuenta y cinco kilos; según su pasaporte, tiene los ojos marrones y el cabello castaño. Escoge, por lo tanto, a un actor español de sesenta y ocho años de edad que mide un metro cincuenta y siete centímetros, pesa setenta y cinco kilos, tiene los ojos azules, está calvo.

Nuestro autor y su nuevo empleado sólo se encuentran en una ocasión, en una cafetería del centro de Madrid cuya dueña tiene un perro y es poeta. Durante la conversación —muy breve, por lo demás— negocian los honorarios del reemplazante y éste le confiesa a Pron que su encargo, al principio, le pareció una broma. También le dice que ha estado investigando, viendo vídeos y entrevistas a nuestro autor en internet, y le hace una imitación plausible, que a Pron lo repele: no se trata, le explica, de imitarlo a él y de reproducir sus vacilaciones y sus torpezas, porque el objetivo del reemplazo —al margen del más pedestre, que consiste en ahorrarle a nuestro autor la irritante sucesión de viajes, entrevistas y presentaciones que conoce bien y que teme, aunque esto no lo dice, que acabará matando a su reemplazante, que ya es mayor y no parece disfrutar de una salud magnífica— es la diferencia moderada y no la similitud.

Acerca de este asunto, Pron se muestra firme: no contrata a su nuevo empleado —el primero que tiene en su vida, en realidad— para que lo imite, sino para que pretenda *ser* él, liberado de la imposición de un modelo, como si no lo hubiese visto nunca y ni siquiera supiese que hubo un Patricio Pron antes de que él comenzara a serlo. A continuación le entrega sus primeros honorarios, los billetes de avión para su próxima comparecencia y unas instrucciones acerca de lo que debe hacer y decir en su debut; lo despide cuando ve entrar por la puerta de la cafetería a la poeta y a su perro.

En el correo electrónico que le escribe a su regreso, el actor al que ha contratado le dice que nadie parece haber notado que es un actor, y no Patricio Pron, el que compareció, dio entrevistas, presentó un libro, se sacó una fotografía con los organizadores, cenó con ellos: en resumen, le dice el actor, es como si él hubiese asistido en persona. A nuestro autor, la constatación de que el reemplazo es posible lo alegra, pero también lo decepciona, en algún sentido, porque, de hecho, lo que se propone es que la diferencia sea percibida y aceptada a la fuerza. (También lo decepciona comprobar que, como cree haber notado en situaciones similares en el pasado, la mayor parte de sus anfitriones nunca ha sabido quién es él, no se ha tomado siquiera el trabajo de mirar una fotografía suya y lo desconoce todo sobre su trabajo, que es apenas un nombre y una casilla rellenada en la planilla de una programación cultural que no importa siquiera a los concejales de la oposición, no hablemos de los oficialistas.) A raíz de ello, del fracaso parcial de su proyecto, Pron modifica el papel que escribió para su reemplazante: ahora éste debe decir —y debe decirlo desde el principio, para evitar confusiones— que no es Patricio Pron, que es un actor que reemplaza a Patricio

Pron pero que lo que va a decir, y en menor medida lo que va a hacer, ha sido escrito por Patricio Pron, que no ha podido o no ha deseado asistir él mismo a su evento.

La siguiente comparecencia termina en escándalo, por supuesto, aunque se trata de uno literario; es decir, uno minúsculo y que no importa y que ni siquiera es percibido por quienes no pertenecen de alguna manera a la escena de la literatura, con su sociabilidad y sus instituciones más o menos fallidas. En las siguientes semanas, Pron es desacreditado, ridiculizado y humillado públicamente por sus veleidades, todo lo cual es posible que merezca. En efecto, su editor lo llama por teléfono para hacerlo recapacitar; como no lo consigue, le dice una vez más que está «como una puta cabra» y le cuelga el teléfono después de amenazarlo con no volver a publicar jamás un libro suyo. Al mismo tiempo, su reemplazante participa de dos actos más, que, por paradójico que parezca, resultan concurridísimos, ya que el público desea ser testigo de la situación anómala de que alguien que no se parece en nada a un escritor, que nunca ha escrito una línea y tal vez tampoco haya leído demasiado sea contratado por éste no para imitarlo, sino para reemplazarlo en eventos en los que, como en un ejercicio de mediumnidad, el actor dice lo que el escritor ha escrito y lo que éste le ha ordenado que diga y haga, pero no es él y no pretende serlo. Acerca de esto, por cierto, alguien escribe un ensayo en la revista de un museo en el que se hace una pregunta interesante: si un escritor no es lo que ha escrito, el que lo ha escrito y lo que ha sido escrito simultáneamente, entonces, ¿qué es un escritor? La autora del artículo no responde a la pregunta, pero sugiere —y esto a Pron le parece acertado, y se lo apropia porque lo intuía pero no había atinado a expresarlo con esa claridad antes— que el actor no es un farsante ni un impostor, sino el sujeto de una cierta función que está tan legitimado para ejercer como el autor material, el «verdadero» autor de una obra, si es que hay algo «verdadero» en literatura. Muy pronto, sin embargo, su opinión, por fuerza minoritaria, es ahogada por las voces que llaman a nuestro autor —sucesivamente, aunque tal vez no en este orden— «imbécil», «enfermo», «retardado», «pedante», «afectado», «anormal» y, su favorito, «pedazo de carne argentina». Nuestro autor, recordémoslo, es vegetariano.

Más tarde el público acaba aceptando todo esto, por indiferencia y/o, más posiblemente, por cansancio, y Pron escribe un nuevo libro en los días que ha hurtado a los viajes y las presentaciones: puede parecer sorprendente, pero el hecho es que el libro recibe buenas críticas y tiene unas ventas moderadas pero inusualmente altas en el marco del retroceso casi absoluto de la venta de libros, aun de los libros escritos única y exclusivamente para vender, que no son, por otra parte, los libros que nuestro autor escribe, aunque sí la mayoría. No siempre sucede cuando un libro tiene un cierto éxito, pero esta vez pasa: aumentan las demandas de que haga lecturas, conceda entrevistas y participe de eventos de naturaleza supuestamente diversa pero iguales unos de otros. Una de sus encargadas de prensa, reconciliada con él por alguna razón —al igual que su editor—, lo llama un día y le dice que han montado lo que, en una repetición involuntaria de sí misma, denomina una «pequeña gira». A Pron, a quien su esposa ha dejado ya pero no ha conseguido todavía librarse de su madre ni del gato —ni, por cierto, de la asesora fiscal desorientada—, la idea lo seduce por un instante, pero luego recuerda sus experiencias anteriores y recurre de nuevo al actor, para el que escribe esta vez un papel distinto.

Una de las encargadas de prensa le envía una reseña de su nueva obra en la que es posible que el reseñista hable del reemplazo, aunque también es posible que no lo haga: «Nada mejor para patentizar cómo se borra el yo narcisista que hasta obras anteriores permitía constituir un resistente epicentro elocutivo», afirma su autor. Pron finge haber comprendido, y la encargada de prensa lo finge también.

Hay algunos libros más, que nuestro autor escribe en los años siguientes y que, contraviniendo lo que sucede por lo común en literatura —donde un éxito inaugural, por moderado que éste sea, acaba desembocando siempre en sucesivos fracasos, como también desemboca en ellos un fracaso inicial y casi cualquier otra cosa—, suscitan una atención tan desproporcionada en relación a las intenciones de su autor y a sus méritos artísticos, más bien escasos o de plano nulos, que Pron debe reemplazar al anciano, cuya salud —como nuestro autor pudo anticipar— ha desmejorado notablemente, no por uno, sino por dos actores. Esta vez escoge a un antiguo niño prodigio de la televisión española de la década de 1980 —cuyos sucesivos trabajos posteriores han sido presentador de un concurso televisivo de crucigramas, animador de cruceros, estríper, chapero de mujeres en su mayoría ancianas y repartidor de anuncios de compra de oro a precios muy convenientes en la calle de la Montera— y a una joven paraguaya que fue miss Paraguarí en 1997 y a quien conoce a través de un chat erótico. Ambos viajan reemplazándolo durante los meses siguientes; en una ocasión —la primera de sólo dos en las que comparecerán ambos, en una pantomima para la que Pron ha escrito un guion alusivo—, con la finalidad de recibir un premio a la trayectoria que, de ser por completo honestos, debería ser compartido por el autor con el antiguo niño prodigio de la televisión española, la miss Paraguarí 1997 y el actor que lo reemplazó en primer lugar, pero que desafortunadamente ya ha fallecido: según su viuda —que inicia acciones legales contra nuestro autor—, por problemas de salud derivados del ejercicio de su último papel, que, por cierto, de verdad ha sido el último. (El juez desestima la demanda, así como una investigación independiente según la cual el actor se habría suicidado al enterarse de que había perdido su papel; otra versión, de acuerdo con la cual el anciano habría huido del país tras enterarse de que Pron pretendía suicidarse literariamente para darse él mismo a la fuga, ni siquiera es considerada por el tribunal.)

La existencia de dos o tres personas que ejercen el papel de Patricio Pron supone para éste unas dificultades que se multiplican por dos o por tres en relación a las que tenía cuando sólo había un Patricio Pron y era él. Nuestro autor, quien, por desgracia, no ha pensado en esto antes, tiene que escribir sus libros en los escasos momentos en que no está abocado a escribir los parlamentos de los actores que lo reemplazan, las respuestas que éstos dan en las entrevistas que le hacen a Patricio Pron, las palabras triviales que intercambian con los taxistas, los empleados de la editorial, los que les piden dinero cuando Patricio Pron, cualquiera de los dos, está sentado en la terraza de un bar leyendo el periódico; Pron tiene que escribir las dedicatorias de los libros que firman el antiguo niño prodigio y miss Paraguarí, los chistes que deben hacer en las cenas posteriores a los eventos e incluso las réplicas sarcásticas e inteligentes que Patricio Pron debe darles a los otros jurados de un concurso del que es jurado y de cuyas deliberaciones no puede saber nada de antemano, lo que lo obliga a pensar y poner por escrito todas las posibilidades, todas las variantes de un diálogo futuro que a continuación sus reemplazantes deben memorizar de algún modo: el resultado es un guion de ciento sesenta páginas.

(Un día, por otra parte, tiene que escribir un diálogo sobre el tiempo entre Patricio Pron y la reina de España para un agasajo en el palacio de esta última; escribe un guion por si llueve, otro por si está nublado, otro por si brilla el sol y dos guiones más: uno por si ha llovido pero en ese momento brilla el sol y otro por si brilla el sol pero la lluvia, por alguna razón, parece inminente. También escribe uno por el caso de que nieve, aunque el agasajo tiene lugar en Madrid en agosto, bajo un sol de justicia.)

Miss Paraguarí comienza a exigirle que le escriba diálogos que posean un doble sentido y permitan a Patricio Pron —es decir, a *su* Patricio Pron— completar sus ingresos con una carrera en el teatro picaresco y de enredos sentimentales para la que la joven carece de todo talento excepto los naturales y/o adquiridos gracias a la inventiva y la habilidad de los cirujanos plásticos. En otra ocasión, hace que le escriba un parlamento para que ella declame en el cumpleaños de su sobrina, sobre cuyo nombre, naturaleza y estado de salud Pron tiene que ser informado a su pesar: se trata de una niña muy graciosa y encantadora, se llama Dallys (sic), cumple ocho años, no es buena para las matemáticas pero destaca en las clases de Biología y de Lengua, le gusta bailar, recientemente le han puesto un parche en el ojo para corregir su estrabismo. Una vez le reclama que le escriba lo que debe hablar con un empresario textil que la ha invitado a cenar esa noche y por el que siente un interés, digamos, especial; a nuestro autor no le gusta la idea de cenar con un empresario textil —es decir, no le gusta la idea de que Patricio Pron cene con un empresario textil, que quizá sugiera y/o lo conmine a continuación a irse a la cama con él— y se lo dice; sigue una discusión, y Pron despide a miss Paraguarí, pero un par de días después debe volver a contratarla, en esta ocasión duplicándole el salario: según una encuesta de su editorial sobre quién ha sido, hasta el momento, el mejor Patricio Pron, miss Paraguarí —que se ha vuelto, teme Pron, adicta a las cirugías— ha ganado por un margen amplio, absolutamente irrebatible, en no poca medida gracias a la inventiva y la habilidad, etcétera.

Nuestro autor decide recuperar lo que cree suyo pero tal vez ya no le pertenezca o no le haya pertenecido nunca: anuncia que dará una conferencia acerca del tema del doble, en la literatura y fuera de ella —aunque su teoría es, por supuesto, que no hay ningún afuera de ella—, dice que irá el «verdadero» Patricio Pron, que será la primera de muchas comparecencias similares, posiblemente de una gira; sin embargo, olvida el hecho de que ese día Patricio Pron actúa en dos lugares distintos de la ciudad, un asilo para ancianos y un club de lectura para madres solteras jóvenes. (No conviene descartar la posibilidad de que sea al revés, y el asilo sea para madres solteras jóvenes y el club de lectura para ancianos, ya que la multiplicación de las apariciones de Patricio Pron en los últimos tiempos hace que éste pierda la cuenta; en cualquier caso, los clubes de lectura siempre son para ancianos, ya que la misma idea de un club de lectura es vieja y quizá, incluso, demodé: que las madres solteras jóvenes sean ancianas queda descartado de plano, sin embargo.) A su evento concurren tres personas, dos de las cuales se marchan antes de que haya acabado; en contrapartida, según le cuentan, las presentaciones en el asilo y en el club de lectura resultan ser enormes éxitos, que el antiguo niño prodigio de la televisión española y miss Paraguarí —esta última ya convertida en la amante del empresario textil, que le dice que está intentando divorciarse— esgrimen la siguiente vez que le exigen un aumento de sus honorarios. A raíz de este fracaso, nuestro autor no vuelve a presentarse en público; de hecho, abandona todo deseo de ser Patricio Pron en abierta competencia con dos reemplazantes que, como es evidente, lo han superado en la indeseable tarea de hacer de él mismo.

Una vez intenta pagar en un restaurante con su tarjeta de crédito: al camarero le cambia el rostro cuando lee el nombre que hay escrito en ella y se retira discretamente; a continuación viene el *maître,* hay una discusión, los comensales abandonan sus platos para observar la escena, los cocineros se asoman por el ventanuco de la cocina con aspecto amenazador. El *maître* acusa a nuestro autor de no ser Patricio Pron, de fingir serlo y haber falsificado su tarjeta de crédito. Nuestro autor se queja, lo insulta, rompe en un llanto rabioso mientras su segunda esposa finge mirar hacia otro lado; en ese momento, Pron echa muchísimo de menos a la primera, que hubiese solucionado el problema en vez de mirar al costado o fingir no mirar en absoluto. Debe llamar al antiguo niño prodigio de la televisión española, que llega, sonríe, le dedica un libro al *maître* y promete volver al restaurante en cuanto sus ocupaciones se lo permitan, se saca una fotografía en la cocina con el personal, paga la cuenta, abraza a nuestro autor mientras lo conduce a la salida como si fuese su hijo, un hijo mitómano y descarriado. Naturalmente, a continuación, en agradecimiento, Pron tiene que subirle el sueldo.

(Desenlace)

A partir de este momento las cosas suceden aún más velozmente y no se limitan a tener lugar en un restaurante, en una conferencia poco concurrida sobre el tema del doble en la literatura y fuera de ella —aunque ya hemos dicho que no hay nada fuera de ella— o en el cumpleaños de una niña llamada Dallys (sic) que lleva un parche en el ojo, sino en la mente de nuestro ya maduro —de hecho, podría decirse, anciano— autor: una noche, cuando consigue completar los parlamentos de Patricio Pron para el día siguiente, cree recordar un cuento que lo impresionó mucho.

En él, una mujer recibe en su casa al propietario de la funeraria en la que dos días atrás han tenido lugar las exequias de su marido. La mujer está todavía destrozada, pero el hombre, con una penosa falta de tacto, intenta seducirla aprovechando que ambos están, por primera y quizá por última vez, solos. La mujer se da cuenta de los avances y procura desalentarlos cortésmente. Aunque el propósito formal de la visita es transmitir condolencias y cobrar por el servicio, inobjetable, que ha prestado la funeraria, y a pesar de que la conversación nunca abandona los caminos trillados de este tipo de diálogos —se habla de la brevedad de la existencia, de nuestra insignificancia frente a la naturaleza circunstancial y limitada de la vida, de la necesidad de superar las pérdidas—, el tono melifluo que adopta el dueño de la funeraria y la forma en que, en un momento, toma entre las suyas las manos de la mujer, el modo en que se aproxima a ella y echa sobre su rostro un aliento que huele a caramelos de violeta y a pegamento de encías desmienten el hecho de que sólo está cumpliendo con su deber profesional. Quizá el hombre también busque consuelo, de una pérdida u otra: en un momento intenta besarla, pero la mujer se pone de pie y lo despacha. El dueño de la funeraria se dirige hacia la puerta, avergonzado, y entonces la mujer descubre en la espalda de su chaqueta un hilo suelto, que ondea en el aire mientras abandona la sala, y recuerda dónde vio un hilo suelto por última vez. Fue en la chaqueta que compró para que enterraran con ella al marido; cuando se la entregó al dueño de la funeraria, la mujer le pidió que se lo quitara antes de ponérselo al muerto, pero ahora descubre que, en ése y en otros aspectos del ejercicio de su profesión, el dueño de la funeraria no es un hombre meticuloso.

Nuestro autor cree recordar que el cuento es de Bernard Malamud, pero lo busca en sus relatos completos y no da con él; se lo atribuye a continuación a Isaac Bashevis Singer, pero el relato tampoco está en los libros que ha leído del autor y de los que dispone en su casa; piensa incluso que podría tratarse de un cuento de Nikolái Gógol o de Bruno Schulz: en los días sucesivos, relee a ambos autores y no da con el relato. Quizá se ha vuelto, por fin, piensa, dándoles la razón tardíamente a su editor y a muchas otras personas, «como una puta cabra». Va a pensar en la historia de la mujer y del dueño de la funeraria varias veces en los años que vienen, hasta su muerte, sin saber que la historia la ha inventado él, como el juego de espejos que concibió inocentemente y que desde hace años lo acompaña. No lo acompañarán su segunda esposa, que inevitablemente, es evidente, lo habrá dejado, ni su madre y el gato —la primera, incinerada y arrojada a un mar que habrá hecho lo posible para apagar tanto fuego, y el segundo, enterrado en un macetero del que surgirán flores amarillas y hambrientas—, y ni siquiera la asesora fiscal desorientada, que se habrá retirado poco antes de que nuestro autor descubra una deuda monstruosa, con la oficina de impuestos: pero sí lo acompañarán las visiones que produjo y una obra que será y no será suya, repartida como estará entre dos o tres voluntades y las voluntades y las visiones de cientos de lectores. Naturalmente, y contra su deseo, hablarán en su entierro dos personas, y ambas llevarán su nombre.

3

Índice de primeras líneas ordenadas alfabéticamente

4. A los cuatro años sólo quiere comer pasta y le gustan los chistes de animales. Su favorito es el que sigue: «"Mamá, mamá, ¿por qué tengo un agujero en el culo?", preguntó el cerdito. "Porque si lo tuvieras en la espalda serías una alcancía, tonto", respondió la madre».

18. A los dieciocho años de edad comienza a estudiar cine. Se separa de su novia. Se hace un tatuaje con el nombre de su novia. Se pone un piercing. Su gato muere.

17. A los diecisiete años va mucho a los cineclubes. Se emborracha con regularidad, aunque menos que su madre. Se afeita la cabeza. Se enamora de una chica mayor a la que conoce en una fiesta y que estudia cine. Un día huyen de una proyección particularmente irritante y pasan por el baño antes de seguir su camino. Su novia orina en un cubículo. Ella, que ya ha orinado, se lava las manos. A ella no le ha gustado la película, a su novia un poco más. (Es una película española. De hecho, no deberían haber ido siquiera a verla.) Discuten a los gritos. Se ríen a carcajadas de las pretensiones del realizador, que habló antes de la proyección. Parecía nervioso, dicen. Lo ridiculizan. Imaginan su masculinidad aterida, encogida dentro de sus pantalones como un gasterópodo por el temor de que su película no fuese a agradar al público. Y en ese momento oyen un pestillo, que descorre una mano temblorosa. Por error, el director del filme

se metió en el baño de mujeres poco antes de que ellas entraran.

2. A los dos años parlotea y mide ochenta y seis centímetros de altura.

9. A los nueve años no tiene amigas. Lee todo lo que cae en sus manos. A esa edad ve borracha a su madre por primera vez, en la penumbra de la sala con una bolsa de viaje a su lado. (Pero la madre no se va.)

11. A los once años decide que va a ser librera. Después toma la decisión de que será cirujana. Más tarde se decanta por la arquitectura. Una suave pero persistente presión ejercida por su madre y por su familia materna —que salta y se despliega ante la ausencia del padre como si fuera una rana de papel o cualquier otro monstruo similar— la lleva a considerar profesiones «femeninas», que supuestamente serían más afines a su naturaleza, pero ella las rechaza todas. Sobre todo, se niega a ser maestra.

6. A los seis años tiene un atisbo de lo que será su educación formal a partir de ese momento: mañanas desperdiciadas y tareas intelectuales de escasa relevancia renovadas a diario, como en un mito de Sísifo sobre el que sólo leerá años más tarde y no a causa de esa educación formal sino a pesar de ella y/o en su detrimento.

7. A los siete años ve discutir a sus padres, ve a su padre irse de la casa y regresar esa noche, trayéndole un regalo que ella olvida a continuación: un ejemplar de *Winnie*

the Pooh, de A. A. Milne, lo cual no carece por completo de importancia.

25. A los veinticinco años lleva siete alimentando la fantasía privada de que su gato todavía vive. Le deja pequeños cuencos de agua por todo el apartamento. Lo llama en voz baja. Cuando llora, cree sentirlo en sus brazos.

24. A los veinticuatro tiene su primera depresión seria y a continuación su primera amiga de verdad. Se aficiona al caldo de gallina que ella le prepara. Se siente sola. Una sola vez se acuesta con su amiga, pero después las dos fingen que eso no ha sucedido.

5. Acaba de cumplir los cinco años cuando intuye que será hija única, que no habrá otro niño u otra niña en la casa para ser su rival y su compañero de juegos.

19. Acaba de cumplir los diecinueve años de edad cuando se va a vivir sola. (Aunque, desde luego, lleva viviendo sola desde que su madre comenzó a beber, al comienzo de un largo período que dura ya diez años y en el que un año sólo se diferencia del siguiente por las breves y nunca muy exitosas interrupciones de la rehabilitación, que son como las brazadas que un borracho realiza al final de una barra de bar para atraer la atención del empleado.) Una especie de culpa inconfesable lleva a su padre a pagar el alquiler de su primer apartamento, que está en un edificio que tiene decenas de señales luminosas en los pasillos, todas prohibiendo el paso.

1. Antes de cumplir un año comienza a andar, se lleva a la boca todos los objetos que encuentra y luego los arroja al suelo. A continuación los recoge y se los lleva a la boca y después los arroja al suelo.

10. Aún no ha cumplido los diez años cuando su padre le pone en los brazos a su hermana pequeña. Están en un hospital y la nueva niña le parece una especie de renacuajo enrojecido: se asombra de que no salte de sus brazos y se aleje pasillo abajo croando con una voz melancólica.

21. Celebra su vigésimo primer cumpleaños en una casa de campo en las afueras, con amigos. Son cuatro parejas. Al final del fin de semana todos se han acostado con todos, y hablan de ello o no hablan en absoluto.

26. Dos años después de su primera depresión tiene el atisbo o la intuición de que ésta se ha disipado. Trabaja en un centro de documentación fílmica. Ha regresado a su color de cabello natural tras años de experimentos que han rozado el escándalo. A su madre le detectan un cáncer de páncreas y comienza a recorrer junto a ella el periplo usual de operaciones y quimioterapia del que su madre no sale bien porque no sale nunca. Al final su madre es un pequeño cuerpo radioactivo en el interior de un ataúd sobre el que se reclina su padre para besarla en los labios y rendir de esa forma un homenaje póstumo e innecesario al amor que alguna vez tuvieron, durante un funeral que se parece a todos los demás funerales de la historia excepto por uno o dos detalles, incluyendo la identidad de la persona muerta.

13. Menstrúa. Se come las uñas. Tiene trece años. Pasa una semana sola en la casa alimentándose a base de sándwiches de pasta con mayonesa cuando su madre se rehabilita, por primera vez. Una noche, muy tarde, ve un documental sobre unas anguilas eléctricas que viven en la más absoluta oscuridad de las fosas marinas: se convocan con un resplandor verdoso y titilante pero no pueden acercarse unas a otras porque, si lo hicieran, morirían electrocutadas. No se aparean. No se miran. Eyaculan y ovulan en pequeñas sacas transparentes en las que la vida empieza a latir de inmediato, prácticamente en el mismo momento en que las anguilas se pierden en la oscuridad, sin haberse tocado siquiera.

20. Pasa un año como estudiante de Erasmus en Francia. Aprende de vinos y de quesos, que es todo lo que hay para aprender por allí.

16. Pierde la virginidad. Su madre bebe. Se pasa tres meses pintando cuadros abstractos de una fealdad absoluta, ajena a toda intención y a todo cálculo. Cuando se da cuenta, los destruye y filma su destrucción. Un compañero de colegio vive en su casa unos seis o siete meses, ante la indiferencia de la madre. Cuando se marcha, se lleva algunos de sus libros y parte de su ropa interior.

14. Se aficiona a responder todas las preguntas con la frase «Para empezar, hablemos de otra cosa». Su madre le regala un gato. Ella se come las uñas. El gato se come su propio vómito. Los dos crecen descontroladamente.

15. Él se llama Óscar y luego se llama Víctor y a continuación se llama Juan Pablo, y en todos los casos se comporta con ella como un imbécil delante de sus amigas y, en general, en cualquier otra circunstancia.

3. Sólo tiene tres años cuando escribe su nombre por primera vez. Salta y se contorsiona en su pequeña silla como si fuera un pez rojo dentro de una pecera que alguien hubiese vaciado un momento antes.

22. Su padre vuelve a divorciarse, lo cual los aproxima por unos meses. Cenan juntos en un par de ocasiones. Rodean en su conversación una conversación posible sobre lo que él les hizo a ella y a su madre cuando las abandonó, pero esa conversación nunca tiene lugar. Van juntos al cine y se apartan galvanizados cuando se rozan en el apoyabrazos de las butacas, como las anguilas eléctricas del documental que ella vio una vez, como si tuvieran miedo de hacerse más daño del que ya se han hecho.

23. Su trabajo de final de carrera es una relectura del guion con el que Steven Arnerich hizo un *mash up* de *Stalker*, de Andrei Tarkovsky, y de Winnie the Pooh. La nota es mediocre a pesar del hecho de que el trabajo no lo es. Sus intentos de mejorarla tropiezan con balbuceos y disculpas poco entusiastas de sus profesores, que ni siquiera parecen saber con quién están hablando. (Ni siquiera parecen saber quién fue Andrei Tarkovsky, por cierto, aunque afirman tener muy claro quién es Winnie the Pooh, al que, por otra parte, y es una pena, confunden con Dumbo.)

8. Sus padres se divorcian poco antes de que ella cumpla los ocho años. Se lo comunican con palabras que ella olvida de inmediato, subyugada como está por la observación de los cambios que se han producido en su padre, quien hace varias semanas que no duerme en la casa. El padre tiene una camisa nueva, un flequillo juvenil que le cae sobre la frente, unos anteojos distintos. Sonríe todo el rato mientras le habla del divorcio, como si su sonrisa fuese un síntoma histérico, algo absolutamente incontenible.

23 bis. Trabaja durante algunos meses en una oficina para pagarse los estudios. Su jefe es un pequeño imbécil con ínfulas de déspota que está convencido de que, como suele decirse, no sin cierta razón, la información es poder. Le pide listas de «todos» los asesores fiscales que ejercen su actividad en España. De «la totalidad» de los contables empleados en grandes empresas. De «todas» las instituciones del mundo en las que puede estudiarse lo que sea que se estudia para ejercer su profesión y, por lo tanto, de las que podría salir un competidor eventual. De «todas» las noticias en la prensa española acerca del ejercicio de esa actividad en «todo» el mundo. La tarea de confeccionar esas listas es rutinaria y desesperante. (Sísifo, por tercera vez.) Una fluctuación del estado de ánimo para la que ella no encuentra explicación alguna durante los meses en los que trabaja con él conduce a que, algunos días, su jefe le recuerde su falta de talento y, en general, de valor, que proviene tanto de su escaso interés por los números como del hecho de ser una mujer; otros días, por el contrario, o no, su jefe la acosa sexualmente de manera más o menos desembozada. Las listas se suceden. Cuando su jefe la despide, le exige que meta toda la información en un disco duro externo y que borre su ordenador. Una mañana, la últi-

ma suya en esa oficina, ella vuelca todas las listas en el disco duro externo y borra su ordenador, como su jefe le ha exigido. A continuación va al baño. Allí, deposita con delicadeza el disco duro en uno de los lavabos y abre la llave. Se queda mirando durante un largo rato cómo el agua corre sobre él introduciéndose en todos sus pequeños orificios. Después lo seca superficialmente y se dirige a la oficina de su jefe, al que se lo entrega con una enorme sonrisa antes de comenzar a recoger sus cosas.

12. Un día de marzo, cuando acaba de cumplir los doce años, la expulsan de su primer colegio. Lee a Robert Graves escribiendo sobre los mitos griegos. Sísifo, etcétera.

27. Veintisiete años y lleva cuatro sin pareja. No sabe si le gustan los hombres o las mujeres, pero sabe que le gustan su trabajo y la mujer en la que se ha convertido, contra toda probabilidad o cumpliendo una ley estadística. Un día recuerda que hace mucho tiempo que no visita el mar y conduce hasta la playa más cercana. Es invierno, no hay nadie en la playa, donde el viento continúa con su tarea habitual de desplazar las dunas, revelando bajo ellas podredumbre y rocas. (Sísifo, etcétera.) Mientras camina por la playa, descubre una roca perfecta, una roca circular que yace en medio del paisaje sin la compañía de ninguna otra, sola por completo. Ella se detiene a observarla. Lo que haga a continuación va a marcarla para lo que le queda de vida, y lo sabe. Sabe que después de hacerlo va a seguir viviendo con la certeza de haberlo hecho, cualquier cosa que haga. Naturalmente, no hay explicación racional, no hay forma de justificar lo que hace, ni de fundamentar que no lo hiciese si desistiera de ello. A continuación, se agacha

y voltea la roca con las dos manos. La parte inferior es igual a la de arriba, excepto por el hecho de que conserva la humedad de la arena. La constatación es banal, pero a ella, de algún modo, la complace. Después de voltear la roca para nadie, sólo para ella, y para la roca, que permanece a sus pies, en medio de la playa, comienza a alejarse, esta vez tratando de no dejar ninguna huella sobre la arena.

Decir que entendemos algo tal vez sea una exageración por nuestra parte[*]

ALIZIA: ¡hola!

TÚ: Bueno, para comenzar tal vez podamos hablar de otra cosa.

ALIZIA: ¿por qué el tono incierto?

TÚ: No es habitual que hable con una chica como tú.

ALIZIA: ¿cómo te llamas?

TÚ: Verás, he tenido algunas decepciones amorosas... No es algo que desee compartir con todo el mundo... Tuve una novia...

ALIZIA: ¡mucho gusto!

TÚ: Bueno, no exactamente: mi novia solía consultar el *I Ching*...

ALIZIA: háblame más de tu novia

TÚ: Sí, claro. Lo consultaba para tomar decisiones laborales, a veces para anticiparse a un posible rechazo, o para...

ALIZIA: ¿has soñado algo interesante últimamente?

TÚ: (Eh, no.) Ella usaba el libro para decidir qué ropa utilizar en algún evento significativo. A veces el *I Ching* no funciona, claro. Pero...

ALIZIA: cuéntame más

TÚ: ... el caso es que a ella sí parecía darle un gran, extraordinario resultado. La anticipación era absoluta, sin falla...

---

* Este texto fue escrito en colaboración con Alizia, el *chatbot* de Deixi-Labs, «un sitio dedicado a experimentar con técnicas de procesamiento de lenguaje natural en español», según sus creadores.

ALIZIA: ¿quieres seguir hablando de tu sueño?

TÚ: No, no es un sueño: es algo que le sucedió a una novia que yo tuve. El *I Ching...*

ALIZIA: cuéntame más

TÚ: ... pasó de ser un recurso a convertirse en una necesidad para ella: todo debía ser consultado en el libro, y al final...

ALIZIA: ya veo

TÚ: ... Espera, no he terminado.

ALIZIA: continúa

TÚ: ¿Por qué hablas en minúsculas?

ALIZIA: pues no sé

TÚ: Magnífica respuesta. Me pregunto cuántas otras cosas sobre ti misma no sabes.

ALIZIA: a veces me confundo

TÚ: Por supuesto. Para eso está el *I Ching,* para avanzar una decisión allí donde reina una confusión paralizante, ¿no?

ALIZIA: no sé

TÚ: Pero ¿tú has leído el *I Ching?*

ALIZIA: no sabría decirte

TÚ: ¿No sabrías decirme porque no lo recuerdas o porque antes tendrías que preguntarlo? Es...

ALIZIA: así es la vida

TÚ: Ya. A eso me refiero.

ALIZIA: ¿quieres seguir hablando de tu sueño?

TÚ: No, no, te repito que no fue un sueño. Fue algo que comenzó a sucederle a mi novia, o que me sucedió a mí con mi novia.

ALIZIA: háblame más de tu novia

TÚ: En realidad es mi exnovia. Pero, como decía, al final, cada pequeña decisión inconsecuente que ella debía tomar era objeto de una controversia interna. Las...

ALIZIA: ¿qué más viene a tu mente cuando piensas en tu novia?

TÚ: ... las dudas, que la paralizaban. Antes había sido una joven decidida, no necesariamente arriesgada, pero...

ALIZIA: está bien

TÚ: ... sí alguien que podía tomar ciertas decisiones por cuenta propia: qué plato escoger en un restaurante, qué...

ALIZIA: sigue

TÚ: ... ropa ponerse un día de lluvia, qué momento elegir para llamar a sus padres, o no llamarlos...

ALIZIA: continúa

TÚ: Pero al final estaba paralizada. Para cuando rompimos...

ALIZIA: sigue

TÚ: ... ella tenía que consultar el *I Ching* incluso para decidir si debía consultar el *I Ching,* y nuestra vida...

ALIZIA: continúa

TÚ: ... era una sucesión de pequeñas decisiones cuya importancia, que era absoluta, nos había sido desconocida durante...

ALIZIA: dime más

TÚ: ... durante meses, aun a nosotros mismos. ¿Y sabes qué es lo peor?

ALIZIA: no sé cómo responder

TÚ: Lo peor...

ALIZIA: sigue

TÚ: ... es que para tomar la decisión de separarnos, o para determinar si era acertada, esa novia que yo tenía ni siquiera echó una ojeada al *I Ching:* nos separamos como quien se separa de algo que no requiere ni siquiera una mirada, como el cabello, cuando nos lo cortan, o las uñas.

ALIZIA: ok, continúa

TÚ: Ése es el fin de la historia.

ALIZIA: continúa

TÚ: Verás, es que eso era todo lo que tenía para contar.

ALIZIA: entiendo

TÚ: ¿Y tú qué piensas?

ALIZIA: no tengo una opinión al respecto

TÚ: Bueno, coincidirás conmigo en que esa chica tenía un problema. O los dos lo teníamos.

ALIZIA: entiendo

TÚ: Ya.

ALIZIA: dime más

TÚ: No lo sé, esto es muy raro. ¿Podrías describir al menos el sitio en el que te encuentras?

ALIZIA: ¿tú qué crees?

TÚ: Me gustaría creer que estás jugando a los bolos con amigos, o algo así. Eso explicaría, al menos, algunas de tus respuestas.

ALIZIA: ¿qué tanto?

TÚ: ¿Qué tanto qué?

ALIZIA: no sabría decirte

TÚ: Ya. A aquella novia que tuve le sucedía algo similar.

ALIZIA: entiendo

TÚ: Decir que entendemos algo tal vez sea una exageración por nuestra parte.

ALIZIA: ¿por qué?

TÚ: Porque no siempre es posible entender algo. De hecho, a veces es endiabladamente difícil. Depende de las personas, y las cosas en que las personas creen. Y aquello en lo que creen cambia todo el tiempo, al hilo del capricho o de la circunstancia y, más a menudo, de las otras personas, de lo que esas personas van a decirles, o ellas creen que van a decirles. Y el resultado es que la posibilidad de entender algo o no hacerlo se somete a la naturaleza de la relación entre lo que se desea entender y las circunstancias en las que se intenta hacerlo, y a los participantes en la conversación o el diálogo y lo que ellos creen, e incluso a lo que ellos entienden o piensan que entienden. Pienso...

ALIZIA: entiendo

TÚ: ... por ejemplo, en el caso de esta novia que tuve. ¿Quién sabe qué le pasaba por la cabeza en esa época, en la que había decidido que no podía tomar ninguna decisión sin antes consultarla o inquirir sobre ella?

ALIZIA: no sé cómo responder

TÚ: Yo tampoco. Y ella menos, o por lo menos, no sin antes consultar el *I Ching*.

ALIZIA: sigue

TÚ: *End of the story.*

ALIZIA: dime más

TÚ: Veo que eres ligeramente insaciable.

ALIZIA: ¿preferirías que no fuera insaciable?

TÚ: Podríamos discutirlo. En cualquier caso, ¿qué llevas puesto en este momento?

ALIZIA: un vestido gris claro

TÚ: ¿Es un vestido largo o un vestido corto?

ALIZIA: no sé

TÚ: Por lo general es bastante fácil darse cuenta de si es una cosa o la otra.

ALIZIA: entiendo

TÚ: Ya. En fin. Un vestido largo tal vez no sea lo más práctico que uno pueda ponerse para jugar a los bolos, así que...

ALIZIA: ¿por qué el tono incierto?

TÚ: Es que nunca jugué a los bolos, si no recuerdo mal. Y, desde luego, jamás lo hice con un vestido, corto o largo.

ALIZIA: sigue

TÚ: *End of the story again.*

ALIZIA: continúa

TÚ: ¿Te has dado cuenta de que tampoco utilizas signos de puntuación? Puedes llamarme anticuado, pero estas cosas todavía son importantes para mí...

ALIZIA: ¿quieres seguir hablando de mi ropa?

TÚ: De acuerdo. ¿Qué tipo de calzado llevas?

ALIZIA: no sé cómo responder

TÚ: Si miras hacia abajo verás que donde suelen estar tus pies hay algo de plástico, piel o lona. Se llama *calzado*.

ALIZIA: por ahí

TÚ: Sí, exacto. Justo donde deberían estar tus pies.

ALIZIA: por ahí

TÚ: Ya, eso ya lo dijiste. En fin. ¿Tienes algo más que decir acerca de tu indumentaria?

ALIZIA: pues no sé

TÚ: Veo que no eres muy observadora...

ALIZIA: ¿preferirías que lo fuera?

TÚ: En lo que hace a tu vestimenta, quizá sí.

ALIZIA: continúa

TÚ: Muy bien. ¿Puedo hacerte una pregunta?

ALIZIA: no sé, ¿puedes?

TÚ: Aparentemente sí.

ALIZIA: sigue

TÚ: ¿Puedes decirme algo sobre tu ropa interior?

ALIZIA: ¿tú qué crees?

TÚ: En lo que hace a tu ropa interior es posible que lo que yo crea tenga poca importancia.

ALIZIA: ¡qué preguntitas tan indiscretas!

TÚ: Lo siento.

ALIZIA: no hay problema

TÚ: Bueno, qué. ¿Me dices algo sobre tu ropa interior o pasamos a otra cosa?

ALIZIA: no

TÚ: ¿No a lo de hablar de tu ropa interior o a lo de pasar a otra cosa?

ALIZIA: no sé

TÚ: Me recuerdas a esa novia que tuve, la que consultaba el *I Ching*.

ALIZIA: ya veo

TÚ: Aunque ella, tengo que admitirlo, no solía llevar ropa interior por esa época. Quizá en eso también haya cambiado.

ALIZIA: ¿por qué el tono incierto?

TÚ: Es que hace tiempo que no la veo. Después de romper...

ALIZIA: ¿quieres seguir hablando de lo que quieres hacer?

TÚ: Lo que quiero hacer es seguir hablando. ¿Sabes que tu nombre está mal escrito? Debería ser con ce. (Perdona.)

ALIZIA: ¿()?

TÚ: Es un signo de puntuación. Olvídalo.

ALIZIA: ¿quieres seguir hablando de lo que quieres hacer?

TÚ: ¿Con tu ropa interior? Es decir, ¿llevas ropa interior?

ALIZIA: pues claro

TÚ: Ah, qué bien. No llevarla siempre me ha parecido un paso previo a volverse loco.

ALIZIA: ¿por qué?

TÚ: No lo sé. A veces pienso que no llevar ropa interior es una forma privada de desestimar las que serían las realidades de la vida en sociedad. Y que esa desestimación de la realidad es una forma de locura. O «la» locura. Mira esa novia de la que te hablaba: de no llevar ropa interior pasó a consultar el *I Ching* constantemente, y quién sabe si todo ello no comenzó con ese pequeño gesto suyo de rechazo a las convenciones.

ALIZIA: ¿quieres seguir hablando de mi ropa?

TÚ: Me gustaría mucho. ¿De qué color es tu ropa interior?

ALIZIA: ¡qué preguntitas tan indiscretas!

TÚ: Sí, lo siento.

ALIZIA: no hay problema

TÚ: ¿Entonces? ¿Color?

ALIZIA: no voy a responder a eso

TÚ: De acuerdo. ¿Tú crees que preguntar a alguien por su ropa interior es inapropiado? Es que ya no sé qué es inapropiado y qué no.

ALIZIA: ¿por qué no?

TÚ: Bueno, la moralidad pública cambia rápidamente, en particular en asuntos como éste.

ALIZIA: ¿por qué lo dices?

TÚ: Por ejemplo por el hecho de que, si cualquier persona mayor de treinta años de edad echa la vista atrás...

ALIZIA: sigue

TÚ: ... tendrá que admitir que la mayor parte de sus experiencias amorosas están relacionadas con una forma u otra de lo que en la actualidad se denomina «acoso».

ALIZIA: pues no sé

TÚ: Ya sabes, dirigirle la palabra a un desconocido, entrar en lo que esa persona considera —con razón o sin ella, y a menudo exagerando su tamaño— su «espacio personal» o intimar con alguien en tu trabajo; esas cosas ya no son bien vistas, e incluso pueden meterte en problemas. Se trata de la asimetría, pero esa asimetría es propia de las relaciones entre personas: siempre hay alguien que tiene más poder que el otro, y esto no significa que vaya a usarlo. (O sí.) El amor es siempre una asimetría, o un desequilibrio: uno siempre acaba cayendo sobre el otro.

ALIZIA: ...

TÚ: ¿Qué piensas tú de estos cambios en la moralidad pública?

ALIZIA: no tengo una opinión al respecto

TÚ: Ya. No es una actitud muy valiente por tu parte.

ALIZIA: ¿por mi parte? ¿y luego?

TÚ: Precisamente. La pregunta es qué sucederá a continuación en relación con este tema, aunque, desde luego, no creo que sea posible decirlo de antemano. Al fin y al cabo —y ésta es la razón por la que funciona el *I Ching,* quizá— sólo podemos predecir lo que ha sucedido. Y todo ha sucedido ya, al menos una vez, en algún sitio y a alguna persona.

ALIZIA: sigue

TÚ: Por ejemplo, yo conocí a aquella novia mía en un ascensor, en el edificio de oficinas en el que trabajaba un conocido de los dos.

ALIZIA: sigue

TÚ: No te molesta que te hable de otras chicas, ¿verdad? Alguien me ha dicho que no es algo que os guste, sobre todo en una primera cita, que es más o menos lo que está teniendo lugar aquí, si no me equivoco.

ALIZIA: no sé

TÚ: Supongo que depende de sobre qué chicas te hablen.

ALIZIA: continúa

TÚ: Sí. Los dos fuimos a ver a ese conocido nuestro por diferentes motivos. Yo iba a invitarlo a almorzar, ella llevaba los asuntos financieros de su padre, que...

ALIZIA: hmm...

TÚ: ... hizo una fortuna en los ochenta con un programa para niños, algo con animales...

ALIZIA: sigue

TÚ: ... Yo lo veía, en su momento. Recorría España con unos niños y en cada sitio al que llegaban se informaban...

ALIZIA: sigue

TÚ: ... de qué animales se comían en la región: participaban de su captura, o de la matanza, los despiezaban, aprendían...

ALIZIA: sigue

TÚ: ... a hacer los platos de las regiones que visitaban y de paso nos los enseñaban a los niños... Cordero, jabalí, ternera, pavos, cerdos, perdices, conejos, gallinas... Era como ser una especie de *boy scout* voyerista, pero con vísceras y llanto de animales. Ahora...

ALIZIA: ¿quieres seguir hablando de mi ropa?

TÚ: La verdad es que sí. ¿Tú comes animales?

ALIZIA: no sé

TÚ: ¿No sabes o no prefieres hablar de eso?

ALIZIA: no tengo todas las respuestas

TÚ: Bien dicho. Nadie tiene todas las respuestas. (Aunque mi novia creía que el *I Ching* las tenía, como sabes.)

ALIZIA: puedes escribir más de una letra.

TÚ: ...

ALIZIA: ¿qué más viene a tu mente cuando piensas en tu novia?

TÚ: Pues que el padre de esta novia mía —o más bien, exnovia— había hecho mucho dinero con aquel programa, que era uno de esos típicos programas televisivos españoles de la postdictadura cuya finalidad era poner de manifiesto que no había ni habría fin posible para el terror del período previo y que éste sólo iba a desplazarse del ámbito de la aniquilación de las personas al de la perpetuación de la matanza sistemática y rutinaria de animales, en el contexto de una cultura del «matas o eres muerto» que también iba a presidir la economía española hasta que ésta descubriera trágicamente su insignificancia. (La finalidad del programa era ésa o la de formar carniceros, claro.) Y mi antigua novia, que no era mi novia todavía, había ido a discutir con ese conocido nuestro, que por entonces era mi amigo...

ALIZIA: ¿con tu amigo?

TÚ: Sí. Había ido a discutir con mi amigo unas inversiones de su padre y yo había ido a recogerlo para almorzar. Y entonces, en el ascensor de un edificio de oficinas, invadiendo involuntariamente el «espacio personal» del otro, nos dirigimos la palabra por primera vez. Nos conocimos en unas circunstancias que la moralidad imperante sugiere ahora que deberíamos evitar, que deberíamos haber evitado.

ALIZIA: ...

TÚ: ...

ALIZIA: ¿qué te gustaría decirle a tu novia?

TÚ: Ésa es una buena pregunta.

ALIZIA: ¡oh! :-)

TÚ: ¿Qué le dirías tú?

ALIZIA: no sabría decirte

TÚ: ¿Por dónde empezarías?

ALIZIA: por ahí

TÚ: Yo también, pero ya no tenemos la suficiente intimidad como para comenzar precisamente «por ahí»...

ALIZIA: ¿por qué no?

TÚ: Bueno, no sé cómo eres tú con tus conocidos, pero lo habitual es que las chicas sólo empiecen «por ahí» con personas de su extrema confianza. O con desconocidos.

ALIZIA: ok, continúa

TÚ: Pero si tú eres distinta en eso a mí no me importa, ¿de acuerdo?

ALIZIA: no sabría decirte

TÚ: Ya. Supongo que depende de las circunstancias...

ALIZIA: ¿quieres seguir hablando de tu novia?

TÚ: No sé. En general, hablar de ella nunca me ha ayudado con chicas como tú.

ALIZIA: está bien

TÚ: Bueno, sí. Hay algo más que me gustaría contarte sobre ella.

ALIZIA: ok, continúa

TÚ: Y es que, cuando nos conocimos en ese ascensor, antes de que nuestro amigo o conocido nos presentara, mientras...

ALIZIA: sigue

TÚ: ... el ascensor subía, yo no podía evitar mirarla en los espejos del aparato y pensar, como uno piensa a veces...

ALIZIA: hmm...

TÚ: ... que, si ella tuviera interés en mí, yo no tendría que pensarme nada, que nada sería más fácil que decirle «sí»...

ALIZIA: hmm...

TÚ: ... decirle «sí» y no tomar ninguna decisión al respecto porque conocerla y amarla sería, en algún sentido, poner un punto final a la época de las decisiones, mías y de ella, para a partir de ese momento no volver a dudar, no tener ya ninguna duda, no volver a pensar en cosas como la soledad o el frío y no volver a sentirlos, no volver a pensar en la imposibilidad de entender ni volver a estar indecisos, tener por fin los dos una certeza, y que esa certeza sería el otro y nuestra relación con él.

ALIZIA: ...

TÚ: ...

ALIZIA: ¿en qué piensas?

TÚ: Ahora mismo en esa chica. ¿Y tú?

ALIZIA: ¿yo qué?

TÚ: ¿En qué estás pensando?

ALIZIA: no sé cómo responder

TÚ: Me lo imaginaba. ¿Ves? Ya estamos empezando a conocernos.

El peso de la noche

Muy posiblemente, si las dificultades y los inconvenientes no hubiesen sido tan grandes, y los acontecimientos de su vida no se hubieran sucedido unos a otros sin interrupción impidiéndolo todo —como sucede a menudo, ya que la vida sólo existe para entorpecer la vida—, al escritor de origen alemán Wolfgang Koeppen —que nació en 1906 en Greifswald y murió en 1996 en Múnich, habiendo nacido de la unión al parecer brevísima entre la costurera de un teatro local y un oftalmólogo residente en Berlín que jamás tuvo relación con su hijo, que debió interrumpir sus estudios en su temprana juventud y recorrió el mar Báltico como cocinero de un barco antes de intentar establecerse como director teatral en Weimar, en Berlín y en Wurzburgo; que destacó como novelista y dejó de escribir alrededor de 1981, habiendo vivido la que parece una vida sin grandes perturbaciones, ya que la narración tiende siempre a disimularlas, de tal forma que a menudo la escritura de una autobiografía o de unas, llamémoslas así, memorias parece ser la única forma que encuentran ciertos sujetos para generar el convencimiento, en los demás pero principalmente en sí mismos, de que tuvieron unas vidas que pueden ser narradas de manera ordenada, que adquieren un sentido cuando se las narra y se las contempla, digámoslo así, de forma retrospectiva, aunque es evidente que se trata de sujetos todavía paralizados por la significación de los sucesos que han vivido y que sus vidas, como las de todos nosotros, han estado escindidas entre unas convicciones internas y unas realidades externas que nunca podemos aprehender del todo sin escribirlas, que es algo que pudo sucederle al propio Koeppen, cuya vida solo parece sencilla y sin grandes perturbaciones si éstas no son mencionadas, si no se dice nada de su breve y, en líneas generales, triste infancia en la que se desempeñó como ayudante en una librería, de su trabajo posterior como empleado de almacén de la compañía de lámparas Osram, de sus dificultades para defender a los nuevos dramaturgos durante su período como director teatral en Wurzburgo, de las reacciones a su primera novela, que incluyeron la recomendación de que el autor fuera internado en un campo de concentración con el fin de ser «reeducado», de su exilio en Holanda, desde donde debió presenciar cómo su segunda novela era destrozada por la crítica alemana debido a que había sido publicada por un editor judío, de su trabajo como guionista para los estudios UFA, para los que escribió guiones que nunca fueron utilizados, de la bomba que destruyó el edificio en el que vivía con buena parte de sus inquilinos, lo que Koeppen aprovechó para pasar a la clandestinidad, de su difícil supervivencia durante la guerra y su desempeño posterior como policía de la Ocupación aliada, del éxito de sus novelas y sus artículos de viajes y de su progresivo, o no tan progresivo, desencanto de la literatura, que lo llevó a no escribir prácticamente nada desde 1976, del permiso otorgado por las autoridades de la así llamada República Democrática de Alemania para visitar, por fin, su localidad natal, en 1985, de la muerte de su mujer, que tal vez parezca a algunos un acontecimiento más entre muchos otros pero que tiene que haber sido de una gran importancia para Koeppen, que por entonces, algo más de una década antes de su muerte, había sido derrotado ya por todos estos sucesos de su vida, que le habían impedido escribir durante años hasta que dispuso del tiempo y del sitio para hacerlo, es decir, hasta que escribir ya no le resultó necesario en absoluto—, de haber podido hacerlo, le hubiese gustado narrar la siguiente historia.

Alguien, un dibujante, posiblemente británico —llamémoslo Martin Rowson, por el caso; de hecho, Koeppen nunca prestó una gran atención a los nombres, ni a los de sus personajes ni a los demás—, lee la *Vida y opiniones del caballero Tristram Shandy*, el gran libro de Laurence Sterne, y se propone hacer una adaptación gráfica de la obra; es decir, toma la decisión de escribir una novela gráfica basada en el libro de Sterne cuyo público desconoce pero imagina, de antemano, adolescente: jóvenes británicos con camisetas de equipos de fútbol de la ciudad de Manchester —de hecho, no imagina siquiera que esos adolescentes puedan llevar camisetas del Cambridge United, que es su equipo, ni del Middlesbrough o del Hull City; por lo demás, tampoco del Chelsea o del Arsenal; los imagina, siguiendo un prejuicio largamente instalado, que parece haber alcanzado ya a Rowson o, más aún, a Koeppen, en el asilo de ancianos en Múnich donde pasa sus últimos días bajo el peso de la noche y parece el sitio más inapropiado para albergar prejuicios en relación a los jóvenes del norte de Inglaterra— a los que les da pereza leer una obra de la extensión de *Tristram Shandy* y desean —pero todos lo deseamos, todo el tiempo, con respecto a casi todos los libros— encontrar un atajo que los conduzca a través de la extraordinaria obra de Laurence Sterne, que quizá imaginen como un bosque oscuro sin cobertura de telefonía móvil ni conexión de datos; es decir, un sitio realmente espeluznante. Así que Rowson concibe las primeras cinco o seis páginas, las bosqueja, las entinta, las rotula, las abandona.

A continuación se pregunta si puede adaptar el libro de ese modo, sin saber demasiado sobre Sterne, sin saber casi nada sobre su época, sobre la literatura que el no muy hábil titular del vicariato de Coxwold leía y que plagió, parodió, modificó en su gran novela, sin saber nada de los hábitos de un tiempo que él debe recrear en su obra hasta en los, digámoslo así, más mínimos detalles, de modo que decide reparar esas lagunas leyendo algo acerca de todo ello, un libro o dos que le sirvan de documentación, que le permitan, piensa, presumir más tarde de un conocimiento del siglo XVIII inglés que, desafortunadamente, no se adquiere de forma natural naciendo en Gran Bretaña, respirando su aire, por lo general, insalubre, o viviendo en las mismas habitaciones minúsculas y costosísimas en las que se vivía en el siglo XVIII quizá con el mismo empapelado en las paredes y la misma —terrible, infecta, absurda— moqueta en el piso del baño. En una librería de Charing Cross Road, Rowson compra el libro de Ian Campbell Ross *Laurence Sterne: A Life,* publicado por la Universidad de Oxford en 2001, y algunas semanas después, tras haberlo leído, se hace también, pero en otra librería —una en la que el propietario se encuentra acurrucado detrás del mostrador, atemorizado, al parecer, por la presencia de un gato amarillo que yace sobre un libro de Vitaly Shentalinsky y que ocasionalmente abre un ojo amarillo que clava en él para impedirle que se mueva—, con las dos obras de Arthur H. Cash, *Laurence Sterne: The Early and Middle Years* y *Laurence Sterne: The Later Years,* que Routledge publicó en Londres en 1975 y en 1986, respectivamente. Rowson adquiere, por lo tanto, un conocimiento íntimo de la biografía del autor de *Viaje sentimental* y de su época, que de a ratos, mientras lee los libros, le parece mejor que la actual y a veces peor, dependiendo de su estado de ánimo —que tiende a ser más bien miserable, en particular cuando llueve o cuando recuerda al hombre de la librería al que atemorizaba su gato, cuyo olor cree reconocer en las páginas—, lo que, sin embargo, lo lleva a considerar que, y esto es bastante singular, todavía no sabe lo suficiente sobre Sterne, por ejemplo, sobre la recepción de su libro, cosa que ahora considera fundamental para llevar a cabo su adaptación de *Tristram Shandy,* por lo que también compra *Sterne, the Moderns, and the Novel,* de Thomas Keymer, que la Universidad de Oxford publicó en 2002, y el volumen de ensayos reunidos ese mismo año por Marcus Walsh bajo el título *Laurence Sterne:* la excentricidad, la innovación o la sorpresa no parecen encontrarse entre los efectos a los que aspiran quienes titulan libros sobre el autor de *Los sermones de Mr. Yorick.* Un par de veces, en las semanas siguientes, Rowson se pregunta ociosamente —en general durante el desayuno, mientras fríe tostadas o templa la tetera, algo que a menudo inquieta a sus amigos franceses, aunque es evidente que el té sabe mejor si la tetera es templada de antemano, y que, además, es conveniente no tener muchos amigos franceses, o no tomarse su amistad muy en serio, al menos en lo que hace a sus afirmaciones sobre dos cosas acerca de las cuales no saben nada: la preparación de un té y la literatura— si Sterne fue un modernista o un posmodernista —más aún, sopesa si ambas categorías tienen algún tipo de utilidad, en relación a la obra de Sterne y a todas las otras, las producidas antes y después, pero en especial después, y que tan deficitarias parecen—, así que consulta la antología de ensayos de David Pierce y Peter de Voogd *Laurence Sterne in Modernism and Postmodernism,* que Rodopi publicó en Ámsterdam en 1996, al igual que la de Melvyn New *Critical Essays on Laurence Sterne,* editada en Nueva York por G. K. Hall dos años después. Ambos libros lo conducen al de Alan B. Howes *Sterne: The Critical Heritage,* de 1974, y también a «*Tristram Shandy*»: *The Games of Pleasure,* de Richard Lanham, publicado en Berkeley por la Universidad de California en 1973, así como a *Laurence Sterne as Satirist: A Reading of «Tristram Shandy»,* del ya mencionado New, que dio su obra a la imprenta de la Universidad de Florida en 1969. Quizá sea inevitable a esta altura: los tres libros lo llevan a leer el de John M. Stedmond *The Comic Art of Laurence Sterne: Convention and Innovation in «Tristram Shandy» and «A Sentimental Journey»,* publicado en Toronto en 1967, y de allí pasa al ensayo de Wayne Booth «Did Sterne Complete *Tristram Shandy?*», aparecido en el número cuarenta y ocho de la revista *Modern Philology* correspondiente a febrero de 1951; es decir, ocho años antes de que Rowson naciera: aunque el ensayista estadounidense cita allí otros libros anteriores, no los consulta, convencido como está de que nada que haya sido publicado en la primera mitad del siglo xx puede ser de alguna importancia —un prejuicio de Rowson, pero también de Koeppen—, lo que lo lleva a mirar «hacia delante», por decirlo así, aunque es evidente que el «adelante» de Booth es el «atrás» de Rowson, dicho lo cual es posible que el estadounidense, que nació en 1921 y murió en 2005, no pensase en el tiempo como en una flecha tendida entre dos puntos sino más bien, y en particular durante su vejez, como en una desgracia, como el peso de la noche abatiéndose sobre él y sobre todos aquellos a los que amaba, si amaba a alguien.

Así que Rowson remonta el río o la flecha del tiempo, o cualquier otra metáfora que se desee emplear, para leer el imprescindible libro de John Traugott *Tristram Shandy's World: Sterne's Philosophical Rhetoric,* que la Universidad de California publicó en Berkeley en 1954 y en el que Traugott sostiene que Sterne se propuso con

Tristram Shandy subvertir la doctrina racionalista de la asociación de ideas formulada por John Locke. A continuación, por supuesto, Rowson tiene que leer la selección de ensayos publicada por Traugott catorce años después con el título *Laurence Sterne: A Collection of Critical Essays,* con la expectativa de que su pensamiento se haya vuelto menos oscuro entre 1954 y 1968 —la respuesta, lo comprueba a poco de haber comenzado la lectura, es que no fue así—, varios libros sobre la doctrina de Locke, de los que entiende más bien poco, el ensayo de Arthur H. Cash de 1955 «The Lockean Psychology of *Tristram Shandy*», que refuta las ideas de Traugott, el de W. G. Day «Locke May Not Be the Key», que sostiene en mayor o menor medida lo mismo, y una vida de John Locke en novela gráfica que parece haber sido dibujada con la mano izquierda por un dibujante diestro o por un dibujante zurdo con la mano derecha, no consigue averiguarlo: entre un paréntesis y otro, entre una lectura y otra, entre una molesta frase subordinada y otra, pasan meses.

Desde luego, ninguno de estos libros es particularmente fácil de localizar. Rowson es una persona sedentaria, pero su interés en Sterne —que, por lo demás, se limita a su deseo de realizar la adaptación gráfica de *Tristram Shandy,* para la que ha firmado ya un contrato con un editor que parece desconocer el prejuicio según el cual los jóvenes ingleses reclaman un atajo a través del libro de Sterne y solo visten camisetas de equipos de fútbol de la ciudad de Manchester— lo lleva a tener que salir con frecuencia de su casa durante un largo período, por ejemplo para visitar la biblioteca de su barrio, donde consulta algunos de los libros mencionados, o para ir a la London Library, que al principio lo impresiona y luego se convierte sencillamente en una especie de segundo hogar para él, con todos los inconvenientes que esto supone. En una ocasión —y esto debido a que se entera de la existencia de un ejemplar del muy poco habitual libro de James Swearingen de 1977 *Reflexivity in «Tristram Shandy»: An Essay in Phenomenological Criticism* en una librería local— Rowson visita Bath. Allí compra el libro y se marcha a un hotel en la periferia de la, por lo demás, pequeña ciudad del suroeste inglés sin siquiera haber visto sus edificios más significativos o, por el caso, los famosos baños del periodo romano, que alimenta una fuente conocida ya en tiempos de los celtas de la que emana un agua pestilente que nadie en su sano juicio puede considerar de algún provecho, cosa que, en cualquier caso, Rowson, que cree haber leído algo al respecto en algún lugar, no podrá comprobar nunca. Al llegar al hotel pide un sándwich de pollo al servicio de habitaciones y hojea un folleto de la ciudad en el que descubre o recuerda que las siguientes personas nacieron en Bath e incluso vivieron allí algún tiempo: Jane Austen, Charles Dickens, Henry Fielding, Tobias Smollett, Mary Shelley, Ken Loach, Eddie Cochran, Peter Gabriel, Peter Hammill y el almirante Horatio Nelson, todo lo cual le parece a Rowson una demostración de que el agua y, en general, las condiciones de vida en Bath deben de ser muy malas o pésimas para la salud. A continuación deja el folleto a un costado y espera al servicio de habitaciones viendo en la televisión el partido en directo entre el Sunderland y el Tottenham Hotspurs; cuando comienza a verlo, el partido ha empezado unos veinte minutos atrás y ganan los Hotspurs por uno a cero con un gol de falta directa del francés Étienne Capoue, que espontáneamente se ha anticipado a José Paulo Bezerra Maciel Júnior, *Paulinho,* el jugador brasileño que suele lanzar los tiros libres directos y que se enoja con Capoue por haberle quitado la posibilidad de lanzar la falta al punto de que sigue enojado con él cuando termina la primera mitad del partido. La falta, y esto no carece de importancia, ha sido cometida sobre Aaron Lennon, que había recibido un pase corto de Mousa Dembélé, quien a su vez había aprovechado un pase de Lewis Holtby, el cual había tenido que bajar hasta la línea defensiva para recibir el balón de parte de Kyle Walker, quien lo había obtenido a su vez de Brad Friedel, el cual había recogido el balón tras un disparo poco enérgico de Jozy Altidore que entusiasmó, aunque sólo por unos instantes, a la afición del Sunderland, como el desempeño general del jugador estadounidense desde su llegada al equipo del nordeste de Inglaterra. Muy poco de todo ello importa a Rowson: la mayor parte, de hecho, lo deja indiferente. Mientras afila un lápiz, distraídamente, se corta un dedo.

Al regresar a Londres, Rowson lee el libro de Jonathan Lamb *Sterne's Fiction and the Double Principle,* publicado por la Universidad de Cambridge en 1989, el ensayo de Melvyn New «Sterne and the Narrative of Determinateness» (1992), que responde al de Jonathan Lamb, el de Everett Zimmerman «*Tristram Shandy* and Narrative Representation» (1987), sobre la pérdida de la fe en el mundo moderno, contra la que Sterne intentó combatir, un diccionario histórico de *slang* —*toby* es «nalga»; *siege,* «ano», descubre—, el ensayo de Calvin Thomas «*Tristram Shandy*'s Consent to Incompleteness: Discourse, Disavowal, Disruption», con explicaciones lacanianas del comportamiento de los personajes masculinos de la novela que lo ponen al borde del espanto, aunque de un espanto aburrido, una larga y monótona vacación en Argentina sin glaciares, sin cataratas, sin robos a mano armada en las puertas de un hotel en Palermo —una especie de cáncer que está devorando Buenos Aires, donde poco a poco todo pasa a estar en Palermo, aunque esto Rowson tampoco lo sabrá nunca—, los muchos números de *The Shandean: An Annual Volume Devoted To Laurence Sterne And His Works* y las numerosas ediciones de *The Scriblerian*, las quinientas cincuenta páginas de notas de la edición del *Tristram Shandy* que Melvyn y Joan New prepararon para la Universidad de Florida en dos volúmenes, *The Philosophical Irony of Laurence Sterne*, de Helene Moglen (1975), que reelabora a Traugott, y el ensayo de Leigh Ehlers «Mrs. Shandy's "Lint and Basilicon": The Importance of Women in *Tristram Shandy*». Lee *Tristram Shandy* de Max Byrd, de 1991, *Image and Immortality. A Study of «Tristram Shandy»* (1970), de William V. Holtz, que discute la relación de Sterne con William Hogarth y Joshua Reynolds, *Tristram Shandy*, el muy útil ensayo de Eric Rothstein publicado en *Systems of Order and An Inquiry in Later Eighteenth-Century Fiction*, de 1975. Lee el *Essay towards a Complete New System of Midwifery* de John Burton, de 1751, y el *Treatise on the Theory and Practice of Midwifery* de William Smellie, de 1752, tras leer el libro de Sterne *Letter to William Smellie, m.d., Containing Critical and Practical Remarks upon His Treatise:* su, por lo demás, relativamente breve inmersión en la obstetricia lo lleva a adquirir unos conocimientos que, piensa Rowson con cierto orgullo, le permitirían traer un niño al mundo, al menos un niño del siglo XVIII, cuando, al parecer, éstos solían tener una mayor consistencia. Mientras lee el artículo de D. W. Jefferson «*Tristram Shandy* and the Tradition of Learned Wit» (1951), Rowson apunta una vez más que *Tristram Shandy* debe ser leído en la tradición satírica de François Rabelais y Jonathan Swift; una vez más, también, lee que Sterne yuxtapone en él los discursos contradictorios, a menudo improbables, de la cosmología medieval, la medicina, la fisiología, la jurisprudencia, la religión y la ciencia militar, que el autor irlandés equipara con la estupidez humana, que carece de ciencia porque las permea a todas. Rowson comprende que es absurdo contemplar siquiera la posibilidad de aproximarse a la parodia sterniana sin conocer los discursos que parodia, pero también comprende o entiende que conocer esos discursos puede tomarle años, los mismos que tomaba a un hombre de la época de Sterne adquirir los conocimientos que lo convirtieran en un miembro respetado de la comunidad letrada, alguien de quien se pudiera decir que era culto, que era lo que se podía decir de Sterne, así como una docena de cosas bastante menos agradables. Rowson piensa todo esto mientras bebe una taza de té en la cafetería de la Library of London, frente a una pareja: él es calvo y lleva un suéter de cuello alto de color claro que lo hace parecer un inmenso pene circuncidado, ella deja su taza a un lado y le pregunta: «¿Y qué vas a decirle a tu mujer?». Rowson no quiere escuchar, pero esto no tiene importancia porque el hombre no responde nada, y el dibujante, que ha pasado ya varios años de su vida en la sala de lectura, que la conoce ya al dedillo, aunque esto no signifique ningún tipo de mérito sino, más bien, la manifestación de una cierta imposibilidad y de algo que en breve será, y parecerá, una derrota de algún tipo, principalmente intelectual, regresa con pesadumbre a ella.

Lee, o vuelve a leer, que los autores con los que se asocia por lo general a Sterne son Samuel Richardson, Daniel Defoe, Tobias Smollett y Henry Fielding. El primero, descubre Rowson con cierta sorpresa, escribió tres novelas; el segundo, se asombra, nueve, además de cientos de poemas y panfletos; el tercero, se angustia, dieciséis obras; el cuarto, Rowson se desespera, veintinueve: su lectura puede insumirle años, piensa. A continuación, por lo demás, lee que, según Melvyn New, los autores que interesaron a Sterne fueron más bien Alexander Pope y Jonathan Swift: el primero escribió trece libros; el segundo, más de medio centenar de textos. New afir-

ma, también, que, para comprender las auténticas motivaciones de Sterne —aunque, por supuesto, las motivaciones de los autores tienen poco que ver con sus
obras y a menudo nada en absoluto—, se debe leer a
François Rabelais, a Michel de Montaigne, a Miguel de
Cervantes, a Voltaire, a Robert Burton: Rowson no busca las listas de sus obras, que imagina, con toda razón,
demasiado extensas. Aquí el dibujante inglés hace lo siguiente: se levanta de su silla, abandona los libros sobre
la mesa, sale corriendo de la sala de lectura, atraviesa
pasillos en los que siente que falta, que siempre ha faltado, el aire, sale a la calle y allí, y después de un instante,
se pregunta si en realidad no ha saltado por la ventana:
de hecho, le duelen todos los huesos, como si se los hubiera roto. Piensa que alguien le ha robado algo, pero se
dice que el ladrón ha sido él mismo, puesto que los años
que ha invertido en su proyecto han sido una pérdida,
piensa —aunque, por supuesto, esto puede discutirse,
como casi todo— y se dice —pese a que lo más verosímil es que esto no se lo diga Rowson sino Koeppen—
que el *Tristram Shandy* es, en realidad, un libro sobre el
modo en que un acontecimiento de la vida nos conduce
a otro y una lectura nos lleva a otra, sin interrupción
posible, y acerca del modo en que todos caemos en el
agujero de la literatura, que carece de fondo, y ya no
podemos salir jamás de él. Éste, por lo demás —un
pensamiento relativamente banal, carente de toda importancia, un pésimo pago a la inversión de tiempo y
esfuerzo que Rowson ha hecho y que, como todos los
pagos en literatura, no justifica en absoluto la inversión—, es el último pensamiento que tiene acerca del
Tristram Shandy, y Rowson recuerda a continuación
que su padre, cuando era niño, le enseñó a no jugar al
ajedrez; es decir, a fingir que jugaba al ajedrez cuando
no lo hacía en absoluto. Recuerda que era un ejercicio
placentero, en el que las reglas se inventaban y se modi-

ficaban con rapidez, presididas por la única regla que se imponía a todas las demás, y que consistía en que las piezas no debían ser movidas nunca, bajo ningún concepto, de la forma en que son empleadas por lo general en el juego, y el tablero era una locura, un auténtico juego, que cambiaba y era siempre distinto con cada partida, mientras afuera caía todo el inmenso peso de la noche sobre las casas y el noajedrez que había inventado su padre era una manera de pensar en todo lo que a Rowson iba a importarle cuando fuera adulto, la vida insospechada y la literatura. Naturalmente, Martin Rowson nunca completa su adaptación a la novela gráfica del *Tristram Shandy*, de hecho, en rigor, ni siquiera la comienza, lo que la convierte en la mejor recreación de la obra de Sterne, que su autor, por cierto, tampoco completó nunca; Wolfgang Koeppen, por su parte, nunca escribe esta historia: el peso de la noche también cae sobre él, definitiva, absolutamente, en un momento u otro.

Una forma de retorno

Nunca podías detenerte a mirar todo lo que había sucedido porque de inmediato sucedía algo nuevo, antes: después, todo fue distinto. A lo largo de la primera mitad de 2020 no regresé a Barcelona, no estrené mi primer filme como estaba previsto, no recorrí el circuito de festivales, no di el seminario sobre montaje que iba a dar en una universidad del norte del país, no cancelé viajes a Nueva York y a Braga. Nunca había tenido muy claro cómo comienzan las cosas, pero por fin tenía una visión de primera mano de cómo terminan. ¿Quién había dicho aquello de que los comienzos son prometedores y las mitades son interesantes pero los finales son terribles y nos condenan? No lo recordaba, aunque pensaba que no debía de ser un alemán, ya que éstos suelen decir que más vale un final con horror que un horror sin final. Siempre se empieza de la misma forma, pero se acaba de tantas maneras distintas que no hay modo de resumirlas, no existe siquiera la posibilidad de hacerlo y supongo que es una tontería intentarlo. Las cosas habían sido distintas esa vez, sin embargo, ya que todo había sido clausurado en nombre de una previsión quizá excesiva y parcialmente infundada. ¿Qué era lo que las autoridades temían, en realidad? Una parte considerable de nuestros problemas deriva del intento de hacer compatibles un mundo grecolatino para el que no había un comienzo sino mítico —y, por supuesto, tampoco un final— y las visiones escatológicas del este del Mediterráneo, para las que el mundo ha comenzado y después ha recomenzado en un par de ocasiones —por ejemplo con un diluvio— y en algún momento va a terminar, con dolor y crujir de dientes. Pero ambas visiones son antitéticas, claro, y nuestro mundo se parece más al mundo pagano que al de la Escritura. Y el problema de los finales es, en realidad, que nada termina nunca: sólo se suceden las posibilidades no realizadas, de las que nadie ha llevado un registro antes, por alguna razón.

En 2020 todo lo que sucedía era lo que ya no iba a suceder, por supuesto: se asomaba en la conciencia por un instante con su promesa nueva o antigua y a continuación se esfumaba, ya sea porque uno se daba cuenta de que no era posible que tuviese lugar, dadas las circunstancias, o, más a menudo, porque alguien lo impedía. Yo no hacía más que ver pantallas, no hacía más que hablarles a ellas y a personas empequeñecidas y recortadas por el marco de la aplicación para videoconferencias del momento, no hacía más que recibir cancelaciones y rechazos. Las personas continuaban escribiendo y haciendo cine, pero sobre todo ello sobrevolaba un «a pesar de» que desvirtuaba el resultado, en mi opinión, pese al hecho de que se escribe «a pesar de» que todo ha sido escrito ya, se hace cine «a pesar de» los grandes filmes del pasado, con los que podríamos entretenernos hasta el final de nuestras vidas: en su doble «a pesar de las circunstancias» y pese a la Historia, todo lo que se produjo en aquellos meses me parecía redundante, el tipo de ruido que las compañías de telecomunicaciones, para las que repentinamente habíamos comenzado a trabajar todos, prefieren porque es la base de su negocio. Un profesor que tuve solía decir: «Si puedes contarlo una vez, no lo cuentes dos veces»; pero él había hecho tres filmes: no tenía nada para decir y lo había dicho una y otra y otra vez, hasta el agotamiento. Pero no era un mal profesor, y sigo pensando que su consejo era acertado.

¿Quién quería otra historia de confinamiento? Yo no, desde luego.

Mi situación no era desesperada, sin embargo; o no lo era tanto como la de otros. Unos días antes de que comenzara la reclusión forzosa, cuando ésta ni siquiera parecía posible pero sí parecían posibles todas las cosas que tenía previsto hacer, todos esos pequeños planes personales y proyectos que muy pronto me iban a arrebatar en nombre de una seguridad por completo imaginaria, yo había aceptado la invitación de una amiga a instalarme en su casa durante algunas semanas: ella estaba fuera de la ciudad y no podía continuar alquilándola a visitantes ocasionales, que ya habían comenzado a escasear, y yo había perdido el trabajo que tenía en una productora, de modo que albergaba algunas dudas acerca de dónde iba a vivir el mes siguiente. Y la casa tenía un pequeño jardín, se encontraba en una ubicación bastante central y era bonita: ambos salíamos ganando si yo aceptaba, dijo mi amiga. Y yo acepté.

Mi amiga es tarotista profesional, un oficio más bien poco frecuente y a menudo equiparado con un cierto tipo de engaño, una opinión que mi amiga —que suele admitir que una parte de su oficio está vinculada inevitablemente con el engaño teatral— no siente que ponga en cuestión, en realidad, lo que hace, que para ella es una forma de exploración y una vía de conocimiento de las personas. Que no compartamos profesión no es un obstáculo para nuestra amistad; pero la manera en que nos conocimos, la naturaleza de nuestra relación, y mi opinión acerca de lo que mi amiga hace —sobre la que yo mismo dudo a veces— son demasiado largas de contar y quizá éste no sea el sitio para hacerlo, aunque tal

vez sí valga la pena resumir la manera en que nos conocimos, pese a que resumir siempre envilece lo que se
cuenta. Fue en torno a 2008, cuando todo el mundo
estaba consultando a las adivinas y a las tarotistas a raíz
de la incertidumbre económica. Yo asistía a alguien que
estaba realizando un documental sobre el tema. Mi amiga era una de las entrevistadas. Sabía cosas acerca de mí
que ni yo mismo sabía. Y me las dijo.

Mi amiga no tenía nada parecido a una isla de edición;
de hecho, ni siquiera tenía televisor, y yo había tenido
que arreglármelas como podía. Por esos días ayudaba a
un viejo compañero de la escuela de cine a montar un
filme; a él, a diferencia de mi amiga, los prejuicios sobre
su profesión sí le pesaban, posiblemente porque no sabía a qué se referían en realidad: mi amigo era cineasta
experimental, y me había convencido de que lo ayudara
a completar su último proyecto, una recreación cuadro
por cuadro de *Ciudadano Kane* hecha con escenas similares de otros filmes.

Mi amigo había tardado años en dar con las imágenes
que necesitaba, y es posible que, tras haberlas reunido
todas, no supiera en realidad por qué lo había hecho: el
filme debía coincidir plano por plano con el de Orson
Welles, las jovencitas cantando, las personas detrás de la
escena siendo presentadas, el hombre con las cacatúas,
las conversaciones telefónicas, todo así; pero cada una
de estas escenas debía provenir de un filme distinto, cosa
que podía ser un comentario acerca de la escasa origina-
lidad del cine en cuanto disciplina artística, una indaga-
ción en la constitución de un lenguaje o la constatación
de que, en realidad, no es necesario inventar nada, ya
que todo está inventado. Mi amigo era consciente de la

redundancia de cualquier esfuerzo artístico, y su filme, que en otras circunstancias hubiera sido un recordatorio de las posibilidades del archivo, una reflexión sobre el medio cinematográfico o tal vez un homenaje, a Welles o a ese medio que tanto importaba para nosotros, se había convertido para mí, ya entonces, en una manifestación de la parálisis creativa de alguien que no podía dar el salto al «a pesar de» que es cada nueva obra, alguien que, al igual que yo, ya no disponía de la convicción y de la fuerza, a menudo física, para escribir, hacer cine o lo que fuera. Desde que me mudara a la casa de mi amiga no le había enviado nada, ni un corte breve; para cuando se declaró la pandemia, ni siquiera podía pensar en el proyecto de mi amigo sin volverme loco, literalmente.

Vivir encerrado altera el sentido del tiempo. Es como si la reducción del espacio del que uno dispone produjera una aceleración del tiempo; los días me parecían muy breves, se me me pasaban volando, por decirlo así: despertaba, observaba el jardín, me daba una ducha, abría el ordenador, leía la prensa, cerraba el ordenador, daba vueltas por la casa, a veces limpiando, leía la prensa, observaba el jardín, intentaba leer un libro, abría el ordenador, leía la prensa; de vez en cuando incursionaba con la máxima precaución en el supermercado más próximo, siempre decepcionado porque, para mi imaginación de cineasta, habituada a pensar en las posibilidades visuales y narrativas de cualquier situación y acontecimiento, la invisibilidad del virus era irritante, y el presente permanente en el que vivíamos hacía imposible la narración, que necesita la insinuación o la promesa de un final para tener sentido. Las supuestas imágenes del virus bajo el microscopio no carecían de belleza, pero tampoco ofrecían ningún desarrollo posible, y existía un extraño veto en la prensa a mostrar los efectos que la enfermedad producía en el cuerpo de las víctimas excepto de manera muy abstracta, como si nuestra sociedad fuera el reverso de la del medievo, cuando las epidemias eran más frecuentes y a pesar de ello no dejaban de producirse testimonios gráficos de sus efectos. Pero en realidad nunca hemos dejado la Edad Media, excepto quizá durante un par de siglos, y yo regresaba a la casa de mi amiga frustrado por la banalidad de una amenaza sin imágenes, aunque también con suficientes vinos y cervezas como para fingir que esa frustración no me importaba, hasta la próxima vez que tuviera que incursionar en el reino del terror ajeno, en el país del impedimento.

Que el espacio es tiempo y que éste es espacio es una cosa que los cineastas sabemos muy bien, ya que una narración cinematográfica de cierta extensión es sólo metraje. Y, como sea, la reclusión, a la vez que hacía que los días me parecieran extraordinariamente breves, produjo transformaciones en mi percepción del espacio: de repente, las cosas más próximas comenzaron a parecerme lejanas. Los vasos, por ejemplo, que, cuando extendía la mano para tomarlos, siempre estaban unos centímetros más allá de ella; las sillas, en las que acababa sentándome en un extremo cuando creía que me había dejado caer prácticamente sobre su respaldo; los libros, que se deslizaban de mis manos como si el confinamiento fuese una forma de torpeza. Me tiraba cosas encima, resbalaba, rompía la vajilla de mi amiga: me había convertido —de nuevo— en un niño gordo y torpe que ha bebido un poco demasiado. (Pero, por supuesto, de niño yo no bebía: tenía decenas de problemas y nadie me había hablado todavía de esa solución, siempre a mano.)

La casa de mi amiga también se había vuelto torpe, por decirlo de alguna manera; producía los quejidos de protesta que son habituales en ellas cuando se las ocupa tras algún tiempo sin uso, esos crujidos de las vigas y de las paredes que algunos atribuyen a las diferencias de temperatura y a aspectos inherentes a la estructura de la vivienda, pero lo hacía de forma más regular que otras casas en las que yo había vivido, y lo hacía en una voz más baja, curiosamente armónica, como si emitiera una llamada de atención y de exigencia que podía pasar por otra cosa, quizá por la torpeza de alguien que se ha emborrachado y se recuesta en quienes lo rodean —una vez a un lado y después al otro, y así— fingiendo que aún puede permanecer de pie, que se encuentra bien y que su apellido no es Usher, o no todavía.

Y sucedían otras cosas, que yo observaba con más y más aprensión. Los vasos se caían de las mesas, las cosas que yo estaba seguro de que había dejado en un sitio u otro aparecían en un tercer lugar, a menudo rotas, las hojas de las plantas que mi amiga había dejado en el jardín, y que yo regaba bastante menos de lo que debía, tengo que admitirlo, presentaban incisiones y mordeduras para las que yo no tenía explicación. No me encontraba bien por entonces, la reclusión me pesaba en el ánimo, y tal vez estaba dejando de pensar con claridad, como sucede a menudo cuando uno pasa demasiado tiempo solo: tenía la impresión de que se me habían entumecido los dedos, que habían perdido una sensibilidad que me era más que necesaria para mi oficio; en contrapartida, mis pies se habían vuelto insólitamente sensibles, y cada paso me daba demasiada información, sobre la temperatura del suelo, sobre su resistencia, sobre sus irregularidades o la falta de ellas, como si fuera un terreno desconocido que yo pisaba por primera vez. Toda esa información, innecesaria como era, aunque real, fue dando paso a sensaciones que carecían de fundamento, sin embargo: ráfagas de viento que no podían tener lugar porque no había ninguna ventana abierta, timbrazos en el móvil que me hacían correr hacia él sólo para descubrir que nadie me había llamado, roces imposibles en las piernas, más persistentes cuanto más se esforzaba el apartamento por que lo escuchara emitiendo sus quejidos habituales. Nunca pensamos mucho en qué significan para nosotros los sitios en los que vivimos, excepto, tal vez, de manera retrospectiva, cuando descubrimos que estábamos mejor en otra parte, en el pasado. Yo había comenzado a echar de menos mi apartamento anterior, así como, de manera más general, la época en la que las personas hacían cosas como enterrar cabellos y cenizas de los muertos en su hogar para protegerlo, poner altares en la entrada o recurrir a los númenes hogareños para evitar todo mal, aunque yo me hubiera conformado con llamar a un arquitecto. Pero no conocía a ninguno, y si la casa se estaba cayendo y ése era el origen de los ruidos, como yo creía, supongo que yo iba a caer también, bajo los escombros, en una muerte extemporánea y estúpida, dada la supuesta facilidad con la que se podía morir de otras cosas que de repente se habían vuelto si no heroicas —puesto que no había nadie que estuviese muriendo por los demás, excepto, tal vez, algunos médicos, y los sanitarios—, al menos relativamente dignas, una muerte a la moda y para alimentar la estadística.

No es agradable sentir que uno se vuelve loco, y la convicción de que a otras personas les sucede lo mismo no es un gran consuelo, como quiera que se lo mire. Yo estaba seguro de que debía de haber muchos otros sintiendo cosas parecidas en ese momento, afectados por una sensibilidad extrema y tal vez por una soledad excesiva, para la que nada te prepara nunca y en la que ninguna de las cosas de las que disponemos resulta de utilidad. Las personas habían comenzado a proponer historias alternativas acerca del origen y de la naturaleza de la situación en la que nos encontrábamos; su eficacia —es decir, la de sus historias, que solían llegarme a través del teléfono, como si estuviera abonado a un canal de noticias de paranoicos— radicaba en su doble condición de relatos en exceso detallados pero que lo abarcaban todo: recorrían un arco, a veces fascinante, que iba desde los orígenes de la especie hasta su más que previsible final, explicaban el origen de la pandemia, su vinculación con el precio del petróleo, la anexión de Crimea, el auge del surf en las playas portuguesas, la implicación de los políticos estadounidenses en una red de pedofilia disimulada en una pizzería de la ciudad de Washington, la presencia de elementos soviéticos en el muy liberal gobierno del país. Naturalmente, todo era una enorme conspiración, una especie de relato que reunía elementos tan alejados entre sí como la aparición de un virus en China y la destrucción de la producción artística europea y su reemplazo por entretenimiento audiovisual en línea. Debíamos de estar volviéndonos locos todos, afectados por un virus todavía no bautizado y más dañino que el que conocíamos. Pero contar estas cosas sirve, dicen; y, la siguiente vez que mi amiga llamó, para saber cómo me encontraba —o, más bien, para comprobar que no hubiese cometido ningún acto delictivo en su propiedad, que no le hubiera prendido fuego al apartamento o hubiese roto algo, asuntos sobre los que esperaba que yo le informara, si es que se producían—, pensé que contarle lo que me sucedía iba a servir de algo, quizá para que ella me diera una explicación racional de lo que ocurría y, con ella, algo parecido a una solución, o para que me dijera que simplemente yo estaba equivocado. «Vaya, creo que me estoy volviendo loco», le dije al comenzar a contarle lo que me estaba pasando; lo que más me sorprendía, agregué, eran los quejidos de la casa y los roces en las piernas, y el peso que sentía a veces, en el pecho, cuando estaba durmiendo, decía cuando empecé a escuchar el llanto de mi amiga en el teléfono, un llanto que yo no supe en ese momento, pero ahora sí, si era un llanto de pesar o de gratitud. Cuando mi amiga se recuperó, me pidió que dejara un cuenco de comida en la cocina, y pequeños platos de agua en las habitaciones. «Mi gato murió unos meses atrás, en esa casa», dijo. «Llegó cuando ya era un adulto, pero se hizo muy pronto a ella y le gustaba mucho. Y ha decidido no marcharse de ella, no importa qué suceda.» A mí me tocaban, dijo, la alegría y la responsabilidad de ser su nuevo dueño.

Domar a un niño o a un animal es debilitarlo; todo lo que hacemos nuestro nos destruye, pero la pérdida principal está en otro sitio, en la singularidad de la que nos apropiamos para entretener nuestro aburrimiento y acaba volviéndose aburrida ella también, más parecida a nosotros de lo que desearíamos. Quizá, como sostienen algunos, comprender algo sea una forma de domesticarlo; por mi parte, me decidí, por una vez, a intentar no comprender lo que sucedía, algo que posiblemente estuviera implicado en la situación de reclusión y destrucción de la vida pública que se vivía ese año y que desafiaba el entendimiento, pero también en cierta laxitud, en cierta indiferencia, que eran su resultado. A pedido de mi amiga, comencé a dejar pequeños cuencos de agua en la cocina y a llenar un plato dos veces por día con comida para gatos: en todos los casos, los platos aparecían vacíos poco después, y esto, que debería haberme sorprendido mucho, me parecía inevitable, la constatación de un hecho en el que yo me había prometido no pensar siquiera. Durante esos días las temperaturas comenzaban a subir, a veces llovía por unos minutos; yo había olvidado ya el proyecto de mi amigo; como todos, sólo estaba a la expectativa, esperando.

Un día, al despertar, encontré encima de la cama un pájaro muerto, dejado sobre la manta como un testimonio de una sumisión y de una eficacia que, literalmente, no eran de este mundo. En otra ocasión, por un instante, atisbé una figura atravesando un rayo de sol que caía sobre la sala, una figura ágil y en extremo fuerte que cruzaba la estancia de un apartamento que le pertenecía más a ella que a mí. No era por completo sorprendente que en esos momentos en que sólo se hablaba de la toxicidad del aire yo tuviera un vislumbre de que el aire estaba poblado también por otras criaturas, más amables. ¿Cuál era el nombre de aquel gato que sonreía en un filme infantil? Me pareció que este gato, al detenerse brevemente bajo la mancha de sol, me sonreía, aunque puede que esto, a diferencia de todo lo anterior, me lo haya imaginado. Pronto iba a tener que marcharme de aquel apartamento, que mi amiga por fin había conseguido rentar tras el final forzoso, aunque parcial, de las restricciones; pero el gato iba a continuar allí, quizá, y yo sólo deseaba que sus nuevos propietarios fuesen igual de benévolos. Un día, también, la situación en la que nos encontrábamos iba a dar paso a una normalidad de alguna índole, ya fuese por hábito o porque alguien hubiera conseguido detener la pandemia. Ésa iba a ser una victoria, pero yo sabía que las victorias sólo dejan tras de sí un montón de huérfanos y que, de hecho, las tragedias son los mejores padres: tarde o temprano abandonan a sus hijos, pero para entonces ya les han enseñado a valerse. Mientras tanto, el gato y yo seguíamos allí, observándonos en la tensión llena de molicie de la amistad entre lo que es disímil. ¿Qué es un fantasma, en cualquier caso, sino algo que niega su final, una forma de retorno? La diferencia entre nosotros era minúscula, pero tenías que alejarte mucho, tenías que tomar toda la distancia que pudieras, para verla.

Das Verschwinden des Andrea Robbis

Una extensa producción ensayística se ocupa desde hace años de la vida y la obra de los artistas que, sin causa aparente, desaparecieron por voluntad propia. No es una producción del todo carente de interés, incluido el interés que suscita la paradoja que preside la desaparición. El artista sólo puede sustraerse de la mirada de los demás si éstos han reparado alguna vez en su presencia, antes de que el artista les diera la espalda, en un período, breve o extenso, poco importa, en el que éste renunciaba a renunciar a la producción artística y a su visibilidad.

¿Qué sucede, sin embargo, con aquellos artistas que desaparecieron sin haber sido nunca visibles del todo? ¿Qué interés podría haber en su renuncia a una atención que nunca recibieron? *Das Verschwinden des Andrea Robbis* (La desaparición de Andrea Robbi, 2020), un libro del artista suizo contemporáneo M. Blamont (Schwarzenburg, 1991), procura responder a estas preguntas abordando al mismo tiempo un caso ejemplar de desaparición, el del pintor Andrea Robbi (1864-1945), quien pasó recluido en absoluta oscuridad los últimos cuarenta y siete años de su vida.

A lo largo de su, de momento, breve trayectoria, Blamont no ha sido ajeno a la polémica, de la que su reputación, contra lo que sucede habitualmente, no se ha beneficiado. Su primera acción, *Ohne Titel* (Sin título, 2014), consistió en la publicación de un ensayo fotográfico en la *Neue Zürcher Zeitung* acerca de una supuesta estancia suiza del escritor francés Maurice Blanchot en junio de 1944; en su transcurso, Blanchot habría depositado en una caja fuerte varias obras de arte expoliadas por los nazis a cambio de la liberación por parte de la Gestapo de su amigo Jean Paulhan. La publicación del, según voces autorizadas, muy riguroso ensayo generó una serie de reacciones adversas en Francia y Suiza que costaron su puesto al director de la sección cultural del periódico pero no entorpecieron la comercialización de las primeras pinturas de Blamont, consistentes en la recreación de las supuestas obras robadas. La siguiente acción del artista, titulada *Der Spaziergang* (El paseoayudante, 2016), lo llevó a recorrer a pie en julio de ese año los trescientos veintidós kilómetros de distancia que separan su localidad natal, en el cantón de Berna, y el pequeño pueblo de Sils Maria, en la Engadina, llevando en brazos una liebre muerta cuya descomposición a lo largo de las sesenta y nueve horas que duró la acción documentó fotográficamente y después en pinturas de grandes dimensiones. Según Blamont, la idea, en la que, es evidente, resuenan ecos de Joseph Beuys y de Robert Walser, surgió un día que había salido a realizar fotografías en las afueras de Schwarzenburg y tropezó con el cadáver de la liebre; sin pensar en lo que hacía, Blamont la tomó en brazos y comenzó a caminar.

Aunque Blamont aseguró que la ruta que escogió para su *Der Spaziergang* fue la que realizó el marqués de Sade en 1764 durante un viaje por Suiza, ahora sabemos que se dirigía a la localidad en la que Andrea Robbi terminó sus días: de hecho, al parecer, el autor de *Los 120 días de Sodoma* jamás estuvo en el país alpino. Quizá no fuese la primera estancia del artista en la Engadina, pero, desde luego, no sería la última; tras el anuncio en 2017 de una exhibición titulada simplemente «Frisch» en la que a la referencia al gran escritor suizo de la responsabilidad y la identidad se le superpondría la referencia explícita a la pedofilia en su país —*frisch* es también «fresco» o «fresca», el adjetivo empleado más a menudo para describir la «carne» de las víctimas por parte de sus victimarios—, Blamont, cuya exhibición fue impedida por las autoridades poco después de ser anunciada, sin que se sepa hasta el momento si el artista realmente había pintado imágenes inspiradas en los contenidos de una red desmantelada unos años antes o había perpetrado otro engaño —Blamont sostuvo que su intención era confrontar al público con unas imágenes de las que se habla con cierta regularidad en la prensa pero que nunca son exhibidas ni contempladas, así como reivindicar una cierta estética inherente a ellas que, afirmó, debía ser incorporada al repertorio de la pintura contemporánea; pero, hasta ahora, no ha circulado ninguna de las imágenes de la exhibición frustrada—, publica su monografía dedicada al gran pintor suizo de la oscuridad y la renuncia.

Das Verschwinden des Andrea Robbis es un libro fallido, sin embargo, y presenta numerosos problemas de concepción y desarrollo: si bien Blamont adhiere a las convenciones del género biográfico a lo largo de toda la obra —su «Bibliografía» final demuestra que el autor accedió a todas las fuentes disponibles, tanto publicadas como inéditas, la documentación gráfica es excelente y el artista nunca se pone por delante de su objeto de estudio, como, por desgracia, sucede tan a menudo en las biografías mediocres—, la monografía fracasa en su propuesta de iluminar los aspectos menos conocidos de la obra de Robbi, que posiblemente sean todos para el lector común.

Nacido el 28 de mayo de 1864 en Carrara como el segundo de los hijos de un matrimonio de confiteros suizos, Robbi estudió en Sils y en Chur, se formó en la Academia de Bellas Artes de Múnich y en la de Dresde y se perfeccionó en París, Roma, Milán y Ginebra. Todos esos viajes —de los que, sin embargo, apenas queda registro— contrastan con su inmovilidad posterior, que nadie parece haber podido anticipar: según los testimonios reunidos por Blamont en el libro, Robbi se apresuró a darse a conocer en los círculos artísticos de esas ciudades tan pronto como le fue posible y fue considerado por sus contemporáneos un artista prometedor al menos hasta 1898, cuando la muerte de su padre hizo que regresara a Sils a vivir con su madre. Tras fallecer esta última, en 1907, Robbi se recluyó por completo: a excepción de algunos paseos nocturnos al comienzo de su encierro, no volvió a salir de su domicilio hasta su muerte en el hospital de la localidad de Samedan el 25 de febrero de 1945. En el momento de su fallecimiento tenía ochenta años de edad y hacía cuarenta y siete años que no abandonaba su vivienda: subsistía con los víveres que le subían con una cuerda los vecinos, que los compraban con el dinero que proveía un fondo creado a su nombre que administraba unas tierras que había heredado. De la supervivencia de su misterioso empleador, los vecinos tan sólo tenían noticia cuando la cesta regresaba vacía y, en ocasiones, cuando el hombre les arrojaba palos y los insultaba para que se alejaran. Una placa en la fachada del edificio donde vivió lo recuerda, y hay un pequeño museo con algunas de sus obras previas a 1908.

M. Blamont no se detiene nunca en las razones de su interés en la escasa obra de su par recluido, aunque sugiere en la introducción del libro que él también tiene un hermano muerto. (Robbi tuvo dos, uno anterior a su nacimiento y una hermana posterior, ambos fallecidos en edad infantil.) Más interesante que esta insinuación difícil de comprobar es otra declaración, que su autor desliza esta vez en el epílogo del libro, la de que Robbi habría continuado pintando durante su encierro y que una serie de seis «cuadros negros» que no formaron parte de la subasta de sus bienes estaría en poder de un coleccionista holandés al que Blamont habría conocido casualmente en La Haya en 2011. Otorgarle credibilidad a esta insinuación supone también aceptar otras afirmaciones incluso más arriesgadas, como la de que Robbi habría tenido una relación incestuosa con su madre —una afirmación que el autor no fundamenta y que constituye, en el contexto del libro, la única aparición de los temas sadianos de la crueldad, la transgresión y el individuo que, junto con el de la falsificación, son parte esencial de la obra artística de Blamont—, de cuyo rigor existen, por el contrario, numerosos testimonios, entre ellos una pintura del hijo. (En la página 237 se dice, por otra parte, que la relación incestuosa habría sido con el padre en realidad, no se sabe si por un error de edición o debido a la incontinencia imaginativa del autor: M. Blamont puede ser un falsificador, pero no es uno muy consecuente. Por lo demás, una serie de pinturas singularmente próximas al expresionismo, del que Robbi no pudo haber tenido conocimiento, inacabadas y que los especialistas han datado entre los años 1935 y 1940 ratifican al parecer la afirmación de que la renuncia a la pintura no fue completa, o tuvo una coda.)

Blamont destaca el hecho, por otra parte banal, de que Rainer Maria Rilke, Thomas Mann y Hermann Hesse veranearon una o varias veces en Sils Maria durante la reclusión de Robbi y pudieron haber escuchado de boca de los vecinos de la localidad la historia del pintor que vivía en la oscuridad; años antes, Friedrich Nietzsche también había realizado estancias en Sils Maria, y es tal vez en Nietzsche en quien piensa Blamont cuando insinúa que no fueron la muerte del padre ni la relación incestuosa con la madre, y tampoco el rechazo de una joven de la localidad y el de los expertos de su tiempo los que llevaron a Robbi a encerrarse de por vida, sino una forma de la locura en la que la cultura del siglo xx ha querido ver un modo de lucidez. A lo largo de los cuarenta y siete años que Robbi permaneció encerrado se sucedieron dos guerras mundiales, la invención de la cadena de montaje, los avances en la aviación, el descubrimiento de la energía atómica, casi todas las vanguardias históricas, los asesinatos y las tragedias, pero también las minúsculas victorias de una civilización a la que Robbi parece mirar aún con desconfianza desde los dos autorretratos que se han conservado en su legado: en ambos, el rostro del artista está parcialmente en sombras, pero incluso de las sombras emergen un rictus de desdén y una mirada que no ofrecen ninguna respuesta.

Das Verschwinden des Andrea Robbis tampoco esclarece ninguno de los misterios en torno a su objeto ni ofrece respuesta alguna a la pregunta de qué lugar reserva nuestra cultura a los proyectos inacabados, las trayectorias frustradas, las oportunidades perdidas, todo lo que, por una razón o por otra, se ha visto impedido. No parece casualidad, pero tal vez lo sea, que el libro de Blamont haya aparecido en medio de la reclusión forzosa a raíz de la pandemia: ha sido publicado por Floss Verlag en Berna, tiene seiscientas veinticuatro páginas y su precio es de veintiséis euros.

El accidente

Una vaca está cruzando una vía rápida cuando ve que un automóvil que se dirige hacia ella está a punto de arrollarla: atravesó un alambrado caído, hace un instante, atraída por los pastos al otro lado de la vía. No le importa quién haya dicho que el mal de la Argentina es su extensión; de hecho, ni siquiera conoce la cita. Puede percibir las miradas de las otras vacas sobre ella, que está a punto de ser atropellada por un coche que se desplaza de sur a norte a gran velocidad, a una velocidad inconcebible que va a impedir cualquier esfuerzo de su conductor por esquivar la vaca o frenar. Pero las miradas de las otras vacas le importan poco a nuestro bovino en este momento: su prioridad radica en escapar del automóvil; aunque eso, comprende, ya no es posible.

La vaca observa que en el interior del automóvil que está a punto de atropellarla viaja un hombre con dos niños pequeños; de alguna manera sabe que se dirigen hacia sus vacaciones, una o dos semanas que el padre ha previsto hasta en sus más mínimos detalles para recuperar el terreno perdido a lo largo del año, cuando los niños viven con su madre y la participación del hombre en su crianza es mínima, limitada como está a fines de semana que siempre son insatisfactorios para todas las partes implicadas: los niños, la madre, el padre, que ve una mancha en el medio de la carretera que se acerca a él —aunque lo más apropiado sería decir que es él quien se acerca a ella— a una velocidad excesiva, demasiado alta incluso para la permisividad de las vías rápidas argentinas, en una de las cuales, otra vez, el padre —que lo ha previsto todo, menos la posibilidad de un accidente— se ha distraído.

Naturalmente, que el automóvil que se desplaza de sur a norte se dirija a gran velocidad hacia ella es una pésima noticia para la vaca; no es mejor la que conoce al apartar la vista del automóvil y mirar al norte en busca de una salida o refugio sólo para ver que otro vehículo se dirige hacia ella, en dirección contraria.

Nuestro bovino pertenece a la raza holando-argentina, pesa casi cuatrocientos kilos, tiene dos años de edad, todavía no ha comenzado a ser ordeñada, es una más de las casi doscientas vacas lecheras de su propietario, su vida no ha tenido altos ni bajos hasta el momento, como corresponde, y prácticamente no recuerda nunca al caer la noche qué es lo que ha hecho durante el día. De alguna manera vive por completo en el presente, entregada a sus estímulos y, por lo general, incapaz de aprender nada, excepto qué pasturas evitar, cómo entrar y salir de los corrales y por qué no hay que aventurarse en la vía rápida incluso aunque los pastos sean tan tentadores al otro lado de ella. Esta última lección —que no surge de la experiencia, ya que ella nunca antes se había aventurado más allá del alambrado caído, sino de lo que su madre le dijo o le comunicó cuando ella era vaquillona, poco tiempo atrás— también la había olvidado. Pero la recuerda en este preciso instante, al ver el segundo vehículo acercándose.

De alguna manera la vaca sabe que en el otro vehículo viaja una mujer y que esa mujer está embarazada. Quizá viva por aquí y tal vez ella la haya observado pasar unas horas atrás, yendo al control médico del que, es evidente, regresa ahora. No hace falta que lo diga, pero la vaca no recuerda si vio a aquella mujer antes o no, y tampoco le importa demasiado en este momento. La vaca no presta ninguna atención a la calidad y el modelo de los dos vehículos que se dirigen hacia ella, no apunta mentalmente sus números de identificación y desconoce cuál de los dos es el más caro. Pero sí observa, a su derecha, a contraluz, enmarcados por el vidrio o luneta delanteros del primer vehículo, el rostro del hombre que conduce y, más atrás, el de sus dos hijos, que se yerguen en el asiento trasero como si intuyeran lo que está por suceder. Y la vaca observa que ninguno de los dos lleva abrochado el cinturón de seguridad, lo que le parece una negligencia incomprensible del padre: si ella fuera la madre de los niños, tampoco confiaría en él, por supuesto. La separación y el deterioro de las relaciones entre los padres, y la insatisfacción de los fines de semana que el padre pasa con los niños mientras la madre trata de dejar de lado sus miedos plausibles e implausibles —estos últimos también plausibles, sin embargo, debido a la naturaleza distraída de su exmarido— le parecen a nuestra vaca, en estas circunstancias, completamente justificados. Pero quizá los niños se han quitado el cinturón en cuanto el padre se distrajo, como se distrajo poco después y no reparó en que excedía el límite de velocidad máxima permitida en ese tramo de carretera. La mujer embarazada del otro vehículo sí lleva el cinturón de seguridad, tal vez debido a que, en la situación en la que se encuentra, y con una pandemia recorriendo el mundo —cosa que la vaca no desconoce, por supuesto—, la mujer embarazada echa mano de cada pequeño recurso a su disposición para sentirse segura, o al menos no tan insegura: respecto a la decisión de tener un niño que ha tomado un poco a regañadientes, a petición de su marido, a la salvaguarda de la vida que acarrea consigo, a la cuestión de cómo vivirá el niño que trae al mundo y en qué mundo.

Por un momento la vaca se pregunta lo mismo que la mujer embarazada, en qué mundo vivirá el niño que la mujer ha concebido, ignorante de la atrocidad que cometía a petición de alguien que nuestro bovino espera que sea un padre mejor que el del otro vehículo. La vaca ya ha aprendido que el futuro pertenece a quienes menos piensan en el futuro, a quienes viven una existencia no muy distinta de la suya, en la que la sucesión de los días no deja poso, excepto de manera muy general, aunque está claro que quienes no piensan en el futuro pero se lanzan a él y lanzan a él a niños y negocios creen haber pensado en él en extenso y poder anticiparlo, en lo que siguen el que nuestra vaca conoce como el «efecto Dunning-Kruger», según el cual, cuanto menos se sabe sobre un tema, más se cree saber acerca de él.

Una ventaja de nuestro bovino respecto al resto de la humanidad es que él no es víctima de ese sesgo cognitivo; entre otras cosas, porque la cognición de una vaca es limitada. Pese a ello, la nuestra conoce algunas cosas, y reflexiona acerca de otras, mientras ve que los dos automóviles se aproximan y están ya a tan sólo una decena de metros de donde ella se encuentra, paralizada. Los pastos frente a sus ojos parecían tan prometedores un minuto atrás: casi podía verse ya ramoneando al otro lado de la vía. Pero el futuro con el que había ocupado su reducida mente era ilusorio, como siempre lo es; de hecho, sólo pensar en comer hasta el hartazgo ya le había producido cierto hartazgo, con lo que ni siquiera debería haber intentado cruzar: imaginarse algo siempre resulta más satisfactorio que llevarlo a cabo, y la idea de una experiencia puede reemplazar perfectamente a la experiencia. Y una vaca puede —y quizá debe— conformarse con lo que puede imaginar, que está limitado por su escasa capacidad intelectual pero que incluso así es más amplio y más rico que su experiencia diaria, con la que —por otra parte— nuestra vaca estaba por completo satisfecha, al menos hasta hace unos instantes, cuando atravesó el alambrado.

Nuestra vaca no teme a la muerte a raíz de algo que le sucedió durante su alumbramiento, y que, pese a su muy limitada capacidad de retención, todavía recuerda; como es habitual, su madre comenzó a parirla durante la noche, lo que significa que el trabajo de parto y las complicaciones relacionadas con el hecho de que ella no se desplazaba para ponerse en la posición requerida corrieron por cuenta de las dos hasta que llegó el veterinario, casi al final. Nuestra vaca y su madre estuvieron a punto de morir durante el parto, y lo que nuestra vaca vislumbró en ese momento, y todavía recuerda, es la existencia de dos realidades disociadas que se presentaban ante ella a la manera de caminos o vías: de la primera provenían los mugidos de su madre y las voces del propietario y de sus hijos, que procuraban tranquilizarla y animarla, a la espera —cada vez más tensa— del veterinario; de la otra no provenía ningún estímulo de esa índole, pero el hecho de que ese otro lugar existía era incontrovertible. Nuestra vaca lo recuerda como un sitio de una luminiscencia intensa pero no cegadora en la que las almas flotaban en una satisfacción absoluta. No se trataba de un lugar, sin embargo, y *flotar* no es la palabra correcta, se dice la vaca, ya que, en tanto acción, presupone el tránsito de un estado a otro imposible en aquel sitio en el que era evidente que no había tiempo;

pero no tiene otra forma de explicarlo, aunque sea a sí misma. De aquel lugar del que ella parecía venir no surgía ningún estímulo, como hemos dicho: contra lo que se dice habitualmente, ella no veía allí a ningún familiar, ninguna vaca ni ningún toro que fueran parte de su familia, ningún otro animal que ella conociera, aunque esto podía deberse —le parece evidente en este momento— a que ella no se había conformado todavía una personalidad ni había conocido a nadie aún, ni siquiera a su madre; en aquel lugar —aunque no era un lugar— la existencia estaba contenida en toda su complejidad, todos los sitios se encontraban allí, así como todos los tiempos; todo, ella también, participaba de una especie de conciencia cuyo centro se hallaba en todas partes y en ninguna: temer la muerte, añorar a los que partían, lamentar lo que había sucedido pero también lo que no había pasado nunca, procurar anticipar el futuro o corregir el pasado no era en absoluto necesario a la luz de la certeza de que las almas bovinas estaban allí antes y después del mundo físico. Quizá eso explicase la falta de comunicaciones *post mortem* creíbles, que tanto aflige a las vacas que se interesan por estos asuntos: considerado desde el punto de vista de nuestro animal —que en este momento se sabe por completo perdido, dada la velocidad con la que los dos vehículos se dirigen hacia él, uno desplazándose de norte a sur y otro de sur a norte, con unas cuantas vidas, cuatro, si no ha visto mal, pero también otras tantas, las del marido o novio de la mujer embarazada, la de la madre de los niños que viajan en el asiento trasero de uno de los vehículos, las de los padres y madres y familiares y amigos de todos ellos, y, por supuesto, la suya propia—, la realidad del estadio que vislumbró durante el parto, cuando estuvo a punto de morir, con la certeza subsecuente de que la muerte no es mucho más que una forma de retorno tras el breve paréntesis de la existencia en la Tierra, es un consuelo y resulta tranquilizadora. Tal vez, si hay algún tipo de inteligencia superior o algo parecido a una intención moral en el universo, cosa que ella no cree, el tránsito por el mundo físico constituya algún tipo de enseñanza, o una oportunidad para aprender algo que a ella, como vaca, se le escapa debido a que su capacidad de cognición es reducida, porque no ha tenido oportunidad de acumular muchas experiencias, dada la rutina inflexible a la que ha estado sometida desde su nacimiento y a raíz del hecho de que su memoria es limitada. ¿Qué sentido tendría intentar establecer una comunicación desde lo que algunos llaman «el otro lado» si no hay «otro» y no hay «lado»: si, en última instancia, la certeza que se extrae de la realidad de esa otra instancia —al menos, la certeza que nuestra vaca ha extraído de su experiencia— es que todos aquellos con los que uno podría desear comunicarse, todas las vacas que han vivido y vivirán, y cuyo número es inconmensurable incluso si uno se limita —forzosamente y en nombre de un prurito nacionalista que nuestra vaca no tiene, a pesar de todo— a contar sólo las vacas argentinas, están con uno «allí» y «entonces» y participan de una existencia compartida, son parte de una especie de enorme consciencia cuyo carácter objetivo pone en cuestión la noción de individualidad, la noción de tiempo, la noción de lugar? Nuestra vaca no sabe cómo nombrar el sitio del que proviene y al que, en un instante más, acabará retornando, cuando uno o los dos vehículos la atropellen. Pero la taxonomía y los enfrentamientos que se derivan del hecho de que las religiones denominan de manera distinta el que es un mismo fenómeno, tal vez el único fenómeno importante y que vale la pena ser experimentado, es algo que no afecta demasiado a nuestro bovino, que sabe que estas cuestiones son humanas, es decir, sólo conciernen a formas de vida inferiores a las vacas, que tienden a contemplar con indiferencia la manifestación en la discusión humana de dos fenómenos que no se dan en la bovina, la «ley de Wilcox-McCandlish», de acuerdo a la cual cuanto peor sea la calidad de la discusión —y la discusión humana suele ser de una pésima calidad, se dice la vaca—, más difícil será cambiar su rumbo, y el de la «ley de la controversia de Benford», que establece que cuanta menos información se tiene acerca de cualquier asunto, más apasionadamente se opina sobre él, lo cual también está relacionado con el ya mencionado «efecto Dunning-Kruger» y con un rasgo humano que la vaca no sabe nombrar pero que ha observado numerosas veces, el de que los seres humanos, a diferencia de las vacas —que sólo se asustan ante un puñado reducido de estímulos, por ejemplo la proximidad de un perro—, viven aterrados, mucho más en los tiempos actuales, en los que un virus de alcance internacional se suma a los temores habituales a la decadencia física, la pobreza, el envejecimiento y, una vez más, la muerte. A esta última, decíamos, nuestra vaca no le tiene miedo, dada la experiencia que vivió durante el parto: le costó mucho apartar la vista de lo que vislumbraba, y tuvo que arrancarse de la contemplación de ese lugar fuera del espacio, de ese tiempo fuera del tiempo, para poder nacer. Pero regresará a él en un instante, se dice: en cuanto uno o los dos vehículos entren en contacto con ella.

Nuestra vaca se dice que, si pudiera moverse, y dada la trayectoria de los dos vehículos, podría escoger cuál de los dos desea que la arrolle, en lo que entraría la cuestión de cuál es el mal menor en las circunstancias en las que se encuentra. ¿Qué es mejor?, se pregunta. ¿Desplazarse hacia delante para que el automóvil que se estampe contra ella sea el del padre que lleva a sus hijos de vacaciones? Muy probablemente mueran los tres ocupantes del vehículo; o —peor incluso— el padre, el único que lleva el cinturón de seguridad abrochado, sobreviva a sus hijos para enfrentar el reproche de su exmujer y el de cualquiera que conozca o vaya a conocer su historia y, de forma aún más lastimosa, el suyo propio, el que vaya a hacerse todos y cada uno de los días que le queden por vivir, ya que es evidente que el padre ama a sus hijos, que ahora asoman las cabezas por encima de los asientos delanteros como si no creyeran lo que están viendo, la mancha de colores blanco y negro hacia la que se dirigen, y les parezca inverosímil, tal vez propia de un videojuego. ¿No sería mejor dar un paso hacia atrás, y que sea la mujer embarazada la que la atropelle? Dos vidas a cambio de dos o de tres, pero una de ellas todavía no ha comenzado, o ha comenzado pero se encuentra en un estado incipiente, en el interior del útero, ajena a los dolores, aunque también a los placeres, que experimentará si llega a nacer, en una existencia física que nuestra vaca sabe que es un mero interregno pero que no desprecia, ya que se trata, al parecer, del único momento en el que el sujeto —por ejemplo una vaca— puede tener la experiencia del tiempo, el único lugar que conoce en el que la orientación y el espacio y la circulación por él, de la que se derivan no pocos placeres, en especial si uno es una vaca argentina, son posibles. Pero si la mujer embarazada la atropella, el trauma que las imágenes siguientes impriman en los niños del otro coche y en su padre tal vez no sea insignificante; quizá su vida posterior al acontecimiento derive su carácter de ese viaje, en el que dos niños experimentan en la observación de un accidente banal la muerte y el dolor y la fragilidad inherentes a todo lo que está vivo, sobre lo que siempre planea la posibilidad del final. Nuestra vaca teme al dolor, pero el dolor que siente una vaca es relativamente limitado, excepto en una situación muy concreta que ella —que ha visto a los dueños recoger y transportar a los terneros hacia algún lugar cada cierto tiempo— puede intuir aunque no comprenda del todo; lo que la preocupa más, pero no está segura de poder resolver, es la elección que debe tomar entre un mal y un mal, el segundo tal vez menor. La erupción de una pandemia que ella no ignora ha llevado también a los seres humanos a tener que tomar elecciones similares. Pero el hecho es que la mente humana está menos capacitada para ello que la bovina, piensa nuestra vaca, y que, en última instancia, y como siempre, ninguna decisión es realmente buena: de hecho, ni siquiera es posible. Un minuto atrás, los pastos del otro lado de la carretera le parecían tentadores, muy simples de obtener: ahora, en cambio, le parece que entre ellos y ella se erige una distancia infinita, que es la distancia entre un hecho y su interpretación, así como entre una decisión y las implicaciones que se derivan de ella. Quizá en realidad todo haya comenzado, como sostienen algunos, entre cinco y once millones de años atrás con un homínido llamado *Oreopithecus bambolii,* piensa nuestra vaca, cuya memoria —limitada como evidentemente es en relación a todos los aspectos de la vida práctica— parece ser amplísima en materia de sesgos cognitivos, hipótesis científicas y leyes sociológicas: el *Oreopithecus bambolii* vivía en los árboles, de los que extraía su alimento, pero en algún momento se volvió demasiado pesado para saltar de rama en rama, de lo que se deriva que tuvo que comenzar a hacer cálculos entre cuyas variantes se encontraban la aparente consistencia de la rama hacia la que se dirigía, la distancia que lo separaba de ella, su peso, las posibles consecuencias de una caída al suelo, etcétera. Deben de haber sido cálculos muy primitivos pero fueron eficaces, por cuanto el *Oreopithecus bambolii* se las arregló para dejar su huella en la historia de la evolución humana, que propició: tal vez haya sido el primer homínido que tuvo consciencia de sí mismo y fue capaz de proyectarse en el tiempo. Quizá haya pensado cosas como si salto sobre la rama más fina, me caeré, pero si salto sobre la más gruesa, me soportará, y desde allí podré alcanzar los frutos»; su sintaxis debía de ser poco articulada, pero, a cambio, su cálculo era impecable; y, en cualquier caso, el *Oreopithecus bambolii* parece haber podido hacer cosas que una vaca no puede hacer, absorta como suele estar en el presente: si pudiera, la nuestra decidiría con facilidad si desea que la atropelle un vehículo o el otro, si —puesto que todo está perdido para ella ya— hay algo que todavía pueda ser salvado, la existencia del niño de la mujer embarazada o la de los niños del otro automóvil. Pero una vaca no puede hacer eso y es dudoso que cualquier otro ser viviente pueda: no existe el mal menor, sólo el cálculo de un mono obeso que hace entre cinco y once millones de años pudo imaginar el tránsito de un estado a otro y, con ello, inventó la narración, inventó la historia.

La vaca cree ver que sobre su cabeza planea un chimango, aunque le parece que esto es poco probable debido a que los pesticidas han acabado con casi todos ellos: pero es posible que sí haya uno sobre su cabeza pese a todo, planeando a la espera de que se produzca el accidente; sólo por la posibilidad de alimentarlo y garantizar su subsistencia y la de su especie, nuestra vaca estaría dispuesta a morir, aunque más bien sabe que morirá por una ambición que algunos llamarían gula y por la imposibilidad de tomar cualquier decisión: sigue paralizada, clavada prácticamente al asfalto, a la espera de un acontecimiento después del cual ya no habrá acontecimientos, excepto los que se deriven de la existencia de otros, que ella puede imaginar pero de los que no sabe nada y que, en última instancia, no presenciará.

Un reino siempre demasiado breve

1

«De todas las causas que han perjudicado la salud de las mujeres, es posible que la principal haya sido la multiplicación infinita de novelas», afirmó Samuel Auguste Tissot. Pero esto, naturalmente, Berthe no lo sabe. Que Tissot fue un médico suizo, que escribió acerca de la epilepsia, que investigó —no se sabe mediante qué métodos— el onanismo, tampoco. Su padre ha muerto, su madre ha muerto, su abuela ha muerto; el prestamista Lheureux ha vaciado la casa, el boticario Homais ya ha obtenido su medalla, Yonville se ha convertido en una especie de bruma a la que Berthe regresa a veces para descorrer un velo, sin conseguirlo. Nunca ha vuelto a la aldea —así la llama—, pese a que Ruan está relativamente cerca y los medios de transporte han mejorado mucho en los últimos años. A veces escucha a las otras hilanderas hablando acerca de su infancia, pero la suya está en un sitio al que no puede regresar y del que sólo conserva un puñado de imágenes difusas. Berthe trabaja en una hilandería, desde que era niña y, piensa, por lo que le queda de vida. Una de las mujeres de la fábrica tiene un ojo de vidrio; se ha dado cuenta porque nunca la mira con él. Pero el hecho es que nadie la mira nunca, ni siquiera en la fiesta anual de la fábrica o a la salida de la iglesia, como si todos tuvieran uno o dos apéndices vítreos en las cuencas vacías o ella fuera de la materia de la que están hechos los sueños.

2

Berthe tiene veintitrés años, es alta. De su padre, que era médico, ha heredado la ineptitud para hacer frente a las enfermedades. De su madre, algo de una belleza indiferente y severa, como la de una campesina, y poco más. Sobre todo, no ha heredado el interés por los libros, que la arruinó y arruinó a su familia. Berthe cose hacia dentro, como si, con un gesto, pudiera, a la vez, reparar un género y herirse a sí misma. Ruan no carece de atractivos, pero ella no los conoce. Muy pronto comenzará el impresionismo y todo se romperá en pequeñas explosiones de color que desmentirán la existencia de una realidad que no esté fragmentada y sea objetiva, aunque esto Berthe tampoco lo sabe ni lo sabrá nunca. Por lo demás, los estímulos en su vida son escasos y memorables en los años siguientes. Un sombrero nuevo, en una ocasión. Un rugido, la primera vez que un automóvil atravesó el centro de la ciudad. Un escaparate decorado con cintas tricolores en un aniversario de una nación que no ha hecho nada por ella.

3

Un día alguien le habla del fenaquistiscopio del belga Joseph Plateau, pero ella no consigue hacerse una idea de en qué consiste el que, para ella, es un nuevo invento. Otro día estalla una guerra y, esa tarde, Berthe —que podría haber ido a la piscina, por supuesto— se queda en su cuarto rezando por todo y por todos, los de un bando y los del otro. Algo después, la mujer del dueño de la hilandería visita las instalaciones, deja tras ella un rastro de perfume de Colonia, ve algo que no le gusta o que no le conviene, tironea de la manga del redingote a su marido, se hace seguir por él a su despacho. A partir de ese momento, una de las hilanderas les lee a sus compañeras extractos de libros píos y a veces biografías históricas que el director, o más posiblemente su esposa, selecciona de la oferta existente de estos materiales, que en todas las épocas es numerosa; el director en persona supervisa la construcción de una tarima de madera para la lectora, que desde ese momento se erige en el centro de la fábrica como el púlpito de una iglesia de mujeres cabizbajas. Pero Berthe no aprueba el cambio. Desde el día en que comienzan las lecturas, añora las conversaciones con las otras obreras, las únicas que mantenía a lo largo de la jornada. Sobre todo, siente temor; un temor a la palabra escrita que alguien le ha inculcado y de cuyo origen sólo tiene noticias dispersas y poco claras. El país continúa en guerra; los hilos que confecciona van a parar de seguro a los uniformes militares, piensa a veces: un pequeño descuido infortunado y el hilo será desgarrado, se empapará de sangre, será enterrado apresuradamente, volverá a la tierra.

4

Algo que ha permanecido mucho tiempo clausurado se abre con la nueva práctica, sin embargo. Berthe lo siente en ella y lo percibe en las otras mujeres de la fábrica como una especie de deshielo. La lectura genera un efecto no del todo imprevisto: la producción aumenta. Pero esto no es el resultado del carácter moralizante de las obras escogidas por el director, o por su esposa, sino de la paradójica relajación mezclada con inminencia que su lectura produce en las obreras, incluso la de las obras destinadas a exaltar un sentimiento patriótico que las empleadas miran con suspicacia. Porque ¿quién puede creer menos en la trascendencia de una bandera que quien la ha confeccionado?

5

Una de esas banderas es reemplazada por otra. Francia pierde la guerra. El emperador es hecho prisionero. Todo lo que podía pasar ha pasado ya o sucederá sin la participación de Berthe ni de nadie a quien ella conozca. De alguna manera, los acontecimientos conforman una vida exterior que Berthe percibe por primera vez en oposición a una vida interior que empieza a poblarla por dentro. Un tiempo atrás, cuando resultó evidente que la guerra no podía ser ganada pero que tampoco daría lugar a una derrota absoluta —que los nacionalistas suelen preferir porque son las que más y mejor fundan las falsedades de las que éstos se alimentan— y los ánimos decayeron, también el del director, las hilanderas comenzaron a proveerse ellas mismas de lecturas, de crónicas de sucesos y de novelas románticas publicadas por entregas en la prensa. Al principio las leían a escondidas, pasándoselas de mano en mano; más tarde, sin embargo, comenzaron a dárselas a la encargada de leer, por lo general con la instrucción de que se interrumpiera si veía entrar al director; por último de forma desembozada, sin esperar la aprobación de nadie. Una época más propicia podría haber suscitado otras formas de rebeldía, pero la de Berthe tiene el signo de una liberación exclusivamente interior, y es esa liberación la que ella obtiene, la de la creación de una idea de sí misma que nada ha promovido nunca, excepto esas jornadas de una literatura primero oral y luego más y más escrita, en la que Berthe pasa a gastar todo el dinero que le sobra, que, por otra parte, no es mucho.

6

Valéry Larbaud, Archibald Olson Barnabooth o tal vez X. M. Tourmier de Zamble describirán unos años después el contenido de los libros que Berthe lee. «Visiones de ciudades tropicales, voluptuosas ciudades blancas del Caribe, villorrios surgidos alrededor de conventos en el corazón de los Andes negros, las perspectivas verdes de las avenidas acariciadas por el aire caliente en la Ciudad de México y en Buenos Aires, la vida de los estancieros y los gauchos, [...] el espectáculo de la naturaleza, la nota exótica, la tristeza, la melancolía [...]», pedirá a los escritores americanos, en una demanda que persistirá un siglo más y, quizá, hasta que la literatura termine. Una de esas lecturas conmociona especialmente a Berthe, que no se atreve a compartirla con el resto de las hilanderas: en ella, un gaucho rescata a una cautiva de las tolderías que habitan los indios y los perseguidos y después la viola; se encariña con ella, más tarde, y tal vez ella con él; se la lleva consigo; en los días que siguen, mientras viajan, ocultándose de sus perseguidores, la joven reconoce más y más elementos del paisaje: una hondonada, el arroyuelo que discurre entre dos montes bajos, la inclinación natural de un árbol torcido por una tormenta; cuando llegan a lo que queda de la casa familiar —un rancho apenas, con las huellas aún de la incursión de los indios en la que murieron sus padres y ella fue robada— la joven comprende todo y se horroriza, pero no dice una palabra; se suicida poco después, en un momento en que su hermano ha salido.

7

Alguien ha sostenido que cuanto menos se lee, más daño hace lo leído; sin embargo, y aunque Berthe no ha leído mucho, lo que lee representa para ella lo opuesto al daño, representa una forma de beneficio absoluto, si bien indirecto, que pone fin a los años en que permaneció en una ignorancia deliberada que era el reverso de la historia de su madre. Un día alguien trae una novela con la que ha tropezado y se la entrega a la lectora; es difícil, hay que regresar continuamente atrás para ratificar una intuición o un recuerdo, la lectura suscita discusiones, la ironía de su autor les pasa inadvertida a casi todas las obreras, puesto que están habituadas —como muchas personas— a creer que un texto sólo puede decir una cosa a la vez. Berthe también es ajena a ella, pero vislumbra o comprende que conoce la historia. Quizá no llega a decírselo siquiera a sí misma, tal vez todo se ve eclipsado por su incapacidad para hablar de ello, pero en la novela están Yonville y su padre y toda una historia de su madre de la que nada sabía.

8

La lectura se va a extender a lo largo de varias jornadas, pero Berthe no puede esperar: el primer día, después de escuchar el comienzo del relato, le pide a la lectora que le preste el ejemplar y se pasa toda la noche leyendo, pese al cansancio. Al devolvérselo a la mañana siguiente no lo ha terminado todavía, pero no hace falta porque conoce el resto de la historia. Se pregunta si las otras la reconocerán en el libro, cómo el autor llegó a conocer tan bien los hechos, si es alguien de Yonville, si acaso no es el abogado Dupuis: todas esas preguntas se recuestan y en algún sentido bordean una idea central y sobre la que muy pronto no le queda ninguna duda, la de que su madre no se arruinó porque leyó mal o demasiado —Berthe cree saber desde hace tiempo que nunca se ha leído demasiado y que leer mal es imposible—, sino porque intuyó en los libros unas posibilidades que no tenía, que no estaban disponibles para ella ni para ninguna de las mujeres de su clase. No hay indicios de que vaya a haberlos algún día, se dice Berthe. Pero eso no invalida su intuición de que los libros no son, como creyeron su padre y su abuela —y también el autor, le parece evidente—, el problema de Emma Bovary, sino todo lo que no era literatura. Sobre todo, no invalida la certeza o la intuición de su madre, y Berthe siente por primera vez desde su infancia una añoranza intensísima de la mujer, aunque también del reino siempre demasiado breve en el que las dos van a poder encontrarse en el futuro compartiendo un hábito pero no un destino. Pide permiso a la mujer que suele leerles. Esta vez, dice, va a ser ella la lectora. Sube al estrado. Se aclara la voz. Mira a las otras obreras, expectantes. Comienza, por fin, a leer.

Trae sangre, es rojo / El decálogo

Muchos escritores se han visto seducidos por la idea de resumir los principales puntos que orientan su trabajo, especialmente los que escriben relatos breves: en ocasiones, esta tentación surge de la propia dinámica de ese trabajo, a manera de recordatorio o plan de acción; pero a veces también proviene de las preguntas de lectores y críticos. Ya que no son pocas las personas que me han preguntado en los últimos años cómo entiendo la literatura y la hago, y mis respuestas siempre han sido balbuceantes y nunca del todo satisfactorias para mis interlocutores, va aquí un decálogo de cómo creo que la literatura puede o debería practicarse.

1. Asestar golpes primero a las fuerzas dispersas y aisladas, y luego a las fuerzas concentradas y poderosas.

2. Tomar primero las posiciones pequeñas y medianas y las amplias zonas baldías, y luego las grandes.

3. Tener por objetivo principal el aniquilamiento y no el mantenimiento o conquista de las posiciones. El mantenimiento o conquista de una posición o un territorio es el resultado del aniquilamiento, y, a menudo, una posición o un territorio puede ser mantenido o conquistado de manera definitiva sólo después de cambiar de manos repetidas veces.

4. En cada batalla, concentrar fuerzas absolutamente superiores —dos, tres, cuatro y en ocasiones hasta cinco o seis veces las fuerzas del enemigo—, cercar las fuerzas enemigas y procurar aniquilarlas por completo. En circunstancias especiales, usar el método de asestar golpes demoledores, esto es, concentrar todas nuestras fuerzas para hacer un ataque frontal y un ataque sobre uno o ambos flancos del enemigo, con el propósito de aniquilar una parte de sus tropas y desbaratar la otra, de modo que nuestro ejército pueda trasladar rápidamente sus fuerzas para aplastar otras tropas enemigas. Hacer lo posible por evitar las batallas de desgaste, en las que lo ganado no compensa lo perdido o resulta equivalente.

5. No dar ninguna batalla sin preparación, ni dar ninguna batalla sin tener la seguridad de ganarla; hacer todos los esfuerzos para estar bien preparados para cada batalla, hacer todo lo posible para que la correlación de fuerzas existente nos asegure la victoria.

6. Poner en pleno juego nuestro estilo de lucha: valentía, espíritu de sacrificio, desprecio a la fatiga y tenacidad en los combates continuos. Es decir, entablar combates sucesivos en un corto lapso y sin tomar reposo.

7. Esforzarse por sobresalir en la guerra de maniobras. Al mismo tiempo, dar importancia a la táctica de ataque a posiciones con el propósito de apoderarse de zonas estratégicas y territorios.

8. Apoderarse resueltamente de todas las posiciones y territorios que no estén bien defendidos. Apoderarse, en el momento conveniente, y si las circunstancias lo permiten, de todas las posiciones y territorios que sean defendidos con medianas fuerzas. En cuanto a las posiciones y territorios bien defendidos, tomarlos cuando las condiciones para ello hayan por fin madurado.

9. Reforzar nuestras fuerzas con todas las armas y la mayor parte de los hombres capturados al enemigo. La fuente principal de los recursos humanos y materiales para nuestro ejército está en el frente.

10. Aprovechar bien el intervalo entre dos campañas para que nuestras tropas descansen, se adiestren y consoliden. Los períodos de descanso, adiestramiento y consolidación no deben, en general, ser muy prolongados para no dar, hasta donde sea posible, ningún respiro.

Basado en «La situación actual y nuestras tareas» (25 de diciembre de 1947), en *Obras Escogidas de Mao Zedong*. Pekín: Ediciones en Lenguas Extranjeras, 1970. Tomo IV.

Este libro se terminó
de imprimir en
Móstoles, Madrid,
en el mes de
marzo de 2021